죽은 이는 모두 날아오른다

죽은 이는 모두 날아오른다

요아힘 마이어호프 장편소설

박종대 옮김

사계절

일러두기

→ 이 작품은 2015년 출간한 〈Wann wird es endlich wieder so, wie es nie war: Alle Toten fliegen hoch, Teil 2〉로, 원제는 〈언제쯤 다시 아무 일도 없었던 때로 돌아갈 수 있을까: 죽은 이는 모두 날아오른다 2〉이다. 한국어판은 시리즈 제목을 표제로 했다.

→ 각주는 모두 역자 주이다.

차례

여기까지야, 더는 안 돼 7
정신병원이 집이었던 소년 29
글자의 높낮이 42
생일 아침 식사 54
새의 장례식 68
나의 전공 분야, 사막 81
생일 축하 다과회 91
두 얼굴 113
비명의 합창 125
스포츠 부상 135
종지기 143
북방의 위대한 맑은 자 159
구속복을 입은 마리아 190
사라진 종지기 198
고양이 단면도 201
나는 두 개의 기름 탱크다 206
황금 속담 220
피를 나눈 형제 224
요마헤 233
숯가마 249
시골에서의 삶 267
눈 재난 275
선원과 수녀 296
저 돼지 당장 꺼지라고 해! 318
여름 축제 326
마를레네 334
로터리 카니발 345
부모님의 침대 353
여자 친구 356
프랑코 363
난데없이 370
자, 라라미로 달려가자! 384
부활 390
피를 나눈 형제 393
마지막 카운트다운 414
혼자인 사람은 비밀스럽다 432
이론과 실제 461
옮긴이의 말 484

여기까지야, 더는 안 돼

내가 처음으로 마주한 죽은 이는 연금 수급자였다.

사랑하는 가족이 사고와 질병, 노환으로 떠나기 오래전의 일이었다. 형과 너무 젊은 아버지, 조부모, 심지어 어린 시절 키우던 개까지 결국 죽음을 피할 수 없는 존재임을 받아들이기 오래전, 그리고 내가 죽은 이들과 끝없이 대화를 나누는 강박적 습관에 쾌활하면서도 절망적으로 빠져들기 오래전인 어느 아침, 나는 죽은 연금 수급자를 발견했다.

일곱 살이 되고 일주일이 지났을 때였다. 정말 손꼽아 기다린 일곱 번째 생일이었다. 드디어 이제 혼자 학교에 갈 수 있는 권리를 얻었다. 이날부터 나는 내키는 대로 멈춰도 되고 계속 걸어가도 되었다. 내가 자란 정신병원 경내는 물론이고 시설 담장 밖의 정원과 집들, 거리, 덤불도 달라 보였다. 어머니나 형들과 함께라면 미처 보지 못했을 것들이 지천이었다. 나는 성큼성큼 걸었다. 갑자기 훌쩍 자란 느낌이었다. 내가 하나의 개체가 된 만큼 주변 사물도 하나하나 개체로 보였다. 이제 우리는 같은 눈높이로 마주 보았다. 교차로와 나. 구멍가게와 나. 고물상 담장과 나.

나는 갑자기 스스로 얼마나 많은 결정을 내릴 수 있는지를 깨닫고 깜짝 놀랐다. 보통 어머니 손을 잡고 걸을 때면 길에는 신경 쓰지 않고 혼자만의 공상에 빠지거나 어머니와 이야기를 나누는 사이 우편함의 편지처럼 학교까지 고스란히 배달되는 게 전부였다.

첫 주에는 어머니한테 엄숙하게 맹세한 대로 항상 왼쪽부터 살피고 그다음 오른쪽을 살핀 뒤 다시 왼쪽을 살피면서 정해진 길로만 가겠다는 약속을 성실히 지켰다. 그러나 다음 주 월요일에 이미 주말농장 단지 쪽으로 잠시 돌아가기로 마음먹었다. 나는 녹색 울타리 문을 열고, 소꿉놀이 장난감처럼 작게 나뉜 땅과 묘목, 채소밭 사이로 난 작은 길을 따라 걸었다. 마음이 편치만은 않았다. 아버지가 주말농장 단지에 들어가는 걸 분명히 금지했기 때문이다.

"이런 오두막엔 어떤 인간들이 숨어 있을지 몰라! 절대 들어가선 안 돼. 알았지?"

"네, 아빠, 약속할게요!"

나는 설익은 사과를 따서 한입 베어 물자마자 울타리의

작대기 두 개 사이로 능숙하게 뱉어버리고는 남은 사과를 힘껏 지붕 위로 던졌다. 어디선가 툭 떨어지는 소리가 나기를 기다렸지만 내가 마치 무중력 공간까지 던지기라도 한 듯 사방은 조용했다. 나는 침을 몇 번 뱉고는 계속 걸어갔다. 주말농장 단지가 이렇게 크고 복잡하리라고는 예상하지 못했다. 나는 갈림길이 나타날 때마다 오른쪽을 택하면서 내가 잘 아는 문이 나타나기만 바랐다. 그 문에서 학교까지는 몇 백 미터 되지 않았다.

나는 생일 선물로 받은 손목시계를 보았다. 딱히 원하지도 않았는데 받은 선물이었다. 내 독립의 조건이 이 시계였기 때문이다. 벌써 여덟 시 오 분 전이었다. 이제는 정말 서둘러야 했다. 한 번 지나쳤던 정원 울타리에 이르자 걸음이 빨라졌다. 모든 길이 똑같아 보였다. 불안감이 치밀었지만 애써 무시하려 했다. 아침의 고요에서 막 깨어난 주말농장 단지의 구불구불한 길이 주는 아늑함은 물론이고 이곳을 오롯이 혼자 힘으로 통과하려던 내 생애 최초의 욕구도 순식간에 사그라들었다. 그때 멀리서 일 교시를 알리는 학교 종소리가 또렷이 들려왔다. 나는 달리기 시작했다. 등에 멘 책가방이 마치 성미 고약한 마부가 몰아대듯 내 등짝을 거칠게 때려댔다.

마침내 곧게 뻗은 길이 나타났고, 그 끝에 내가 찾던 문이 보였다. 가까이 다가가니 문은 잠겨 있었다. 그 너머로 익숙한 등굣길이 보였다. 나는 힘껏 뛰어올라 철문의 위쪽 가장자리를 잡고 올라가려 했다. 철문 창살이 그물망처럼 촘촘해서 계속 미끄러졌다. 창살에 발을 평평하게 눌러서 지탱하자 간신히 올라갈 수 있었다. 한쪽 다리를 먼저 건너편으로 넘기고 다른 쪽 다리까지 마저 넘기려는 찰나, 내 밑의 화단 왼쪽에 누워 있는 한 남자를 발견했다. 나는 죽은 사람임을 바로 알아차렸다.

지금 생각해도 왜 그때 바로 겁을 먹고 도망치지 않았는지 놀랍다. 오히려 나는 호기심을 이기지 못하고 철문 위에 엉덩이를 댄 채 남자 쪽으로 조심스럽게 미끄러져 내려갔다. 이제 남자의 모습이 더 잘 보였다. 말쑥하게 차려입은 모습이었다. 아니, 퍽 고상해 보였다. 모두 베이지색이었다. 연갈색 여름 신발 한 짝이 같은 색 양말을 신은 발에서 벗겨져 있었고, 셔츠는 바지 속에 단정하게 들어 있었으며, 아버지도 가끔 착용하는 여름용 꽈배기 허리띠를 두르고 있었다. 발과 종아리는 풀밭 위에, 나머지 몸은 꽃 속에 파묻혀 있었다. 무슨 꽃인지는 알 수 없었지만, 아무튼 화려하고 다채로웠다.

나는 왜 죽은 사람이라고 확신했을까? 왜 한순간도 도움을 청할 생각을 하지 않았을까? 왜 그 시체가 나를 위한 것이고, 내 것인 것처럼 느껴졌을까?

남자의 상반신 주변에는 꽃줄기들이 구부러지거나 일부 꺾여 있었다. 마치 필사적으로 꽃을 잡으려고 고통스럽게 몸부림친 듯했다. 얼굴은 바닥에 대고 있었고, 잿빛 머리는 헝클어져 있었다. 나는 눈을 뗄 수가 없었다. 그저 철문 위에 우두커니 앉아 남자를 내려다보기만 했다. 마음을 정할 수 없었다. 다시 철문 안쪽으로 다리를 돌려 죽은 자의 꽃 무덤으로 내려가야 할까? 아니면 반대편 살아 있는 자들의 세계로, 그러니까 자동차와 행인이 지나다니고 나 같은 건 어쩌건 상관없이 정해진 시간대로 수업을 진행하는 학교로 내려가야 할까? 한쪽 다리는 정원 위에, 다른 쪽 다리는 등굣길 위에 걸쳐져 있었다. 처음에는 다소 모호하던 생각이 차츰 놀라운 깨달음으로 굳어지면서 마침내 혀를 거쳐 입술 밖으로 나오는 길을 찾았다.

"죽은 사람을 발견했어." 내 입에서 나직이 몇 번이고 튀어나온 말이었다. 그와 함께 감격은 점점 고조되어갔다. "내가 죽은 사람을 발견했어."

나는 문에서 길 쪽으로 뛰어내리자마자 학교로 쏜살같이 달려갔다. 이어 교문을 열어젖히고 계단을 뛰어 올라가 교실 문을 열자마자 들뜬 목소리로 기쁜 소식을 전했다.

"**죽은 사람을 발견했다!**"

선생님과 아이들은 마치 구세주가 몸소 교실 천장을 뚫고 나타나기라도 한 듯 나를 바라보았다. '뭐지? 다 귀머거린가?' 나는 이렇게 생각하면서 두 팔을 높이 치켜들고 승리의 주먹을 불끈 쥐며 아까보다 더 큰 소리로 외쳤다.

"**내가아아 죽으으은 사라라람을 발견했다아아아!**"

"너 지금 무슨 소리 하는 거니?" 선생님은 무슨 뚱딴지같은 소리를 하느냐는 표정으로 나를 바라보며 야단쳤다. "제정신이니? 난데없이 이렇게 늦게 와서는 뭐? 너 미쳤어?"

순간 나는 아연한 눈으로 나를 쳐다보는 반 친구들의 아둔함과 교육학적 지성이라고는 찾아볼 길 없는 선생님의 표정에 깊은 안쓰러움을 느꼈다. 동시에 이들을 더는 저렇게 무지한 상태로 내버려둬서는 안 되겠다는 생각이 들었다. 그래서 승리를 확신하며 일부러 또박또박 나의 놀라운 발견을 털어놓았다.

"주말농장 단지에 한 사람이 누워 있어요. 죽은 사람이에요. 내가 발견했어요. 그 사람은… 죽었어요." 나는 모두의 벌어진 입속으로 음절 하나하나를 쏙쏙 넣어주었다. "거기 꽃 사이에 누워 있어요. 한 남자가요. 죽은 사람이요. 내가 발견했어요. 내가! 내가 죽은 사람을 발견했다고요!"

"자리에 가 앉아."

나는 책가방을 툭 내려놓고는 의자에 앉았다. 맙소사, 책상이 이렇게 낮았었나! 책상 서랍 밑으로 무릎이 간신히 들어갔다. 그러나 놀랍지 않았다. 죽은 이를 발견한 사람은 남보다 더 앞서나가고, 위로 더 빨리 자라고, 옆으로 더 많이 벌어지고, 모르는 새에 훌쩍 도약하기 마련이었다. 선생님이 교탁에서 일어났다. 교탁이 이렇게 왜소하고 초라해 보이기는 처음이었다. 선생님이 나를 향해 뚜벅뚜벅 걸어와 웅크리고 앉더니 정색을 하고 바라보았다. 앞으로 내 인생에서 자주 접하게 될 눈빛이었는데, 그게 말하는 바는 분명했다. '여기까지야. 더는 안 돼! 이제 장난이 아니야.' 나를 선택의 갈림길에 세우는 눈빛이었다. 그 유명한 뮌히하우젠처럼 구제불능의 허풍쟁이가 되어 진실과 성실을 사랑하는 인간 공동체로부터 버림받을 것인지, 아니면 고백과 뉘우침을 통해 모든 거짓에서 벗어날 것인지 둘 중 하나를 선택하라는 것이다.

선생님은 나를 한참 동안 그런 눈빛으로 바라보았다. "자, 이제 말해봐, 진실을. 무슨 일이 있었어? 네가 뭘 발견했다고?"

나는 침묵했다. 선생님의 목소리는 마치 거짓과 혼돈

에서 빠져나오는 길을 알려주려는 듯했고, 선생님의 표정은 금방이라도 나를 따뜻하게 안으며 내 어깨의 모든 짐을 덜어주려는 듯했다. "어서 말해봐, 진짜 무슨 일이 있었는지."

나는 급하게 달려오느라 여전히 숨이 찼다. 아니, 어쩌면 차분하게 대답해야 하는 이 순간에야 숨이 턱 막혔는지 모른다.

"뭔가를 발견했어요."

"뭘?"

나는 숨을 헐떡거렸다. "죽은 사람이요!"

"죽은 사람?"

"네."

"어디서?"

"주말농장 단지에서요."

전쟁 중에 머리에 총상을 입고 평소 화가 나면 열쇠 꾸러미를 던지기로 유명한 교장 선생님이 아픈 선생님 대신 수업에 들어왔을 때조차 교실이 이렇게 조용하지는 않았다.

압박이 커질수록 나는 점점 불안해졌다. 문득 내가 죽은 사람을 발견했다고 계속 주장하느니 차라리 이들의 불신에 굴복해 내 말을 그냥 뒤집는 게 훨씬 쉬울 것 같다는 생각이 들었다. 이런 식으로 말이다. '선생님 말씀이 맞아요. 죄송해요.' 아니면 '제가 착각한 것 같아요. 별것 아니에요. 그냥 바지 하나, 아니 어쩌면 쓰러진 허수아비였는지 모르겠어요. 맞아요, 허수아비였어요. 죄송해요, 지각해서. 그건 핑계였어요. 아무것도 보지 못했어요. 시체는 분명 아니에요.'

그러나 나는 쉽게 굴복하지 않았다. 그러자 선생님이 압박의 강도를 한층 높였다. "네 말이 사실이면 경찰을 불러야 해. 경찰이 출동해서 아무것도 없으면… 선생님이 분명히 얘기하는데 넌 정말 큰일 나는 거야."

'안 돼, 경찰이라니!' 나는 생각했다. '어떡하지? 내가 정말 착각했나? 그 남자는 잠시 의식을 잃고 누워 있었던 건 아닐까? 혹은 꽃밭에서 뭔가를 찾고 있었나?' 나는 열심히 상상의 나래를 폈다. '어쩌면 벌써 한참 전에 일어나 신발을 신고 꽃줄기를 펴고 머리를 빗고, 깔끔한 집 앞의 비치 의자에 누워 있을 수도 있어.' 경찰관이 남자의 정원 문으로 들어서는 모습이 상상 속으로 보이기 시작했다. 경찰관이 남자에게 인사한다. '안녕하세요, 잠시 실례하겠습니다. 여기서 혹시 죽은 사람 보셨나요?'

'죽은 사람이요? 아니요, 본 적 없어요.'

'어떤 남자애가 여기서 죽은 사람을 봤다고 해서요.'

'무슨 그런 해괴망측한 소리를! 내 정원에서 죽은 사람을 봤다고요? 그랬다면 내가 알았겠죠. 하여튼 개구쟁이들은 알아줘야 한다니까요.'

'그렇죠, 잘 알겠습니다. 좋은 하루 보내세요.'

이제 어떡해야 할까? 모두의 눈이 나에게로 쏠렸다. 심지어 공작 시간에 만들어서 창턱에 올려놓은 점토 공룡들도 나를 의심스럽게 바라보는 듯했다. 하지만 사실이었다. 그건 명백한 사실이었다.

"분명 봤어요, 풀밭에서요. 죽은 사람이었어요!"

"알았어." 그녀가 고개를 끄덕였다. "자, 다들 선생님이 돌아올 때까지 잠시 기다리고 있어요. 의자에 가만히 앉아서 한 사람도 움직이지 말라는 뜻이에요. 알았죠?"

선생님이 문을 나가자마자 다들 내게로 쪼르르 달려왔다. 정말 다들이었다.

"정말이야?"

"어디서?"

"어떻게 생겼어?"

"벌써 썩었어?"

나는 의자 등받이에 느긋이 등을 기대며 대답했다. "아니, 조금도."

"죽은 걸 어떻게 알았어?"

"척 보면 알지."

"에잇, 아직 살아 있을 수도 있잖아!"

"살인 사건일까?"

"피는 봤어?"

나는 하마터면 남자의 뒤통수에서 피가 조금 났다고 말하고 싶은 유혹에 넘어갈 뻔했다. 정말 딱 그 앞에서 멈췄다. "당연히 살인 사건일 가능성도 있지 않겠어? 남자의… 아냐, 피는 못 봤어."

선생님이 돌아오자 아이들은 허겁지겁 자리로 돌아갔다. 선생님은 교탁 뒤에 서서 조용히 하라는 뜻으로 손을 들더니 나를 보고 소리쳤다. "너는 교장실로 가."

나는 일어나 교실 문으로 걸어갔다. 선생님이 내게 다가오더니 등에다 손을 올렸다. 순간 손의 열기가 스웨터를 뚫고 뜨거운 경고처럼 피부 속까지 전해져왔다. 선생님이 내 귀에다 대고 서늘한 목소리로 속삭였다. 다른 아이들은 듣지 못했다. "아직 시간이 있어. 선생님한테 진실을 말해. 너도 알잖아, 교장 선생님이 거짓말하는 아이를 무척 싫어한다는 거. 아까 말한 거 정말 사실이니?"

나에 대한 선생님의 신뢰는 얼마 전 일로 땅에 떨어졌다. 내가 거짓말하는 순간을 현장에서 딱 들켰기 때문이다. 사실 별로 대수롭지도 않은 일이었다. 남자애 둘이 운동장에서 치고받고 있었다. 나는 싸움을 구경해본 적이 없었다. 싸우는 아이들 주변에는 구경꾼들이 포도송이처럼 다닥다닥 붙어 있었다. 나도 그 틈을 뚫고 들어가고 싶었지만 쉽지 않았다. 씩씩거리는 소리와 싸움을 부추기는 소리밖에 들리지 않았다. 그때 운동장을 가로질러 달려오는 선생님이 보였다. 이 좋은 구경거리가 곧 끝날 것 같았다. 결국 나는 소리쳤다.

"나도 보고 싶어!" 그러나 길은 열리지 않았다. "제발 좀 들어가자고! 나도 보고 싶단 말이야!" 반응이 없었다. 순간 나는 별생각 없이 목청껏 소리를 질렀다. "난 의사야!" 그제야 바깥쪽 가장자리에 서 있던 아이들이 주춤주춤 물러났고, 나는 그 길을 따라 들어갔다. "비켜, 나 좀 들어가게. 난 의사야!" 순간 사람 울타리가 만들어졌고, 마침내 치열하게 싸우는 남자애들이 보였다. 나는 한가운데로 성큼 들어섰다. 응급 상황 현장에 처음 출동한 일곱 살짜리 의사였다.

순간 선생님이 내 뒷덜미를 잡더니 나를 한쪽으로 밀쳤다. "우린 나중에 이야기하자. 알았지?" 그러고는 단호한 심판처럼 바닥에 엉겨 붙어 뒹굴고 있는 레슬링 선수들 사이로 몸을 던졌다.

다음 쉬는 시간, 나는 담배 연기 자욱한 교무실로 불려가 의자에 얌전히 앉은 채 묻는 말에 답해야 했다.

"아까 운동장에서 뭐라고 그랬지?"

"잘 모르겠어요."

"거짓말하지 마. 넌 잘 알고 있어."

나는 죄책감으로 고개를 푹 숙였다. 하지만 진심 어린 것이기보다 일종의 보여주기용 행동이었다.

"아까 했던 말 다시 해봐! 안 그러면 부모님께 전화할 거야!"

"난 의사야!"

"너 미쳤니? 왜 그랬어?"

"아빠가 의사라고 말하려고 했어요."

"말도 안 돼! 대체 왜?"

"보고 싶었어요."

"뭘 볼 게 있다고?"

선생님은 마치 이해가 더딘 아이에게 말하듯이 길게 말을 늘여가며 또박또박 말했다. "넌 — 의사가 — 아냐!"

나는 고개를 끄덕였다.

"누가 — 의사야?"

"우리 아빠요!" 나는 내 앞의 재떨이에다 대고 고백했고, 담뱃재가 공중으로 휘날렸다.

"이제 가봐."

교장실로 가는 휑한 복도에서도 선생님의 뜨거운 손길이 여전히 등에서 느껴지는 듯했다. 교장 선생님은 괴물처럼 큰 책상 뒤에 앉아 있었다. 교장실 문이든 창문이든 저렇게 큰 덩어리가 들어올 만큼 넓어 보이지 않았다. 그렇다면 학교 전체가 이 책상을 중심으로 지어진 게 분명했다. 곧바로 나의 공상이 시작되었다. 거대한 책상 하나가 크레인에 의해 공중에 매달려 있다. 인부들이 소리친다. '조금 더 높이! 조금 더 왼쪽으로! 그래, 됐어!' 그렇게 거대한 책상을 놓을 자리가 정해지자, 그 주위로 학교 벽이 올라가기 시작한다.

"어디서 발견했어?"

"뭘요?"

"남자를 어디서 발견했냐고?"

"철문 바로 위에서요. 문이 잠겨 있었어요. 죽은 사람은 주말농장 문 안쪽에 누워 있었어요."

"확실해?"

"그런 것 같아요."

"어떻게 확신해?" 교장 선생님이 나를 꿰뚫어보는 듯한 눈빛으로 바라보았다. 진짜 취조관 같은 눈빛이었지만, 어쩐지 내 눈엔 약간 무감각하면서도 지쳐 보였다. 나는 즉시 그가 지금껏 수천 명까지는 아니더라도 수백 명의 학생들을 그런 눈빛으로 쏘아보았을 거라고 짐작했다.

"둘 중 하나야. 넌 죽은 사람을 봤을 수도 있고, 보지 않았을 수도 있어! 난 젊을 때 죽은 사람을 많이 봤어. 그런 광경은 쉽게 잊히지 않아."

교장 선생님이 내 눈을 깊숙이 들여다보았다. 그런데 왠지 나를 관통해 다른 시간대를 들여다보는 듯했다.

"팔다리가 뒤틀린 채 눈밭에 꽁꽁 얼어붙어 있는 사람을 보고 있으면 정말 끔찍했어. 우린 추위를 이기려고 죽은 러시아군의 옷까지 벗겨서 입었어. 난 동상으로 발가락을 네 개나 잃었고."

교장 선생님이 안경을 벗자 대머리 관자놀이에 일직선으로 긴 고랑이 파여 있었다. 안경테에 눌린 자국이었다. 나는 이 남자가 무척 수상쩍었다. 한번은 대리 수업 때 아코디언을 들고 와서 민요를 부르더니 마지막엔 울음을 터뜨렸다. 우리가 보는 데서 몇 분이나 통곡을 했고 더 이상 연주는 하지 않은 채 아코디언에 바람만 계속 불어 넣었다 뺐다 했다. 악기는 마치 쭈글쭈글한 동물처럼 숨을 헐떡거렸고, 남자의 무릎 위에서 가르랑거리는 소리만 계속 내다가 종이 울리자 마침내 조용히 숨을 거두었다.

"말해봐, 지금 내 말 듣고 있니?"

"네? 물론이죠. 저는 봤어요. 틀림없어요. 꽃 속에서요."

"확실해?"

"네."

"좋아!"

교장 선생님이 거대한 전화기의 새까만 수화기를 집어 들었다. 당시에 이미 구형으로 취급받던 대형 전화기였다.

"안녕하세요. 노르트 학교의 발트만 교장입니다. 신고할 게 있습니다. 우리 학생 중 하나가 주말농장 단지에서 죽은 사람을 발견했다고 합니다." 교장 선생님은 상대의 말을 들으면서 나를 바라보았다. "그게 언제지?"

"여덟 시요, 아니 여덟 시 일 분이요." 나는 이렇게 정확한 시간을 알고 있는 자신이 대견해서 얼른 답했다.

교장 선생님은 "네, 알았습니다."라는 말을 두 번 반복하더니 수화기를 내려놓았다. "넌 이제 교실로 돌아가도 돼."

순간 나는 의아했다. '뭐, 이게 다라고?' 나는 문을 반쯤 열다가 다시 몸을 돌렸다.

"경찰한테 죽은 사람이 어디에 누워 있는지 말해줘야 하지 않을까요?"

"죽은 사람이 있으면 경찰이 알아서 금방 찾을 게다. 넌 그만 가봐라. 아버지께 안부 전하고."

"네, 알겠습니다."

교실로 돌아가는 길에 나는 갑자기 이대로 학교를 나가 경찰보다 먼저 죽은 사람이 아직 거기 있는지 확인하고 싶은 생각이 들었다. 순간 종이 울리면서 아이들이 교실 문을 거칠게 열어젖히며 쏟아져 나왔고, 내 생각은 곧 아이들의 야단법석 속에 파묻혀버렸다. 반 친구들이 나를 둘러싸고 죽은 자에 대해 꼬치꼬치 물었다. 처음엔 나도 어쨌거나 사실에 충실해 이야기하고 싶었고, 실제로도 그렇게 했다. 하지만 곧 이야기에 살을 좀 보탬으로써 묻거나 듣는 아이들을 계속 나한테 푹 빠지게 하고 싶은 유혹이 들었다. 특히 그중에는 여자애도 몇 명 있었다. 이렇게 해서 얼굴은 봤느냐는 질문에 처음엔 단호하게 아니라고 대답했다가, 그걸 어떻게 못 볼 수가 있냐는 질문이 서너 차례 나오자 나중엔 나도 모르게 그만 이렇게 대답하고 말았다.

"생각해보니까 조금은 본 것 같아. 예를 들어 코를…."

"코를 봤으면 눈도 보지 않았어?"

"봤지. 코와 한쪽 눈."

"뜨고 있었어, 감고 있었어?"

“눈은….” 나는 머뭇거리다가 기어들어 가는 목소리로 말했다. “…뜨고 있었어.”

그런데 죽은 사람의 얼굴에 대한 궁금증이 너무 컸던 아이들은 내 입에서 더 이상 얼굴에 관한 이야기가 나오지 않자 서서히 관심이 식기 시작했다. 나는 친구들을 실망시키고 싶지 않았다. 쉬는 시간이 거듭될수록 나의 죽은 자는 더욱 소름 끼치는 얼굴로 변해갔다. 열 시쯤에는 눈을 뜨고 하늘을 응시했고, 열두 시쯤에는 이빨이 없는 입에서 희끄무레한 혀가 쑥 나왔다. 심지어 검게 반짝거리는 딱정벌레 한 마리까지 그의 목구멍으로 기어들어 갈 뻔했지만, 그 이야기는 마지막 수업이 시작되는 바람에 간신히 멈추었다.

오전 수업 시간에 나는 세부적인 내용을 신들린 듯이 짜내느라 선생님의 말이 한마디도 귀에 들어오지 않았다. 그러다 마침내 학교가 끝나자 과감하게 진실의 벽을 뚫고 나왔다. 나는 운동장에서 많은 아이에게 둘러싸여 그사이 지어낸 이야기를 사실처럼 들려주었다. 동서독 양쪽에서 열리는 체스 대회에 참가하느라 며칠씩 자주 결석하고 평소에는 나를 거들떠보지도 않던 우리 반 일등이 물었다.

“그 사람이 죽었다고 백 퍼센트 확신해?”

“응. 근데 사실은….” 나는 홀린 듯 내 입만 바라보는 아이들을 가만히 응시하다가 마치 지금껏 이 이야기에서 놓치고 있던 한 가지 퍼즐이 갑자기 떠오른 사람처럼 화들짝 놀라는 척했다. “방금 네가 물어보니까 생각난 건데… 손가락 두 개가… 잠깐… 그래, 왼손이었어. 왼손 손가락 두 개가 꽃 밑에서 스르르 움직였어.”

“꽃 밑에서? 그걸 어떻게 봤어?” 체스를 통해 논리의 한계까지 잘 훈련된 우리 반 일등의 뇌가 딴죽을 걸었다.

“글쎄다.” 나는 내게 쏠린 아이들의 관심에 압도된 이 상황이 주는 긴장감을 만끽하며 말했다. “아무튼 손가락 두 개가 땅속의 지렁이처럼 꽃들 뿌리 부분에서 천천히 기어올라왔어.”

내가 죽은 사람을 본 것에 대한 우리 가족의 반응은 제각각이었다. 어머니는 나를 안으며 위로해주었다. “불쌍한 우리 강아지, 그래, 괜찮아? 많이 놀랐지?”

심리학으로 무장한 아버지는 인생의 덧없음을 이야기하면서도 내가 발견한 사실을 포괄적인 맥락과 연결시켜 연금 수급자의 죽음을 설명해주었다. “심장마비 같구나. 고통스럽게 죽지는 않았을 게다. 사실 좋은 죽음이지. 아침에 꽃을 따다가 죽었으니까.” 다행히 아버지는 당신의 금지 조치에도 불구하고 내가 주말농장 단지에 왜 들어갔는지 묻지 않았다.

반면에 두 형은 내 말을 한 마디도 믿으려고 하지 않았다. 시체 발견과 관련해서 지어낸 온갖 이야기 말고, 내가 최대한 기억하고 있던 원래 버전만 이야기했는데도 말이다. 내가 발작하듯 난리를 치고 울부짖으면서, 왜 내 말을 믿지 않느냐, 내가 소중히 여기는 모든 것을 걸고, 내 목숨까지 걸고 맹세하는데 정말 시체를 발견했다며 울분을 토해낸 뒤에야 형들도 서서히 내 말을 믿고 함께 감격해주었다. 형들은 나를 위로했고, 정말 아주 작은 부분까지 세세하게 캐물었다.

그런데 이후 며칠 동안 어떤 경찰관도 나를 찾아오지 않았고, 내가 엄숙하게 시신 발견 장소를 가리키는 사진도 신문에 대문짝만하게 실리지 않았다. 게다가 시신 발견자에 대한 사례금도 없다는 사실에 나는 두고두고 실망했다.

그 후 몇 주 동안 나는 내 발견에 대해 반복해서 이야기해야 했다. 학교에서든 수영 클럽에서든, 아니면 형들과 친척, 부모님 친구 들에게든. 나는 이야기를 좀 더 다듬었고, 남들에게 잘 통하는 공식을 익혔으며, 듣는 청중에 따라 버전을 바꾸기도 했다. 반 친구들과 형들은 소름 끼치는 이야기를 좋아했다. 이때 꽤 잘 먹히는 말이 “썩었다”였다.

"남자의 부릅뜬 두 눈이 하늘을 응시했고, 눈은 약간 썩어 있었어." 이 문장은 내가 말하면서도 소름이 돋곤 했다. 남자 어른들에게는 어린 소년의 의연한 태도에 초점을 맞추었다. "제가요, 시간과 발견 장소는 물론이고 시신 위치까지 정확히 외운 다음 바로 교장 선생님한테 달려가서 말씀드렸어요!" 여성 관객에게는 과도한 감상주의에 대한 평소의 거부감까지 내려놓고 뻔뻔하게 이런 표현을 사용했다. "뻣뻣한 시신 위로 장미꽃잎이 바람에 흩날렸고, 꽃잎 몇 장이 남자의 잿빛 머리에 내려앉았어요."

물론 내가 거짓말을 하고 있다는 건 나 자신이 너무 잘 알고 있었지만, 이야기는 마치 자기만의 삶이 따로 있는 듯 스스로 발전해나갔고 내게는 그를 충분히 존중해야 할 의무가 있는 것처럼 느껴졌다. 아무나 죽은 사람을 발견하는 건 아니지 않는가? 나는 이 특별한 사건이 내게서 편히 지내고 내 곁에 계속 머물길 간절히 바라는 마음에서 이 이야기에 아낌없이 살을 보태고 화려한 장식을 덧붙였다.

이렇듯 지금도 내 삶에 영향을 미치는 뭔가 이해할 수 없는 일이 그때 일어났다. 연금 수급자 얘기를 누구에게 몇 번이나 했는지는 몰라도 이번에는 큰형 친구 차례였다. 나는 늘 해오던 대로 익숙한 등굣길에서 벗어나기로 결심한 지점부터 떫은 사과를 깨물고 던진 얘기, 설렘과 긴장이 교차하던 얘기, 길을 잃고 철문 위로 기어 올라가 문을 넘으려다 말고 화단에서 쓰러진 남자를 발견했다는 얘기를 이어갔다. 게다가 나 스스로 지루해지지 않으려고 늘 새로운 디테일을 하나씩 만들어냈는데, 이번에는 반지였다. "그때 남자가 끼고 있는 반지가 보였어. 무척 비싸 보이더라고. 나는 문에서 내려가 반지를 뺄까 잠시 고민했는데 학교 종이 울리는 바람에 도망쳤어."

반지 얘기를 지어내던 중에 나는 별안간 뜨거운 전율이 등골을 훑고 내려가는 것을 느꼈다. 실제로 내 눈앞에 반지가 또렷이 보인 것이다. 진짜였다! 내가 지어낸 이야기가 아니었다. 죽은 사람은 생기 없는 왼손에 황금빛 결혼반지를 끼고 있었다.

나는 외쳤다. "맞아. 정말이라고! 반지를 끼고 있었어!"

큰형과 형 친구는 영문을 모르겠다는 듯 나를 빤히 바라보았다. "무슨 소리야? 맞다니, 뭐가?"

"반지 얘기 말이야. 그게 사실이었다고!"

나는 그 순간을 결코 잊지 못한다. 허구로 진실을 찾아낸 순간이었다. 아무것도 없던 허공에서 뽑아낸 가상의 반지가 실제 반지, 즉 진실의 반지에 다시 생명을 불어넣었다. 거짓말이 고고학 도구처럼 그때까지 파묻혀 있던 세세한 부분을 긁어내어 저 깊은 기억 속에서 다시 끄집어냈다.

나를 해방시키는 놀라운 깨달음의 순간이었다. 허구는 곧 기억이다.

정신병원이 집이었던 소년

내가 자란 주립 어린이청소년 정신병원은 그때나 지금이나 그냥 '헤스터베르크'라 불린다. 슐레스비히홀슈타인에서 가장 큰 병원이다. 아버지는 어린이청소년정신과 의사였는데, 이곳 원장이 되었을 때 환자 수는 무려 천오백 명이 넘었다. 이 시설은 1817년 주아디카니 박사라는 사람이 국왕에게 "하늘을 향해 병을 낫게 해달라고 소리쳐 갈구하는 방법밖에 없는 너무나 불행한 인간들을 구제하기 위해" 정신병원을 지어달라고 요청하면서 설립되었다. 이름은 몇 년마다 바뀌었다. 처음에는 '지방광인기관'으로 불리다가 나중에는 '지방바보기관', 그다음엔 '정신박약아를 위한 지방요양보호소'라 불렸다. 이후 젊은 환자들의 전문기관으로 특화해서 '정신지체박약아 요양보호소'로 불리다가 마침내 백오십 년이 지나서야 '헤스터베르크 어린이청소년 정신병원'으로 바뀌었다.

그런데 병원에는 어렸을 때부터 이 환경에 너무나 익숙해서 성인 병원으로 옮기는 것이 무리인 나이든 환자와 심지어 고령의 환자도 많았다.

준공을 앞둔 현대식 클리닉 한 동을 제외하면 이곳 건물들은 모두 세기 전환기에 지어졌는데, 한 방에 최대 스무 명의 환자가 잠을 자는 음습하고 거대한 벽돌 상자 같았다. 사 층으로 이루어진 침대에는 긴 사다리가 놓여 있었다. 위층 침대들은 밖에서 잠글 수 있었다. 침대라기보다 환자가 떨어지지 않게 만들어놓은 동물 우리에 가까웠다. 정신병원 경내는 넓고, 폐쇄적인 세계였다. 원예 센터, 메인 주방, 목공소, 봉제 공장, 이른바 스팀 세탁소, 철공소, 심지어 붉은 벽돌 굴뚝이 있는 작은 석탄 화력 발전소까지 있었다. 철공소에서는 주로 창문과 침대 창살, 그리고 병동 정원의 높은 울타리용 창살을 제작하고 용접했다. 이런 작업장 일부에서 환자들이 노동 치료와 착취가 혼재된 환경 속에서 일하고 있었다.

우리 집은 이 시설의 한가운데에 있었다. 정신병원 설립자는 원장 관사를 의도적으로 정중앙에 배치했다. 웅장한 건물은 권력의 과시인 동시에 이곳을 관할하는 감독자가 이 세상 밖에 있지 않다는 선언이기도 했다. 나는 그런 곳에서 자랐다. 천오백 명의 정신적 육체적 장애가 있는 사람들 사이에서. 형들과 나는 환자들에게 갖가지 별명을 붙여주었다. 우리는 대놓고 그들을 바보나 미치광이라고 불렀다. 다른 별명도 많았다. 병신, 천치, 백치, 멍청이, 등신, 머저리, 사이코, 돌아이 등등이었다. 큰형이 가장 좋아하는 단어는 저능아였다. 그들을 그렇게 부르는 건 우리에겐 그냥 일상이었다. 부모님도 우리끼리만 있을 때면 가끔 그런 표현을 사용했다.

매일 아침 등굣길의 절반은 정신병원 경내를 지나가야 했는데, 나는 항상 똑같은 환자들을 만났다. 일단 쪽문을 열고 우리 집 앞 정원에서 벗어나면 벤치에 앉아 있는 소년이 보였다. 담배를 한 번에 쭉 빨아서 다 태워버리는 일 말고는 마땅히 하는 게 없는 아이였다. 소년은 내 아버지를 기다렸다. 아버지가 로트핸들레 담배를 한 개비씩 건네주곤 했기 때문이다. 담배를 받으면 소년은 먼저 크게 숨을 들이쉬고 내뱉은 뒤 담배를 입에 물고 불을 붙인 다음, 쉬지 않고 쭉쭉 빨았다. 그러면 담배는 길쭉한 불덩이로 변해가다가 이내 다 타버렸다. 소년은 꽁초를 벤치 앞의 다른 꽁초들 사이로 푸 뱉고는 천천히 숨을 내쉬었는데, 그야말로 구름 같은 연기가 입에서 뿜어져 나왔다. 연기 구름에 휩싸인 채 게슴츠레한 눈으로 앉아 있는 모습이 그렇게 행복해 보일 수가 없었다.

옆 벤치에는 토르스텐이라는 이름의 다른 소년이 앉아 있었는데, 늘 "향수 이쪄? 향수 이쪄? 향수 이쪄?" 하고 물었다. 그러다 곧잘 입술을 모아 뽀뽀하듯이 쏙 내밀고는 후 바람을 불었다. 어떤 때는 손가락 끝을 불기도 했고 어떤 때는 소매의 보푸라기를 불기도 했다. 봄에 미루나무에서 날아온 솜털이 정신병원 경내 벤치에 쌓이면 며칠 동안 돌아다니며 깨끗이 불어 없앴다. 한번은 내가 내용물이 가득한 '라거펠트' 향수병을 주자, 입으로 후 불고는 뚜껑을 열어 그냥 다 마셔버렸다.

거기서 몇 미터 더 가서 다음 모퉁이를 돌면 자주 마주치는 소녀가 있었다. 소녀는 보호 헬멧을 억지로 잡아당겨 벗는 데 성공하면 이마를 바닥에 내리찍었고, 그렇게 피가 흐르는 머리로 길바닥에 해와 별과 달을 그렸다. 길을 가다 종종 보게 되는 아스팔트 위의 말라붙은 핏빛 별들이 모두 소녀의 작품이었다.

여름이면 한 소년이 높직한 울타리를 쳐놓은 정원의 풀밭에 가끔 누워 있곤 했다. 항상 울타리 가장자리였다. 소년은 눈이 없고, 이마와 코, 광대뼈가 기형으로 엉겨 붙어 있었다. 그렇게 사람 같지 않은 얼굴에 검정색 색연필로 눈이 그려져 있었다. 동공을 품은 동그라미 두 개였다. 아버지 말에 따르면 그건 정원을 위해 자신을 아름답게 꾸미려는 소년의 바람이라고 했다.

빈 파이프를 입에 물고 어슬렁어슬렁 경내를 돌아다니는 늘 친절하고 내성적인 남자도 있었다. 이름은 에곤이었다. 아버지는 나에게 이 남자를 조심하라고 했다. 철사 옷걸이를 구부려 다른 사람의 똥구멍에 쑤셔 넣는 걸 좋아하는 인간이라는 것이다. 우리 집 부엌 창문에는 희뿌연 창자 안에 철사가 선명하게 보이는 엑스레이 사진이 며칠 동안 걸려 있기도 했다.

타잔이라는 별명을 가진 루디도 있었다. 녀석은 나무에 기어오르거나, 풀밭에 꼼짝도 않고 누워 있거나, 먹잇감을 노리는 맹수처럼 숨어 있다가 갑자기 튀어나오는 걸 좋아했다. 늘 진짜같이 생긴 권총을 갖고 다니면서 번개처럼 빠르게 달려와 지나가는 사람의 관자놀이에 총을 갖다 댔다. 그를 아는 사람들은 이게 얼마나 무해한 행동인지 알고 있었기에 일부러 무서워하는 척하며 그를 기쁘게 해주었다. 타잔은 사람들이 자기 앞에 무릎을 꿇고 "제발, 죽이지 마세요!" 하고 애원하는 걸 좋아했다. 붉은 머리카락이 흘러내린 녀석의 얼굴은 손바닥보다 그리 크지 않았다.

비네 혹은 트리네라고 불리는 아주 성가신 소녀도 있었

다. 그녀는 작았다. 나는 열 살 때 이미 그녀보다 컸다. 이 소녀를 만나면 떼어놓을 수가 없었다. 그녀는 이 시설의 출구까지 찰거머리처럼 따라붙으며 새된 목소리로 항상 두 가지 질문만 던졌다. "넌 누구야?" "내가 누굴 보고 있지?" 내가 이름을 말하면 소녀는 웃으면서 자신의 탱탱한 가슴으로 나를 꼭 끌어안으며 말했다. "아냐, 아냐, 넌 누구야?" 나는 그녀의 품에서 벗어나려고 했지만 소녀는 힘이 셌다. 나를 더욱 강하게 끌어안으며 몸을 비볐다. 몸에서 독한 냄새가 났다. 뭐라고 대답하든 소녀에게는 틀린 답이었다. "넌 누구야?" 이 말만 거듭 돌아왔다. 소녀는 나를 벽으로 밀어붙이고는 몇 분 동안 놓아주지 않았다. "내가 누굴 보고 있지?" 나는 도망치려 했다. "아냐, 아냐, 넌 누구야?"

이 병원의 2번 게이트에서는 한 환자가 경비원 놀이를 하고 있었다. 환상적인 제복을 입고서. 새파란 재킷 어깨에는 스펀지로 만든 견장이 달려 있고, 재킷 앞에는 병뚜껑으로 만든 훈장이 주렁주렁 매달려 있었다. 허리에는 알록달록한 벨트를 매고 있었는데, 벨트 끝이 옆으로 툭 삐져나왔다. 그는 한껏 가슴을 부풀리고 발뒤꿈치를 착 붙인 채 지나가는 차들에 수신호를 했다. 나를 보고는 매일 아침 이렇게 물었다.

"어디 가?"

"학교."

남자는 경례를 붙이며 큰 소리로 외쳤다. "오호, 붕가붕가 하러?" 그러고는 내게 길을 터주었다.

이어 나는 내가 잘 아는 진짜 경비원에게 인사를 했다. 그러면 차단기가 올라갔고, 나는 정신병원 경내를 떠났다.

두 개의 게이트와 병동 현관 앞에서는 극적인 장면이 자주 펼쳐졌다. 병원에 새로 인계된 사람들이 경내나 병동에 들어가지 않으려고 발버둥을 치면서 가족에게 매달리고 보호사들을 걷어차거나, 아니면 거꾸로 이곳에 입원해 있는 환자들이 나가지 않으려고 발버둥을 치면서 보호사들에게 매달리고 가족에게 발길질하는 장면이었다. 정신병원으로 들어가는 길이든 나가는 길이든 많은 사람에게 공포의 현장이었다.

물론 눈에 띄지 않는 사람들도 많았다. 대다수가 그랬다. 그들은 그냥 멍하니 앉아 있거나, 알 수 없는 말을 중얼거리거나, 쉴 새 없이 경내를 돌아다녔다. 조금 한갓진 곳에 위치한 한 병동의 뒤뜰에는 벤치가 여러 개 놓여 있었다. 그곳에 앉아 있는 환자들은 섬뜩할 정도로 비슷했다. 머리는 빡빡 밀었고, 입술은 두툼했으며, 동공이 큰 두 눈은 우울했다. 심지어 살집이 많은 귓바퀴와 귓불도 붓고 무거워 보였다. 얼굴은 너무 연한 색연필로 칠해놓은 듯 생기가 없었다. 그들은 이런 모습으로 벤치나 등받이 의자에 웅크리고 앉아 있었다. 해가 지면 석양빛이 옆으로 돌출한 귓속으로 붉게 파고드는 듯했다.

큰형이 내게 말했다. “저기 웅크리고 앉아 멍하니 바라보는 사람들을 봐. 좀 으스스하지 않아? 저 사람들은 모든 걸 보고 모든 걸 냄새 맡고 모든 걸 듣고, 우리보다 열 배는 더 많은 걸 알면서도 하루 종일 아무것도 하지 않아!” 우리는 그곳을 “슬픈 부엉이들의 뒷마당”이라 불렀다.

얼굴조차 구경할 수 없는 환자도 많았다. 병동 밖으로 나갈 수 없거나 나가는 게 허용되지 않는 사람들이었다. 비가 오지 않거나 날씨가 허락하면 환자들은 바퀴 달린 기구에 실려 밖으로 나왔다. 아직 쌀쌀하면 이동식 침대에 모자를 쓰고 가만히 누운 채, 아니면 담요를 휘감고 휠체어에 앉은 채로 말이다. 휠체어의 모양은 천차만별이었다. 어떤 건 아주 어린 기형아를 위해 유압식으로 제작되어 위아래와 앞뒤로 기울일 수 있었다. 또 어떤 건 앉은키에 딱 맞게 머리 쿠션이 달려 있기도 했다. 심지어 턱 밑에 받침대가 달린 휠체어도 있었다. 그 위에 올려놓은 머리통은 마치 액자 속의 얼굴이나 장식장 속의 가면 같았다.

중증 신체장애가 있는 어린이들은 따뜻한 날이면 상당수가 병동 앞 정원에 눕혀졌다. 이런 정원에는 위험한 동물을 가두는 우리처럼 울타리가 높이 쳐져 있고, 때로는 위에 철조망까지 설치되어 있었다. 하지만 이런 장애물을 기어오르거나 넘을 수 있는 환자는 눈을 씻고 찾아봐도 없었다. 나는 종종 걸음을 멈추고 울타리 창살 사이에 손가락을 끼운 채 민들레와 데이지로 뒤덮인 풀밭 위에 형형색색의 담요를 깔고 누워 있는 환자들을 바라보곤 했다. 어떤 아이들은 기려고 했고, 어떤 아이들은 몸을 쭉 펴고 햇볕을 쬐었다. 멀리서 쫙 편 발가락이 솟아올랐고, 푸른 하늘을 향해 뻗은 손이 보였다. 어떤 아이들은 낑낑거리며 팬티를 내렸다. 나는 그들의 성기를 보았다. 간호사와 보호사 들은 테이블에 앉아 담배를 피우고 커피를 마셨다. 그 뒤에는 의료 보장구들이 걸린 선반이 있었다. 지지하는 도구 없이는 밑으로 처질 수밖에 없는 가슴과 골반, 머리를 가죽끈과 버클이 달린 다양한 모양의 도구로 고정하는 의료용 코르셋이었다. 한번은 한 소년의 손에서 동물 인형이 바로 앞 풀밭에 떨어졌다. 아이는 어떻게든 인형을 집으려고 안간힘을 썼지만 손이 닿지 않았다. 몇 시간 후 내가 학교에서 돌아왔을 때도 아이는 여전히 인형을 집지 못하고 있었다.

보호사들은 나를 알아보고 손을 흔들어주었다. 어떤 간호사는 군것질거리를 내게 갖다주거나 아니면 케이크를 한 조각 울타리 틈새로 슬쩍 건네주었다.

여기가 나의 집이었다.

나는 수백 명을 한눈에 알아보았다. 해마다 늘 똑같이 얼룩덜룩한 유리창 너머로 소년 소녀들이 보였다. 당시는 핑거 페인팅의 시대였고, 강렬한 색채의 향연이 유리창 전면을 뒤덮을 때가 많았다. 환자들은 헐렁하고 흰 환자복을 입고 유리창에 붙어 손가락으로 물감을 찍어 유리 전체를 도배했다.

함께 노는 환자들을 거의 본 적이 없는 것은 항상 놀라웠다. 멋진 정글짐과 그네, 미끄럼틀을 갖춘 넓은 놀이터가 있었지만 대부분 한산했다. 인상적인 것은 따로 있었다. 경내가 아무리 꽉 차더라도 많은 환자가 오직 자기 자신에게만 집중한다는 사실이었다. 심지어 보호사의 손을 잡고 걸을 때조차 그들은 혼자만의 세계에 빠져 있었다.

마치 의료용 짐볼을 잘라낸 것처럼 생긴 두꺼운 가죽 헬멧을 쓴 사람도 있고, 등 뒤에 단추가 달린 재킷과 단단히 연결해놓은 패딩 장갑을 낀 사람도 있었다. 그들의 신발, 바지, 셔츠, 점퍼, 스웨터, 외투는 모두 헌옷 수거함에서 가져온 것들이었다. 그 때문에 시대에 뒤떨어져 보였다.

뭔가 어색하고 불편하고 세상과 약간 동떨어진 것 같던 인상이 그렇게 아무렇게나 조합해서 입은 해진 옷 때문이었을까, 아니면 옷을 입은 스타일 때문이었을까?

한번은 내가 버린 스웨터를 입은 남자아이를 본 적이 있었다. 기분이 안 좋았다. 낡고 해져 더는 나에게 필요 없는 무언가가 누군가에게는 너무나 잘 어울리는 물건이 될 수 있다는 사실 때문이었다.

그런데 내가 정신병원 경내에서 만난 어린이와 청소년 모두가 환자였는지는 확실하지 않다. 원래 방문객이 많은 곳이었다. 게다가 직원 자녀들을 위한 정원도 있었고, 갖가지 문제를 치료하기 위해 오는 외래 환자도 많았다.

환자들이 주로 하는 일들 가운데 하나는 흡연이었다. 그들에게 흡연은 내 아버지와 달리 부수적인 일이 아니었다. 아버지가 담배를 입에 물고 범죄 소설을 읽거나, 차를 운전하거나, 심지어 전기면도기로 면도를 했다면, 환자들은 오직 담배 피우는 일에만 집중했다. 담뱃갑에서 담배를 꺼내 들고 입으로 가져가 한 모금 쭉 빨아들이는 모습에서부터 이미 고도의 집중력이 느껴졌다. 그들은 벤치에 앉거나 벽에 기대거나 남들에게서 시선을 돌린 채 담배를 피웠다. 자기만의 고요에 빠지기 위해서였다. 그들은 자신의 내면에 푹 잠겨 담배 연기를 깊이 흡입했다. 그럴 때면 마치 온몸이 마비되고 정신이 딴 데로 가버린 사람 같았다. 나는 그들의 입술이 담배에 대한 탐욕 때문에 필터를 꼭꼭 물고 있다는 느낌이 자주 들었다. 그들은 담배를 피우면서 느긋한 표정을 짓지 않았고, 부드럽게 손목을 구부리지도 않았으며, 영화배우처럼 우아한 포즈를 취하지도 않았다. 대신 은밀한 일에 열중하고 있는 것 같았고, 노회하고 탐욕스럽게 다음 담배를 기다리는 사람 같았다.

놀랍게도 흡연자 중 상당수는 무척 어렸다. 하지만 그런 데 신경 쓰는 사람은 없었다. 알코올은 이 시설 어디서든 엄격하게 금지되어 있었다. 나는 맥주 캔을 들고 있는 환자를 한 번도 본 적이 없었다. 하지만 니코틴은 최고위층이 연령 제한 없이 승인한 약물처럼 보였다. 보호사, 간호사, 의사, 심리학자, 치료사 할 것 없이 모두 담배를 피웠고, 손을 벌리는 환자들에게 아낌없이 담배를 나눠주었다. 수용자들은 여기서 버는 얼마 안 되는 돈을 담배 사는 데 다 썼다.

그런데 아무리 둘러봐도 조울증 병동만큼 강박적으로 담배를 피우는 병동은 없었다. 조울증 환자들은 누렇게 변색된 손가락 끝에 불꽃이 닿을 때까지 담배를 피웠고, 담배 연기가 구원이라도 되는 양 폐 속 깊숙이 빨아들였다. 이 병동 주 출입구로 가는 길 좌우에는 담배꽁초가 빽빽이 흩어져 있었고, 벤치 앞에도 두더지가 파놓은 흙처럼 필터와 꽁초가 수북이 쌓여 있었다. 건물의 한쪽 벽에는 수년 동안 담배를 비벼 끈 흔적이 선명하게 남아 있었다. 벽에 남은 수천 개의 검은 재 얼룩은 얼핏 보면 총탄 자국이나 거대한 흰개미굴의 자잘한 입구처럼 보였다.

나는 조울증 병동만큼 뻥 뚫린 하늘 아래서 그렇게 많은 사람이 그렇게 협소한 장소에서 그렇게 줄담배를 피워대는 모습을 본 적이 없었다. 마치 으스스한 제식을 치르는 종파의 신도들 같았다. 그들은 갑자기 동시에 담배를 피웠다. 서른 명의 우울증 환자들이 함께 담배를 물고 함께 연기를 들이마시고 함께 내뿜은 뒤 거의 일 초도 안 돼서 담배 든 손을 내렸다. 그중 여자들은 남자들보다 훨씬 더 집착적으로 담배를 피웠다. 나는 시커먼 나락에서 피어오르는 한 줄기 구원의 빛처럼 담배에 집착하는 여자나 소녀 들을 보았다. 그들 사이에 대화는 거의 없었다. 그들의 얼굴은 지금도 내게는 불가사의한 혈연적 유사성으로 연결되어 있었다. 연이어 피워대는 담배에 대한 중독이 그들을 외적으로 연결시켜주듯 내적으로도 절망으로 연결된 특별한 유대감과 동질성이 있는 게 분명하다는 생각이 들었다.

다른 병동 앞에서 본 젊은 여자도 잊히지 않는다. 경련성 마비 때문에 스스로 담배를 잡을 수 없는 여자였다. 그래서 그녀의 휠체어 팔걸이에는 양손을 고정시키는 장치가 설치되어 있었다. 그만큼 여자는 담배를 좋아했다. 간호사가 여자의 머리를 잡고 담배 연기를 먹여주었다.

글자의 높낮이

우리 집을 중심으로 두 개의 둥근 고리 형태로 배치된 이 시설의 건물들에는 알파벳이 붙어 있었다. 안쪽 고리의 건물들은 A부터 G까지였고, 바깥쪽 고리는 H부터 P까지였다. 이 두 고리 바깥에 작업장과 밭이 몇 곳 있었다. 각 건물은 3층으로 이루어져 있었는데, 위치에 따라 상중하로 나뉘었다. 과밀로 인해 일부 예외가 있었는데, 그런 동에는 '지하' 또는 '다락'이 추가되었다. 이렇게 해서 각 병동은 예를 들면 'A-하', 'J-중', 'B-상'으로 분리해서 불렀다. 아버지와의 대화에서도 이런 식의 이름이 자주 등장했다. "오늘 G-상에서 누군가 불장난을 했어." 혹은 "M-하는 인원수 초과라서 오늘 환자 넷을 D-다락으로 이송할 거야."

나는 이런 표기 방식에 너무 익숙해서 글자에 높낮이가 있다고 확신했다. 따라서 글을 배울 때 이렇게 묻기 시작했다. '개Hund를 쓸 때 H를 다른 글자보다 낮게 써야 할까, 높게 써야 할까?' 이건 아주 복잡한 문제였다. 각 건물에서 경증 환자는 아래층에, 중증 환자는 중간층에, 가망이 없는 최악의 환자는 위층에 있었기 때문이다.

나는 단어에 특별한 의미를 부여하고 싶으면 첫 글자를 다른 글자보다 높게 썼다. 악명 높은 폐쇄 병동 'K-상'에 착안해서 K로 시작하는 단어의 첫 글자를 다른 글자보다 높게 쓰면 그건 무척 위험한 단어라는 뜻이었다. 예를 들어 내가 만일 치즈Käse, 질병Krankheit, 부스러기Krümel, 커피Kaffee, 유치원Kindergarten, 고양이Katze 같은 단어의 첫 글자 K를 높게 썼다면 그건 거칠고 다루기 힘들다는 의미였다.

K-상으로 쓴 치즈는 냄새가 고약하고 맛이 없었고, K-하로 쓴 질병은 생명을 위협하지 않는 가벼운 병이었으며, K-중으로 쓴 고양이는 할퀼 줄은 알지만 실제로 할퀴지는 않는 고양이였다.

알파벳의 높낮이는 환자들의 질병과도 관련이 있었다. 거식증 소녀들은 L-하에 살았다. 이 병동 앞길에는 분필로 몸의 윤곽이 그려져 있을 때가 많았다. 거식증 소녀들은 자신이 여전히 존재한다는 사실을 확인하려고 바닥에 누워 이런 식으로 자신의 윤곽을 그렸다. 따라서 L-하로 쓴 단어들은 허약하고 사라질 위험을 품고 있었다. 예컨대 L-하로 쓴 빛Licht, 고수머리Locke, 가죽Leder은 조심해야 한다는 뜻이었다. 내가 좋아하지 않거나 무서워하는 단어들은 각각의 폐쇄 병동에 넣어버렸다. 그러면 그 단어들은 더 이상 밖으로 나오지 못했다. 이런 표기 방식 때문에 나는 학교에서 처음으로 분노 발작을 일으켰고, 이후 이 증상은 평생 나를 따라다녔다. 내가 공책에 쓴 글은 아무도 알아보지 못했다. 칠판에 긁적거린 글은 더더욱 그랬다. 아이들의 폭소는 덤이었다. 선생님은 이렇게 말했다. “고양이는 배가 고프다Die Katze hat Hunger라고 한번 써봐.” 나는 칠판에 이렇게 썼다.

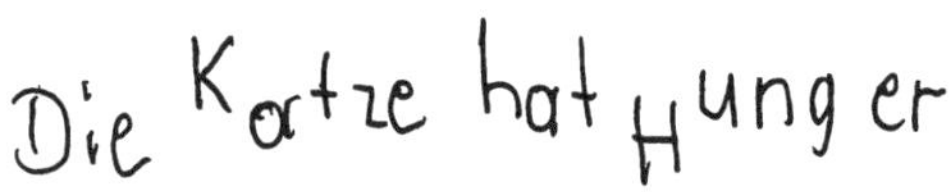

이건 배가 고프지 않은 무척 나쁜 고양이라는 뜻이었다. 선생님은 고개를 절레절레 저었다. 내가 어찌 대문자나 소문자, 문법 따위에 신경을 쓰겠는가? 중요한 건 글자 자체로 나타나는 명료함과 아름다움이었다. 내게는 기호로서의 문자가 아니라 문자의 정체성, 본질, 성격이 중요했다.

스스로도 깜짝 놀란 일이지만 나는 일 학년을 불과 사 개월만 다니고 다시 집으로 돌려보내졌다. 정신을 잃고 분노를 폭발하는 일이 점점 잦아진 것이다. 그것도 마땅한 이유 없이 '난데없이' 그랬다. 조금만 부당한 대우를 받는다 싶으면 나는 여지없이 절망에 빠졌다. 작은형이 내 어깨를 톡톡 치며 말했다. "일 학년에 벌써 유급이라니! 넌 앞으로 크게 될 놈이야!"

부모님은 이 아픈 경험이 트라우마로 남지 않도록 나를 유치원에 돌려보내지 않았다. 그래서 나는 일 학년의 남은 시간을 집에서 보낼 수 있었다. 어머니는 오전에 프리랜서 재활 치료사로 일했는데, 나는 시골로 일하러 나가는 어머니와 동행했다. 어머니가 디스크가 있는 농부들에게 비료 자루처럼 무거운 물건을 들고 나르는 바른 자세를 가르치는 동안 나는 이리저리 돌아다녔다. 혹은 학교에 다니는 낯선 아이들과 장난감을 갖고 놀기도 했다. 어머니는 일주일에 한 번 승마 재활 치료도 했는데, 쉬는 시간이면 말의 등 위에서 할 수 있는 몇 가지 묘기를 가르쳐주었다. 아버지도 가끔 나를 데리고 다녔다. 한번은 중증 장애인들과 함께 수영 치료를 받으러 갔는데, 아버지는 기사에게 부탁해서 나를 물에서 크레인으로 들어 올리게 하기도 했다.

피크 부인이라는 이름의 청소부 아줌마가 집에 오는 날

이면 나는 형들의 방에서 형들이 없는 시간을 마음껏 즐겼다. 예전의 친구들은 일 학년도 마치지 못한 나를 수상쩍게 바라보았다. 나 역시 우리 사이에 넘을 수 없는 벽이 있음을 뼈저리게 느꼈다. 유치원에서 만난 애들은… 두 번 다시 보고 싶지 않았다.

우리 청소부 아줌마의 이름이 피크*이고, 그게 마치 세상 흔한 이름이라는 듯 누구나 쉽게 부를 수 있다는 사실은 내게 정말 엄청난 일이었다. 형들과 나는 내기를 하기도 했다. 아줌마한테 다가가 태연히 이름을 부르면서 말을 거는 거였다. 예를 들면 이런 식이었다. "피크 부인, 혹시 내 운동화 보셨어요?" 아버지도 이런 내기에 즐겨 동참했다. 그럴 때면 우리 셋은 구석에 숨어 손등을 깨물어가며 웃음을 참아야 했다. "피크 부인, 필요한 게 있으면 쇼핑 목록에다 적어주세요. 좋은 하루 보내세요, 피크 부인. 참, 피크 부인, 피크 씨에게도 안부 전해주세요!"

그녀의 남편은 슐레스비히 기상 관측소에서 일했다. 매주 금요일에 시험 차원에서 사이렌이 울리면 그는 즉시 버튼을 눌렀고, 그러면 관측소 지붕이 열리면서 은색 측정기

* 성교의 비속어. 영어의 'fuck'에 해당한다.

가 달린 기상 풍선이 날아갔다. 그걸 찾는 사람에게는 오십 마르크의 보상금이 지급되었다. 이 소도시의 많은 소년들과 마찬가지로 나도 자전거를 타고 머리 위로 사라지는 풍선을 무작정 뒤쫓았다. 고개를 젖혀 위를 쳐다보거나 다시 고개를 내려 정면을 바라보는 일을 반복하면서 말이다. 그러다 보면 막다른 길에 닿기도 하고, 울퉁불퉁한 길을 한참 헤매기도 했다. 도시 경계를 너무 많이 벗어난 게 아닌가 하는 두려움이 갑작스레 밀려오는 순간 햇빛에 반짝이며 날아가는, 점점 작아지는 보물 사냥은 끝났다. 나는 한 번도, 단 한 번도 풍선을 찾지 못했다.

태어난 곳은 아니지만 내가 자란 이 도시는 정신병원 담장 바로 너머에서부터 시작되었는데, 알파벳으로 깔끔하게 정돈된 정신병원 경내보다 훨씬 비체계적이고 혼란스러웠다. 나는 높지막한 붉은 벽돌 담장이 침입자를 막아주는 요새의 방벽이라 오랫동안 믿었다. 이 담장은 내게 항상 안전한 느낌을 주었다. 우리 집은 정원 울타리로 보호되어 있을 뿐 아니라 정문에 경비원까지 서 있는 진정한 요새의 심장부였다. 나는 알록달록한 마트료시카 인형 중에서 가장 작은 인형처럼 침대에 누워 있었다. 내 주위는 방이 감싸고 있었고, 방은 집이, 집은 울타리가 쳐진 정원이, 정원은 담장이 쳐진 정신병원이 감싸고 있었다. 그 너머의 도시는 더 이상 내가 속한 세계가 아니었다.

열 살 때 참가한 방학 캠프에서도 나는 내 출신을 묻는 질문에 도시 이름 대신 정신병원 이름을 댔다.

"넌 어디 살아?"

"킬."

"너는?"

"뤼베크."

"그럼 너는?"

"헤스터베르크."

"헤스터베르크? 거긴 미치광이가 사는 데 아냐?"

"거기가 내 집이야. 그리고 그런 데를 정신병원이라고 해."

"네 이름은 뭐야?"

"요키."

"요키? 여긴 요아힘이라고 적혀 있는데?"

"그 이름 안 좋아해. 다들 날 요키라고 불러."

"그러니까 헤스터베르크의 요키라는 말이지?"

"정확해."

정신병원 담장 너머에 초원과 들판만 있었더라도, 그래서 정문을 열고 나가면 바로 확 트인 풍경만 펼쳐졌더라도 나는 전혀 이상하게 생각하지 않았을 것이다. 아버지는 정신병원이라는 우주의 주관자였다. 물론 그렇게까지 거창하게는 아니더라도 나는 아버지가 이 전체 시설의 책임자일 뿐 아니라 이 모든 것이 그의 것이라고 굳게 믿었다. 아버지는 의사이자 왕이었다. 내가 친구들과 함께 경내를 돌아다니거나 D동 앞의 놀이터에서 놀고 있을 때면 여기도 내 놀이터라고 확신했다. 나는 어린 왕자처럼 뒷짐을 지고 한가하게 돌아다니면서 여기저기 기웃거렸다. 원예 센터에서는 일찍 꽃을 피운 포인세티아를 선물로 받았고, 메인 주방에서는 거대한 솥에 담긴 뜨거운 초코 푸딩을 맛보았으며, 보일러실에서는 뜨겁게 타오르는 화로에 조개탄을 던져보기도 했다.

정신병원 밖에 위치한 북독일의 이 소도시는 제법 볼게 있고 방문할 가치가 있었다. 슐레스비히에는 그리 오래되지 않은 다소 각진 종탑을 갖춘 대성당이 있었다. 그 안에는 세계적으로 유명한 브뤼게만 또는 보르데스홀름 제단이 있었다. 이게 세계적으로 유명하다는 건 초등학교 때부터 귀에 못이 박히게 들었지만 실제로 그런지는 알 수 없었다. 나중에 다른 도시들에 있을 때 내 고향을 좀 더 자세히 설명하려고 이 제단의 이름을 꺼내도 아는 사람이 없었다. 안타깝게도 성당 제단에는 가까이 접근할 수 없었다. 제단의 정교한 조각상들은 엽서에서만 확대되어 뚜렷이 보일 뿐 실물은 침침하게 뒤엉켜 확인할 수 없었다.

대성당은 주변 집들보다 몇 미터 낮았다. 중세에는 성스러운 땅에 쓰레기나 오물을 버리는 것이 금지되어 있었기 때문이다. 반면에 성당 주변에 사는 주민들은 자신들이 버린 쓰레기 더미 위에서 살아갔고, 그렇게 몇 세기 동안 쌓이고 쌓인 결과 그들이 사는 집들은 무려 삼 미터는 높아졌다. 이제 성당은 깊은 구덩이처럼 푹 가라앉아 있었다. 산술적으로만 보면 슐레스비히 사람들은 일만 오천 년 후에는 성당 첨탑 꼭대기 높이의 쓰레기 더미 위에서 살지 모른다.

또 다른 명소는 고트오르프성이었다. 해자로 둘러싸여 있고 제법 볼 만한 표현주의 그림들이 전시된 인상적인 건축물이었다. 우리 집에 어쩌다 손님이 찾아오면 우리는 제뷜의 놀데 박물관으로 몇 시간씩 차를 타고 가거나, 아니면 고트오르프성의 표현주의 전시장을 방문했다. 박물관에는 현존하는 가장 큰 바이킹 정착지 중 하나인 하이타부 인근에서 발견된 늪지 미라가 유리 케이스에 전시되어 있었다. 이 도시 주민이라면 검은 가죽처럼 변한 이 미라를 모두 알고 있었다. 눈은 가려져 있고, 불타는 듯 붉은 머리칼은 여전히 땋은 채로 일부 남아 있으며 브로치를 달고, 구멍 난 자루 같은 외투를 걸치고 있었다.

시간이 지나면서 이곳 사람들은 자신의 뿌리를 찾고 구조적으로 취약한 북방 문화에 무언가 생기를 더하려고 바이킹에 점점 주목하기 시작했다. 심지어 어떤 미래로 나아가야 할지 알 수 없던 상황에서 바이킹의 영혼을 발견함으로써 비로소 자신에게 이르렀다고 주장하는 사람들이 많았다.

이런 연유로 이 도시에서는 오래전부터 이른바 '바이킹 데이'가 개최되었다. 매년 일주일씩 수천 명의 방문객들에게 — 그중에는 덴마크인도 많았다 — 지금껏 알려져 있지 않던 자신들의 다른 면을 보여주는 행사였다. 여기서는 털가죽을 두른 안경점 주인, 손수 만든 바이킹선이 침몰하는 상황에서 구출되는 교사들, 커다란 굽은 바늘로 가죽 헝겊을 꿰매 희한한 모양의 부츠를 만드는 신발 판매원, 뿔 달린 투구를 쓰고 복원된 옛 화로에서 요리를 하고 납작한 빵을 굽는 레스토랑 주인들을 볼 수 있었다. 심지어 바이킹 문화에 푹 빠지고 싶은 사람에게는 축제 기간 내내 역사 유적지 하데비에르 노르의 바이킹 정착촌에서 살아볼 기회가 주어지기도 했다.

홍보지에 따르면 바이킹 데이의 주목적은 바이킹을 기

존의 악당 이미지에서 해방시키고 바이킹 문화를 고급문화로 복원하려는 데 있었음에도 바이킹 데이는 매일매일 질펀하고 요란한 술판으로 끝났다. 주민의 절반이 과거 바이킹의 풍습뿐 아니라 지금의 습성에도 맞게 가죽 텐트에서 도수 높은 바이킹 맥주인 메트를 취하도록 마셨다. 그러다 보니 의식을 잃은 남녀를 병원으로 실어 나르느라 구급차 사이렌 소리가 새벽까지 끊이지 않았다.

바이킹 열광의 정점은 기괴할 정도로 흉물스러운 건물이었다. 바이킹 타워라고 불리는 이 건물은 해안가의 목가적인 장소에 세워져 있었다. 내 고향만큼 현대식 건축으로의 이행이 처참하게 실패한 도시는 드물었다. 조각 케이크 모양의 집들은 수년 동안 주인을 찾지 못했다. 지금은 매춘부들이 그곳에 자리 잡았다는 소문이 돌지만, 그마저도 찾아오는 고객이 없어 탁 트인 경치만을 위안으로 삼는다고 했다.

슐레스비히는 독일에서 가장 긴 담수 지류인 슐라이 강변에 자리 잡고 있는데, 바다까지는 사십 킬로미터 가까이 떨어져 있다. 도시에서 가장 오래된 홀름 마을은 지금도 남아 있는데, 납작한 집들과 그 앞의 키 큰 장미가 놀랍도록 잘 어울리는 그림 같은 어촌이다. 오랜 전통에 따라 이 마을에는 갈매기 왕이 살았다. 갈매기 섬에 발을 들여놓을 수 있는 유일한 사람이었다. 슐라이강 가운데에 위치한 이 작은 섬에서는 붉은부리갈매기 수천 마리가 부화를 했다. 갈매기 왕만이 갈매기 섬으로 노를 저어 건너가 갈매기 알을 채집해서 팔 수 있었다. 슐레스비히는 갈매기 알로 유명했다. 이 알은 살모넬라균을 없애려면 오래 끓여야 했다. 그런데 갈매기들이 주로 인근의 뵈클룬더 소시지 공장에서 나오는 음식물 쓰레기를 먹는 바람에 알에서 역한 고기 맛이 나면서 결국 갈매기 알의 판매는 금지되었다.

슐레스비히에는 이 도시의 두 번째 얼굴이 있었다. 거대한 헤스터베르크 어린이청소년 정신병원 외에 이 도시에 자리한, 성인들을 위한 슈타트펠트 정신병원이었다. 이곳에도 이천여 명의 정신적 신체적 장애인이 거주하고 있었다. 슐레스비히홀슈타인주에서 가장 큰 파울리호프 청소년 교도소가 있었고, 거대한 청각장애인 시설 두 곳, 바닥에서 울리는 음파에 맞춰 춤을 추는 전설적인 청각장애인 디스코장, 창문이 없는 육 층짜리 시각장애인 학교, 시립 병원, 수많은 치료 센터 및 재활 센터가 있었다. 인구 이만 오천 명에 불과한 도시 규모에 비추어보면 엄청난 수의 외지인들이 있었다. 도시의 거의 모든 주민이 어떤 식으로든 자신과 다르고 도움이 필요한 사람들을 상대하며 살아갔다. 게다가 세월이 지나면서 마치 위성처럼 상당수 사설 시설들이 도시 주변에 생겨났다. 이 시설들은 두 곳의 대형 정신병원에서 환자들을 넘겨받았다. 어느 방향에서 슐레스비히로 들어오든 길가 벤치에 앉아 몸을 흔들거나, 마치 풍경 속의 점처럼 손을 흔드는 환자들을 쉽게 볼 수 있었다. 슐레스비히 주민들이 이 특별한 사람들을 대하는 자연스러운 태도는 놀라웠다. 언젠가 보행자 구역 한가운데서 옷을 벗고 춤을 추면서 유행가를 부르는 환자 두 명을 본 적이 있는데, 슐레스비히 사람들은 이들을 보고 그저 싱긋 웃으며 이렇게만 말했다. "어서, 옷 입어! 이제 괜찮아."

생일 아침 식사

아버지의 마흔 번째 생일이었다. 아침 생일상에는 고등어, 곱상어 복부 요리, 지방이 풍부한 장어, 그리고 아버지가 특히 좋아하는 킬청어 같은 다양한 훈제 생선이 올라와 있었다. 킬청어를 머리째 먹는 아버지의 입에서 빠드득빠드득 생선뼈 부러지는 소리가 들렸다. 아버지는 생선 요리로 기름기 번드르르한 입을 다물 새가 없었기에 그 소리는 더 잘 들렸다. 그러던 아버지가 어느 순간 어머니와 두 형,

나에게 말했다.

"오늘로 난 꼭 마흔이다. 이 생일이 오는 게 항상 두려웠어. '꽉 찬 생일*'이라는 말이 별로 달갑지 않지만, 어쨌든 오늘은 내 인생에서 다시 곱절이 되길 바라는 마지막 생일이 될 거야. 여든까지는 살 수 있겠지? 아니, 여든까지는 살고 싶어. 다음 '꽉 찬 생일'은 쉰 번째 생일이야. 그때는 곱절까지 살길 기대할 수 없어. 백 살은 무리야. 백 살까지 사는 사람은 없어. 백 살까지 살면 신문에 나오고, 사람들 앞에서 장수의 비밀을 이야기해야 해. 이빨 하나 없는 입으로 '난 매일 사과를 하나씩 먹었어요.' 하고 웅얼거리고 싶지는 않아. 화가 티치아노는 백 살까지 살았다고 해. 다들 알고 있었어? 하지만 난 팔십이면 충분해."

아버지는 잠시 말을 멈추더니 혀끝으로 윗입술과 빛바랜 콧수염을 핥았다. "새로운 소식이 있다. 깜짝 놀랄 소식이야. 두 달 후 새 클리닉이 완공돼. 드디어. 준공식에 누가 참석하는지 알아? 우리 슐레스비히홀슈타인주의 게르하르트 슈톨텐베르크 지사님께서 직접 참석해주시기로 하셨다."

"정말요?" 어머니가 환하게 웃었다. "주지사님이 오신

* 십 년 단위로 축하하는 생일. 예를 들어 열 번째, 스무 번째, 서른 번째 생일을 이른다.

다고요? 어떻게 그걸 해냈어요? 나도 뭔가 특별한 계획을 짜봐야겠네요."

"그래요. 너희 셋도 꼭 참석해야 해. 좋은 분이시다."

작은형이 말했다. "북방의 맑으신 분이라고 들었어요. 그렇게 부르지 않아요?"

"맞아, 보머룬더 소주처럼 맑으신 분이지!" 아버지가 맞장구를 치더니 말을 이어갔다. "정말 의미 있는 날이 될 거야. 하지만 그게 다가 아냐. 나는 오늘 내 인생에서 몇 가지를 바꾸기로 결심했다. 그러기엔 오늘 같은 마흔 번째 생일이 좋은 기회라고 생각해. 어쩌면 마지막 기회가 될지도 모르고."

우리는 아침 식탁에 둘러앉아 귀를 기울였다. 심지어 우리 개까지 아버지의 비장한 어조에 놀라 내 옆에 조용히 앉아 있었다. 개는 식사 시간마다 항상 내 곁을 지켰다. 식사 중에 내가 먹을 것을 몰래 떨어뜨려줄 때가 많았기 때문이다. 개는 아직 다 자라지 않았다. 털이 복슬복슬한 앞발의 크기가 앞으로 얼마나 더 클지를 예고하고 있었다.

"팔십이라는 축복받은 나이에 도달하려면 지금부터 준비해야 해. 그때까지 살기 위해 가장 중요한 건, 여기 있는 너희도 충분히 짐작하겠지만 좀 더 건강하게 생활해야 한다는 거다. 그래서 나는 담배를 끊기로 결심했다! 물론 여든 살 생일부터는 다시 담배를 피울 생각이다. 그때도 어쩌면 지금처럼 우리 모두 이렇게 함께 있는 자리에서. 그러니까 영원히 담배를 끊겠다는 얘기는 아니다. 사십 년 동안만 잠시 쉬겠다는 거지. 살도 빼기로 했다. 내가 지금 몇 킬로 나갈 것 같니?"

큰형은 조심스럽게 백 킬로그램을 예측했고, 작은형은 구십오, 어머니는 구십팔, 나는 이백 킬로그램을 예상했다. 아버지는 훈제 장어를 꿀꺽 삼키더니 입과 콧수염을 문질렀다. 번드르르한 기름 자국이 손등에서 반짝거렸다. 아버지는 나를 보고 웃으면서 말했다. "막내 말이 맞다. 내가 말이야, 무려 이백 킬로나 나가. 네가 맞혔어. 정말 이백 킬로는 나갈 것 같은 느낌이야. 사실 고백할 게 있는데, 나는 서서 오줌을 눌 때 자지가 안 보여."

형들과 나는 비명을 질렀다. 아버지가 이 비슷한 말을 할 때면 늘 그랬다. 우리는 몸서리를 치면서 혐오와 경악을 드러내는 척했다.

어머니가 눈을 샐쭉거리며 말했다. "또, 또, 그 이야기!"

아버지는 모든 걸 성적인 것과 연결시키는 데 도사였다. 오이나 호박을 보면 바지 지퍼 앞에 갖다 대지 않고는 그냥 넘어가는 법이 없었다. 우리가 샤워를 마치고 벌거벗은 채 방으로 가다가 만나면 아버지는 여러 번 눈썹을 치켜

들고 음흉하게 웃곤 했다. 한번은 주말 시장에서 어머니가 가지를 파는 매부리코 장수에게 "물건이 오늘 아주 실해 보이네요!" 하고 말한 적이 있는데, 아버지는 며칠 동안 그 생각만 하면 웃겨 죽겠다는 듯 빵떡 같은 얼굴 위로 눈물까지 흘려가며 웃곤 했다.

"지금 내 몸무게는 백육 킬로야!" 마침내 아버지가 우울하게 고백했다. "아침에 잰 거야. 십육 킬로를 감량하기로 결심했다. 그러면 구십 킬로그램이 되겠지. 마지막으로 몸무게를 잰 게 스무 살 때야. 새 클리닉을 개원할 때까지는 목표치의 절반을 감량할 수 있을 것 같아. 일주일에 일 킬로씩 총 팔 킬로를 줄이는 거지. 이 상태로 주지사님을 만나고 싶지는 않아. 하지만 담배와 마찬가지로 음식도 잠시 쉬는 것뿐이야. 팔십이 되면 다시 닥치는 대로 먹을 거야."

아버지는 뺨을 부풀려 지금보다 더 뚱뚱한 사람 연기를 하며 손가락 사이에 담배 세 개비를 끼우고는 입안에 음식을 가득 넣은 듯 우적우적 씹으면서 말했다. "이게 내가 상상하는 노년의 모습이야. 줄담배를 피우는 살덩어리!"

형들과 나는 재미있게 지켜보았다. 다만 어머니는 회의적인 표정을 감추지 않았다.

"이대로 계속 갈 수는 없어." 아버지가 말을 이었다. "소변도 앉아서 봐야 하고, 욕조에서 나오는 것도 힘들어. 가슴도 자꾸 처지고." 아버지는 셔츠 위로 선명하게 삐져나온 불룩한 가슴살을 움켜쥐었다. "빨랫줄에 널린 내 팬티를 보고 있으면 뚱뚱한 서커스 광대의 팬티 같아서 부끄러워."

나는 이 비유가 완전히 이해되지는 않았다. 서커스가 뭐 어때서? 나는 아버지가 서커스에서 공연해도 잘 어울릴 거라고 생각했다.

"얼마 전 강연 중에 무슨 일이 있었는지 아니? 이백 명 앞에 서서 진짜 심각한 이야기를 하던 중이었어. 그런데 갑자기 셔츠 단추가 튀어나갔어. 그냥 툭 뜯어지더니 객석 세 번째 줄로 날아간 거야. 다들 봤지만 모른 척했어. 나는 배에서 서늘한 바람이 느껴졌지만 내려다볼 엄두가 나지 않아 그냥 차분하게 숨을 쉬려고 노력했어. 자칫 내 뚱뚱한 배가 나머지 단추까지 뜯어서 객석으로 날려 보낼까 겁이 났던 거지. 강연 내내 그렇게 배를 깐 채로 서 있었어. 정말 민망했지."

어머니가 물었다. "강연 주제가 뭐였어요?"

"소아기의 자살. 난 정말 살을 빼야 해!"

작은형이 말했다. "나 같으면 하루에 세 끼만 먹겠어요!"

아버지가 맞장구를 쳤다. "그래, 네 말이 맞다. 내가 보기에도 그게 살을 빼는 올바른 방향으로 가는 첫걸음인 것 같다. 오늘부터 세 끼만 먹자!"

작은형이 말한 네 번째 끼니는 야식을 의미했다. 아버지는 매일 새벽 세 시에서 네 시 사이에 깨서 배가 고파 미칠 것 같다면서 부엌으로 가 직접 요리를 했다. 베이컨을 넣고 달걀 프라이를 하거나 뜨거운 바닐라 푸딩을 한 그릇 뚝딱 만드는 식이었다. 마치 신전에 참배하듯 열린 냉장고 문 앞에 무릎을 꿇고 앉아 있는 아버지의 모습은 나에게 가장 친숙한 모습 중 하나였다. 아버지는 항상 작은 등을 켜놓고 냉장고 앞에 쪼그리고 앉아 소시지나 치즈를 먹었다.

큰형이 아버지에게 말했다. "밤에만 먹지 않는 걸로는 도움이 안 돼요. 낮에도 너무 많이 먹으면 안 돼요. 저기 있던 초콜릿과 코코넛 플레이크가 순식간에 다 사라졌어요." 큰형이 뒤쪽 부엌 찬장을 가리켰다. 찬장 꼭대기에 우리의 군것질거리를 담아놓는 그릇이 있었다. 아버지가 정한 자리였다. 손이 닿기 어려운 곳에 있으면 군것질도 줄일 수 있을 거라고 생각했던 거다. 헛된 희망이었다. 아버지는 발꿈치를 들고 뚱뚱한 배를 찬장에 댄 채 셔츠 단추로 나무를 긁으면서까지 팔을 뻗어 결국엔 군것질거리를 손에 넣었다.

"무엇보다…." 큰형이 잠시 뜸을 들였다. 다음에 말할 내용은 아주 민감한 주제였기 때문이다. "아버지는 더 많이 움직여야 해요."

"그래." 놀랍게도 아버지는 순순히 시인했다. "그 말이 맞다. 청진기를 내 가슴에 대고 소리를 들어보려고 했는데, 심장이 뛰지 않았어. 불쌍한 것! 지방 덩어리 속에 산 채로 파묻혀 있는 거야. 마치 눈사태에 묻힌 사람이 구조를 기다리며 어둠 속에 누워 있듯이. 어쩌면 벌써 죽었을지도 몰라. 기름 덩어리 공동묘지에서. 웃지 마. 어쨌든 그 때문에라도 난 달리기를 시작하려고 해."

어머니는 미심쩍은 표정으로 아버지를 바라보았다. "당신은 지금 한꺼번에 다 하려고 해요. 금연, 다이어트, 운동까지. 일단 한 가지만 해보는 건 어때요?"

"안 돼!" 아버지가 목소리를 바꾸어 단호하게 말했다. 남성적인 어조였다. "이왕 하는 거 한 번에 다 해야지! 몸은 비만한데 담배만 끊으면 뭐 하고, 열심히 달리는데 줄담배를 피우면 뭐 하겠어! 그냥 단박에…." 아버지는 마치 연극처럼 과장되게 양손으로 얼굴을 쓸어내렸다. 작은형은 아버지의 손가락을 예전에 소시지 손가락이라고 불렀다. 아버지는 그 말에 너무 속이 상해서 돌아가시는 날까지도 잊지 않고 반복해서 이렇게 묻곤 했다. "이젠 소시지 손가락 아니지? 안 그래?"

생일 아침 식탁에 앉아 있던 아버지가 갑자기 깜짝 놀란 표정으로 "세상에, 세상에"라는 말을 반복했다. "내가 오늘 마흔이야! 마흔이라고!" 아버지가 우리를 애정 어린 눈길로 바라보았다. "내가 너희들만 할 때만 해도 마흔 살 먹은 사람은 모두 몸을 덜덜 떠는 노인인 줄 알았는데."

똑똑한 작은형은 마치 서부 총잡이가 번개같이 허리춤에서 총을 뽑아 들고 쏘듯 망설임 없이 분위기 깨는 말을 하는 데 일가견이 있었다. 그런 면에서 형보다 빠른 사람은 없었다. 이번에도 마찬가지였다. "맞는 말이에요, 아빠! 젊다는 건 시대마다 달라요! 백 년 전에는 대부분의 사람이 아빠 나이에 죽었어요. 통계적으로 보면 아빠는 지금도 약간 늦은 거예요."

아버지는 어색한 웃음을 지으며 고개를 끄덕였다. "고맙구나, 새삼 일깨워줘서. 아무튼 네 말이 맞다. 나한테는 지금이 변할 수 있는 마지막 기회니까."

나는 아버지의 배를 좋아했다. 우리가 발트해에 가면 아버지는 바닥에 등을 대고 누워, 뭔가를 먹지 않으면 늘 하던 대로 책을 읽었다. 나는 해변에서 두족류 화석과 물살에 쓸려 온 유리 조각 찾는 걸 좋아했다. 그러다 보면 시간 가는 줄 몰랐다. 내가 아버지에게 간청했다. "제발, 제발,

한 번만 더 배꼽을 채우게 해줘요." 아버지가 동의하면 나는 곧장 바다로 달려가 양손으로 바닷물을 뚝뚝 떨어뜨려가며 받아와 아버지의 깊은 배꼽을 채웠다. 그러면 물이 다 증발할 때까지 놀 수 있었다. 가끔 나는 멀리서 소리쳤다. "아직 남았어요?" 그러면 아버지는 검지를 배꼽에 쏙 넣어보며 대답했다. "응, 아직 시간 있어." 그런 아버지가 살을 뺀다면? 그건 해변에서 놀 수 있는 나의 귀중한 시간이 줄어든다는 것을 의미했다.

내가 배꼽 속의 물을 생각하고 있을 때 손에 든 빵에서 살라미 한 조각이 뚝 떨어졌다. 우리 개가 눈 깜짝할 사이에 살라미를 낚아채 갔다. 아버지는 내가 백일몽에 빠져 있을 때면 늘 하던 행동을 막 하고 있었다. 멍한 내 눈앞에 손을 갖다 대고 손가락을 딱 튕긴 것이다. 큰형은 공상에 빠진 내 모습을 사진까지 찍어두었는데, 사진 속의 모습은 낯설었다. 꼭 장님 같았다.

"자, 이제 가족들이 있는 자리에서 마지막 담배를 피우겠다." 아버지가 담배에 불을 붙여 연기를 깊이 들이마셨다.

"뭔가 특별한 맛이 나지 않아요?" 내가 물었다.

"암, 무척 특별해!" 아버지가 대답했다. "이 무슨 기막힌 우연인지, 나는 지금 지구상에서 재배하고 수확하고 말아서 판매한 담배 중에서 가장 맛있는 로트핸들레 담배를 마지막으로 피우고 있어. 이렇게 맛있는 담배는 처음이야." 아버지는 연기를 내뿜으며 다시 쭉 빨았다. 우리는 그런 아버지를 얌전히 지켜보았다. "이제 마지막 모금이다."

쾅 소리가 났다.

처음에 난 아버지가 폭발한 줄 알았다. 마지막 담배와 함께 스스로 폭발해버렸을까? 그 직후 내 접시 위로 무언가가 휙 지나갔다. 아버지가 깜짝 놀라 입에 물고 있던 마지막 담배를 식탁보에 뱉은 것이다. 어머니는 누군가 목을 조른 것처럼 희한한 소리를 냈고, 내 옆에 있던 개는 펄쩍 뛰어올라 식탁 모서리에 머리를 부딪히고는 무언가를 쩝쩝 핥았으며, 형들과 나는 움찔하며 의자에 등을 기댔다.

총알같이 날아오던 새 한 마리가 거실 창문에 부딪힌 소리였다. 이런 일은 전에도 자주 있었지만 아침 식사 시간에, 그것도 기대에 부푼 적막의 순간에 이렇게 요란하게 창문에 부딪힌 적은 없었다.

발그레한 담배 불꽃이 식탁보 위에 누워 있었다. 형들과 어머니는 벌떡 일어나 창문 쪽으로 뛰어갔고, 나는 불꽃만 뚫어지게 바라보았다. 아버지와 눈이 마주쳤다. 한쪽 눈꺼풀이 약간 처져 있었다. 아버지가 스스로 "고트프리트 벤의 눈"이라고 부르는 눈이었다. 아버지는 무척 인상적인 행동을 했다. 전에는 본 적이 없는 행동이었다. 새끼손가락에 침을 묻히더니 빨간 불꽃을 톡 건드렸다. 불꽃이 손가락 끝에 달라붙었다. 아버지가 손을 치켜들었다. 침에 젖은 손가락 끝에 주황색 불꽃 하나가 균형을 잡고 서 있었다. 아버지가 나에게 불꽃을 내밀었다. 그때 작은형이 우리를 보고 소리쳤다.

"검은지빠귀다!"

나는 불꽃에서 고개를 돌려 밖을 내다보았다. 미닫이 유리문 바로 앞에 검게 반짝거리는 새 한 마리가 아침 햇살을 받으며 바닥에 누워 있었다. 새의 부리도 주황색으로 빛났다. 정확히 같은 색조였다. 나는 다시 시선을 돌렸다. 아버지는 나를 바라보고 있었다. 크기가 다른 아버지의 두 눈 속에는 불가사의하면서도 친숙한 무언가가 담겨 있었다. 아버지는 입을 벌려 새끼손가락을 쏙 넣더니 입술로 담배 불꽃을 감싸고는 다시 손가락을 빼내 깨끗이 핥았다. 나는 내 눈을 믿을 수 없었다. 왜 그랬을까? 마술일까? 불꽃을 먹은 것일까?

개가 이미 숨이 끊긴 새를 향해 짖어댔다. 아버지가 일어났다. 의자가 신음했다. 다른 가구들도 신음했다. 침대, 소파, 의자, 비치 의자 할 것 없이 아버지가 앉았다 일어나면 항상 그랬다. 심지어 아버지 자신도 신음했다. 반면 자리에 앉을 때는 늘 진동의 순간이 찾아왔다. 체중을 이기지 못해 몸이 풀썩 주저앉으면서 생기는 진동이었다. 일어날 때는 쥐어짜는 듯한 소리가 아버지의 목구멍에서 새어 나왔다. 일어나는 건 중력을 거슬러 육중한 몸을 힘겹게 들어 올리는 일이었다. 아버지는 무거운 짐을 안고 살았다.

큰형이 미닫이문을 열었고, 어머니는 개를 잡았다. 작은형이 새 위로 허리를 숙였다. 검은지빠귀는 눈을 감은 채 한쪽 날개를 힘없이 바닥에 펼치고 있었다.

"간 것 같아!" 작은형의 공감 어린 진단이었다. 나도 밖으로 나갔다. 드물게 따뜻한 아침이었다. 발밑의 테라스 바닥이 벌써 따뜻했다.

"죽었어?" 내가 물었다.

아버지처럼 의사가 되고 싶어 하고, 그 때문에 아버지하고는 묘한 의학적 동질감으로 연결되어 있는 작은형이 발가락 끝으로 새를 톡 건드렸다.

"건드리지 마." 아버지가 몸을 숙이며 말했다. "목이 부러진 것 같다."

"네, 경추 골절로 보여요." 작은형이 전문용어로 잘난 척했다. "어쩌면 척추 손상일지도 모르겠어요!"

"꼭 그렇게 볼 수는 없답니다, 의사 양반!" 아버지가 장단을 맞추었다.

"상자 가져올게요." 어머니가 벌써 걸음을 옮기며 소리쳤다. "그냥 저대로 둘 수는 없잖아요."

키친타월을 깐 신발 상자에 검은지빠귀를 조심스럽게 집어넣는 순간 나는 새가 죽었다고 확신했다. 가사 상태의 새는 더 이상 산 자의 세계로 돌아오는 길을 찾지 못할 것 같았다. 죽음에는 돌이킬 수 없는 최종적인 무언가가 담겨 있었다.

이렇게 해서 아버지의 생일 아침 식사는 북방의 맑으신 분이 새 클리닉 준공식에 참석한다는 반가운 소식으로 시작해서 아버지의 야심찬 결심 발표를 거쳐 검은지빠귀의 죽음으로 갑작스레 끝나고 말았다. 아직 달걀을 다 먹지 못한 나만 다시 식탁에 앉았다. 아버지는 자신의 전용 안락의자에 앉더니 책을 집어 들었다. 그러고는 평소 하던 대로 책을 눈에 바짝 갖다 댔다. 얼굴이 거의 가려졌다. 아버지는 이런 식으로 몇 시간 동안 우리 시야에서 사라졌고, 대신 반짝거리는 천구처럼 책 상단의 수평선 위로 대머리만 반쯤 돌출해 있었다. 어머니는 내 주변의 식탁을 치웠다.

"아직 다 안 먹었어요!" 내가 소리쳤다. "왜 다들 가는 거예요?"

어머니는 내 풍성한 고수머리를 쓰다듬었다. "천천히 다 먹어, 우리 아가. 엄마는 신경 쓰지 말고."

형들은 각자 방으로 사라졌다. 나는 너무 빨아서 변색된 천으로 덮인 바구니에서 달걀을 꺼냈다. 두드려서 깰까, 머리를 자를까? 망설일 이유가 없었다. 달걀을 깰 때 나의 선택은 항상 참수였다. 나는 나이프를 들고 달걀의 머리를 쳤다. 빗나갔다. 너무 밑을 쳤다. 사람이었다면 아마 견갑골쯤 되었을 것이다. 노른자가 달걀 컵 위로 흘러내렸다. 또 주황색이었다. 검은지빠귀 부리와 담배 불꽃에 이어 달걀노른자까지 주황색이었다. 이날엔 너무나 다른 사물들이 같은 색을 띠고 있었다. 궁금증이 일었다. 이렇게 계속될까? 아버지의 마흔 번째 생일을 축하하는 의미로 계속 이런 색깔의 일치가 나타나는 것일까? 연관성이 있을까? 나는 사방에서 밀려드는 이 신비로운 조짐들에 대해 곰곰이 생각하고 주황색 주문을 중얼거리면서 고독하게 달걀을 먹었다.

새의 장례식

백일몽에 빠져 있는 나를 작은형이 손뼉을 짝 쳐서 깨우더니 "같이 가자."고 말했다. 나는 형을 따라갔다. 우리는 서늘한 복도 바닥에 놓인 검은지빠귀 상자 앞에 쪼그리고 앉았다. 상자 속은 변한 게 없었다. 새의 눈 주위에는 주황색 고리가 두 개 있었다. 나는 새에게 이렇게 너무 가까이 다가가는 것이 좀 뻔뻔스럽게 느껴졌다. 어쩌면 사고로 잠시 움직임을 멈춘 것뿐인지도 모르는 새의 부끄러움을 무시하는 행동 같았다.

작은형이 색연필로 검은지빠귀를 뒤집었다. 새는 그새 벌써 뻣뻣해진 발톱을 축 늘어뜨린 채 소리 없이 등을 대고 누웠다.

"장례식을 준비해야 할 것 같아." 형이 말했다.

"조금 더 기다려봐야 하지 않을까? 기절했을 수도 있잖아." 내가 말했다.

"기절했다고?" 작은형이 색연필로 새를 툭 밀쳐 손수건 위에 올려놓더니 신발 상자 귀퉁이로 옮겼다.

"이건 명백한 사망 사례야!"

"전에도 이런 일이 있었어." 나는 이 돌이킬 수 없는 판정으로부터 새를 지키고자 했다. "죽은 것 같았지만 죽지 않은 경우도 있었어. 조금만 기다려보자, 응?"

형은 엄지와 검지를 모아 검은 새의 앙상한 다리 위에 올려놓았다.

"뭐 하는 거야?" 내가 물었다.

“맥박을 체크하고 있어!” 형은 눈을 감고 가만히 앉아 있었다. “뛰지 않아. 완전 맛이 갔어. 빨리 묻어야 해. 안 그러면 악취가 나기 시작할 거야.”

장례식은 정오 무렵 우리의 반려동물 묘지에서 진행되었다. 큰형이 키우던 금화조, 관상어, 형에게서 도망쳐 몇 주 뒤에야 찬장 뒤에서 미라 상태로 발견된 도마뱀, 그리고 우리 집 창문에 부딪혀 검은지빠귀와 같은 운명을 겪은 새 여러 마리가 이미 이곳에 누워 있었다.

작은형이 키우던 앵무새 에르빈 린데만도 마찬가지였다. 이 새의 이름은 정말 에르빈 린데만이었다. 형은 몇 주 동안 새에게 말을 가르치려고 안간힘을 썼다. 심지어 카세트테이프에다 “내 이름은 에르빈 린데만입니다.”라는 문장을 끝없이 녹음하기도 했다. 청색과 녹색 깃털의 불쌍한 새는 꼼짝없이 매일 몇 시간 동안 그 말을 지겹게 들어야 했고, 언젠가 녹음 테이프가 더 이상 듣기 싫었는지 그 말을 웬만큼 따라했다. 으스스한 느낌이었다. 앵무새는 형의 목소리를 흉내 냈다. 아니, 꼭 형이 말하는 것 같았다. 처음엔 맑게 짹짹거리다가 자기 이름을 이야기할 때는 복화술사처럼 부리도 움직이지 않고 후두음으로 또렷이 말했다. 형은 친구들에게도 이 모습을 보여줬는데, 그러면 친구들은 철사 같은 몸을 비비 꼬아가며 웃었다. 나는 자기 이름 외에 다른 말은 할 줄 모르고, 자기 이름을 말했다는 이유로 조롱을 당하는 것이 항상 조금 슬프게 느껴졌다.

갇혀 지내는 모든 앵무새 죽음의 오십 퍼센트가 그러하듯 형의 앵무새가 죽은 것도 청소부 아줌마 때문이었다. 피크 부인 말이다! 새장을 들어 올린 것도 아줌마였고 창문을 열어둔 것도 아줌마였다. 에르빈은 어두운 십일월의 어느 날, 날개를 파득거리며 공중으로 날아갔다. 그런데 몇 십 미터도 가지 못하고, 자신이 집에서 너무 멀어졌으며 이제 날아서는 더 이상 따뜻한 낙원과도 같은 집으로 돌아가는 것이 무리임을 깨달았다. 녀석은 멀리 날아가지 않고 피나무 꼭대기에 머물렀다. 그런데 여기서야말로 자신의 이름과 진정으로 하나가 되었다. 형은 고개를 젖혀 나무 꼭대기를 올려다보며 소리쳤다. "에르빈 린데만, 당장 내려와!" 본격적인 어둠이 깔리면서 이제는 한 점의 녹색과 어렴풋한 청색밖에 보이지 않았다. 형이 나를 보고 말했다. "조용히 해봐!" 사실 나는 아무 말도 하지 않았다. 아무튼 그때 나무 위에서 말소리가 나직이 들려왔다. "내 이름은 에르빈 린데만입니다. 내 이름은 에르빈 린데만입니다. 내 이름은 에르빈 린데만입니다…."

갑자기 기분이 으스스했다. 웃음기가 완전히 사라진 형

은 지금 내 옆에 서 있고, 동시에 나무 위에서 형의 유령이 비통하게 울고 있는 듯했다. 다음 날 아침 에르빈은 더 이상 보이지 않았다. 일주일 뒤 어머니가 잔디밭에서 이미 너덜너덜해진 화려한 색상의 시신을 발견했다. 어머니가 에르빈과 함께 집으로 들어섰을 때 처음에 난 아주 쪼그만 꽃다발을 들고 있는 줄 알았다.

반려동물 장례식에서는 우리 사이에 명확한 역할 분담이 이루어졌다. 추도사는 작은형이 맡았다. 그럴 자격이 있었고 열정도 컸다. 나는 죽은 새를 손수건에 감싸 나르는 역할을 맡았고, 큰형은 작은 나무 십자가를 만들었다. 항상 느끼던 바지만, 나는 내가 나르는 동물의 가벼움에 새삼 놀랐다. 검은지빠귀는 전혀 무게감이 느껴지지 않았다. 마치 구걸하듯이 텅 빈 양손을 허공에 들고 있는 느낌이었다. 작은형은 검은지빠귀를 위해 아주 특별한 것을 준비해 두었다. 이례적으로 더운 날씨에도 불구하고 검은색 터틀넥 스웨터를 입고 장중하게 말했다.

"사랑하는 형제들이여, 우리는 최근에 이곳에서 몇몇 동물과 이별했습니다. 하지만 이 검은지빠귀만큼은 예전과 같은 방식으로 보내고 싶지 않습니다. 나는 그대가…."

이 대목에서 형의 시선은 내가 들고 있는 새에게로 향했다. “습기 찬 땅속의 차가운 구멍 속에서 썩어간다고 생각하면 견딜 수가 없습니다. 그대는 평생 하늘만 날아다녔고, 앞으로도 그래야 합니다. 평생 벌레를 먹은 자를 벌레의 먹이로 던져줘서는 안 됩니다. 따라서 우리는 오늘 그대를 땅에 묻지 않고 불에 태워 깃털처럼 가벼운 재를 바람에 뿌려줄 것입니다. 그대가 늘 바라던 대로 하늘을 훨훨 날아갈 수 있도록.”

큰형은 승인의 뜻으로 고개를 끄덕이더니 주머니에서 라이터를 꺼냈다. 누가 더 기발한 아이디어를 내는지를 두고 끊임없이 경쟁을 벌이는 두 형이었다.

“그래도 돼?” 내가 형들에게 물었다.

형들은 싱긋 웃었고, 큰형이 내게 설명해주었다. “세상의 절반에서 죽은 자를 화장해. 완전 정상이야. 아주 오래된 전통이라고. 위생적이기도 하고. 오히려 매장을 역겨운 일로 여기는 나라가 많아.”

우리는 나뭇가지를 주우러 달려갔다. 나는 테라스 바닥 틈새에서 마른풀을 뜯었다. 십 분도 채 안 돼 잔디밭에 작은 화장터가 생겨났다. 얕게 판 구멍 위에 말쑥하게 쌓아놓은 나뭇가지 화장터였다. 그걸 보고 있자니 마음이 편치 않았다. 둥지처럼 보였기 때문이다. 큰형이 안락하고 푹신한 둥지에다 잘 타는 그릴용 숯을 세 개 넣었다. 나는 검은지빠귀를 조심스레 구멍 속으로 굴려 넣었다. 큰형이 라이터의 불꽃 조절 레버를 최대치로 올리더니 불을 켰다. 불꽃이 라이터 몸체보다 더 크게 피어올랐다. 큰형은 이 미니 화염방사기를 들고 둥지 앞에 쪼그려 앉았다. 나는 우리가 충분히 기다렸는지 여전히 확신할 수 없었다. 내 머릿속에 경악스러운 장면이 떠올랐다. 불꽃 때문에 깨어난 검은지빠귀가 불이 붙은 상태로 날아오르는 모습이었다. 활활 타오르는 새가 꺼이꺼이 울면서 창공으로 날아올라 도시 상공에서 서서히 꺼져가는 모습이 보이는 듯했다.

그때 빨래 바구니를 들고 정원 길을 걸어가던 어머니가 우리를 보았다. 형들은 뭔가 나쁜 짓을 하다가 들킨 사람처럼 검은지빠귀 앞을 가로막고 서더니 나까지 자기들 앞으로 끌어당겼다. 순간 나는 형들이 말한 그 오랜 전통이 그렇게 자연스러운 일이 아님을 알아차렸다.

"뭐 하고 있어? 왜 그렇게 이상하게 봐?" 어머니가 다가와 바구니를 내려놓고는 세 아들을 옆으로 밀쳤다. "검은지빠귀를 위해 무덤을 만들었니? 착하기도 해라. 저 안에 뭐가 있니?" 어머니는 무덤 앞에 잠시 쪼그리고 앉아 있더니 우리를 올려다보았다. "설마 불을 붙이려고 했던 건 아니지?"

이제 내가 작은형에게서 항상 감탄하던 일이 일어났다.

나 같았으면 당장 부인했을 텐데 형은 그러지 않고 공격적으로 나왔다. "당연히 태우려고 했죠. 엄마라면 새를 땅에 묻고 싶으세요? 나도 나중에 죽으면 화장할 거예요. 인도 사람들처럼요! 엄마는 땅에 묻히고 싶으세요? 금방 얼어버릴 텐데요? 엄마가 죽으면 어떻게 해드릴까요? 어서 말해봐요! 묻어드릴까요, 태워드릴까요, 아니면 바다 장례식을 올려드릴까요? 그런 건 빨리 결정해둬야 해요. 흙이에요, 불이에요, 아니면 바다예요? 이 검은지빠귀에게서 알 수 있듯이 죽음의 순간은 예상보다 빨리 찾아올 때가 많거든요."

어머니는 자신의 장례 방식에 대해 아들들과 토론할 생각이 눈곱만큼도 없어 보였다. 하지만 내가 직전에 어머니의 얼굴에서 보았던 그 어이없어하는 표정은 상당히 누그러들어 있었다. 어머니가 신중하게 대답했다. "그런 이야기를 하기엔 아직 시간이 좀 남았으면 하는 바람뿐이다. 다만 너희들 셋에게 분명히 말하는데, 오늘 이 정원에서 검은지빠귀를 태우는 건 절대 안 돼. 오늘이 무슨 날이니? 너희 아버지 마흔 번째 생일이야! 미치지 않고서야 어떻게 그런 짓을 해? 묻는 건 괜찮지만, 태우는 건 절대 안 돼."

어머니는 바구니를 들었고, 이따금 우리를 힐끔힐끔 쳐다보며 빨래를 널기 시작했다. 큰형은 못마땅한 심사를 노골적으로 드러내며 삽을 가지러 갔다. 나는 나뭇가지 둥지에서 그릴용 숯을 빼냈고, 작은형은 우리의 반려동물 공동묘지에서 적당한 장소를 찾아냈다. 큰형이 삽으로 구멍을 팠다. 한 삽이면 충분했다. 나는 작은형의 추도사에 감동했다. 말도 안 되는 소리라는 걸 잘 알면서도. 작은형이 큰 목소리로 애절하게 말했다.

"친애하는 추도객 여러분, 오늘 이렇게 많은 분이 우리의 깃털 달린 친구에게 마지막 인사를 전하기 위해 모여 진심으로 기쁩니다. 그대는 하늘을 날다 비극적인 사고로 목숨을 잃었습니다. 그대는 검은지빠귀로서의 짧은 삶 동안 많은 장애물을 극복했습니다. 고난을 견뎌냈고, 얼음처럼 차가운 겨울밤을 불굴의 인내심으로 버텨냈으며, 이따금 몰아치는 폭풍우를 무사히 이겨냈습니다. 그러나 그 유리창은 그대에게 너무 두꺼웠습니다. 우리는 풀숲에서 능숙하게 벌레를 찾아내는 그대의 모습을 얼마나 좋아했는지 모릅니다. 그렇습니다, 그대는 정말 특별한 새였습니다!" 순간 나는 작은형이 정말 이 검은지빠귀를 알고 하는 소리인지 궁금했다. "그대는 오랜 세월 우리의 충직한 동반자였고, 멋진 멜로디로 우리를 기쁘게 해주었으며, 때로는 우리와 장난을 치기도 했습니다."

이 대목에서 큰형이 속삭였다. "빨리 해!"

작은형의 말이 빨라졌다. "잘 가라, 어린 검은지빠귀여! 그대의 영혼은 이제 하늘나라로 갈 것이다. 이 구덩이 주위에 모인 우리 모두는 그대의 마지막 뜻에 따라 유골을 바람에 뿌려 공중으로 날려 보내려 하였으나, 어느 인간의 무지와 몰이해에 가로막혀 그 유지를 지키지 못하는구나!" 어머니가 젖은 청바지를 탕탕 소리가 나게 털었다. "이 습기 찬 구멍에서 그대의 빠른 회복과 영생을 진심으로 기원하노라. 아멘!"

형들은 박수를 쳤고, 나는 무릎을 꿇고 손수건에 싸인 검은지빠귀를 작은 구멍 속으로 굴려 넣었다. 그러고는 양손으로 흙을 쓸어 담아 구멍을 덮었다. 순간 주체할 수 없는 슬픔이 몰려왔다. 나는 눈물을 참으려고 정말 별짓을 다했지만, 결국 울고 말았다. 눈물을 숨기려고 무덤 바로 위까지 고개를 숙였다. 그러고는 시간을 벌려고 조심스럽게 흙을 다지는 척했다.

"일어나, 그 정도면 됐어." 내 바로 뒤에 서 있던 큰형이 말했다. "땅을 그만 치라고. 그건 죽은 자의 안식을 방해하는 거야."

나는 아무도 눈치채지 못하게 눈물을 어깨에 쓱 닦고는 일어났다. 큰형이 나무 십자가를 무덤 앞에 꽂았다.

"무슨 노래를 불러야 돼?" 내가 물었다.

“이건 어때? 모든 새들이 왔어, 모든 새들이, 모든 새들이….” 작은형이 진지하게 제안했다. 우리는 함께 노래를 불렀다. 더 이상 가사가 생각나지 않을 때까지. 이윽고 우리 셋은 교회에 갔다 올 때처럼 한결 정화된 기분으로 집으로 돌아갔다.

아버지가 받은 생일 선물은 빈약했다. 이번처럼 꽉 찬 생일에는 선물이 산더미처럼 쏟아질 거라고 예상했는데 아니었다. 나는 나중에 내 마흔 번째 생일에는 반드시 아버지와는 비교도 안 되게 많은 선물을 받겠다고 다짐했다. 아버지의 세 누나는 각각 책을 선물했는데, 그중 두 권이 같은 책이었다. 제목은 『프리드리히 대왕과 볼테르의 편지 교환』이었다. 어머니는 이 여름날에 생뚱맞기 그지없고 고급스럽지만 별 쓸모없는 캐시미어 목도리를 선물했고, 큰형은 자기가 발행한 저 유명한 쿠폰을 선물이라며 내밀었다. 쿠폰 이름은 ‘둘만의 낚시 여행’이었다. 사실 이런 약속은 잊어버리기 십상이었고, 환불이 되는 것도 아니었다. 나도 일곱 번째 생일에 형에게서 이런 쿠폰을 선물 받은 적이 있었다. 형의 침대에 십 분 동안 열 번 누울 수 있는 쿠폰이었다. 그건 내 오랜 소원이었다. 내가 형의 침대에 이

불을 덮고 누워 중간계* 지도가 걸린 천장을 행복하게 바라보는 동안 형은 책상에 앉아 째깍거리는 스톱워치로 시간을 쟀다. 그런데 다음 날 내가 다시 형의 침대에 들어가려고 했을 때 형이 말했다. “쿠폰을 뒤집어봐!” 뒷면에는 보일락 말락 한 글씨로 유효 기간이 적혀 있었다. 단 하루였다.

나는 늘 그래 왔듯이 직접 만든 목제 잔 받침을 선물했다. 아버지는 쪼글쪼글한 종이로 포장한 선물을 손가락으로 만져보더니 그게 뭔지 금방 알아차렸다. “오, 또 이거구나!”

아버지를 놀라게 한 선물은 작은형이 고른 구두 닦는 기계뿐이었다. 다들 형의 아이디어에 감탄했다. 구두를 문지를 딱딱한 흰색 솔, 광을 낼 푹신푹신한 붉은 천 뭉치, 그리고 가운데에 노즐이 달린 기계였다. 이 노즐을 구두에 대고 누르면 구두약이 삐져나왔다.

아버지는 기뻐했다. “어떻게 이런 생각을 했니? 정말 기발한 아이디어다. 이런 걸 어디서 구했을까?”

“아빠도 아시잖아요. 선물이란 건 누구도 예상하지 못한 깜짝 선물이어야 한다는 거. 독창적이기만 해서도 안

* 영국 작가 J. R. R. 톨킨이 상상으로 창조한 세계의 ‘가운데땅’을 가리킨다.

되고 실용적이기만 해서도 안 돼요. 그 둘을 합쳐놓은 게 바로 이 구두닦이 기계예요. 아빠한테 구두가 많아서 준비했어요!"

"너무 비싸지 않니?"

작은형은 안경 너머로 짐짓 선생님 같은 표정을 지으며 대답했다. "에이, 오늘은 아빠 마흔 번째 생일이잖아요!"

사실 아버지의 신발을 닦는 건 항상 내 일이었다. 나는 한 켤레당 오십 페니히를 받았다. 이로써 작은형의 탁월한 선택은 다른 모든 선물을 창의성이라고는 조금도 없는 한낱 초라한 것으로 만들었을 뿐만 아니라 내가 좋아하는 일과 수입원을 앗아가버렸다.

굵직굵직한 사건이 너무 많이 일어나는 바람에, 기억의 그물코가 점점 좁아져 결국엔 망각의 운명에 빠져야 할 사소한 일들까지 함께 기억되는 날들이 있다. 그런 날엔 사소한 일들도 마치 기생충처럼 인상적인 사건들에 깊이 스며들어 오랜 시간이 지나도 잊히지 않는다. 가령 결혼식이나 장례식 날까지도 기억나는 자잘한 일들처럼. 아버지가 마흔 번째 생일에 안락의자에 앉아 정원용 가구 광고 전단지를 보던 모습이 지금도 왜 이리 생생하게 기억나는 것일까? 전단지 뒷면에는 한 젊은 여자가 쪼그리고 앉아, 웃기게 생긴 너무 큰 장갑을 끼고 정원 울타리를 새빨갛게 칠하고 있었다. 여기서 흥미를 끌 만한 건 어디에도 없었다. 다만 지금 생각해보면 떠오르는 일이 하나 있다. 그때 나는 그 여자를 좀 더 자세히 보려고 전단지 뒤로 다가갔다. 아버지는 앞쪽에서 계속 뚫어져라 전단지를 보고 있었다. 나는 무릎에 양손을 대고 앞으로 고개를 숙였다. 앉아 있던 아버지가 느릿느릿 전단지를 들어 올렸다. 종이 칸막이가 서서히 올라가면서 우리의 얼굴이 마주쳤다. 방금 전까지 울타리를 칠하던 여자의 얼굴이 사라지고 익숙한 아버지의 얼굴이 나타났다. 우리는 웃었고, 아버지는 마술사처럼 전단지를 다시 내려놓았다.

나의 전공 분야, 사막

일요일이던 생일 점심으로 아버지는 자신의 최애 요리인 밥을 곁들인 송아지 콩팥을 만들어달라고 했다. 전날 저녁에 미리 우유에 콩팥을 손수 담가두기도 했다. 그러면 밤새 요산이 씻겨나가 쓴맛이 나지 않았다. 전체적으로 우리 집 식단은 상당히 독특했다. 우리는 모두 내장을 좋아했다. 어머니는 뜨거운 복숭아를 곁들인 삶은 소 혀를 즐겼다. 할머니에게 물려받은 입맛이었다. 큰형은 직접 튀긴 감자칩에다 매콤하게 구운 닭 심장을 자주 먹었다. 작은형은 중금속 경고에도 불구하고 틈만 나면 사과 말랭이를 곁들인 간을 먹었다. 또한 으깬 감자를 산처럼 수북이 쌓은 뒤 숟가락으로 눌러 구덩이를 만들고는 거기다 녹인 버터를 채웠다. 나는 구운 돼지 뇌에다 레몬 즙을 얹어 먹는 걸 좋아했다. 북쪽 지방에서는 이걸 '브래겐'이라고 불렀다. 단백질 섬유 덩어리인 선홍색의 돼지 뇌에 레몬 즙을 끼얹으면 마치 생체 전기 실험에서처럼 돼지 뇌가 움찔하면서 쪼그라들었다. 심지어 우리 개도 이따금 삶은 심장을 식사로 받았다. 이건 나도 좋아하는 음식이었다. 아무도 보는 사람이 없으면 나는 냄비에서 개에게 줄 심장을 조금 잘라 포크로 찍어 먹었다. 개밥을 훔쳐 먹은 것이다.

우리는 점심 식사를 하는 동안 일요일이면 늘 그러듯 게임을 했다. '슈퍼 패밀리'라는 게임이었다. 우리에게는 각자의 전문 분야가 있었고, 아버지가 그와 관련해서 질문을 던졌다.

"자, 이제 시작한다." 아버지는 물고기에 대해 잘 아는 큰형에게 먼저 물었다. "어려운 질문이야. 모든 장어는 특정 수역에서 부화합니다. 그곳은 어디일까요?"

질문이 다 끝나기도 벌써 형의 입가에 미소가 피어올랐

다. “사르가소해요. 예전에는 장어의 유충이 걸프 해류를 타고 유럽으로 들어온다고 생각했지만, 실제로는 직접 수천 킬로미터를 헤엄쳐 이동한다는 사실이 밝혀졌어요.”

“정확한 설명이야. 넌 삼 점을 받을 자격이 있어. 삼 점!” 질문의 범위를 넘어 흥미로운 설명을 덧붙이는 사람은 삼 점을 받을 수 있었다.

“이제 당신 차례야.” 아버지가 어머니를 보았다. 어머니의 전문 분야는 식물이었다. 그런데 내가 보기에 어머니는 식물과 관련된 질문을 딱히 좋아하지 않는 듯했다. 항상 원하는 분야는 이탈리아였지만, 그건 아버지가 거부했다. 어머니와 이탈리아는 아버지에게 민감한 주제였다. “겨울에 피는 꽃은?”

“아, 나도 알아요. 몇 가지가 있어요. 하지만 당신이 묻는 건 새벽분꽃이 분명해요. 사람들은 이 꽃을 볼 때마다 이런 생각을 해요. 이게 무슨 일이지? 왜 벌써 꽃을 피워? 하지만 십일월에 꽃이 피는 것도 드물지 않아요. 게다가 새벽분꽃에는 독특한 냄새가 나요.”

아버지는 고개를 끄덕였다. “이 점!”

“왜 이 점이에요?” 어머니가 물었다. “정답도 맞혔고, 설명도 했는데.”

“물론, 그렇기는 하지만 질문을 뛰어넘는 답변은 하지

않았어요.”

“질문을 뛰어넘는 답변이 뭔데요? 꽃에서 독특한 냄새가 난다고 했잖아요.”

“엄마한테 삼 점을 주세요. 이제 내 차례예요.” 작은형이 말했다.

우리가 게임하는 동안 개는 부엌 바닥에 누워 꿈을 꾸었다. 불규칙적으로 발을 움찔거리며 무언가 냄새를 맡기도 했다. 아버지는 잠시 생각하더니 마침내 입을 열었다.

“알았어요. 당신도 삼 점! 이젠 우리 둘째 차례다.”

작은형은 얼굴에 내려온 머리를 쓸어 올리며 기다렸다. 아버지는 고민에 빠졌다. 작은형을 위한 질문은 신중하게 선택해야 했다. 너무 쉬우면 형은 타의 추종을 불허하는 탁월한 지능에 대한 모독으로 여겼고, 너무 어려우면 자신의 무지를 견디지 못하고 울 수도 있었다. 형의 전문 분야는 당연히 의학이었다.

“자, 이제 문제 나간다. 부르시티스Bursitis가 뭘까요?”

형은 정말 어려운 질문을 받은 것처럼 굴었지만, 나는 형의 푸른 눈에서 행복한 불꽃이 번뜩이는 순간 바로 알아차렸다. 형이 알고 있는 문제라는걸.

“아, 너무 어려운데… 부르시티스라고요?”

“너무 어려워?” 아버지가 물었다. “그럼 한 번만 묻게 해준다."

"그냥 힌트를 주세요." 어머니가 부탁했다.

"안 돼요, 힌트는!" 큰형이 엄격한 규칙 준수를 주장했다.

작은형은 이마에 주름을 잡더니 마치 우주의 보편 지식으로 가득 찬 뇌의 서랍을 뒤적거리는 척했다. "부르시티스… 음… 부르사Bursa에서 왔나? 부르사는 라틴어로 주머니나 자루라는 뜻일 텐데… 음, 잠깐만. 그래, 맞아, 주머니야!" 우리는 모두 형의 머릿속에서 지식 파편들이 고도의 정신적 탐험을 거쳐 어떻게 하나로 합쳐지는지를 고스란히 지켜봐야 했다. 이제 그 결과가 나왔다. "부르시티스는 점액낭염이에요. 틀림없어요. 점액이 들어 있는 주머니 모양의 조직에 염증이 생긴 거예요. 아주 다양한 부위에 발생할 수 있어요. 힘줄이 뼈나 근육과 연결된 곳이면 어디든 생길 수 있어요. 그곳에 염증이 생기면 붓고 열이 나요. 치료 방법으로는 냉찜질이 좋아요. 곪으면 점액낭을 수술로 제거해야 하는데, 냄새가 고약해요."

나는 아버지가 무척 만족스럽게 고개를 끄덕거리는 것을 보고 화가 났다. 형은 대체 저런 걸 어떻게 알았을까? 저 또래 남자아이 중에서 점액낭염을 아는 애는 없었다. 아버지는 당연하다는 듯이 작은형에게 만점을 주었다. 아버지가 흐뭇하게 말했다. "딩동댕! 차고 넘치는 삼 점이야. 나라도 그보다 더 잘 설명할 수는 없었을 거야. 정확히 맞혔어. 자, 이제 우리 막내 차례."

잠을 자던 개는 꿈속에서 뭔가 맛있는 것을 찾았는지 부엌 타일 바닥에 침을 질질 흘리면서 주둥이를 실룩거리고 있었다. 내 전문 분야는 사막이었다. 당시 나는 사막에 홀딱 빠져 있었다.

"사막에서 절대 접촉해서는 안 되는, 독이 매우 강한 동물은 뭘까요? 뱀은 빼고!"

모두 나를 바라보며 기다렸다. 다들 답을 아는 눈치였다. 나는 생각했다. 그런데 머릿속이 텅 빈 느낌이었다. 가족들의 시선 속에서 머릿속에 떠오른 동물은 낙타뿐이었다. 하지만 낙타일 리는 없었다. 독이 있는 낙타는 들어본 적이 없었다. 말도 안 되는 소리였다. 아버지는 그전에 단봉낙타와 쌍봉낙타의 차이에 대해 내게 자주 물었다. 누가 독이 있고 누가 사막에 살까? 그때 어머니가 손가락 두 개를 집게 모양으로 오므렸다 벌렸다 했다.

"도와주지 마요! 감점이에요!" 큰형이 소리쳤다.

순간 불현듯 답이 떠올랐다. 눈앞에 문제의 동물이 보였다. 그런데 이름이 생각나지 않았다. 나는 더 이상 고민하지 않고 불쑥 소리쳤다.

"게!"

형들은 실망해서 식탁 위로 과하게 풀썩 쓰러지는 시늉을 했고, 그 바람에 개가 잠에서 화들짝 깨어나 찢어지게 하품을 했다.

"비슷해." 아버지가 말했다. "거의 다 왔어! 게처럼 생겼는데 이름이 달라!"

"별자리도 있어!" 어머니가 말했다.

나는 흥분했다. 반드시 점수를 따고 싶었다. 별자리? 내 별자리는…? 나는 속으로 어머니의 힌트에 무한한 감사를 표하며 또다시 별다른 고민 없이 이렇게 외쳤다.

"게!"

형들은 웃기 시작했다. "야, 좀 제대로 해. 게는 아냐. 넌 왜 자꾸 게라고만 해? 사막에는 게가 없잖아. 게는 바다에 살아!"

아버지는 아직 희망을 포기하지 않았다. "막내한테 생각할 시간을 좀 주자."

내 맞은편에 앉은 어머니는 집게 모양으로 만든 손을 계속 부산하게 움직이며 오므렸다 벌렸다를 반복했고, 마치 내가 정신적 장벽을 뛰어넘도록 도와주려는 듯 눈에 힘을 주고 애절하게 바라보았다. 그러나 도저히 생각나지 않았다. 나는 이 무지가 아팠다. 내 속에 뼈아픈 공허가 있었다. 욱신거리는 진공이었다.

"이제 포기해, 제발, 제발, 제발!" 큰형이 애원했다. "한 라운드 더 하게 해줘. 아빠가 쉰 살이 되기 전에도 못 하겠다."

나는 기어들어 가는 목소리로 말했다. "거미? 혹시 타란툴라?"

그러자 한 형이 다른 형에게 물었다. "넌 무슨 별자리야?"

"난 거미자리." 다른 형이 대답했다. 순간 나는 '바닷가재'라고 말하려다 결국 생각을 거둬들였다. 형들은 나의 고민 시간을 끝내려고 계속 행동으로 신호를 보냈다.

"이제 그만!" 아버지는 나를 안쓰럽게 바라보았다. "답은 전갈이다. 하지만 일 점은 받을 만하다. 게도 그리 나쁜 대답은 아니니까. 사실 게와 전갈은 좀 비슷하게 생겼지 않니?"

그러나 형들은 이런 문제에서 자비를 몰랐다.

"뭐라고요?" 작은형이 분개해서 소리쳤다. "일 점을 준다고요? 말도 안 돼요. 게는 완전한 오답이에요. 빵점이라고요!" 작은형은 나 들으라는 듯이 나를 보고 "빵점"이라는 말을 크게 외쳤다.

큰형도 이 점수가 불공정하다고 생각했다. "아빠, 그건 말이 안 돼요. 그런 답에 점수를 주면 우리가 받은 점수는 뭐가 돼요? 의미가 없잖아요. 이건 지식 게임이지 추측 게임이 아니에요! 그리고 설사 일 점을 준다고 해도 어차피 엄마가 계속 손으로 전갈이라고 답을 가르쳐줬기 때문에 감점을 해야 해요. 그러면 점수는 빵점이 맞아요. 얘는 답을 전혀 몰랐어요. 엄마 아빠가 자꾸 그러니까 짜증이 나요. 지난번에도 선인장Kaktus의 복수형이 뭐냐는 질문에 카크투세Kaktusse라고 대답했는데도 일 점을 받았잖아요."

"카크투세가 아니라 카키Kacki라고 하지 않았어?" 작은형이 정정했다. "내 말이 맞아. 똥Kacki이라고 그랬어."

형들은 나를 도발했다. 어떤 일이 일어날지 알고 있을 텐데도 나를 막다른 골목으로 몰고 갔다. 두피가 가렵기 시작했다. 통제력을 잃기 직전이라는 첫 신호이자 분노 발작의 막다른 길을 가리키는 이정표였다.

"자, 이제 그만해! 아빠 생신에 이러는 거 아냐. 게임이나 계속하자." 어머니가 중재에 나섰다. 하지만 이미 도화선에 불이 붙었다. 큰형은 연설을 하려는 듯 자리에서 일어나더니 이렇게 선포했다. "정오 무렵, 카라반이 오아시스에 도착했는데 거기에 똥이 가득했다!"

작은형이 장단을 맞췄다. "나의 작은 초록색 똥이 발코니에 있어!"

이어 형들은 코를 막고 "똥, 똥, 똥" 노래를 불렀다.

나는 식탁에 뛰어올라 작은형의 목에다 정신없이 주먹을 날렸다. 형은 마치 도끼에 맞은 것처럼 울면서 쓰러졌고, 나는 부엌 바닥으로 몸을 던져 '금발의 폭탄'이라는 별명에 걸맞게 미친 듯이 손발을 휘둘러댔다. 발길질과 주먹질, 버둥거림과 비명이 난무했다.

아버지는 무엇을 했을까? 아무것도 안 했다. 그저 콩팥과 밥을 푹푹 덜어서 먹기만 했다. 개가 내 옆에 누워 낑낑거렸다. 작은형은 자리에서 일어나 마치 내가 침을 질질 흘리는 위험한 짐승이라도 되는 양 내 몸 위를 성큼 넘어갔다. 어머니는 나를 바닥에서 일으키려고 했으나, 내 속에서 분노의 도개교는 이미 올라간 상태였다. 나는 사방으로 몸부림을 치고 비명을 질러댔다. 난공불락이었다. 누구도 감히 이 영역을 넘볼 수 없었다. 나는 안전했다. 조금 시간이 지나고서야 어머니는 나를 꼭 붙잡고 끌어안기를 적절히 반복하면서 나를 진정시키는 데 간신히 성공했다.

나는 어머니를 뿌리치고 내 방으로 달려가 창문 바로 아래 라디에이터 위에 올려놓은 넓은 돌판에 앉았다. 내가 자주 앉는 곳이었다. 여름에는 신기할 정도로 시원했고, 겨울에는 놀랍도록 따뜻했다. 커튼을 조금 앞으로 당기면, 창밖을 내다보면서 몸을 숨길 수 있는 길쭉한 동굴이 생겨났다. 대리석으로 만든 창턱에는 화석과 달팽이집, 긴 조개껍데기가 놓여 있었다. 손끝에 와 닿는 촉감이 좋은 것들이었다. 나는 작은 망치와 드라이버로 화석들을 두드려 그 안에 숨어 있는 것들을 꺼내 비싼 값에 팔거나 절구로 으깨는 상상을 했다. 이 마법의 화석 가루가 나를 무적의 존재로 만들어주길 바라면서.

생일 축하 다과회

정신병동의 환자 넷이 아버지 생일 축하 다과회에 초대되었다. 하나의 전통으로 자리 잡은 행사였다. 아버지가 생일 축하객으로 받아들이는 사람은 늘 똑같았다. 어머니는 이들 말고 다른 사람들을 초대하거나, 거기다 한두 명이라도 더 추가하라고 계속 아버지를 설득했다.

"헤르만, 그 사람들이 오는 것도 반갑지만, 다른 손님들도 초대해서 제대로 된 저녁 식사를 대접하는 것도 괜찮지 않아요?"

아버지는 별로 듣고 싶어 하지 않는 눈치였다. "아니, 누굴 초대하라고?"

"야콥, 헨켈, 에크만, 많잖아요!"

이름들이 하나씩 불릴 때마다 아버지의 표정은 점점 언

짧아졌다. 이름 하나하나가 구체적으로 무척 불쾌한 상상과 연결되어 있고, 몹시 거북한 감정을 유발하는 듯했다.

"안 돼!"

"우리가 여기 산 지 벌써 꽤 오래됐지만 아직 손님을 초대한 적이 없어요. 이상하지 않아요? 인정할 건 인정해요. 심지어 부원장조차 우리 거실에 들어온 적이 없어요."

"얼마나 다행이야." 아버지는 이렇게 중얼거리며 요란하게 책장을 넘겼다. 마치 그러면 그 이름들을 머릿속에서 지울 수 있다는 듯이.

손님들은 세 시에 커피와 케이크가 준비된 다과회에 초대되었다. 마르그레트, 루트비히, 디트마르, 킴베를리였다.

마르그레트는 수년 전부터 여름이든 겨울이든 늘 똑같은 파란색 꽃무늬 앞치마 원피스를 입고 투박한 샌들을 신었다. 황토색 스타킹은 마술처럼 내 시선을 사로잡았다. 꽉 조이는 팽팽한 천은 정강이를 따라 종아리 위까지 심하게 울퉁불퉁한 피부를 감추는 듯했다. 마치 거친 나무껍질에 뒤덮여 있다고 할까! 스타킹을 벗으면 다리가 어떤 모습일지 나는 수년 동안 무척 궁금했다. 부풀어 오른 정맥이 터지는 걸 막으려고 저렇게 질긴 스타킹을 신고 있을까, 아니면 피부가 구겨지는 병에라도 걸린 것일까? 나이는 종잡을 수 없었다. 스무 살에서 예순 살 사이로 보였다. 그녀는 늘 기분이 최고로 좋았고 매우 시끄러웠다. 모든 것에 한없이 기뻐했다. 그 환희는 어떤 특별한 것에서 촉발되는 것이 아니라 항상 미리 준비되어 있었다. 그래서 그녀의 작고 빠른 눈에 무엇이 나타나든 바로 달려들 준비가 되어 있었다.

말하는 것도 독특했다. 어떤 문장이든 마치 하나의 단어처럼 말했다. 이런 식이었다. 케이크가맛있어보여어쩜. 이렇게예쁜접시라니어쩜. 식탁보가멋져어쩜. 이런코코아가있다니어쩜. 그녀가 가장 좋아하는 감탄사는 “어쩜”이었다. 이 감탄사 없이 문장을 끝내는 경우는 드물었다. 그녀는 나를 볼 때도 늘 이렇게 소리쳤다. “네가벌써이렇게컸다니어쩜.”

반면에 루트비히는 말이 없었다. 손가락이 곤충 더듬이 같고, 뺨이 움푹 들어가고, 몸뚱이가 콩 덩굴 지지대처럼 깡마르고, 과묵했다. 나보다 나이는 그리 많지 않았지만 벌써 어머니보다 컸다. 루트비히는 수시로 입술을 핥고 입 주위로 혀를 날름거렸다. 무언가 흥분되는 것이 있으면 이를 드러냈다. 그럴 경우 목의 힘줄도 덩달아 팽팽해졌다. 잘난 척하기 좋아하는 작은형의 설명에 따르면, 목에 붙은 파리를 쫓아내려는 원초적 반사작용이라고 했다. 루트비히는 예외 없이 멜빵바지를 입었는데, 흡혈귀처럼 파리한 손가락이 테이블 위에서 더듬더듬 기어다니지 않을 때는 항상 엄지를 멜빵바지 죔쇠에 걸치고 있었다. 우리 개를 몹시 무서워했지만, 다른 사람이 개를 쓰다듬는 건 정말 좋아했다. 그는 코를 씩씩거리고 두려움을 최대한 억누르면서, 마치 삼단 축포를 쏘듯 말을 뚝뚝 끊어가며 우리에게 애원했다.

"쓰다듬어! 쓰다듬어! 쓰다듬어!"

그러면 우리는 항상 거듭 물었다. "정말?"

그는 고개를 끄덕였고, 몸을 흔들면서 이를 드러냈다. "정말! 정말! 정말! 루트비히가 원해."

그러나 큰형이 꼬리를 흔드는 개를 거실로 데리고 들어오는 순간 깡마른 루트비히는 주먹 쥔 손을 관자놀이에 대고 괴성을 지르며 밖으로 튀어나갔다. 그럴 때 보면 마치 히스테리에 빠진 작대기 인형 같았다. 매년 그랬다. 개를 쓰다듬으라는 애원에 이어 본인도 어쩌지 못하는 공포와 도피가 뒤따랐다. 왜 그러는지는 정확히 알 수 없었지만, 나는 루트비히가 그런 패닉에 빠지는 모습을 보는 것이 좋았다. 세상에서 자기가 가장 좋아하는 것이 어떻게 가장 끔찍한 공포를 안겨줄 수 있는지 궁금했다.

디트마르는 아버지가 가장 아끼는 환자 중 한 명이었다. 나이는 작은형과 비슷했고, 지식에 대한 지칠 줄 모르는 갈증도 작은형과 닮았다. 디트마르는 틈만 나면 사람을 껴안고, 묻고 또 물었다. 그럴 때면 몸을 앞뒤로 흔들고 고개를 삐딱하게 기울이면서 이 주제에서 저 주제로 풀쩍풀쩍 뛰어넘어갔다. 무엇보다 어떤 것을 누가 언제 발명했는지를 제일 궁금해했다. 아버지는 한 문제에 파고드는 디트마르의 집중력에 감탄했고, 질문 하나하나에 열성적으로 답해주었다.

"디트마르, 케이크 한 조각 줄까?"

"이건 어떤 케이크인가요, 교수님? 어디서 났나요?"

"벌침 케이크*라는 거야."

"누가 발명했나요, 교수님?"

"그건 몰라. 내 아내가 만들어줬어."

"아내가요? 돈은 얼마 줬어요?"

"한 푼도 안 줬어."

* 부드러운 푸딩 크림과 달콤하고 고소한 아몬드가 어우러진 독일의 대표적인 케이크. 빵을 만들거나 먹을 때 그 향기에 유혹되어 몰려온 벌에게 쏘일 정도로 달콤하다고 해서 이런 이름이 붙었다는 설도 있고, 중세 때 한 도시에서 벌집을 던져 적을 몰아낸 것을 기념해서 만들었다는 설도 있다.

"벌도 꿀을 먹나요, 교수님?"

"아니, 벌은 꿀을 모으지."

"벌이 케이크를 쏘나요?"

"아니, 벌은 케이크를 좋아해."

"벌이 여자도 쏘나요?"

"물론이지."

"벌이 벌침을 좋아해요, 교수님?"

"그럼, 내가 보기엔 그래." 아버지는 질문이 마음에 드는 듯했다.

"나도 뭔가를 모으는 중이에요!"

"뭘?"

"스티커요."

"나도 한번 보고 싶네."

"나한테 사세요, 교수님. 스티커는 누가 발명했나요?"

"몰라, 디트마르. 미안해!"

디트마르는 몸을 더 빨리 흔들더니 갑자기 자리에서 일어나 아버지를 꼭 껴안고는 아버지의 목에다 얼굴을 묻었다. 그 상태로 아버지의 대머리에다 한 손을 올리고는 놓아주지 않았다. 아버지도 두 팔로 그를 안았다. 둘의 몸이 살랑살랑 흔들렸다.

디트마르는 절대 혼자 화장실에 보내선 안 되었다. 벽에

다 똥칠하는 걸 좋아했기 때문이다. 그런 일이 생기면 우리 집 화장실은 청소로 해결되지 않고 아예 수리를 해야 했다.

킴베를리는 내가 아는 가장 못생긴 여자애였다. 머리는 기형이었다. 바람에 찌그러진 비눗방울처럼 두개골이 움푹 패거나 불룩 튀어나와 있었다. 볼 때마다 얼굴이 더 기형적으로 변하는 듯했다. 머리카락은 잘못 써서 뒤로 흘러내린 모자처럼 뒤쪽으로만 덥수룩했고, 울퉁불퉁한 이마에는 딱지가 앉은 새빨간 혹이 있었는데, 부스럼과 머리카락이 엉겨 붙어 있었다. 관자놀이 쪽 피부는 양피지처럼 얇아 보였다. 킴베를리를 볼 때마다 나는 아직 따지 않은 누텔라 병의 금박지를 푹 찔러보고 싶듯이 집게손가락으로 저 얇은 막을 찔러 머릿속에 넣으면 어떨지 상상하곤 했다. 그녀의 눈은 흐리멍덩하고 약간 사시였다.

킴베를리는 존재 자체에 뭔가 나풀거리는 면이 있었고, 심지어 언제 녹아 없어져도 이상할 것 같지 않았다. 작은형은 아버지에게 올해만큼은 그녀 옆에 앉지 않겠다고 선언했다.

"왜?"

"너무 이상하게 생겼잖아요!"

"내 눈엔 안 그런데. 자세히 봐봐. 킴베를리가 얼마나 예쁜 소녀인지 알게 될 거야."

작은형은 믿기지 않는다는 표정으로 아버지를 바라보았다.

우리 모두는 아버지가 무슨 말을 하는지 알고 있었다. 아버지는 환자들의 얼굴에 숨어 있는 아름다움을 몇 번이고 강조했다.

"얼굴이 비정상적으로 보이는 데는 많은 것이 필요하지 않아." 아버지가 자주 하는 말이었다. 그는 자기 코를 살짝 위로 들어 올리거나 검지로 눈꺼풀을 아래로 당겨 블러드하운드의 축 처진 눈매를 만드는 것으로 이를 증명했다. 심지어 고개를 조금만 삐딱하게 기울여도 미쳐 보였다. 아버지는 장난스럽게 이런 동작들을 했지만, 마음은 진심이었다. 밤에 침대에 누운 환자를 볼 때마다 얼마나 자주 놀라는지 모른다고 했다. "내가 몇 년 동안 알았다고 생각한 소녀가 갑자기 다른 얼굴을 하고 누워 있는 거야. 온몸에 긴장을 풀고 차분하게 숨을 쉬는 평온한 얼굴이었어. 하루 종일 얼굴을 찡그리고 손으로 자기 머리를 두드려대던 가련한 아이가 정말이지 너무 평화롭고 아름답게 잠들어 있는 거야."

세 시 정각에 초인종이 울렸다. 개는 나오지 못하게 다른 곳에 가둬두었다. 현관문이 열리자 여름옷을 입은 네 사람이 서 있었다. 보호사의 인솔로 여기까지 왔다.

“다섯 시에 다시 오겠습니다, 교수님. 생신 축하드립니다.” 보호사가 말했다.

“수고했어요, 나중에 봐요.”

마르그레트는 나를 빤히 보더니 말했다. “네가벌써이렇게컸다니어쩜.”

디트마르는 우리 모두를 몇 번씩 한참 안아주었고, 심지어 나를 안을 때는 바닥에서 살짝 들어 올리기도 했다. 그의 포옹은 결코 형식적이거나 소심하지 않았다. 한 번 안기면 꽤 한참 동안 그 느낌이 고스란히 전달될 만큼 강렬했다. 단순한 포옹이 아니었다. 가슴으로 받아들였다가 꼭 안고 다시 놓아주는 포옹이었다. 그는 특히 어머니를 오래 안아주었는데, 그 통통하고 작은 손으로 어머니의 등을 톡톡 치거나 심지어 엉덩이까지 두드리곤 했다. 그러면 어머니는 “디트마르!” 하고 경고를 보냈다. 내가 보기에, 디트마르는 해서는 안 되는 일을 즐기는 듯했고, 자신도 그것을 잘 아는 듯했다.

다들 아버지에게 줄 선물을 준비해 왔다. 마르그레트는 자신이 일하는 정신병동 원예 센터에서 꽃다발을 가져왔다. 아버지는 꽃향기를 맡았다. 그러더니 향기에 코가 간지러운 척하면서 재채기를 했다. 환자들이 웃었다. 어머니는 고맙다고 인사하며 꽃병을 갖고 왔다.

이런 일이 아니더라도 어머니에게 꽃다발을 갖다주는 환자들이 있었다. 한번은 초인종이 울려 나가보니 한 쌍의 환자가 장미꽃 한 다발을 들고 서 있었다. 어머니가 꽃을 창턱에 놓고 밖을 내다보니 우리 정원의 장미가 모두 잘려 나가고 없었다.

루트비히는 아버지에게 노란 밀랍으로 만든 수제 양초를 선물했다. 디트마르는 페인트칠한 옷걸이를 들고 있었고, 킴베를리는 직접 뜨개질한 소시지를 가져왔다. 그 위에는 단추 두 개가 달려 있었다. 각각의 선물은 아버지의 극찬과 함께 테이블 위에 우리의 선물과 함께 놓였다.

"고생깨나 했겠다." 큰형이 비꼬듯이 나직이 말했다. 수천 번도 더 들어본 특유의 비열한 어조였다. "매년 똑같은 것을 갖고 오지 않아! 아빠가 좋아하는 것 좀 봐!" 형 말이 맞았다. 아버지는 내가 선물한 잔 받침보다 페인트칠한 옷걸이에 더 감격하는 눈치였다. "아무리 멍청이라고 해도 어떻게 저런 형편없는 물건을 들고 올 생각을 해? 아무짝에도 쓸모없는 물건을. 그것도 남의 마흔 번째 생일에!" 순간 나는 위안을 얻었다. 내 선물은 작은형의 구두 닦는 기계에 견줄 만큼 실용적인 물건이었다.

"오, 이 멋진 동물은 뭐지?" 아버지가 킴베를리에게 물었다.

"이건…." 킴베를리가 죽은 생선 눈깔 같은 눈으로 방안을 두리번거렸다.

"이게 뭐지?" 아버지가 재촉하는 기색 없이 재차 물었다.

"이건… 배애애앰!"

"오, 그렇구나! 안 그래도 이런 뱀이 꼭 필요했는데 잘됐다. 딱 맞는 장소에 둘게." 아버지가 말했다. 내 선물을 뜯었을 때는 하지 않던 말이었다.

환자들이 식탁에 앉자마자 어머니는 향긋한 벌침 케이크를 쟁반에 담아 왔다. 나는 포크로 찍어놓은 케이크를 입으로 가져가기 전에 항상 멸종 위기에 처한 희귀 케이크인 양 꼼꼼히 살펴보고 입에 넣는 루트비히와 방금 아버지에게 빨대의 발명가를 물은 디트마르 사이에 앉았다. 마르그레트가 어머니에게 말했다.

"오늘머리가정말예뻐요어쩜!"

"고마워, 어제 미용실에 다녀왔어."

"교수님부인은정말너무예뻐!"

“오, 칭찬 고마워, 마르그레트.” 내 눈에는 미용실에 다녀온 어머니가 조금 낯설어 보였다. 잿빛 머리를 검게 염색했는데, 어쩐지 인디언 느낌이 났다. 아버지도 같은 생각이었는지, 그런 어머니를 “은쇼치”라고 불렀다. 인디언 전사 비네토우의 누이였다. 어머니는 이 말에 몹시 기분이 상해 있던 터라 마르그레트의 칭찬을 더욱 반가워했다.

루트비히가 식사를 중단했다. 나는 그의 표정에서 무언가 변화를 눈치챘고, 그로써 우리 모두에게 익숙한 그 열망이 그를 사로잡은 것이 분명하다고 생각했다. 마침내 그가 입을 열었다. 이를 악물고 얘기하는 바람에 알아듣기가 쉽지 않았다.

“오늘 루트비히는 개를 쓰다듬어. 쓰다듬어, 쓰다듬어, 쓰다듬어!”

아버지가 대답했다. “안 하는 게 좋겠어, 루트비히. 올해는 그만두자. 오늘은 개가 너무 피곤해서 자고 있어!”

“깨워. 쓰다듬어.” 루트비히가 거미 발처럼 가늘고 긴 손가락으로 눈을 후비고 긁고 눈알까지 거칠게 비벼대자 어머니가 그의 손을 잡아 내리면서 말했다.

“케이크 한 조각 더 먹을래?”

루트비히는 인상을 찡그리더니 머리카락이 듬성듬성한 머리를 숙이며 경련을 일으켰다. 그러고는 울기 시작했다.

디트마르가 벌떡 일어나 그를 안아주었고, 마르그레트는 웃었다. "재가또저렇게우네어쩜!" 킴베를리는 이런 소란에도 아랑곳하지 않고 벌침 케이크를 계속 입에 넣고 씹었다. 그러더니 눈을 비볐고, 지친 소처럼 멍하니 앞을 응시했다. 눈은 어디서도 쉴 곳을 찾지 못한 듯했다.

아버지가 루트비히를 위로하고 나섰다. "괜찮아, 루트비히. 이번에는 하지 말자. 잘 안 될 수도 있잖아. 그러면 넌 또 겁을 먹을 거야."

큰형은 루트비히가 정말 원한다면 개를 데리고 와야 한다는 입장이었다. "올해는 해낼지도 모르잖아요. 한번 해봐야죠."

작은형도 같은 의견이었다. "루트비히도 매년 다시 도전할 권리가 있다고 생각해요. 전통이잖아요." 작은형은 나를 바라보더니 잠시 고개를 끄덕였다. 마치 이렇게 말하는 듯했다. '곧 난장판이 벌어질 거야. 루트비히는 질질 짜고, 바지 멜빵을 잡은 채 어쩔 줄 몰라 하고, 온몸의 근육을 오그라뜨리고, 혼자 몸을 흔들거나 아니면 멜빵을 잡고 앞뒤로 흔들 거야.'

"제발, 제발, 제발. 쓰다듬어. 루트비히는 용감해! 루트비히는 용감해! 루트비히는 용감해!"

"루트비히가이렇게용감하다니어쩜!"

"교수님, 멜빵바지는 누가 발명했나요?"

"몰라, 디트마르. 아니, 잠깐만. 알 것 같다. 읽은 적이 있어. 리바이 스트라우스. 1873년!"

디트마르는 벌떡 일어났고, 그 바람에 케이크를 입안 가득 넣고 씹고 있던 킴베를리에게 걸려 아버지의 목으로 쓰러졌다. 루트비히는 진정되지 않았다. 개를 보고 싶어 했다. 휘핑크림을 더 갖다줘도 개를 쓰다듬겠다는 집착은 꺾이지 않았다.

"좋아, 그럼 한번 해보자! 개를 데리고 들어와!"

큰형이 자리에서 일어나 문밖으로 나갔다. 어머니는 임시 해결책을 찾아냈다.

"루트비히, 손을 흔드는 것도 괜찮을 것 같아. 멋질 거야. 손을 흔들어봐."

"말도 안 돼요, 엄마! 개를 쓰다듬을 때 손을 흔들면 안 돼요!" 작은형이 어머니를 나무랐다.

큰형이 밖에서 "지금 모퉁이를 돌고 있어요!" 하고 외치며 현관문에 나타났다. 루트비히의 숨이 거칠어지기 시작했다. 디트마르는 꼬리를 흔드는 개에게 달려가 껴안더니 자신의 얼굴을 핥게 했다. 나는 불공평하다고 생각했다. 나에게는 금지된 행동이었기 때문이다. 누구보다 우리 개를 사랑하는 나도 개한테 얼굴을 핥이고 싶었다. 루트비히가 일어나 목을 쭉 뻗었다. 목덜미에서 뿌드득 소리가 났다.

“괜찮아, 루트비히?” 어머니가 물었다. 루트비히의 입이 실룩거리는 게 웃으려고 그러는 건지, 절망의 표현인지 분간이 되지 않았다. “더 가까이 가고 싶니?” 어머니가 루트비히의 팔짱을 끼었다.

작은형의 얼굴에서는 그만의 독특한 과학적 시선이 반짝이고 있었다. 모든 것을 밑바닥까지 샅샅이 꿰뚫어볼 것 같은, 오만하면서도 즐기는 듯한 엑스레이 시선이었다.

마르그레트는 신이 나서 외쳤다. “개가좀더다가오면루트비히는비명을질러!”

디트마르는 이제 개에게 핥이는 것에 만족하지 않고 자신이 개를 핥았다. 나의 욕망조차 훌쩍 뛰어넘는 행동이었다. 그는 개의 검은 코를 핥았다. 이어 둘의 혀도 쩝쩝거리며 서로 뒤엉켰다. 심지어 디트마르는 등을 대고 눕더니 개의 배를 끌어안았다. 우리 개는 한없이 착했다. 나와 형들이 하는 짓에 이미 어느 정도 훈련이 된 상태였다. 우리는 개에게 잠옷을 입히기도 했고, 축 처진 귀를 고무줄로 올려주기도 했다.

이 소란의 와중에 킴베를리는 루트비히와 디트마르가 먹다 남긴 케이크를 자기 접시에 옮겨놓더니 포크 두 개로 먹기 시작했다. 그러다 포크 하나로 마르그레트의 케이크 반 조각까지 푹 찌르자 마르그레트는 짐승처럼 포효했다.

"이못된년이내케이크를훔쳐어쩜!"

아버지가 소리쳤다. "자, 모두 진정해! 생일 축하 노래 안 불러줄 거니?"

루트비히가 큰형과 개를 향해 몇 걸음 다가갔다. 뼈만 남은 손가락이 경련을 일으키고 있었다. 마치 보이지 않는 하프로 허공을 간지럽히며 능수능란하게 현을 뜯는 듯했다. 우리 개는 자기 쪽으로 다가오는 소년을 보자 짖었다. 그럴 만도 했다. 작대기 같은 몸을 흔들며 일 초에 열 가지 표정을 짓는 형체가 정상적으로 보일 리 없었다.

"컹!" 개의 거대한 울림통인 흉곽에서 힘차게 우러나온 아름다운 짖음이었다. 루트비히는 이 우렁찬 개 소리를 정면으로 맞는 순간 휙 몸을 돌리더니 자기 관자놀이를 주먹으로 쾅쾅 때리면서 비명을 지르며 밖으로 뛰쳐나갔다. 나는 새어 나오는 웃음을 숨기려고 시선을 내리깔고는 고개를 절레절레 흔들었다. 이렇게 해서 아버지의 꽉 찬 생일인 올해에도 루트비히의 소망은 이루어지지 않았다.

그건 몇 년 뒤에 이루어졌다. 그것도 속임수를 써서 말이다. 아버지는 루트비히의 사진에서 손톱 가위로 형체만 말끔하게 오린 뒤, 다른 사진 속의 우리 개 바로 옆에 붙였다. 그러고는 그 사진을 루트비히에게 주었다. 그때부터 루트비히는 사진이 너덜너덜해질 때까지 항상 앙상한 손가락 사이에 끼고 다녔다. 효과가 있었다. 다음 방문 때 루트비히는 마치 줄에 끌리듯 개에게 다가가더니 합성 사진에서처럼 그 옆에 서서, 원초적인 공포의 대상인 이 털 많고 침 흘리는 개의 머리를 쓰다듬어 주었다.

다과회가 끝나자 우리는 아버지를 위해 노래를 불렀다. 어머니는 환자들과 우리 아들들 모두를 밝은 소프라노 음의 날개로 품으며 조화로운 멜로디의 세계로 이끌려 했지만 소용이 없었다. 저마다 노래에 대한 걷잡을 수 없는 욕심이 있었기 때문에 멜로디는 산산조각 나고 말았다. 오직 작은형의 목소리만 맑고 밝게 허공을 떠돌다가 스스로 생명을 얻어 거실 천장 아래 황금빛 음의 구름으로 걸렸다. 아버지는 안락의자에 앉아, 노래라기보다는 괴성에 가까운 자신의 생일 세레나데를 흐뭇하게 즐겼다.

이어 우리는 모두 정원으로 나갔다. 배드민턴공이 보이지 않을 정도로 햇빛이 눈부셨다. 공중으로 날아간 배드민턴공은 꼭짓점에서 빛 속으로 사라졌다. 나는 디트마르와 시합을 했다. 점수를 딸 때마다 우리는 포옹했다. 아니, 디트마르가 와서 나를 껴안았다. 내가 득점하면 축하의 의미로, 자기가 득점하면 위로의 의미로.

“배드민턴공은 누가 발명했나요?”

“몰라, 디트마르, 나도 몰라.”

“이걸 왜 공이라고 부르나요? 공이 아니잖아요?”

“어서 해!”

“공에 깃털이 있나요? 공은 둥글잖아요.”

“그래, 디트마르, 네 말이 맞아.”

킴베를리는 바지를 벗고 키 큰 피나무 그늘 아래 풀밭에 누워 있었다. 어머니가 여러 번 다가가 말했다. “킴베를리, 절대 데이지 먹으면 안 돼. 건강에 안 좋아. 알아들었지?”

나는 킴베를리의 팬티 밑으로 무성하게 삐져나온 검은 털을 불안스레 바라보았다. 그녀는 스웨터를 살짝 걷어 올린 채 선잠을 자면서 배를 쓰다듬고 있었다. 마르그레트는 장미밭에 쪼그리고 앉아 잡초를 뽑으며 중얼거렸다.

“여긴엉망이네어쩜. 내가직접하는수밖에.”

아버지는 루트비히의 손을 잡고 정원을 거닐었다. 형들은 비치 의자에 편히 누워 속닥거리고 있었다. 무언가 계획을 짜는 게 분명했다. 둘은 배가 불룩한 잔으로 자기들만의 특제 칵테일을 마셨다. 알코올은 없지만, 각 재료를 교묘하게 부어 마치 마술처럼 재료들이 섞이지 않고 빨간색, 노란색, 초록색 층을 이룬 주스였다.

나는 형들이 진심으로 하는 말인지, 혹은 자기들도 정말 그렇게 믿고 하는 말인지, 아니면 내가 귀를 쫑긋 세우고 자기들 말을 액면 그대로 받아들이는 걸 즐길 뿐인지 헷갈릴 때가 많았다. 그럼에도 나는 아무것도 모르는 척하면서 형들과 자주 어울렸다. 형들과 함께하는 시간이 행복했기 때문이다.

검은지빠귀 장례식을 치른 후 형들은 나를 큰형 방으로 불렀다. 이 방에 초대받은 것만으로도 내게는 영광이었다. 큰형 방의 문은 스티커와 오려낸 광고로 도배되어 있었다. 그중에서 철자가 틀린 육류 제품 광고가 내 눈높이에 붙어 있었다. '어린애구이*, 킬로당 팔 마르크.'

큰형은 어두침침한 방을 좋아했다. 커튼은 하루 종일 쳐져 있을 때가 많았다. 그는 햇빛을 너무 눈부셔했고, 비와 잿빛 하늘을 보면 우울해했다. 커튼이 두툼한 데다 녹색이어서 방은 전체적으로 진득진득한 느낌이 나는 깊은 바다 속 같았다. 이런 느낌은 수초가 물결치고 공기가 부글부글 끓어오르는 백 리터짜리 수족관 세 개 때문에 더

* 철자 하나를 잘못 쓰는 바람에 소고기구이 Rinderbraten(영어로는 로스트 비프)가 졸지에 어린애구이 Kinderbraten가 되어버렸다.

욱 증폭되었다. 내가 방에 들어가면 형은 보통 침대에 누워 있었는데, 검은 머리카락이 커튼처럼 무겁게 갈색 눈을 덮고 있었다. 형과 부모님은 이 방의 환기를 두고 몇 년 동안 지루한 실랑이를 벌여왔다.

"이러고 어떻게 사니?" 어머니가 물었다. "숨이 막혀. 여기선 토끼장 냄새가 나!"

그러나 물고기에게 물이 필요하듯이 형에게는 답답하고 정체된 공기가 필요했다. 이런 점들 때문에 형의 방에 들어서면 마치 다른 세계에 푹 잠기는 느낌이 들었다. 수족관 램프가 유일한 광원인 방은 때때로 너무 짙은 녹색이어서 형이 어디에 누워 있는지, 녹색 물과 녹색 공기를 가르는 수족관 유리가 어디 있는지 분간하기 어려웠다. 마치 구피, 네온테트라, 시클리드가 방 전체에서 이리저리 헤엄치고, 형의 침대가 해저 깊숙한 곳에 있는 것처럼 보이기도 했다. 이 네 개의 벽 안은 부글부글 끓어오르는 공기 방울처럼 느릿느릿한 속도가 지배했다. 창문청소부 메기 몇 마리가 이리저리 돌아다니며 수족관 유리를 쪽쪽 빨고 긴 실처럼 지느러미를 늘어뜨린 에인절피시가 자갈 위를 유영하는 동안 형은 침대에 멍하니 누워 있거나 열 번도 더 읽은 『반지의 제왕』을 읽었다.

그날 오후, 두 형은 무언가 비밀스럽고 곰팡내 나는 녹색 공간으로 나를 끌어들였다. 심지어 그날 난 형의 침대에 앉아도 되는 영광을 누렸다.

“검은지빠귀가 창문에 부딪히는 순간….” 작은형이 무언가 음모의 냄새를 풍기며 말문을 열었다. 두꺼운 안경알 뒤로 눈까지 반짝거렸다. “나는 뒤돌아보기도 전에 그게 검은지빠귀라는 걸 알아차렸어. 충돌 소리만 듣고 새의 종류를 안 거지.” 형이 무슨 말을 하려는지 도무지 종잡을 수 없었다. 영문을 모르겠다는 내 표정에 형은 짜증을 냈다. “무슨 뜻인지 모르겠어?” 나는 고개를 저었다.

“충돌 소리만 듣고도 새의 종류를 알아낼 수 있다는 거야!” 보다 못 한 큰형이 거들었다. “그건 천재적인 능력이야. 그걸로 우린 부자가 될 수 있어!”

나는 여전히 형들이 뭘 하려는 건지 알아먹지 못했다. 물론 나도 부자가 되고 싶긴 했다. “어떻게?” 나는 물었고, 잠시 후 같은 말을 반복했다. “어떻게?”

“아주 간단해.” 큰형이 설명했다. “우리가 텔레비전에 나가는 거야. 다양한 종류의 새들이 커다란 창문으로 돌진해서 부딪히면 네가….” 큰형이 자신 있게 고개를 끄덕이는 작은형에게로 눈을 돌렸다. “어떤 새인지 맞히는 거야. 엄마 아빠가 나가자마자 훈련을 시작할 거야. 계획은 다 짜뒀어.”

계획은 이랬다. 내가 트레이너로서 각각 다른 재료로 채운 양말을 밖에서 우리 집 창문으로 던지면 거실 안 의자에 앉은 작은형이 눈을 가린 채 충돌 소리만 듣고 재료의 종류를 알아맞히는 거였다. 역할 분담과 함께 작전이 개시되었다. 우리는 일단 도둑처럼 집 안을 살금살금 돌아다니면서 장롱에서는 양말을, 식료품 저장실에서는 양말에 채울 파스타 면과 다른 먹거리를 훔쳤다.

한 시간이 지나자 형의 침대 위에 새 모형이 다섯 개 놓였다. 가장 가벼운 새는 우리 집 개를 빗겨서 뽑은 털로 채운 어머니의 양말이었는데, 굴뚝새용이었다. 가장 무거운 새는 새장 안에 까는 모래를 가득 채운, 한 번도 신지 않은 아버지 등산 양말이었다. 이건 황새용이었다. 나는 시험 삼아 형 방에서 완두콩을 채운 말똥가리용 양말을 공중으로 던져보았다. 순간 양말이 터지면서 완두콩이 초록색 비처럼 천장에서 쏟아졌다. 형들은 수류탄이라도 터진 양 잽싸게 침대 위로 몸을 날리더니 괴성을 지르며 이불 밑으로 숨었다.

계획이 취소되어 다행이었다. 이런 실험에서는 결국 나 혼자 책임을 뒤집어쓰는 경우가 허다했기 때문이다. 물론 기본적으로 내가 그런 결과를 예상하는 경우는 드물었지만 이번에는 심각한 의구심이 들면서 그림이 그려졌다. 내가 황새 양말로 거실 창문을 박살내고, 형들은 어디로 내뺐는지 보이지 않고, 나 혼자만 완전히 바보처럼 우두커니 서 있을 가능성이 거의 백 퍼센트였다. '너 미쳤니? 세상에나, 대체 왜 양말에다 모래를 가득 채워 유리창에다 던진 거니?' 그 물음에 나는 딱히 답할 말이 없을 것이었다.

두 얼굴

아버지의 마흔 번째 생일을 이틀 앞두고 나는 어머니와 맹렬히 싸웠다. 물론 싸움이라는 표현은 적절치 않아 보이지만. 나는 분노에 사로잡힌 인간 팽이처럼 부엌 바닥에서 빙글빙글 돌았다. 어머니는 어이없는 표정으로 내 앞에 서서, 마치 광견병에 걸린 사람 보듯 내려다보았다. 전에도 그런 일이 많았지만, 나를 완전히 미치게 한 건 어머니의 선의였다. 그게 어머니의 특기이기도 했다. 어머니는 평화로운 표정으로 정말 아무렇지도 않게 사랑스러운 손가락으로 나의 아픈 곳을 건드렸다. 아니 후벼 팠다. 어머니는 자신이 야기한 결과에 항상 당황해했다. 스스로 세상 다정한 사람이고 속임수나 악의와는 거리가 먼 사람이라 여겼기에 남들이 어머니의 행동에서 악의를 느끼면 도저히 믿을 수 없다는 표정을 지었다. 사실 이 문제는 어머니가 원래 다정하고 사랑스러운 사람이라는 점을 감안하면 그리 간단한 문제가 아니었다. 하지만 어머니의 마음속 어딘가에는 엉뚱하기 짝이 없는 아이디어를 주입하는 파괴적인 힘이 있는 게 분명했다. 많은 예들 가운데 하나만 들면 이랬다. 큰형이 어머니 생일에 피카소의 〈황소와 투우사〉 그림을 선물했다. 특이하게도 피카소가 연필을 떼지 않고 한 획으로만 그린 그림이었다. 그로써 칼로 찌르기 직전의 투우사든 물불 가리지 않고 돌진하는 황소든 치명적인 싸움에만 빠져 있는 것이 아니라 내적으로 얽히고 연결된 느낌이 들었다. 어머니는 이 그림을 받고 무척 기뻐했고, 그날 큰형이 낚시를 하러 간 사이 형의 방에 걸어두었다. 형이 집에 돌아와 자기 침대 위에 걸린 그림을 보고 어머니에게 달려갔다.

"엄마, 투우사가 왜 내 방에 걸려 있어요?"

어머니는 세상 다정한 목소리로 대답했다. "어때, 괜찮지? 거기가 제일 잘 어울리겠다 싶더라."

형이 말했다. "그건 엄마 그림이잖아요. 내가 선물했잖아요."

어머니는 명랑한 목소리로 세상 너그럽게 말했다. "괜찮아. 너한테 빌려줬다고 생각해!"

형은 쾅 소리 나게 문을 닫으면서 자기 방으로 들어가버렸다. 어머니의 얼굴에 물음표가 찍혔다. 그러고는 영문을 모르겠다는 듯 아버지에게 물었다.

“재가 왜 저래요? 고기를 못 잡아서 저러나?”

내가 부엌 바닥에 뒹군 이유도 비슷했다. 나는 아버지의 생일에 잔 받침이 아닌 다른 것을 선물하고 싶었고, 그때 마침 특별한 선물이 생각났다. 아버지는 마르지판감자 과자를 좋아했다. 나는 마흔 번째 생일에 마흔 개의 마르지판감자를 선물할 계획을 세웠다. 그것도 돈 주고 사는 게 아니라 직접 만들 생각이었다. 얼마나 멋진 아이디어인가! 나는 그렇게 확신했다. 그리 되면 나는 선물 면에서 형들에게 조금도 뒤질 것이 없었다. 여덟 살짜리가 수고스러움도 마다않고 제과사가 되어 아버지가 가장 좋아하는 과자를 만드는 건 아무나 할 수 있는 일이 아니었다.

나는 어머니에게 조리법을 받았고, 함께 재료를 사러 갔다. 쇼핑 목록은 꽤 이국적이었다. 아몬드, 슈거파우더, 고편도유, 코코아 가루 들이었다. 특히 마음에 드는 재료는 약국에서만 파는 장미수였다. 그렇다면 감자 모양의 이 마르지판은 단순한 과자가 아니라 의약품이었다. 나는 매우 정성스럽게 요리에 나섰고, 어머니의 어떤 지원도 단호히 거부했다. 아마 오백 그램의 아몬드를 나만큼 정확하게 계량한 사람은 없을 것이다. 과자 하나 만드는 데 세 개는 너무 많고, 두 개는 너무 적었다. 또 어떤 건 너무 크고 어떤 건 너무 작았다. 결국 정확한 계량을 위해 나는 마지막 한 개를 반쯤 갉아먹어야 했다. 어머니가 부엌에 슬그머니 들어와서는 조심스럽게 말했다.

"껍질을 벗겨야 해!"

아몬드 껍질을 벗긴다고? 설마 농담이겠지. "껍질은 이미 벗겨져 있어요, 엄마! 아몬드는 견과류예요!"

"그래, 하지만 여길 봐, 이 갈색 껍질은 벗겨야 해. 내가 도와주면 안 될까? 끓는 물을 부으면 금방 벗길 수 있는데."

나는 덜컥 겁이 났다. 내가 백 퍼센트 혼자 만들지 않으면 형들은 분명 이렇게 말할 것이다. '이게 어째서 너 혼자 만든 선물이야? 엄마랑 같이 만든 거지.' 그럼에도 어머니의 말을 다 알아듣지는 못해 머뭇거리면서 도움을 받아들였다. 아몬드에 뜨거운 물을 붓고 잠시 기다리자 껍질은 쉽게 벗겨졌다. 알맹이가 미끄러지듯이 스르르 나왔다. 나는 한 걸음 뒤로 물러나 따뜻한 아몬드 알맹이를 그릇에 넣었다. 그런 다음 아몬드를 으깨서 미리 체로 걸러놓은 슈거파우더와 섞은 뒤 고편도유를 첨가했다. 장미수 서른 방울은 정확히 한 방울 한 방울 세어가며 떨어뜨렸다.

그러고는 혼합물을 반죽했다. 정말 마르지판 냄새가 났다. 순간 나는 오직 이 일만 하면서 살아도 괜찮겠다는 생각이 들었다. 내가 가야 할 길을 찾은 느낌이었다. 모든 시대를 통틀어 최고로 뛰어난 마르지판감자 조리사로서 말이다. 나는 떼어낸 반죽을 손바닥 안에서 살살 굴려 체리 크기의 공을 만들기 시작했다. 조리법에 분명히 그렇게 적혀 있었다. 체리 크기로 만들라고. 사실 나는 약간 놀랐다. 그냥 마르지판감자 크기라고 하면 되지 않을까? 그게 얼마만 한지는 모두가 알고 있었다. 혹시 체리 케이크 조리법에는 마르지판감자 크기만 한 체리를 준비하라고 적혀 있을까? 그럴 리 없었다. 절대로!

나는 마르지판감자를 마흔 개 빚었다. 한 살에 하나씩이었다. 그때 처음으로 나는 아버지의 나이가 얼마나 많은지 깨달았다. 나보다 수도 없이 많았다. 첫 번째 감자를 만들면서 나는 큰 소리로 "하나"라고 외쳤다. 이제 아버지의 한 살이었다. 야릇한 느낌이었다. 한 살짜리 아기 아버지라니! 여덟 번째 감자를 만들었을 때는 지금 내 나이의 아버지였다. 나는 여덟 살이 많은 나이라고 생각해왔지만, 정작 양철 판 위의 여덟 개는 무척 적었다. 이런 식으로 마흔 개의 감자를 계속 만들었다. 손 안에서 마르지판감자가 하나씩 만들어질 때마다 일 년이라는 시간의 덧없음이 조금 느껴졌다. 마르지판의 일 년은 얼마나 길면서 동시에 얼마나 짧은가! 나는 손안에서 감자를 굴리며 공상에 빠졌고, 밀가루와 코코아 가루가 휘날리는 나의 미래를 보았다.

나는 숟가락으로 코코아를 퍼서 그릇에 담아 양철 판 옆에 놓았다. 일단 화장실부터 다녀와야 했다. 그사이 감자가 마르지 않도록 행주를 물에 적셔 꼭 짠 뒤 내가 만든 작품들 위에 살포시 올려놓았다. 나는 변기에 앉아 이 멋진 선물을 어떻게 효과적으로 포장할지 궁리했다. 아이디어 하나하나가 모두 마음에 들지 않았다. 가게에서는 투명한 셀로판지에 싸서 팔았는데, 그건 내 능력 밖이었다. 욕실은 무척 고요했다. 아침에 청소부 아줌마가 다녀가고 나면 항상 그랬다. 늘 느끼는 거지만, 반짝반짝 윤나는 욕실이 깨끗하지 않은 욕실보다 훨씬 고요한 것 같았다. 아줌마가 진공청소기를 돌리고 깨끗이 정돈한 후의 내 방도 항상 약간 마비된 듯한 느낌이 들었고, 그래서 내가 신발을 구석 쪽에 아무렇게나 던져놓고 침대 위의 이불을 헝클어 놓아야만 방이 다시 깨어나 제정신을 차리는 듯했다. 아파서 학교에 가지 않을 때면 나는 뚜껑을 내린 변기에 앉아 아버지가 씻고 면도하는 모습을 지켜보는 걸 좋아했다. 아버지는 헐렁한 팬티 하나만 입었다. 등에는 검은 털이 수북했고, 운동을 전혀 하지 않는 사람치고는 놀라울 정도로 등이 넓었다. 아버지는 매일 아침 애프터쉐이브를 묻힌 솜뭉치로 대머리가 불그스름하게 윤이 날 때까지 빡빡 문질렀다. 그러고는 더러워진 솜을 보여주며 말했다. “샤워를 했는데도 늘 이렇게 더러운 게 묻어나는 게 신기해.”

아버지는 전기면도기를 사용했는데, 약간 자극을 받은 아기 피부처럼 매끈해질 때까지 살을 꾹꾹 눌러가며 면도를 했다. 면도가 언제쯤 끝날지는 면도날 소리로 알 수 있었다. 수염을 자르는 면도날 소음은 차츰 잦아들다가 마지막엔 맑게 윙윙거리는 소리만 냈고 면도기는 공회전을 하듯 아무 마찰 없이 말랑말랑한 아버지 피부 위를 미끄러지듯 돌아다녔다. 아버지는 면도를 할 때면 욕실장의 거울문 두 개를 살짝 열어놓았다. 그러면 세 폭으로 이루어진 거울 문 세 개에 아버지의 분홍빛 얼굴이 보였다. 내가 즐겨 하듯 눈을 가늘게 뜨고 바라보면 머리 셋에다 눈이 여섯이고, 입술이 여러 겹으로 겹쳐 있고, 등에 털이 수북한 남자가 보였다. 이 흐릿한 괴물은 세 가지 일을 동시에 했다. 직원회의에서 할 말을 연습하고, 면도를 하고, 그러면서 입가에 담배를 여러 대 꼬나물고 피웠다. 담뱃재는 세면대 위에 그냥 뚝뚝 떨어졌다.

욕실 벽에는 한 가지 기능밖에 없는 작은 수건이 하나 걸려 있었다. 때타월이었다. 아버지는 매일 아침 반 시간씩 욕실에 있으면서 이 타월로 엉덩이를 닦았다. 형들과 나는 물론이고 어머니도 분명 이 물건에 경외심을 갖고 있었다. 형들은 가끔 이걸로 내 얼굴을 씻기겠다고 협박하거나, 아니면 정말 터무니없게도 강제로 빨게 하겠다고 위협하기도 했다. "네가 아빠의 때타월을 쪽쪽 빨면 일 년 내내 내 현미경을 들여다보게 해줄게." 작은형이 한 말이었다.

조용한 욕실에서 마르지판감자 포장과 관련해서 좋은 아이디어가 떠올랐다. 알루미늄포일로 달걀판 같은 모양을 만들어 마르지판감자 마흔 개를 그 위에 하나씩 올려놓는 것이었다. 포일에 본을 뜰 수 있는 구슬이 내 방에 하나 있을 것 같았다. 나는 얼른 부엌으로 돌아갔다.

그런데 양철 판이 텅 비어 있었다. 젖은 행주는 식탁 위에 구겨진 채 널브러져 있었다. 가장 먼저 의심이 든 건 개였다. 하지만 조금 전에 현관 타일 바닥에 누워 깊이 잠들어 있는 개를 보지 않았던가? 그냥 자는 척만 했을까? 마르지판감자를 입에 가득 넣고 자는 시늉만 했던 것일까? 나는 부리나케 개에게 달려가 주둥이를 벌렸다. 개는 화들짝 놀라 깨어났다. 그러고는 내가 원하는 게 뭔지, 왜 느닷없이 자기 혀를 잡아당기는지 몰라 어리벙벙한 표정을 지었다. 나는 다시 부엌으로 달려갔다. 냉장고 위에 미처 보지 못한 그릇이 하나 있었고, 수프 접시가 그 위에 덮여 있었다. 그릇 주변에는 코코아 가루가 흩뿌려져 있었다.

그릇의 뚜껑을 열었다. 거기 있었다! 피라미드 모양으로 깔끔하게 쌓아놓은 진갈색의 마르지판감자 탑이었다. 코코아 가루까지 뒤집어쓴 채 출격 준비를 끝낸 상태였다. 내 입에서 짐승과도 같은 괴성이 터져 나왔다. 어머니는 나에게 혹시 무슨 일이 생긴 건 아닌지 걱정이 돼서 한달음에 달려왔다.

“무슨 일이야?”

나는 갑자기 말하는 법을 잊어버렸다. 문장을 어떻게 시작하고 어떻게 끝맺어야 할지 알 수 없었다. 다만 그릇을 가리키며 울부짖었다.

“이게에에에 뭐야아아아?” 이어 다시 한번 괴성을 토해냈다. “이게에에에 뭐냐고오오오?”

어머니는 영문을 모르겠다는 듯 나를 빤히 바라보았다.

“대체 왜 그래, 얘야?”

나는 그릇을 집어 들고 어머니에게 내밀었다. “이게에에에 뭐냐고오오오?”

어머니는 고개를 절레절레 저었다. 얘가 자기 아들인 건 분명한 것 같은데, 그릇을 든 이 금발 소년이 왜 이렇게 계속 "이게에에에 뭐야아아아?"라고만 외쳐대는지는 도무지 모르겠다는 표정이었다. 어머니가 소리쳤다.

"멋지게 만들었잖아!"

나는 한 옥타브 더 올려 소리를 질렀다. "내가아아아 만들려고오오오 했단 말이야아아아!" 이어 다시 한번 말을 길게 늘어뜨리며 고통에 찬 괴성을 질렀다. "이게에에에 뭐야아아아?"

나는 그릇에 손을 넣고 감자를 으깨버렸다.

어머니가 나를 노려보았다. "뭐 하는 거니? 이렇게 잘 만들어놓고서! 정말이야. 나쁘지 않아!"

나는 마르지판 덩어리를 손에 들고 욕실로 달려가서는 문을 잠근 채 손에 묻은 걸 씻어내기 시작했다. 어떻게 이럴 수 있을까? 마흔 개의 선물 하나하나를 살살 굴려가며 코코아 가루를 묻히는 것보다 기대되는 일은 없었다. 그게 내 세심한 정성의 하이라이트였다. 바로 그거였다! 나도 뭔가를 정성스럽게 만들 수 있다는 것을 보여주고 싶었다. 그랬다면 뿌듯했을 것이다. 그게 내 진짜 선물이었다. 항상 산만하고 집중력이 없다고 여겨지던 내가, 책 한 권 끝까지 읽어내지 못하는 내가, 대화가 조금만 길어지면 안절부절못하고 몸을 배배 꼬는 내가, 학교에서 삼십 분만 가만히 앉아 있어도 히스테리를 부리는 내가, 틈만 나면 백일몽에 빠지는 내가 아버지의 마흔 번째 생일에 코코아 가루를 묻힌 마르지판감자 마흔 개를 선물함으로써 나의 끈기와 정성을 증명하고 싶었다. 게다가 마르지판 조리사로서의 내 미래 모습도 함께 보여줄 생각이었다. 그런데 어머니의 쓸데없는 오지랖 때문에 모든 것을 망쳐버렸다.

상황은 더욱 악화되었다. 나는 온수를 틀어놓고 달콤한 덩어리를 씻어냈다. 마르지판 냄새가 점점 더 강해졌다. 미래의 내 작업장에서 날 거라고 상상한 바로 그 냄새였다. 밖에서 문 두드리는 소리가 나더니 손잡이가 달그락거렸다. 어머니는 두 가지 목소리로 말했다. 하나는 위로의 목소리였다. "제발 나와. 엄마가 잘못했어. 네가 그렇게까지 직접 만들고 싶어 하는 줄 몰랐어." 다른 하나는 짜증 섞인 훈계의 목소리였다. "어서 나와. 이런 일로 그렇게 화내면 안 돼. 화낼 일이 아냐. 넌 지금 무슨 큰일이라도 벌어진 것처럼 굴고 있어!"

내 눈에서 눈물이 흐르는 동안 마르지판 덩어리는 점점 뜨거워지는 물에 녹아 서서히 작아지더니 내 손가락 사이를 지나 배수구 속으로 가르랑 소리를 내며 사라졌다. 나는 안타까운 마음에 다시 잡으려고 했으나, 덩어리는 이미 걸쭉한 죽으로 변했고 마지막엔 크림 수프 같은 상태로 바뀌었다. 배수구는 꾸르륵거리더니 쓴 아몬드 냄새가 나는 트림을 길게 내뱉고는 마지막 잔해까지 꿀컥 삼켰다.

잃어버린 마르지판감자에 대한 애도의 감정이 사라지자 곧 분노가 치밀었다. 발끝에서부터 뜨거운 물결이 일더니 복수심이 밀려왔다. 불끈 쥔 주먹과 핏줄이 보였다. 고개를 드는 순간 거울에 비친 내 모습과 마주했다. 내가 이렇게 사나워 보일 줄은 미처 몰랐다. 붉어진 눈이 나를 매섭게 노려보았고, 아랫입술이 파르르 떨렸다. 나는 완전히 제동장치가 풀린 채 악마처럼 쏘아보는 이 미지의 소년에게 완전히 매료되어 눈을 뗄 수가 없었다.

어머니가 문을 두드리며 소리쳤다. "미안해. 엄마는 정말 널 도와주려고 그런 것뿐이야!"

나는 짐짓 밝고 높은 목소리로 외쳤다. "괜찮아요! 금방 나갈게요!" 이 말투는 분노에 찬 지금의 얼굴과는 전혀 어울리지 않았다. 그런데 그 안엔 묘한 쾌감이 있었다.

"정말이야?" 어머니가 물었다.

"네, 정말이에요, 엄마. 이제 다 괜찮아졌어요."

"그럼, 어서 나와." 어머니는 문에 입을 바짝 대고 있는 게 분명했다. 크게 얘기하지 않는데도 잘 들렸다.

내 입가에 거품이 약간 고여 있었다. 나는 그것을 핥지 않고 그냥 턱 아래로 흐르게 내버려두었다. "정말이에요,

엄마. 금방 나갈게요!" 나는 종소리처럼 밝은 목소리로 대답하고는 통제 불능 상태에 빠져 침을 흘리는 이 야수의 충혈된 눈을 응시했다.

어머니는 결국 자리를 떴다. 나는 입을 최대한 크게 벌렸다가 다시 이를 악물고는 나 자신을 향해 으르렁거렸다. 증오에 찬 얼굴은 찬물을 수없이 끼얹고 나서야 가까스로 지워졌다. 나는 이런 내 모습을 봤다는 사실에 호기심이 일기도 했지만 동시에 두려움을 느끼기도 했다. 나의 이 두 번째 얼굴은 어디서 온 것일까? 혹시 내 진짜 얼굴일까? 정말 처음으로 나 자신을 본 것일까?

비명의 합창

로터리클럽 모임이 있는 월요일만 빼고 아버지는 매일 저녁 잠들기 직전에 내 방에 들어와 테라스 문을 열었다. 밖은 아직 밝았다.

형들은 내 방의 테라스 문을 늘 부러워했다. 나이를 몇 살 더 먹은 뒤에 나는 거의 매주 금요일마다 어머니가 내 이마에 입을 맞추고 방을 나가면, 잠든 척하고 누워 있던 침대에서 일어났다. 테라스 문을 열고 집 밖으로 나가 하치하이킹으로 이십 킬로미터나 떨어진 마을 디스코장으로 향했다. 정신병원 경내가 적막에 잠긴 새벽녘에 다시 집에 돌아오면 찌든 담배 냄새를 지우려고 우리 집 지하의 손님방으로 몰래 숨어 들어가 머리를 감았다. 밤새 춤을 추고 취한 채 지하실에서 머리를 감는 건 정말 근사했다.

아버지는 테라스 문을 열고 밖으로 한 걸음 나가 집게 손가락에다 침을 묻히고는 뱃사람처럼 바람의 방향을 가늠했다. 나는 침대에 누워 신선한 공기를 맡으면서 늘 하던 대로 밖에 있는 아버지에게 똑같은 질문을 던졌다.

"바람이 어디서 불어와요?"

"북쪽!"

바람은 아버지에게 저마다 다른 이야기를 들려주었다. 바람 중에는 스웨덴 바람, 영국 바람, 러시아 바람, 그리고 희귀한 사막 바람이 있었다. 여기서 중요한 건 바람의 세기였다. 바람이 강할수록 바다를 지나온 시간은 짧았다. 아버지가 다시 방에 들어와 내 침대 가장자리에 앉으면 우리는 방금 전 집 밖의 키 큰 피나무에서 소리를 낸 돌풍의 이동 시간을 계산했다. 폭풍이 불면 바람이 해안에서 우리 집까지 오는 데는 십 분이 채 걸리지 않았다. 그러면 공기에서 소금 냄새가 났고, 피나무 바스락거리는 소리가 파도 소리처럼 들렸다.

북풍이 불면 아버지가 해주는 이야기는 정해져 있었다.

사악한 마법사의 성에서 비참하게 살아가는 난쟁이 이야기였다. 난쟁이는 비가 오든 바람이 불든 낮이면 항상 성 앞에 뒤집어놓은 양동이 위에 알몸으로 서 있어야 했다. 열병에 걸리기 위해서였다. 그러다 밤이 되면 마법사의 침대로 기어 들어가 뜨거운 몸으로 마법사의 발을 따뜻하게 해주어야 했다. 아버지는 이런 이야기를 좋아했다. 평생 뜨거운 보온 주머니 역할을 하며 살아가야 하는 난쟁이 이야기 같은 거 말이다. 바람이 어중간한 방향에서 불어오면 이야기는 뒤섞였다. 다음 내용을 잘 모르겠다 싶으면 아버지는 나를 번쩍 안고 테라스로 나가 바람 소리에 귀를 기울였다. 그러고는 마치 바람과 통화하듯 이렇게 말했다.

"아하, 알았어, 아하, 그렇다고."

나는 아버지의 귀에다 속삭였다. "바람이 뭐래요?"

아버지는 나를 다시 침대에 눕히고 이야기를 마저 들려준 뒤 커튼을 치고 불을 끄고 내 이마에 입을 맞추었다.

한밤중에 병원에서 급하게 전화가 오는 일은 드물지 않았다. 그러면 아버지는 유령처럼 의사 가운을 팔락거리며 복도를 부산하게 오가다가 집을 나섰고, 이후 아버지의 그림자가 내 창문 옆을 휙 지나갔다. 나에게 지극히 일상적인 일이었다. 심지어 그런 전화벨 소리를 들으면 반갑기까지 했다. 아침 식사를 할 때 아버지가 간밤에 무슨 일이 있었는지 이야기해주기 때문이다. 대부분 누군가 심한 발작을 일으켰거나, 벽을 넘어 도망쳤거나, 보호사가 다쳤다는 내용이었다. 전화벨 소리보다 불안한 건 사이렌 소리였다. 화재가 발생했다는 뜻이었다. 불이 붙은 곳은 대개 매트리스나 쓰레기통이었다. 이상한 일이었지만, 사실 사이렌 소리도 내게는 그리 충격적인 사건이 아니었다. 아버지가 해결해줄 거라고 굳게 믿었기 때문이다. 아버지는 이곳의 대장이었다. 아버지가 아니면 누가 이곳을 지키겠는가?

생일 저녁에 아버지가 방에 들어와 내 옆에 앉았다. "아주 멋진 생일이었어. 네가 준 잔 받침도 아주 멋졌고, 우리 막내!"

나는 침대 옆 스탠드의 어스름한 불빛 속에서 아버지를 빤히 쳐다보았다.

"이제 잔 받침이 벌써 네 개구나. 내년이면 다섯 개가 될 테고, 그러면 우리 가족 모두 하나씩 가질 수 있겠지. 내년에는 각자 하나씩 잔 밑에 깔고 진짜 생일 파티를 즐겨보자꾸나."

"사실 아빠한테 다른 선물을 주고 싶었어요." 나는 어머니가 아버지에게 마르지판감자 참사에 대해 이야기했는지는 알지 못했다.

"정말? 그게 뭔데? 확 궁금해지네. 아빠한테 뭘 주려고 했는데?"

"특별한 건 아니에요. 마르지판감자요."

"오, 어떻게 그런 기특한 생각을 했을까! 아빠 마르지판 감자를 무척 좋아해!"

"내가 직접 만들었어요. 마흔 개나요. 한 살에 하나씩."

"오, 그렇게나! 만드는 게 힘들었을 텐데. 지금 어디 있니? 당장 먹고 싶구나!"

"안 돼요." 내가 나직이 말했다. 그 이야기를 하면 또다시 화가 치밀고 불행한 느낌이 들 것 같아서 말하고 싶지 않았다. 내 경우에는 무언가를 경험하는 것과 이야기하는 것 사이에 큰 차이가 없었다. 나는 아버지의 다리 쪽으로 좀 더 다가가서 아버지의 허벅지와 침대 시트 사이에 코를 묻었다. 그때 묵직하게 쿵 하는 소리가 들렸다. 개였다. 개가 내 방문을 머리로 쿵 밀치고 들어왔다. 개 냄새가 났다. 녀석이 서늘한 코를 내 목에다 대고 비볐고, 나는 녀석을 껴안았다.

"이제 말해봐, 무슨 일이 있었니?" 아버지가 물었다.

"그냥 망쳐버렸어요."

"그래, 어떤 사정 때문에 네가 아빠한테 마르지판감자

를 주지 못했는지는 몰라도 네가 그걸 직접 만들었다는 사실만으로도 아빠는 무척 기쁘구나. 훌륭한 생각이었다. 그것도 아빠를 위해 마흔 개나 만들었다니, 정말 고맙구나."

나는 고개를 끄덕이며 개를 안았다.

"이야기 들려줄까? 마법사 이야기?"

"피곤해요." 나는 하품을 했고, 아버지는 내게 입을 맞추었다.

"그럼, 잘 자, 요세."

아버지는 테라스 문으로 가서 문을 몇 번 잡고 흔들더니 꼬리를 흔드는 개의 목줄을 잡고 나갔다. 언제나처럼 문은 약간 열어두었다. 이제 아버지는 저녁 순찰을 돌 것이다. 집 안을 돌며 창문과 현관문, 지하실 문이 단단히 잠겨 있는지 확인하는 마지막 절차였다.

밖은 여전히 북유럽답게 환했다. 밤 열 시에도 피나무 꿀로 끈끈하게 뒤덮인 나뭇잎에 햇빛이 반사되었다. 환자들의 비명 소리가 들렸다. 고통의 절규인지 행복의 외침인지 구분하기 쉽지 않았다. 울부짖는 소리부터 신음 소리, 길게 늘어뜨리는 늑대 울음소리, 날카로운 외마디 비명, 죽음의 공포에서 지르는 비명, 환호의 외침, 가르랑거리는 소리, 그르렁거리는 괴성, 허공을 떠도는 통곡까지 한마디로 인간 소리의 다양한 스펙트럼이었다. 정신병동은 혹시 모를 사고에 대비해서 발코니에 철조망을 설치해놓았다. 우리는 그것을 대형 미치광이 새장이라고 불렀다. 그건 내 침대에서도 보였다. 철조망들은 화장터의 작은 탑 바로 뒤 건물 벽에 각진 벌집처럼 매달려 있었다. 나는 말을 떼기도 전에 그들의 목소리를 알아들었다. 그래서 그런지 아기 때부터 한 번도 울지 않았다고 한다. 이상할 게 없다. 주변에서 밤마다 수천 명의 사람이 그렇게 비명을 질러대는데 나까지 울어야 할 이유가 있을까? 새들이 아침의 특정 시간대에 노래하기 시작하듯 저녁 울음소리에도 일정한 논리가 있는 듯했다.

나는 샤스타데이지 꽃무늬가 있는 테리클로스 소재의 잠옷을 입고 푹신한 이불 아래 누워 있었다. 그러고는 복강 수술을 하느라 몇 번이나 엉성하게 꿰맨 바람에 스타일을 많이 구긴 원숭이 인형을 안고 이 동네의 온갖 괴성에 귀를 기울였다. 두드리고 흔드는 소리를 배경으로 여기서만 들을 수 있는 노래들이 흘러나왔다. 이건 뭐지? 바람소리인가? 벽에 부딪히는 소리인가? 머리통을 부딪혔나? 침대 창살을 흔드는 소리인가? 일 년 삼백육십오 일, 매일 저녁 대규모 오케스트라가 연주하는 비명 콘서트가 열렸다. 이건 남자아이일까, 여자아이일까? 분간하기 어려웠다. 이따금 여자라고 생각한 목소리가 별안간 우렁찬 베이스로 바뀌고, 이건 틀림없이 남자라고 생각했는데 갑자기 톤이 올라가더니 소프라노 비명이 튀어나왔다.

나의 묵시록 기사*는 총 다섯 명이었다. 이들은 모음을 타고 바람 속을 질주해 우리 집을 포위했다. "아아아…" 하는 소리는 부단한 고통과 긴 호흡, 크나큰 흥분의 비명이었고, "에에에…" 소리는 이를 악문 채 고집스레 새어 나오는 억눌린 반항의 비명이었으며, "이이이…" 소리는 마치 잎이 무성한 나무 꼭대기에 앉은 원숭이가 한탄하는 듯한 짧은 비명이었고, "오오오…" 소리는 슬픔이나 기쁨의 분출이었고, 마지막으로 "우우우…" 소리는 인내와 체념이 뒤섞인 어두운 힘의 비명이었다. 나는 이 모든 걸 얼마나 잘 알고 있었는지 모른다. 누가 누구에게 어떻게 대답하는지도 정확히 알고 있었다. 비명은 이 침대에서 저 침대로, 이 층에서 저 층으로, 심지어 이 병동에서 저 병동으로 날카롭게 이어졌다. 알 수 없는 어두운 힘의 지휘에 따른 정확한 작전 수행이었다. 어느 땐 한 사람이 여러 번 비명을 질렀고, 그러다 어느 순간 듀엣이 되었다. 일종의 문답이었

* 「묵시록」에서 세상을 멸망시키기 위해 등장하는 4인의 기사. 죽음의 기사, 전쟁의 기사, 기근의 기사, 역병의 기사.

다. 이어 다른 사람들이 합류하면서 패거리가 생겼고, 마지막엔 떼로 비명을 질렀다. 특히 인상적이었던 것은 비명의 길이였고, 누구의 목소리도 제대로 나오지 않는 일이 없었다는 것이다. 어머니는 합창단 연습을 마치고 돌아오면 목이 쉬었다. 한 시간 반 동안 부른 칸타타가 성대에 무리를 주었기 때문이다. 그에 비해 환자들의 성량은 엄청났고, 비명의 기술도 완벽했다.

슐레스비히의 날씨는 따뜻하지 않았다. 바람이 잠잠하고 온화한 여름밤은 한 손에 꼽을 정도였다. 기껏해야 일 년에 네댓 번 정도만 저녁 열 시에 테라스에 나와 앉을 수 있었다. 아버지는 열대성 회오리바람처럼 드문 이런 저녁들에다 이름을 지어주었다. 따뜻한 마리, 아늑한 안나, 약간 눅눅한 안톤, 이런 식이었다.

이렇게 이름이 있는 밤들을 나는 또렷이 기억한다. 이런 드문 밤이면 비명의 노랫소리는 점점 커져 귀가 먹먹한 포효처럼 울려 퍼졌다. 축제의 히스테리, 숨겨진 욕망, 들끓는 피, 또는 자신의 상황에 대한 인지에서 오는 전율과 절망이 한꺼번에 터져 나와 여름밤이 깊어질 때까지, 각자 지쳐 쓰러질 때까지 서로를 격려하고 응원했다. 나는 이 울부짖음을, 이런 밤의 합창을 사랑했다. 그래서 쏟아지는 잠을 이겨내고, 깨어 있으려 애썼다. 목소리들은 솟구

쳐 올라 층을 이루고, 부풀어 올랐다가 잔잔히 허공 속으로 흩어졌다. 정신병원의 협곡에서 울려 퍼지는 메아리였다. 나는 이 소리를 좋아했고, 이 음악을 들으며 잠이 들었다. 사실 이것만큼 쉽게 잠드는 방법은 없었다. 형들과 부모님은 드물게 온화한 이런 여름밤에도 창문을 모두 닫았다. 개는 불안에 떨며 짖었고, 안락의자 뒤로 숨었다. 하지만 내 방의 창문은 계속 열려 있었다. 나는 누워 비명 소리에 귀를 기울였다. 방문도 완전히 닫는 법이 없었고, 복도 조명도 계속 켜져 있어야 했다. 길쭉한 빛줄기가 정확히 내 침대 끝을 지나갔다. 나는 빛줄기 속으로 발을 넣었다. 내 몸의 어딘가는 환한 세계에 남아 있어야 했다. 맨발은 깨어 있고 나를 보호해야 했다. 복도의 조명, 살짝 열린 문틈, 빛의 절단면, 다림질하는 어머니, 새로 깐 침대 시트, 비스듬히 열린 창문, 환자들의 지옥 같은 연주로 가득 찬 저녁의 온화함. 이 모든 게 완벽했다. 뮌헨의 할아버지 댁처럼 다른 곳에서 자면 나는 지독한 향수병에 걸렸다. 밤의 정적에 숨이 막힐 듯했다. 영원을 위해 만들어진 미라가 어둠 속에 갇혀 있듯 베개에 머리를 묻고 내 피가 흐르는 소리를 듣는 것이 싫었다. 그럴 때면 비명이 그리웠다. 불안에 떠는 환자들의 포효가 그리웠다.

스포츠 부상

나는 아버지와 함께 시내로 갔다. 아버지는 자신이 결심한 분야의 전문가가 되려고 책을 여러 권 샀다. 금연, 다양한 다이어트 방법, 조깅에 관한 책들이었다. 아버지는 어떤 분야에 관심이 생기면 항상 그와 관련된 책에서 정보를 얻었다. 어느 날엔 갑자기 사냥꾼에 관한 책을 죄다 사서 읽었다. 몇 달 동안 사냥에 관한 책을 들이팠고, 그로써 사냥감을 찾는 개, 사냥감을 물어오는 개, 땅속의 사냥감을 찾아내는 개, 부상당한 사냥감의 포획에 특화된 개, 사냥감을 몇 킬로씩 뒤쫓는 개, 사냥감을 공격하는 개를 구분할 줄 알았다. 한번은 산책 중에 한 사냥꾼을 만났는데, 처음에는 별로 말이 없던 남자는 전문 지식을 뽐내는 아버지의 질문에 환한 표정을 지으며 이야기를 쏟아냈다. 십 분이 지나자 두 사람은 마치 오랜 친구처럼 족제비 덫에 관해 이야기를 나누었다.

아버지는 안락의자에 엉덩이를 붙이고 사는 교양 유목민이었다. '한 번 읽은 것은 절대 잊지 않는다는 지능'으로 무장한 채 온갖 지식 분야를 섭렵함으로써 과체중에 시달리는 만능 백과사전이 되었다. 나는 아버지처럼 지칠 줄 모르는 열정으로 책을 집어삼키는 사람을 본 적이 없었다. 아버지는 한 주제에 대한 정보를 다 흡수한 뒤에야 포만감을 느끼며 그 주제에서 손을 뗐다. 그러고 나면 약간 지친 상태로 안락의자에 앉은 아버지 주위에는 마치 소리 내어 읽은 것처럼 무수한 책들이 카펫 위에 펼쳐져 있었다.

아버지는 신문도 아주 다양하게 구독했다. 아버지의 관심 목록에서 신문이 사라지고 한참 뒤에도 신문들은 계속 우리 집으로 배달되어 왔다. 지방지와 전국지는 물론이고 양봉 전문 신문 「꿀벌」, 낚시 전문 신문 「물고기와 낚시」, 농사 관련 신문 「농부」를 몇 년 동안 받아보았다. 아버지는 「농부」에 실린 순박한 광고들에 감탄했는데, 자기 취향에 맞는 사람을 찾는 광고들 중 하나가 우리 집 냉장고에 붙어 있었다. "한 농부가 여전히 손으로 젖을 짤 수 있고 밤잠이 많지 않은 여자를 찾습니다." 아버지는 이런 걸 정말 좋아했다. 우리들에게는 잡지 정기 구독권을 즐겨 선물했다. 이렇게 해서 큰형은 『오늘의 수족관』을, 작은형은 애견 잡지를 받아보았다. 이 잡지의 이름은 정확히 기억나지 않지만, 아마 『앉아, 엎드려, 손』이었던 것으로 기억한다. 물론 장담할 수는 없다. 어머니는 결혼기념일에 원예 잡지 『양배추와 비트』를 선물 받았고, 나는 사막 전문지 『사막』을 받았다.

아버지가 안락의자에 앉아 멧돼지의 내장을 끄집어내

는 끔찍한 사진들을 열심히 들여다보는 동안 나는 소파에 앉아 『사막』을 읽었다. 어린이용으로 출간된 잡지가 아니라서 나는 실제 사막 전문가들만 알 수 있는 사막에 대한 많은 정보를 얻었다. 전갈에 대해서도 그사이 빠삭해졌고 수십 종의 전갈을 구분할 수 있었다. 당시 내가 초등학교에 다니면서 쓴 여러 작문에는 선생님의 이런 메모가 적혀 있었다. “주어진 주제에 맞게 쓰길! 사막에 관해서만 쓰지 말고!” 그러나 나는 듣지 않았다. ‘안전한 등굣길’이라는 주제로 글을 쓸 때조차 내 글은 무심결에 사막에 이르렀다. “나의 등굣길은 그리 멀지 않다. 그러나 베두인족 아이들은 학교 가는 데 며칠씩 걸릴 때가 많다.” 이런 식으로 내 길은 항상 사막으로 빠졌다.

아버지는 살을 빼려고 스테이크 다이어트를 결심했다. 우리가 각자 좋아하는 내장을 먹는 동안 매일 점심 아버지 자리에는 커다란 스테이크가 하나 놓였다. 그 외에는 아무것도 먹지 않았다. 게다가 아버지는 야식 대신 오이를 먹었고, 담배도 정말 끊었다. 시내에서 책을 사고 나서 우리는 하나뿐인 스포츠 용품점에 들렀다. 아버지는 운동복 반바지와 트레이닝 재킷, 운동화 한 켤레를 샀다. 그런데 신발을 고르면서 줄곧 자신의 신발 사이즈가 사십삼이라고 주장했다. 점원은 신발 끝을 꾹꾹 눌러보고는 고개를 저었다. 사십사조차 너무 작았다. 아버지는 이 사이즈를 신고는 제대로 달릴 수 없을 거라는 점원의 확신에 찬 장담을 듣고서야 사십오를 구입했다. 그러고는 책에서 본 대로 운동화를 길들이려고 신은 채로 바로 가게 문을 나섰다.

"아빠가 지금 무슨 생각을 하는지 아니?" 우리가 좋아하는 바비큐 레스토랑 '요리 스푼'에 앉았을 때 아버지가 내게 물었다. "이렇게 딱 맞는 신발은 처음 신어보는 것 같아. 이유는 모르겠어! 지금까지는 신발이 살짝 껴야 한다고 생각했어. 살짝 조이는 신발이 내 발에 맞다고 생각한 거지. 아빠가 항상 너무 작은 신발을 신은 이유가 뭐라고 생각하니?"

당시 내가 했던 대답을 지금도 생생하게 기억하는 이유는 아버지가 내 대답을 좋아해서 자주 반복했기 때문이다.

"신발이 너무 잘 맞으면 신발을 신고 있다는 사실을 금방 잊어버려요. 마음에 드는 신발을 사면 아빠는 그걸 신고 있다고 항상 떠올리고 싶어 해요. 발이 조이는 신발을 신으면 그걸 신고 있다는 걸 잊을 수가 없어요."

"오, 영리한 대답이다! 내 생각도 그래. 편안함과 망각은 서로 연결되어 있어."

다음 날인 일요일, 아버지는 달리기 훈련을 시작했다. 정신병원 맞은편에 도로 하나만 건너면 바로 숲이 있었다. 아버지는 거실 테라스로 나가 제자리 뛰기를 하고, 스트레칭을 했다. 형들과 나는 커다란 창문 뒤에 서서 아버지의 그런 모습을 신기한 눈으로 구경했다. 우리는 누구도 따라갈 수 없었다. 그건 아버지가 단단히 못 박았다. "튼튼하게 잘 자란 아들들에게 아빠의 바보 같은 모습을 보여주고 싶지는 않아."

아버지가 우리에게 손을 흔들었다.

"두고 보자. 아빠가 살아남을 수 있을지." 큰형이 말했다.

나는 달려가는 아버지를 바라보았다. 뒤에서 보면 아버지는 날씬했다. 다리는 가늘었고 엉덩이는 작았으며 키는 컸다. 엄밀히 말하면 앞쪽만 뚱뚱한 정면 뚱보였다. 나는 아버지를 도로까지 뒤쫓아 갔다. 아버지가 도로를 건너기까지는 꽤 시간이 걸렸다. 차가 거의 보이지 않을 정도로 멀리 있을 때만 출발하는 사람이었기 때문이다. 아버지는 속도를 가늠하는 데 서툴렀다. 종종 차가 드문 도로에 함께 서 있을 때면 아버지는 차가 지나다니지 않는데도 좌우를 여러 번 살피고 나서야 "자, 이제 괜찮을 것 같다."라고 말하고는 내 손을 꼭 잡고 신속하게 길을 건넜다.

이날 아침에도 아버지는 새 운동복을 입고 차가 거의 다니지 않는 도로에서 한참을 서 있다가 서둘러 길을 건너 숲속으로 사라졌다. 나는 돌아와 갈색 카펫에 앉아 『사막』을 읽었다. '용해 번개'에 관한 내용이었다. 번개는 어떤 특정 광물들로 이루어진 모래를 내리치면 몇 미터 땅속으로 파고들어 뜨거운 열로 모래를 녹이고, 그게 굳으면 표면이 톱니처럼 들쭉날쭉하고 깨지기 쉬운, 일에서 오 미터 길이의 수정 같은 광물이 생겨난다고 했다. 번개가 만들어낸 이런 광물을 사막에서 캐내는 일은 내가 책에서 읽었던 신기루 사진을 찍는 것만큼이나 황홀하고 마술 같은 직업으로 보였다.

나는 아버지가 돌아오면 제일 먼저 달려가 맞이하고 싶었다. 반 시간쯤 지났을 때 어머니가 처음으로 아버지에 대해 물었다. "이 양반이 왜 이렇게 안 오시나? 첫날부터 무리하면 안 되는데." 사십오 분이 지나자 이번에는 작은형이 입을 열었다. "어디 계실까요?"

한 시간 후 우리는 아버지를 찾아 나서기로 결정했다. 개도 데리고 갔는데, 큰형이 개의 주둥이에다 아버지의 양말을 갖다 대더니 명령했다. "이 냄새를 찾아! 어서!" 어머니는 형의 손에서 양말을 홱 낚아채더니 이상하게 짜증 섞인 목소리로 "그만해!" 하고 외쳤다. 우리는 도로를 건너 숲으로 달려갔다. 구불구불한 숲길을 조금 걷다 보니 성으로 이어지는 곧은길이 나타났다. 아버지는 삼백 미터쯤 앞쪽에 앉아 있었다. 길가 오른쪽 벤치였는데, 온몸이 축 늘어진 채 고개까지 숙이고 있었다. 형들과 나는 부리나케 달려갔고, 개는 우리를 뒤쫓았다. 아버지의 양손에 진흙이 잔뜩 묻어 있었다. 한쪽 무릎도 마찬가지였다. 개가 아버지의 정강이에 묻은 피를 핥았다. 아버지는 고개를 들더니 나직이 말했다.

"젠장, 이게 무슨 꼴이람."

"무슨 일이에요?" 내가 물었다.

"발목을 삐끗했어."

다가온 어머니가 생각에 잠긴 표정으로 아버지를 잠시 내려다보더니 아버지의 머리를 쓰다듬었다. 우리는 그를 부축해 일으켰다.

"시작은 정말 좋았어. 내가 달릴 수 있다는 사실에 나 자신도 깜짝 놀랐지. 몇 년 동안 걷기만 했지 달려본 적은 없었거든. 먼 거리를 한 번만이라도 달리고 싶었어. 내가 바란 건 그것뿐이야. 그런데 생각보다 너무 잘되다 보니 잠시 속도를 내보면 어떨까 하는 생각이 들었어. 마지막 십 미터라도 말이야. 물론 너무 빨리 달려선 안 돼. 천천히 속도를 높여야 해. 마지막의 가벼운 가속이 훈련 효과를 높인다는 건 달리기 전문가들이 모두 동의하는 얘기야. 그런데 도중에 빗물이 고인 작은 웅덩이가 나타났어. 뛰어넘고 싶더라고. 실제로 공중에 몸이 잠시 떴어. 그런데 길쭉한 고랑에 착지하면서 발목을 삐끗했어. 속에서 뭔가 쩍 갈라지는 소리가 들렸어. 인대가 찢어진 게 분명했어. 일어날 수가 없더라고. 누가 도와줬는지 아니? 어떤 할머니였어. 지팡이를 들고 있었는데, 그걸 나한테 줬어. 나는 지팡이를 짚은 채 할머니의 부축을 받아 간신히 일어날 수 있었어."

돌아오는 길에 우리는 자주 쉬어야 했다. 아버지는 나에게 신발과 양말을 벗겨달라고 했다. 상태가 안 좋아 보였다. 발목이 시퍼렇게 부어올라 있었다. 작은형이 말했다.

"발목이 가지 색깔하고 비슷해요." 늘 무언가 특별한 표현을 찾아내기 좋아하고, 그로써 남들에게 뻐기고 싶어 하는 형이었다.

"딴 데 가서는 그런 얘기 하지 마. 알았지? 우리만의 비밀로 간직하자, 괜찮지?" 아버지가 말했다.

이후 몇 주 동안 아버지는 줄곧 조깅 책만 읽었다. 다리를 들어 올린 채 스포츠 부상 후의 재활에 필요한 트레이닝 계획을 우리에게 설명했다. 그렇다, 아버지는 자신의 인대 파열을 당당하게 "스포츠 부상"이라고 불렀다. 또 마라톤의 역사에 관한 책들을 읽고는 우리에게 핀란드 육상 선수 파보 누르미와 프라하 출신의 인간 기관차 에밀 자토펙에 대해 이야기해주었다. 운동에 비해 스테이크 다이어트는 제법 큰 성공을 거두었다. 아버지는 몇 년 동안 몸무게를 구십오 킬로그램 정도로 유지했고, 담배도 기억에 남을 한 사건이 일어나기 전까지는 전혀 피우지 않았다. 그러나 사놓고 삼백 미터도 채 달려보지 못한, 발에 딱 맞는 그 운동화는 다시 신지 않았다.

종지기

정신병원 경내를 자유롭게 돌아다녀도 되는 많은 환자 가운데 내가 정말 무서워한 사람이 딱 한 명 있었다. '종지기'라고 불리는 환자였는데, 실은 전혀 위험할 게 없는 사람이었다. 나이는 이십 대 후반이었다. 그렇다면 오래전에 성인 정신병동으로 옮겨졌어야 했다. 그러나 태어나면서부터 헤스터베르크에 들어와 평생을 정신병동 담장 안에서 일정한 패턴에 따라 매일 경내를 사열하듯 걸으면서 살아온 사람인지라 슈타트펠트로 옮기는 것은 애초에 고려 대상이 아니었다. 남자는 모든 것이 시커멨다. 머리카락은 검고, 야성적이었고, 다듬지도 않았다. 마치 두개골에서 튀어나온 단단한 바위 같은 이마 아래 박혀 있는 커다란 두 눈은 시커먼 동굴 입구처럼 보였다. 그 구멍을 가만히 들여다보고 있노라면 그 안에서 동굴 밖을 내다보는 사람이 있기나 한지 확신할 수 없었다. 환자들은 필요할 때면 모두 면도를 했지만, 종지기만큼은 알 수 없는 이유로 무성하게 수염을 기를 권리를 누렸다. 이 수염도 긴 손톱 밑의 때만큼 검었다.

그는 날씨가 푹푹 찔 때를 제외하고는 꼬질꼬질한 군용 파카와 군용 바지, 투박한 군화를 신고 다녔다. 그에게서 흰 부분은 어깨에 눈처럼 떨어져 있는 비듬뿐이었다. 그는 이를 빠드득빠드득 갈고 다녔다. 나는 그게 가장 무서웠다. 이 가는 소리는 몇 미터 밖에서도 선명하게 들렸다. 마치 그의 얼굴 속에서 누군가 모종의 연장으로 섬뜩한 작업을 하면서 단단하고 돌 같은 것을 긁어내거나 빻고 있는 듯했다.

내가 아직 그를 몰랐을 때의 일인데, 누군가 그에게 작은 종을 하나 선물했다. 그는 이 종을 귀에 대고 계속 울렸다. 하지만 곧 성에 차지 않았다. 아버지 말에 따르면 종지기는 예전에 병동 안의 작업반에서 일했다고 한다. 작업반은 약 스무 명의 환자로 구성되어 있었는데, 경내에서 잔디를 깎고 낙엽을 긁어모으는 일을 했다. 그는 품삯을 모아 진짜 테이블 종을 두 개 샀다. 하지만 이마저도 그에겐 너무 작게 느껴졌다. 그러던 어느 날, 커다란 손잡이가 달린 묵직한 금빛 종을 두 개 구입했다. 그 뒤로 사람들은 이제 그가 어디에 있는지 금방 알게 되었다. 종지기는 일을 거부하고 하루 종일 종을 치며 정신병원을 돌아다녔다. 심지어 나중에는 종을 귀에 건 채로 울리고 다니는 신통한 재주까지 선보였다.

급기야 정신병원 담장 근처에 사는 주민들은 쉴 새 없이 울리는 종소리 때문에 신경과민에 빠질 지경이라며 고통을 호소했다.

종지기가 구불구불한 길에 행차하면 다른 환자들은 냉큼 비켜섰고, 보호사와 의사뿐 아니라 방문객도 자동으로 길가로 물러났다. 심지어 음식 운반 차량도 그가 먼저 한가운데로 지나갈 수 있도록 양보했다. 멀리서 금빛 종을 휘저어대는 시커먼 형상이 보이기 전에 종소리부터 먼저 들렸다. 그는 종을 힘차게 타원형으로 흔들어댔다. 무거운 종을 쉴 새 없이 휘두르느라 팔뚝은 단단한 근육질이었다. 그 사내는 움직임과 소리라는 자기만의 단단한 울타리를 치고 성큼성큼 걸어갔다. 그에게는 한 달에 한 번 보호사 세 명과 함께 시설을 떠나 슐레스비히 대성당을 방문하는 것이 허락되었다. 종탑에 올라가기 위해서였다. 그는 거기서 울려 퍼지는 우렁찬 종소리에 그렇게 행복해할 수 없었다.

어느 날 점심때였다. 하굣길에 갑자기 내 바로 뒤에서 종소리가 울렸다. 아버지와 함께였다면 나는 아버지의 손을 꼭 잡고 종지기를 먼저 보냈을 것이다. 나 혼자일 경우에는 남자와 마주치지 않으려고 종소리가 들리자마자 본체도 안 하고 바로 반대 방향으로 도망치곤 했다.

그런데 그날은 그가 갑자기 나타나 내 쪽으로 다가왔다. 나는 길에서 벗어나 책가방을 벗은 다음 그가 나를 보지 못했기를 간절히 바라며 껍질이 꺼칠꺼칠한 가로수에 찰싹 붙었다. 종소리가 점점 가까워졌다. 이대로 그냥 도망칠까도 생각해봤지만, 작은형이 환자에게 절대 무서워하는 모습을 보여서는 안 된다고 했던 것이 떠올랐다. 두려움을 노골적으로 드러내는 건 환자들을 극단으로 자극할 수 있었다. 그런 행동은 그들이 정상적인 인간이 아님을 보여주는 신호였기 때문이다. 종지기가 근처까지 왔을 때 나는 그의 동선을 따라 천천히 나무줄기 뒤로 몸을 숨기면서 그의 시야에서 벗어났다.

그가 나를 지나쳤다. 나는 나무 뒤에서 빠끔 고개를 내밀고 그의 뒷모습을 지켜보았다. 그때였다. 그가 갑자기 멈춰 섰다. 마치 누군가 이 맹렬하게 작동하는 종 기계의 전기 플러그를 뽑은 것처럼 순식간에 일어난 일었다. 정적이 흘렀다. 그는 종 하나를 위로 들고 다른 종은 머리 옆으로 비스듬히 기울인 채 바닥에 뿌리가 내린 것처럼 서 있었다. 연방군 군복을 입은 우람한 동상이었다. 종지기 동상이었다. 나는 얼른 고개를 뒤로 빼고 나무에 몸을 밀착시켰다. 내 인생에서 그렇게 두려웠던 적은 처음이었다. 나는 반대편 가로수 길을 내려다보았다. 길 끝에 세 명의 의사가 걸어오고 있었다. 흰 가운이 작은 돛처럼 바람에 펄럭였다. 그 순간이었다. 종지기가 몸을 돌렸다. 분명 그랬다는 확신이 들었다. 이제 내게로 다가와 내 말을 듣고 내 냄새를 맡을 것이다. 나는 허리를 굽혀 책가방으로 손을 뻗었다. 가방을 들어 올리는 순간 가방끈이 손가락 사이로 미끄러지면서 연필 몇 자루가 풀밭에 떨어졌다. 그때 그 소리가 들렸다. 이빨 가는 소리였다. 아주 가까이에서 났다. 나는 마치 투석기에서 발사된 돌멩이처럼 뒤도 돌아보지 않고 펄럭이는 작은 돛들을 향해 돌진했다. 그러나 달리는 동안에 이미 공포의 감정 사이로, 내가 어쩌면 과민반응을 보였고 의사들의 다정하면서도 의아한 시선과 마주칠지도 모른다는 수치심이 밀려들었다. 의사들은 이미 달려오는 나를 보고 있었다. 나는 얼른 그들을 지나쳐서는 다음 모퉁이를 돌아, 공간 부족 때문에 경내 곳곳에 세워진 한 방갈로 뒤로 달려갔다.

나는 바닥에 털썩 주저앉아 숨을 쉬려고 했다. 마지막 숨을 쉰 지 얼마나 되었는지 알 수 없었다. 숨을 들이마셨지만 아무 느낌이 없었다. 목구멍이 턱 막힌 것 같았다. 어떻게 숨 쉬는 법을 잊을 수 있을까? 어떻게 그게 가능할까? 나는 입을 벌리고 공기를 들이마셨다. 공기를 빨아들이고 또 빨아들였다. 그런데 이런 고난의 순간에도 머릿속에는 이 상황과 전혀 맞지 않는 그림이 하나 떠올랐다. 아님 이 상황과 맞는 그림일까? 짜증이 났다. 질식할 위험에 처한 지금 왜 그런 말도 안 되는 그림이 떠오르는 것일까? 눈앞에 초콜릿 마시멜로 성장 기계를 발명한 작은형이 보였다. 뒤집어놓은 투명하고 밀폐된 플라스틱 용기 아래 초콜릿 마시멜로가 하나 놓여 있었다. 작은형은 수족관 튜브로 공기를 빨아들였다. 그러자 정말 마시멜로가 점점 커지기 시작했다. 초콜릿 껍질이 터지더니 점점 팽창했다. 형의 얼굴이 새빨개졌고, 초콜릿 마시멜로는 용기 천장까지 부풀어 올랐다.

내 운명이 그렇다는 말일까? 내가 지금 거대한 진공 종

안에 앉아 있는 것일까? 알 수 없는 어떤 신이 내 뇌를 빨아 먹는 중일까? 내 두개골이 터져 내용물이 설탕 거품처럼 흘러나오고 있을까? 나는 숨을 헐떡였다. 바람이 내 바로 앞의 작은 풀밭으로 불어왔다. 풀줄기들이 내 팔의 솜털처럼 부드럽게 휘었다. 나는 눈을 감았다. 감은 눈꺼풀 사이로 무언가 오렌지 빛깔이 어른거렸다. 편안했다. 다시 보아도 오렌지 빛깔이었다.

순간 목구멍에서 샴페인의 코르크 마개를 딸 때처럼 뽕 소리가 나더니 신선한 공기가 폐 속으로 밀려들었다. 온몸이 아프고 따가웠다. 마치 쐐기풀밭에 알몸으로 뒹군 듯했다. 나는 축 늘어진 채로 벽에 기대앉아 숨을 깊이 들이마시고 내쉬었다. 내 주변에 가득한 공기가 마치 기적처럼 느껴졌다. 집으로 돌아가는 내내 경내의 외딴 곳에서 종소리가 나직이 들려왔다. 나는 계속 숨을 깊이 들이마시고 내쉬었다. 숨을 쉴 수 있다는 게 얼마나 놀라운 일인지! 하지만 이상하게도 공기가 부족했던 순간도 나쁘지 않았다. 머릿속으로 쇄도했던 그림들도 마음에 들었다. 딱히 무언가를 생각하려고 했던 것이 아니라 그저 내가 상상했던 것들이 혼자 알아서 텅 빈 머릿속으로 선명하게 쏟아져 들어왔다. 나는 형들에게 종지기 이야기를 하지 않았고, 갑자기 숨이 멎은 사실도 혼자만 간직했다.

일주일 뒤 나는 미니 골프를 치러 갔다. 정신병원 경내에는 다소 울퉁불퉁한 십팔 홀 코스가 있었다. 경도가 다른 세 종류의 골프공과 채는 N-하 병동에서 빌려야 했다. 나는 초인종을 누르고는 "네?" 하는 물음에 인터폰에다 대고 "미니 골프를 치려고요." 하고 대답했다. 문이 윙 소리와 함께 열리면 나는 늘 깨끗한 냄새가 나는 리놀륨 복도로 들어섰다. 핑거 페인팅으로 어지럽게 낙서해놓은 유리문을 몇 개 지났을 때 식물로 가득한 라운지가 나타났다. 정글 같은 공간 한구석에 책상이 하나 있었고, 그 서랍 안에 미니 골프 장비가 보관된 장의 열쇠가 있었다. 보호사가 와서 필요한 장비를 내주면서 서명을 요청했다. 서명해달라는 말에 나는 긴장을 감추지 못했다. 여기 말고 다른 데서는 서명할 일이 없었고, 할 필요도 없었다. 이곳에 오기 전에 나는 서명을 연습했다. 보호사가 그 전의 서명과 지금의 서명을 비교하면 동일인이 아니라고 생각할 만큼 다르지 않을까 걱정이 되었다. 그러면 내 정체를 의심할 게 분명했다.

하루에도 수없이 서명을 하는 아버지는 이름의 약자를 휘갈겨 썼다. 나는 한 글자도 알아볼 수 없었다. 그걸 보면서 서명에는 멋대로 갈겨쓰는 힘이 필요하다고 확신했다.

내 이름은 너무 길어서 한달음에 이어 쓸 수가 없었다. 나는 이름을 중간쯤 쓰다가 벌써 길을 잃었고, 성을 쓰는 동안에는 완전히 통제력을 상실했다. 마치 대담하고 능숙하게 시작했다가 중간에 갑자기 글 쓰는 법을 까먹은 사람 같았다. 이렇게 해서 내 서명은 항상 생기 없는 선으로 끝나고 말았다. 심박수 측정기에서 진폭의 축소가 종말이 임박했음을 알리듯 내 서명도 서서히 생명력을 잃어갔고, 마지막 두 음절은 죽은 듯이 종이 위에 납작 엎드려 있었다.

놀랍게도 나는 이번에도 골프채와 공을 무사히 넘겨받았다. “재미있게 놀아!” 보호사의 이 말은 이제 가도 된다는 허락이나 다름없었다. 미니 골프장은 아름다운 나무들 밑에 있었기 때문에 코스 전체에 널린 가지와 나뭇잎을 치워야만 플레이를 할 수 있었다. 바람이 많이 부는 날에는 평소보다 훨씬 더 많은 가지와 나뭇잎이 쌓여 있어서 시작하는 데 시간이 오래 걸렸다. 나무 우듬지에 바람이 불었고 주변에는 사람 그림자 하나 보이지 않았다. 나는 일번 홀에서 미디엄 하드 볼을 올려놓았다. 연장 라운드 끝에 홀이 있는 단순한 직선 코스였다.

나는 스포츠 아나운서 역을 맡았다. “자, 이제 시작합니다. 오늘은 누가 승리할까요? 한 선수가 공을 잡습니다. 오늘 포부가 대단한 것 같습니다. 과연 코스 기록을 깰 수 있을까요? 집중력과 침착함이 요구되는 순간입니다!"

내가 친 공이 홀 옆을 스치듯이 지나갔다. "오, 이럴 수가! 너무 아깝습니다. 좋아 보였는데 아쉽군요. 하지만 멋진 스윙이었습니다!"

나는 두 번째 시도에서 홀인에 성공했다. "야호, 멋진 샷이군요! 오늘 치열한 접전이 예상됩니다."

홀이 거듭될수록 나의 중계는 더욱 열기를 띠었다. 내가 큰 소리로 외쳤다. "이 아이는 정말 천재예요!"

나는 패드에 결과를 적어넣었다. 결과가 너무 안 좋다 싶으면 재도전하기 위해 뭔가 핑곗거리를 만들었다. 이런 식이었다. "이건 아니죠. 이렇게 바람이 강하게 불 때는 정상적인 플레이를 할 수가 없어요. 다시!" 혹은 "코스가 너무 울퉁불퉁해요! 챔피언은 홀 바로 앞에 공을 갖다 놓도록 하세요!"

한번은 짜증이 나서 미니 골프장 펜스를 향해 공을 힘껏 날렸다. 그 바람에 공이 코스를 벗어나 잔디밭에 떨어졌다. 내가 한참 공 찾기에 열중하고 있는데 어디선가 빠드득거리는 소리가 들렸다. 나는 고개를 낮추었다. 잠시 정적이 흘렀다. 다시 같은 소리가 났다. 나는 최대한 고개를 들지 않고 사방을 둘러보았다. 남자가 풀밭 옆에 서 있었다. 나는 허리를 펴고 일어났다. 그가 군용 파카 주머니에 손을 넣더니 펜을 하나 꺼내 내밀었다. 내가 그에게서 달아났던 날 잃어버린 잉크 지우개 펜이었다. 나는 도망치고 싶었다. 사력을 다해 도망치고 싶었다. 하지만 그러지 않고 그를 향해 걸어갔다. 아니, 그에게로 끌려갔다. 내 의지와는 반대로. 그는 물끄러미 나를 바라보기만 했다. 나는 미니 골프채를 꽉 쥔 채 한 걸음 한 걸음 다가갔다. 그러고는 잉크 지우개 펜으로 손을 뻗었다. 내가 펜을 잡아당기는 순간 그 역시 펜을 잡은 손에 힘을 주었다. 그의 온 힘이 느껴졌다. 그의 의지에 반해 손에서 펜을 빼내는 것은 불가능해 보였다. 결단코! 이빨을 갈듯이 그의 턱이 실룩거렸다. 뭔가 할 말이 있는 것일까? 음절을 갈고 있는 중일까? 아니면 문장 전체를? 내가 전혀 모르는 그만의 언어일까? 마침내 그가 손에 힘을 뺐고, 나는 뒤로 물러났다.

그가 앞으로 몸을 숙였다. 무엇을 하려는 것일까? 궁금했다. 저렇게 선 상태로 나를 덮치려는 준비 동작일까? 순간 남자 앞의 풀밭에 종이 놓여 있는 것이 보였다. 그는 큰 종부터 천천히 휘젓기 시작했다. 종이 공중에서 곡선을 그리며 그의 몸을 따라 머리 위까지 올라갔다. 이어 좀 더 맑은 소리를 내는 작은 종이 합류하더니 그 움직임 과정에 유기적으로 연결되었다. 종소리가 점점 힘차게 울려 퍼졌다. 넓게 포물선을 그리는 종의 움직임이 서서히 그의 어깨와 등, 머리로 전이되었다. 그는 이 흔들리는 곡선과 점점 하나가 되어갔다. 그의 탄탄한 가슴과 두 팔이 리듬에 맞춰 춤을 추기 시작했다. 나는 거대한 모터처럼 저절로 시동이 걸려 소리를 내며 돌아가는 이 남자를 넋을 놓고 지켜보았다. 그가 벌써 저만치 걸어가고 있었다. 모든 것이 움직였다. 그는 귀청이 울릴 정도로 종을 치면서 하염없이 초원 위를 춤추듯 걸어갔다.

바로 다음 날 나는 그를 다시 만났다. 막 일 번 게이트를 지나가는데 경비원 놀이를 하는 환자가 나에게 "꼬마야, 또 붕가붕가 하러 가?" 하고 물었고, 내가 얼굴을 붉히며 "오늘은 안 해!" 하고 중얼거렸을 때 근처에서 종소리가 들렸다. 언제나 그렇듯 재빨리 도망치고 싶은 충동이 먼저 치밀었다. 그러나 나는 걸음을 멈추었고, 다가오는 종지기를 가만히 지켜보았다. 놀랍게도 더 이상 그가 무섭지 않았다. 종소리는 또 얼마나 우렁차던지! 귀가 간지럽고 고막이 떨렸다. 그가 가까이 다가왔다. 검게 반짝이는 촉촉한 두 눈이 두 개의 구슬처럼 얼굴에 박혀 있었다. 그의 몸에 흰색은 여전히 전혀 없었다. 그는 내 앞에 멈춰 서더니 종을 아스팔트 바닥에 내려놓고 한 걸음 더 다가왔다. 나는 그의 냄새를 맡았다. 군용 파카와 덥수룩한 머리, 수

염에서 나는 냄새를 맡았다. 이 이상한 냄새의 정체는 무엇일까? 땀과 분비물, 분비샘에서 나온 물질들의 혼합일까? 나는 이게 야수의 악취인지 강렬한 향인지 분간이 되지 않았다. 이빨을 가는 소리도 왠지 친근하고 매력적으로 느껴졌다.

남자는 마치 세상에 이만큼 자연스러운 일은 없다는 듯 내 손목을 잡더니 나를 어깨 위로 번쩍 들어 올렸다. 종을 흔들 때처럼 가볍게 포물선을 그리면서. 어깨 위에서 본 세상은 얼마나 멋지던지! 내가 너무 무거워져 이동 수단으로 아버지의 어깨를 포기한 지 이미 몇 년이 지났다. 하지만 종지기에게 나의 무게는 어린애 장난이었다. 그는 황홀하게 종소리를 울리며 달리기 시작했다. 어찌나 빠른지 나는 두 손으로 그의 칠흑 같은 머리를 꽉 붙잡아야 했다. 게다가 내 옆으로 쌩쌩 돌아가는 금빛 종 때문에 추락할지 몰라 몸을 잔뜩 웅크린 채 허벅지로 그의 목을 힘껏 휘감았다.

긴 직선 구간에서 우리는 음식 운반 차량을 기다렸다. 안 좋은 냄새가 나는 커다란 양철통을 병동으로 옮기는 중이었다. 우리는 차량을 조금 앞서 가게 한 뒤 종지기가 이 차량을 추월할 때까지 전속력으로 달렸다.

차량 측면은 모두 스테인리스로 만들어져 있어서 우리

가 쌩하니 차량을 앞지르는 순간 종지기의 어깨에 앉은 내 모습이 스테인리스 벽에 비쳤다. 털이 덥수룩한 거대한 흑마를 탄 금발의 기사였다. 음식 차량의 운전수가 우리에게 손을 흔들었다. 종지기는 행복하게 가르랑거렸다. 우리는 함께 길을 떠나 덤불을 지났다. 나는 목말을 타고 정신병원 공원을 한 바퀴 더 돌았다.

그때부터 나는 거의 매일 그를 타고 다녔다. 그는 나의 인간 왕좌였다. 내 손가락에서는 종지기 냄새가 났다. 저녁에 손을 씻고 침대에 누워서도 냄새는 지워지지 않았다. 목말을 타고부터 내 손의 피부도 마치 값비싼 에센스로 관리를 받은 것처럼 이상하게 부드럽고 매끄럽고 유연해졌다.

그는 단것을 좋아했다. 초콜릿이라면 사족을 못 썼다. 내가 초콜릿 한 판을 갖다주면 그는 갑자기 안절부절못하면서 털이 무성한 콧구멍을 말 콧구멍처럼 벌렁거렸다. 그러고는 뾰쪽하게 뜯어 먹은 손톱으로 포장지를 쭉 찢었다. 그는 초콜릿 조각들을 하나하나 떼어내어 자신이 앉아 있던 곳에 줄지어 세워놓았다. 나지막한 담장이든 벤치든 계단이든 할 것 없이. 먹기 전에 이렇게 초콜릿 기차를 세우는 것은 그의 루틴이었다. 초콜릿이 있을 때는 내가 "이제 우리 출발할까?" 하고 물어도 전혀 반응하지 않았다. 그는 한 조각 한 조각을 경건하게 씹어 먹었다. 완전히 몰입한 상태로.

그는 전적으로 무해하고 심지어 사랑스러운 사람으로 여겨졌다. 아버지는 그를 병원 전체에서 가장 선량한 환자 중 하나로 묘사했다. "종지기는 외모에서 느껴지는 것과는 정반대야." 점심 식사 자리에서 우리가 그에 대해 이야기할 때면 형들은 내가 알아듣지 못하는 이상한 암시를 주고받았다. 마치 아버지가 형들에게만 그 남자에 대한 비밀 하나를 알려주기라도 한 것처럼. 나는 아직 너무 어려서 알지 못한다는 뜻일까?

작은형이 말했다. "이 접시의 지름이 얼마나 될 것 같아? 이십오 센티미터 정도?" 형이 양손으로 허공에다 크기를 쟀다.

큰형이 말했다. "난 저번에 장어를 잡았는데, 길이가 이십오 센티미터였어. 그런데 길이가 그렇게 짧은 것치고는 몸뚱이가 아주 굵었어."

어머니가 말했다. "됐어, 이제 그만해."

"이십오 센티면 너무 길지 않아?" 작은형이 "이십"과 "오"를 한 음절씩 끊어 말했다. "그 정도면 대물이지!"

아버지는 감자 퓌레를 내려다보며 싱긋 웃었고, 어머니

는 당황한 표정으로 말했다. “입만 열었다 하면 또 그 이야기!”

형들은 여전히 양손으로 공중에다 길이를 재며 놀라움을 표했다.

“오, 저기 봐, 누가 왔나 봐! 네가 잘 키운 종지기 하인이네!” 큰형이 고개로 창문 쪽을 가리켰다. 돌아보니 종지기였다. 늘 그렇듯 우리의 낮은 담장에 앉아 나를 기다리고 있었다.

그 무렵 나는 우리 도시의 대성당에서 높이 삼 미터는 족히 될 법한 성 크리스토포로스 동상을 발견했다. 짙은 색의 구불구불한 목재로 덥수룩한 수염을 표현하고, 바람에 펄럭이는 외투 자락이 두 날개처럼 양쪽으로 정교하게 조각된 인물상이었다. 이 뱃사공은 자기 몸보다 긴 나뭇가지를 짚고 있었는데, 그의 어깨 위에 아기 예수가 앉아 있었다. 나는 이 승객의 무게로 신음하는 사공의 사연은 알지 못한 채 나보다 훨씬 더 높은 위치에서 목말을 타고 있는 아이에게 매료되었다. 이제는 저 위치에서 저 아이가 어떤 풍경을 보고 있을지 충분히 상상할 수 있었다.

아버지의 생일 후 팔 주가 지나자 드디어 때가 되었다. 그 사이 아버지는 실제로 살이 좀 빠졌다.

우리는 슐레스비히홀슈타인 주지사 게르하르트 슈톨텐베르크 박사를 삼십 분 넘게 기다리고 있었다. 선거를 목전에 둔 현직 지사였다. 그는 비서를 통해 아버지의 여비서에게 조금 늦을 거라고 전달해왔다. 하지만 이 '조금'이 얼마나 될지는 아무도 알 수 없었다. 부원장은 아버지에게 안에 들어가 기다리다가 지사가 도착하면 바로 다시 나오는 게 어떻겠냐고 제안했다. 아버지는 단호하게 거절했다. "그건 말이 안 돼요. 지사님이 차에서 내렸는데, 아무도 보이지 않다가 갑자기 우르르 문을 열고 나오면 어떤 기분이겠어요? 안 될 말이에요. 그냥 이대로 계속 기다립시다."

약 서른 명의 사람이 현관 앞 돌출 지붕 밑에 다닥다닥 붙어 서 있었다. 비가 조금씩 내리기 시작했기 때문이다. 맨 앞줄 중앙에는 갑작스러운 다이어트로 살이 빠져 너무 헐렁해진 정장을 입은 아버지, 머리를 새로 손질한 데다 하이힐까지 신은 바람에 아래위로 키가 늘어난 어머니, 그리고 두 형과 내가 서 있었다. 내 바로 옆에는 무뚝뚝한 부원장이 있었다. 이 사람이 남자가 아니라는 사실은 몇 달 전에야 알게 되었다. 우리 뒤에는 의사, 간호사, 보호사가

진을 치고 있었다. 돌출 지붕에서 약간 떨어진 곳에는 축가를 부를 환자 그룹이 대기하고 있었다.

아버지가 부원장에게 말했다. "지사님이 곧 도착하지 않고 비가 더 많이 오면 환자들을 안으로 데려가도록 하세요."

이렇게 해서 우리는 여러 층의 신축 클리닉에서 풍겨 나오는 페인트, 콘크리트, 모르타르 냄새를 맡으며 계속 서 있었다. 주지사가 오늘 여기에 오는 것도 신축 클리닉 개관식 때문이었다. 아버지는 지난 사 년 동안 이 건물을 짓느라 정말 각고의 노력을 기울였다. 아이디어에서 기획, 자금 조달, 착공에 이르기까지 아버지의 손을 거치지 않은 일은 없었고, 점심시간에나 심지어 산책을 할 때도 진행 상황과 차질에 대해 쉴 새 없이 보고를 받았다.

"비서한테 다시 한번 연락해보라고 하면 안 될까요?" 어머니가 제안했다. "'조금'이라는 게 한 시간 후일 수도 있잖아요."

그러나 아버지는 그사이 완전히 다른 일을 걱정하고 있었다. "저기 좀 봐!"

"뭘요?" 내가 궁금해했다.

"도저히 안 될 일이야! 지사님이 진창길을 걷게 생겼어!" 아버지가 우리 발 앞의 땅을 가리켰다. 진입로가 아직 완성되지 않아 지사는 건물 바로 앞까지 차를 타고 올 수가 없고, 차에서 내려 조금 걸어야 했다. 멀지는 않았다. 도로에서 돌출 지붕 아래까지는 팔구 미터가 채 안 돼 보였다.

실제로 가는 비가 꾸준히 내려 진입로가 질었다. 작은형이 속삭였다. "환자들한테 업고 가라고 하는 건 어때요?"

어머니가 웃었다. 하지만 형은 아버지가 지사의 이번 방문을 얼마나 중요하게 생각하고 있는지 간과했다. 아버지가 말했다. "실없는 소리 그만해! 이럴 때가 아냐. 뭐라도 해야 돼." 아버지가 뒤를 돌아보며 소리쳤다. "여기 널빤지가 필요해요. 빨리 가져와요, 급해요. 여기 길이 다 젖었어. 대체 진입로는 왜 아직까지 완성되지 않은 거야?" 한 보호사가 건물 안으로 들어가 수위와 몇 마디를 나누었다. 수위는 어깨를 으쓱하더니 수화기를 집어들었다.

수위에 대해서는 아버지가 예전에 나한테 들려준 이야기가 있었다. 형들한테는 절대 말하지 않겠다고 몇 번이나 다짐을 받고서야 털어놓은 이야기였다. "수위가 자기 마누라 젖꼭지를 물어뜯었대. 상상이 가니? 이건 우리 둘만의 비밀이야. 약속하지?"

나는 젖꼭지를 물어뜯는 모습을 몇 번이고 상상하다가 내 앞니로 깨무는 시늉까지 해보았다. 그러고는 아버지를 의아하게 생각했다. '아빠는 왜 이런 이야기를 나한테 할까? 난 아직 어린애잖아.' 어떤 고약한 인간이 자기 마누라 젖꼭지를 물어뜯었다는 건 아버지가 아들에게 할 말은 분명 아니었다.

그때 정신병원 경내를 쉴 새 없이 돌아다니는 작은 트랙터 한 대가 도착했다. 가을이면 정원용 벤치를 치우고, 겨울이면 소금을 뿌리고, 여름이면 축제를 위해 골대 벽을 갖다 놓는 트랙터였다. 트레일러를 매단 조그만 트랙터는 우리가 사십 분 넘게 기다리던 주지사의 리무진이 도착할 바로 그 지점에 멈춰 섰다. 운전사는 스펀지가 너덜너덜 떨어져 나간 좌석에서 태연하게 내렸다. "무슨 일이십니까, 원장님?"

아버지는 초조한 기색이 역력했다. "여기 널빤지가 몇 장 필요해요, 비외른젠 씨. 근데 거기 서 있으면 안 돼요."

"널빤지는 가져왔습니다. 여기 내려놓을게요."

"비외른젠 씨, 트랙터를 앞으로 조금만 더 빼주세요."

"널빤지가 필요한 곳이 어딘데요?"

"거기 진입로 옆에요."

"네, 근데 왜 앞으로 좀 더 빼야 하나요?"

아버지는 지사의 차가 접어들 주도로를 건너다보았다. 이상한 일이었지만, 돌출 지붕 밑에 서 있던 사람들은 모두 지사가 곧 도착할 거라고 느끼고 있었다. 차는 아직 보이지도 들리지도 않았지만 말이다. 하지만 무언가가 점점 다가오고 있었다. 비외른젠 씨는 트레일러를 딸칵 열더니 적재함에서 샛노란 널빤지를 유유히 꺼내 젖은 바닥에 하나씩 철퍼덕 내려놓았다.

"괜찮아 보여요." 내가 아버지에게 말했다. 아버지가 고개를 끄덕였다. 빗줄기는 더욱 거세져 샛노란 널빤지 위를 후드득 때렸다.

널빤지 길 시작 지점에 서 있던 비외른젠 씨가 우리를 의아하게 바라보더니 소리쳤다. "자, 이제 다 끝났어요." 그는 우리에게 건너오라고 손짓했다.

부원장이 나직이 말했다. "이 길이 우리를 위한 길이라고 생각하나 봐요."

"우리를 위한 길이라니 무슨 뜻이죠?" 아버지는 그 말을 이해하지 못했다. 지금 아버지가 바라는 건 하나뿐이었다. 비외른젠 씨가 어서 빨리 트랙터를 몰고 도로에서 사라지는 것이었다.

큰형이 아버지에게 말했다. "길이 질어서 우리가 못 나가고 있고, 그래서 우릴 구해달라고 자기를 부른 거라고 생각하는 것 같아요."

아버지가 소리쳤다. "고마워요, 정말 고마워요. 이제 트랙터를 빨리 빼주세요!"

비외른젠 씨가 트랙터에 올라 시동을 걸자마자 한 보호사가 맨 뒤에서 소리쳤다. "오는 것 같아요!" 기다리고 있던 우리 환영 인파가 일제히 고개를 돌렸다. 그 순간 육중한 차 한 대가 정말 모퉁이를 돌아 정신병동 경내로 진입했다. 처음에 난 창문이 없는 차인 줄 알았다. 너무 진하게 선팅해서 검게 칠한 차체와 창문이 하나처럼 보였다.

"맞아! 저 차야!" 아버지는 허리를 곧게 펴고 매무새를 가다듬었다. 돌출 지붕 아래 서 있던 다른 사람들도 모두 자세를 바로잡았다. 나 역시 좀 더 곧고 위엄 있게 서려고 노력했다. 차가 서서히 다가왔다. 엔진 소리는 들리지 않았다. 차는 앞으로 달리는 게 아니라 앞으로 굴러갔다. 지사의 관용 리무진은 위축된 듯 한결 부드럽게 내리는 빗속을 뚫고 소리 없이 미끄러지듯이 다가와 멈춰 섰다.

모두의 시선이 일제히 차 문으로 쏠렸다. 보호사 하나가 대기하던 대열에서 나와 비에 쫄딱 젖은 환자들의 합창을 지휘했다. 부원장이 나를 지나 아버지에게로 몸을 기울이며 말했다. "환자들이 우산도 쓰고 있지 않아요. 안 좋아 보여요."

아버지는 망설이는 표정으로 환자들을 건너다보았다. 어떤 환자는 한 소절 한 소절 부를 때마다 젖은 털모자가 자꾸 눈 위로 흘러내리고 있었다. "늦었어, 너무 늦었어. 지금 그럴 시간이 없어요. 아님? 안 돼요, 어쩔 수 없어요. 이대로 가요."

두 남자가 내리더니 차를 등지고 서서 맹금류처럼 매서운 시선으로 경내를 둘러보았다. 눈처럼 하얀 주차선이 선명한 새 주차장에서부터 정신병원 내 원예 센터에서 조성한 화단을 지나 약간 떨어진 곳에 위치한 음습한 병동에 이르기까지. 나는 주변을 살피는 그들의 시선을 홀린 듯이 따라갔다. 한 남자는 건물 외벽을 한 층 한 층 점검했는데, 이 창문 저 창문으로 넘어가는 그의 눈길이 날카로웠다. 그들은 돌출 지붕 밑에 서 있는 우리들도 면밀히 살폈다. 그러다 한 남자가 다른 남자에게 고개를 끄덕이자 마침내 차 문이 열렸다. 모두가 알고 있듯이 분명 지사가 앉아 있는 쪽의 문이었다. 한 남자가 차 문 위에 우산을 펼쳐 들었다. 그러나 지사는 시간을 끌었다. 리무진의 어두운 실내에는 그의 희미한 실루엣만 보였다. 순간 큰형이 감탄을 터뜨렸다. "저거 봐, 믿을 수가 없어. 지사가 전화를 하고 있어. 차에 전화기가 있다는 뜻이야."

나는 아버지에게 물었다. "지사님은 차에서 언제 내려요?"

작은형이 말했다. "아빠, 혹시 아빠를 기다리는 게 아닐까요? 아빠보고 차에 타라고."

아버지는 과감하게 한 걸음 내디뎠다가 다시 머뭇거리면서 도로 발을 뺐다.

마침내 긴 다리 끝의 반짝이는 구두가 차 안에서 미끄러져 나와 널빤지 위에 무겁게 내려앉았다. 곧이어 다른 쪽 발도 나왔다. 같은 바짓가랑이, 같은 양말, 같은 구두였지만 두 발은 완전히 달랐다. 공통점이 전혀 없었다. 마치 서로 모르는 사이인 듯했다. 한 발은 널빤지 위에 가만히 내려앉는 모습이 굼뜨고 무거웠다면 다른 발은 차 안에서 나올 때부터 까불고 가벼웠다. 방금은 심지어 발목을 돌리기까지 했다. 마치 구두코가 주위를 두리번거리거나 빗방울을 털어내기라도 하는 듯. 이윽고 기다리던 순간이 왔다. 게르하르트 슈톨텐베르크 박사가 리무진에서 모습을 드러냈다. 내리는 순간에는 몸을 한껏 낮춰야 했다. 그만큼 키가 컸다. 그는 구부정한 상태로 차에서 내리더니 허리를 폈다. 키가 점점 커졌다. 현직 슐레스비히홀슈타인 주지사의 몸이 펴지고 키가 일 센티미터씩 커질 때마다 무언가가 바뀌었고, 내가 지금껏 경험하지 못한 일이 일어났다.

지사가 도착하기 불과 얼마 전까지만 해도 나는 비를 막아주는 돌출 지붕 밑에 서서 모든 것을 차분하게 구경했고, 원하는 곳이면 어디든 눈길을 돌릴 수 있었다. 그러나 이 남자가 나타나고부터는 주차장이든 나무든 가로등이든 건물이든 모든 것이 왜소하게 쪼그라들었다. 이젠 오직 이 남자만 보였다. 우리는 모두 경탄스러운 눈으로 그만 바라보았다.

슈톨텐베르크가 고개를 들어 우리를 건너다보았다. 헤어스타일은 완벽했다. 한마디로 단정하게 가르마를 탄 은빛 헬멧 같았다. 이 사람이 바로 "북방의 위대한 맑은 자"였다. 아버지의 설명에 따르면 원래 이 말은 슐레스비히홀슈타인 너머까지 널리 알려진 보머룬더 브랜드의 독주毒酒 아쿠아비트의 광고 문구였다. 아버지는 『슈피겔』과 『슈테른』 지에 실린 광고를 보여주었다. 바다, 크레인, 물보라, 푸른 하늘, 반짝거리는 햇빛, 해변의 얼음처럼 차가운 병, 갑판 위의 얼음처럼 차가운 병. 이것들을 한데 묶어 "북방의 위대한 맑은 자"라는 표현이 등장했다. 지사도 그렇게 불렸다. 이 별칭에 대해서는 정치적 반대파도 전적으로 인정했다.

나는 텔레비전 뉴스에서 지사를 몇 번 본 적이 있었다. 그러나 리무진에서 내려 우뚝 솟은 이 남자의 실제 모습은 완전 딴판이었다. 나는 지사가 나를, 오직 나만 바라보았다고 확신했다. 하지만 그날 저녁 형들도 똑같은 말을 했고, 심지어 어머니도 지사가 차에서 내려 우리에게 걸어오면서 자기를, 오직 자기만 보았다고 주장했다. 사실 지사는 우산을 쓰고 노란 널빤지 길을 따라오는 동안 쏟아지는 빗속에서 노래하는 환자들에게로 눈을 돌렸다. 널빤지 가장자리가 그의 체중에 눌려 연갈색 진창 속에서 참방거렸다. 적어도 팔 미터는 되는 거리였다. 그런데 지사는 어떻게 네다섯 걸음 만에 우리 앞까지 왔을까? 원래 나는 작고 아버지는 컸다. 하지만 지금은 달랐다. 슈톨텐베르크는 컸고 아버지는 작고 나는 아주 쪼그맸다.

"이렇게 친히 왕림해주셔서 얼마나 기쁜지 모르겠습니다, 지사님." 아버지의 말에 지사는 고개만 끄덕거리고는 우리를 바라보았다. "소개해드리겠습니다. 여긴 제 아내와 아들들이고, 여긴 부원장 하름스 교수입니다."

어떤 일에도 당황해하는 법이 없고, 언제든 재치 있게 받아칠 준비가 된 아이라고 다들 입을 모으는 작은형이었지만 이번에는 달랐다. 지사가 인사를 건네자 형은 깊이 허리를 숙여 절했다. 형이 절하는 건 한 번도 본 적이 없었다. 그래서 절을 할 줄 모른다고 생각했다. 슈톨텐베르크와 악수했을 때 내 손은 그의 손 안으로 쏙 사라졌고, 잠깐이지만 놀랍도록 따뜻하게 데워놓은 장갑을 낀 기분이었다. 이유는 정확히 모르겠지만 나는 갑자기 커다란 행복감에 젖어들었다.

아버지가 말했다. "괜찮으시다면 이제 새 병원을 보여드리겠습니다. 그런 다음 한 층 올라가면 간단한 식사가 준비되어 있습니다."

그때였다. 내가 미처 알아채지 못했던 한 남자가 지사에게 다가갔다. "지사님, 시간이 사십 분밖에 없습니다."

나는 어머니의 실망한 표정을 읽었다. 어머니는 이 식사를 준비하면서 아주 특별한 것을 계획했다. 바로 바이에른식 손님 접대였다. 바이에른이 고향인 어머니는 그 지방의 별미를 준비했다. 직접 만든 간 만두 수프, 바이에른에서 직접 공수한 흰 소시지, 브레첼, 냄새가 기가 막히는 돼지구이 들이었다.

지사는 신축 건물에 들어가기 전에 쫄딱 젖은 환자 합창단으로 눈을 돌렸다. 합창단은 힘차게 〈술 취한 선원을 어떻게 할까요?〉를 부르고 있었다. 나는 지사가 말하는 소리를 들었다. 아니, 모두가 들었다. "교수님, 저건 죄악입니다."

아버지는 민망한 미소를 지으며 대답했다. "네, 백번 맞는 말씀입니다. 갑자기 비가 와서 그리 됐습니다."

누군가 소리쳤다. "자, 이제 다 같이 좀 모여보세요!" 나도 여러 번 본 적이 있는, 우리 도시의 유명한 신문사 기자였는데, 낙타털 외투의 큼직한 칼라 위로 머리카락이 풍성하게 흘러내렸다. 토요일이면 그는 늘 낮고 거친 소리를 내는 퍼그 한 마리를 데리고 도심을 산책했는데, 개의 크고 튀어나온 딱부리 눈에는 우리 도시의 황량한 보행자 전용 거리가 그대로 반사되어 있었다. 기자는 단체 사진을 몇 장 찍었다. 이어 예정보다 한 시간은 족히 늦은 시각에 마침내 다들 젖꼭지 수위를 지나 새로 지은 어린이청소년 정신병원으로 들어갔다.

아버지가 말했다. "이 건물은 순수 관리 차원에서 환자들을 보호만 하던 기존의 정신병원과 작별을 고하는 계기가 될 것입니다. 이제부터는 치료와 환자의 안녕이 중심에 서게 될 것입니다." 의사와 보호사 들은 이미 각자의 병동으로 흩어져 현장에서 담당 분야를 간략하게 소개하고 있었다. 우리는 먼저 음악 치료실과 게슈탈트 심리 치료실을 방문했다. 우리가 들어가도 환자들은 아랑곳하지 않고 테이블에 앉아 그림을 그리거나 공작을 하거나 악기를 연주하고 있었다.

작은형이 큰형에게 속삭였다. "저게 무슨 뜻인지 알지? 진짜 미친 사람들은 모두 가둬놓은 거야. 오늘은 착한 환자들만 보여주고 있어."

작은형의 말이 맞았다. 병동들에는 평소와 달리 고요가 가득했다. 이 건물의 자랑거리인 수영장에도 운동 및 신체 치료를 받는 한 줌의 수용자만 평화롭게 돌아다니고 있었다. 환자들은 마치 우리가 도착하기 직전에 관리자들이 호통을 치며 교육을 시켜놓은 듯 잔뜩 위축되어 있었다. 지사도 깜짝 놀란 눈치였다. “여기가 항상 이렇게 평화로운가요?”

“물론 가끔 소란스러울 때도 있지만 우린 늘 최선을 다하고 있습니다.” 아버지가 설명했다.

하지만 작은 돌발 사건도 있었다. 위층에는 수년간 마약 복용으로 정신 장애를 앓고 있는 청소년들을 위한 센터가 있었다. 우리는 그룹 토의 도중에 불쑥 이 센터에 들어갔다. 심리 치료사는 마지못해 장관에게 인사를 했고, 네 명의 청소년도 우리를 못마땅하게 바라보았다. 아버지가 설명하는 동안 청소년 한 명이 일어나 심리 치료사에게 말했다. “토론할 기분이 아니에요. 오줌이나 싸러 갈래요.” 내가 보기에 지사는 이 말을 오히려 기뻐하는 듯했다. 자신의 평정심을 증명할 좋은 기회로 받아들이는 것 같았다. 그는 미소를 지으며 아버지에게 말했다. “마려우면 싸야죠.”

순회를 마치고 우리가 파란색 흰색 체크무늬 식탁보를 깔아놓은 테이블이 즐비한 넓은 휴게실에 도착했을 때였다. 비서가 다시 슈톨텐베르크 박사에게 다가가 말했다.

"지사님, 십 분밖에 시간이 없습니다!"

이제 어머니가 나섰다. "지사님, 저는 원래 바이에른 출신이에요. 그래서 생각했죠. 지사님은 하루에 세 번 생선을 드실 텐데, 늘 똑같은 음식 대신 가끔 별미를 맛보는 것도 좋지 않을까 하고 말이에요. 매일 장어와 청어만 먹을 수는 없지 않겠어요? 물론 제가 직접 다 만든 건 아닙니다. 브레첼은 잘 못 굽지만, 장담하건대 간 만두 수프는 정말 예술이에요. 한번 드셔보세요. 헤페바이젠 맥주도 준비했습니다!"

우리 형제들은 각자 병따개를 들고 서빙을 했다. 나는 테이블 사이를 바삐 돌아다녔고, 접시와 음료를 조심스럽게 날랐다. 병따개는 허리띠에 끈으로 묶어두었다. 바지 주머니에서 병따개를 꺼내 뚜껑을 딴 뒤 다시 주머니에 넣을 시간이 없었다. 리무진에서 내리자마자 경계에 나섰던 두 경호원은 이 인용 테이블에 앉아 사각형의 007가방을 양발 사이에 끼운 채 담배를 피우고 있었다. 지사는 간 만두 수프를 먹으며 칭찬을 아끼지 않았고, 완자를 곁들인 구운 돼지고기도 잔뜩 먹었다. 그러나 비서는 아무것도 먹지 않았다. 돼지구이를 잘게 자르고 완자도 으깬 뒤 접시에 펼쳐두기만 했다. 그러고는 입을 닦았고, 구겨지지 않은 냅킨을 잘게 썬 음식 위에 살짝 올려놓았다. 이건 원래 음식이 맛이 없을 때 내가 잘 쓰는 수법이었다. 내가 형에게 막 이 사실을 이야기하려는 찰나 비서가 단호하게 말했다.

"지사님, 지금 가셔야 합니다!"

아버지가 물었다. "오늘은 어디로 또 가셔야 하나요?"

슈톨텐베르크는 묻는 표정으로 비서를 바라보았다.

"어업협회에 가셔야 합니다, 지사님. 예정 시간을 벌써 십오 분이나 넘겼습니다." 비서가 말했다.

이 말에 어머니는 반색했다. 게르하르트 슈톨텐베르크 박사의 팔뚝에 자연스럽게 손을 얹더니 말했다. "제가 뭐라고 그랬어요? 또 생선이잖아요!"

휴게실을 떠나기 전 지사는 환자 테이블로 가서 환자 한 명 한 명과 악수를 나누었다. 의사와 직원 들은 감탄의 뜻으로 고개를 끄덕였다. 청소년 그룹 심리 치료사만 떨떠름한 표정으로 고개를 저었다.

우리는 로비를 가로질러 현관 앞 돌출 지붕 밑에 섰다. 리무진은 이미 대기하고 있었다. 지사가 내 어깨에 손을 얹더니 나와 내 형제들을 칭찬했다. "아까 너희들이 수고가 많았다. 곧 다시 보자!" 그러고는 마치 오래전부터 알고 지내던 사이처럼 어머니에게도 다정하게 작별 인사를 건네더니 아버지에게 감사를 표했다. "정말 훌륭한 건물이에요. 쉽지 않았을 텐데 무사히 완성돼서 다행입니다. 앞으로 문제가 있으면 언제든 연락 주세요. 수고하세요, 교수님! 저 봐요, 그새 비가 그쳤네요!" 지사는 노란색 널빤지 길에 발을 올려놓았고, 가방을 든 남자들의 호위를 받으며 열린 차 문으로 걸어갔다. 그때 일이 벌어졌다. 슈톨텐베르크가 이미 고개를 숙이고 차 안으로 들어가려고 다시 몸을 접기 시작한 순간이었다.

누군가 큰 소리로 외쳤다. "손 들어! 안 그러면 쏜다!"

나는 아무런 조짐도 없이 순식간에 상황이 이렇게 돌변하는 경우는 본 적이 없었다. 007가방을 든 두 남자가 쏜살같이 지사를 덮쳐 바닥에 넘어뜨리려고 했다. 그러나 지사는 덩치가 커서 쉽게 넘어가지 않았다. 두 사람은 들이받다시피 하면서 지사를 일단 바닥에 눕히고는 바로 가방을 열어 검은 권총을 꺼냈다. 스톨텐베르크는 진창 위로 철퍼덕 길게 쓰러졌다. 그의 몸 위에는 총을 뽑아 든 두 남자가 버티고 있었다. 나는 얼어붙었다. "손 들어! 안 그러면 쏜다!"라는 말에 겁을 먹은 것이 아니었다. 그건 장난이었다. 내가 아는 목소리였다. 아니, 돌출 지붕 아래 있는 모든 사람이 잘 아는 목소리였다. 내가 정작 엄청나게 놀란 것은 그 말이 가진 기상천외한 효과였다.

남자들은 그 소리가 들려온 방향으로 총구를 향했다. 순간 아버지가 소리쳤다. "제발! 제발! 아무 일도 아니에요! 제발, 제발 쏘지 말아요!"

남자들은 지사의 몸 위에서 서로 좀 더 밀착해서 자신들의 몸으로 지사를 보호했다.

"제발, 부탁이에요. 위험하지 않아요. 우리 환자예요."

얼마 전에야 설치했고, 이날 행사를 위해 화려하게 꽃을 심어놓은 커다란 화분들 뒤에서 붉은 머리가 하나 서서히 떠올랐고, 머리 아래로 손바닥보다 넓지 않은 갸름한 얼굴과 가운데로 몰린 눈, 듬성듬성한 이가 차례로 모습을 드러냈다. 남자들은 소년에게 총을 겨누었다. 아버지는 양손을 들고 손바닥을 아래로 꾹꾹 누르는 시늉을 했다. 그러고는 간곡한 목소리로 분명하고 차분하게 말했다. "내 말을 믿으세요. 아무 일도 아니에요. 저 아이는 루디예요. 우리 환자예요. 절대 위험한 애가 아니에요. 자주 있는 일이에요."

아버지 말이 맞았다. 여기 서 있는 사람들 가운데 이 넓은 정신병원 경내에서 루디에게 저런 기습을 당해보지 않은 사람은 없었다.

콘크리트 화분 뒤의 소년은 너무 행복해 보였다. '손 들지 않으면 쏜다!'라는 외침이 이렇게 강력한 효과를 발휘한 적은 없었다. 소년이 앞으로 걸어나와 은색 콜트 권총을 들고 진창에 빠진 사람들을 겨냥했다.

아버지가 소리쳤다. "루디, 더 이상 게임하고 싶지 않아. 총 버려!"

루디는 기괴하게 얼굴을 찡그리더니 한 걸음 더 다가갔다.

007가방맨 중 하나가 고함을 질렀다. "더 다가오면 쏠 거야. 정말 쏠 거야! 총을 버리라고 하세요!"

루디의 표정이 환해졌다. 그렇게 행복해 보일 수 없었다. 소년은 한 걸음 더 다가갔다. 순간 아버지가 사선射線으로 뛰어들었다. "루디, 저기 봐, 놈들은 이미 쓰러졌어. 저들이 졌어. 네가 이겼어. 이제 총 치워."

루디는 잠시 생각하는 눈치더니 이윽고 권총을 공중으로 높이 던졌다. 총이 땅에 부딪히는 순간 너무나도 선명하게 플라스틱 소리가 나자 그제야 진창에 빠진 사람들은 아버지의 말이 사실임을 알아차렸다.

잠시 엄숙에 가까운 침묵이 흘렀다. 특별한 형태의 집단적 정지였다. 이제 남자들은 올라타고 있던 지사의 몸에서 내려왔다. 아버지는 노란 널빤지 길로 걸음을 옮겼고, 어머니가 뒤따랐다.

보호사 두 명이 득달같이 루디에게 달려가더니 두 팔을 등 뒤로 비틀었다. 내가 보기엔 너무 과장된 행동이었다. 부원장은 충동적으로 자신의 숏커트 머리를 손가락으로 여러 번 훑어 내렸다.

작은형이 나직이 말했다. “우와, 정말 대단했어!”

멋쟁이 기자는 연달아 사진을 몇 장 찍었다. 슈톨텐베르크는 정말 총에 맞기라도 한 듯 진창에 엎드려 꼼짝도 하지 않았다. 부모님이 그 옆에 무릎을 꿇고 앉았다.

“지사님, 이제 다 끝났습니다. 괜찮아요.” 아버지가 말했다.

“이제 일어나셔도 돼요.” 어머니의 말이었다.

게르하르트 슈톨텐베르크 박사가 진창에 박힌 머리를 천천히 들었다. 뭔가 빨아들이는 소리가 났다.

“일어나세요, 제가 도와드릴게요.”

아버지가 손을 내밀었다. 진흙으로 엉망이 된 두 남자는 007가방을 집어 들더니 무기를 넣었다. 슈톨텐베르크는 도움을 원치 않았다. 무덤덤했다. 아니, 좀 민망한 표정 같기도 했다. 그가 말했다. “고마워요. 괜찮아요. 혼자서 할 수 있어요.”

그가 서서히 몸을 일으켰다. 남자의 몸이 다시 커지기 시작했다. 마침내 게르하르트 슈톨텐베르크 지사가 우뚝 섰다. 몸에서 물방울이 뚝뚝 떨어졌다. 한 마리의 돼지 같았다. 다른 돼지 두 마리와 함께 신나게 진흙 목욕을 즐기고 몸을 일으킨 직립 돼지였다.

아버지는 기자에게 더 이상 사진을 찍지 말아달라고 부탁했다. 기자는 의기양양하게 고개를 끄덕이더니 낙타털 코트를 살짝 들어 올리고는 황새처럼 당당하게 진창을 지나 자신의 차에 올라타고 쌩하니 사라졌다.

아버지가 말했다. "지사님, 저 모퉁이만 돌면 저희 집이 있습니다. 일단 그리로 가시죠. 제가 보살펴 드리겠습니다."

이렇게 해서 우리는 출발했다. 이상한 행렬이었다.

우리 개는 지사를 보자마자 미친 듯이 짖고 으르렁거리고 낑낑거렸다. 마치 히스테리 발작 같았다. 개는 꼬리를 말고 몸을 비틀었으며, 겁에 질려 제자리에서 빙빙 돌았다. 그러더니 다시 이빨을 드러내고 목털을 바짝 세웠다. 마치 사람들을 위협하는 귀신 들린 살인 하이에나처럼 보였다. 결국 형들이 목줄을 채워 개를 부모님 침실로 데려갔다.

지하에 샤워 시설이 딸린 손님방이 있었다. 007가방맨들은 거기서 씻었다. 어머니가 문틈으로 소리쳤다. "우리 아이들 조깅 바지와 티셔츠를 갖다줄게요. 맞았으면 좋겠네요. 미안하지만 목욕 가운은 없어요."

슈톨텐베르크는 위층 욕실을 사용했다. 아버지와 어머니는 그에게 무엇을 입힐지 고민했다. 아버지 옷은 도저히 맞지 않을 것 같았다. 지사의 키가 훨씬 컸기 때문이다.

"자, 우리 다 같이 생각해보자." 아버지가 우리에게 도움을 청했다. "지사님이 곧 나오실 텐데 어쩌면 좋을까?"

어머니는 담요를 둘러주자고 했고, 작은형은 침대에 몰아넣고 한 시간 정도 재우자고 했다. 둘 다 받아들여지지 않았다. 그때 물소리가 그치고 샤워 커튼이 옆으로 젖히는 소리가 들렸다. 나는 가끔 아버지가 개인 환자를 보는 서재로 달려가 문 뒤에 걸린 의사 가운을 들고 서둘러 돌아왔다. "이건 어때요?"

나는 의사 가운을 치켜들었다. 아버지는 생각에 잠겼다. "그래, 이거면 될 것 같다."

작은형이 내 어깨를 툭툭 쳤다. "한 건 했네, 동생아. 아주 큰 걸 해냈어."

큰형도 내 머리를 잡더니 대견하다는 듯 마구 흔들어댔다. "그동안 널 믿지 않아서 미안해!"

"지사님, 안타깝게도 목욕 가운이 없어요. 그나마 맞을 만한 게 있는데 한번 입어보세요." 아버지는 엄지와 검지로 가운을 집어 조심조심 욕실 문틈으로 밀어 넣었다. 순간 한 손이 나와 가운을 홱 낚아채 갔다. "고마워요!" 가운이 안으로 쏙 사라졌다. 아버지는 득의양양한 표정으로 우리를 바라보았다.

007가방맨들이 운동복 바지와 티셔츠 차림으로 머리가

젖은 채 지하실에서 나왔다. “아직 소개도 못 드렸습니다. 우리 이름은 둘 다 미하엘입니다.”

어머니가 두 사람에게 손을 내밀었다. “안녕하세요, 미하엘, 반가워요, 미하엘.”

두 사람은 양복을 입지 않으니 한층 어려 보였다. 내 형들과도 나이 차이가 별로 많아 보이지 않았다. 일 번 미하엘이 어머니에게 물었다. “지하실에 탁구대가 있던데 좀 쳐도 될까요?”

“물론이죠!” 그러더니 어머니는 우리에게로 눈을 돌렸다. “너희도 같이 쳐.”

형들과 나는 눈길을 주고받았다. 우리 셋 다 똑같은 생각을 하고 있었다. 의사 가운을 입고 욕실에서 나오는 슈톨텐베르크의 모습을 놓치고 싶지 않았던 것이다.

“나중에요.” 작은형이 말했다.

게르하르트 슈톨텐베르크 박사가 아버지의 의사 가운을 입고 욕실에서 나왔을 때는 정말 멋졌다. 흰 가운을 걸친 완벽한 의사의 모습이었다. 그것도 능력 있고 신뢰감을 주는 의사였다. 맨발임에도 불구하고, 아니 어쩌면 맨발 때문에 더 그렇게 보였을지 모른다. 복도를 지나 내게로 다가오는 모습을 보는 순간 나는 이 남자가 타고난 우두머리가 될 상임을 알아차렸다. 전 세계 어느 병원에서든 이 남자는 단 하루 만에 명실상부한 원장으로 추대될 게 분명했다. 시대를 초월해 위풍당당한 인간의 전형이었다.

단언컨대, 아버지가 이 남자를 보고 경외심에 사로잡혀 공중 분해되지 않으려면 각고의 노력이 필요해 보였다. 반면에 어머니는 완전히 달랐다. 최고의 컨디션으로 최고의 능력을 발휘하기 시작했다. "지사님, 무슨 이런 일이 다 있을까요! 이쪽으로 오세요. 아무리 그래도 경호원들이 지사님을 이렇게 진흙탕 속에 밀어 넣을 줄은 몰랐어요. 많이 속상하시죠? 하지만 우리 루디는 정말 착한 애예요. 우리 모두 잘 알죠. 이제 지사님의 양복을 욕실에서 꺼내 올게요. 셔츠도 엉망일 거예요. 미하엘과 미하엘의 양복도…" 어머니가 웃었다. 아무 일도 아니라는 듯이 스스럼없이 웃었다. "삼십 분이면 다 끝나요. 장담하건대 우리 시설의 세탁소는 어떤 더러운 옷도 짧은 시간 안에 말끔하게 세탁해요. 킬에서도 그렇게 빨리는 안 될 거예요. 혹시 뭐 더 필요한 게 있으신가요? 독주를 한 잔 드릴까요? 정말 얼마나 놀랐는지 몰라요."

거실에서 슈톨텐베르크는 아버지의 커다란 안락의자에 앉아 그 호기심 많고 가벼운 발을 까불어댔다. 형들은 두 미하엘과 탁구를 치려고 지하실로 내려갔다. 나는 소파에 앉아 지사에게서 눈을 떼지 않았다.

“지사님께서 이 뜻하지 않은 일로 어업협회에 불참한 게 큰 문제가 되지는 않았으면 좋겠습니다.” 아버지가 다소 형식적으로 말했다.

지사는 대답하지 않았다. 다만 아버지를 물끄러미 바라보았다. “뭐 하나 물어봐도 될까요, 교수님?”

“물론이죠. 얼마든 물어보십시오.”

“내가 여기 도착했을 때 기자도 있었죠? 사진을 찍었던 것 같은데, 맞나요?”

“네, 맞습니다. 여기 신문사 기자입니다. 저도 잘 알죠.”

슈톨텐베르크는 뭔가 곰곰이 생각하는 눈치였다. 이 대화를 계속 이어가야 할지 확신이 서지 않는 모양이었다. 어머니가 방금 냉동실에서 꺼낸 유리잔 세 개와 독주를 쟁반에 담아 왔다.

“그 환자와의 일이 일어났을 때 기자도 아직 거기 있었나요?” 어머니가 잔에다 술을 따랐다. 아버지는 고개를 끄덕였다.

“네, 사진을 찍었죠.”

“내가… 바닥에, 그러니까 바닥에 누워 있을 때도 찍었나요?”

“네, 그런 것 같습니다.” 아버지가 걱정스레 대답했다. “제가 사진을 그만 찍으라고 부탁한 걸 보면요. 그러고는 차를 타고 떠났습니다."

"흠, 그렇군요." 슈톨텐베르크가 나직이 말했다.

그는 술잔을 비우고 숨을 내쉬었다. 은회색 머리 때문에 한층 더 시원해 보이는 하늘색 눈이 마치 냉동실에서 막 나온 유리잔처럼 얇은 얼음 층으로 덮이기 시작했다.

"좋지 않은 신호예요."

"우리 신문은 그런 사진을 싣지 않을 겁니다, 지사님."

"아뇨, 그렇게 확신할 일이 아닙니다, 교수님. 기레기도 있기 마련이니까요."

"기레기?" 쓰레기가 아니고? 내가 잘못 들었나?

"나는 현재 나의 정치적 야망을 실현하는 결정적 단계에 있습니다. 주 차원뿐 아니라 연방 차원에서도요."

"네, 그건 저도 알고 있습니다, 지사님." 아버지는 나와 마찬가지로 의자 앞쪽 가장자리에 허리를 꼿꼿이 펴고 앉아 있었다.

슈톨텐베르크는 빈 잔을 손가락 끝으로 톡톡 두드리더니 손가락을 핥았다. "그런 사진 한 장에는 돈이 많이 들어가요. 게다가 여기 이 평온한 소도시보다 훨씬 많은 사람이 읽는 신문들이 있어요. 활자가 크고 사진이 많은 신문들이죠. 내가 무슨 말을 하는지 아시겠어요?"

지사가 나를 바라보았다. "어이, 젊은 친구, 네 파티*와 여기서 좀 논의할 게 있는데, 혹시 내 구두 좀 닦아줄 수 있겠니?"

"네, 물론이죠!" 나는 복도를 걸으면서 생각했다. '파티라고? 무슨 그런 돼먹지 못한 말이 다 있지?' 나는 지금껏 한 번도 아버지를 "파티"라고 부른 적이 없었다. 아버지의 생일 선물 경쟁에서 승리를 거둔 작은형의 구두닦이 기계는 불과 몇 주 만에 고장 나버렸기 때문에 나는 수동으로 이십 분 동안 지사의 구두를 불꽃이 튈 정도로 열심히 닦고 광을 냈다. 심지어 구두끈을 빼서 안쪽까지 깨끗이 닦았다.

돌아가는 길에 나는 지하실에서 나오는 두 형과 두 미하엘을 만났다. 다들 땀에 젖어 있었다. 나를 보자마자 작은형은 내가 두 번 다시 없을 기회를 놓쳤다고 말했다. 두 미하엘이 방탄조끼뿐 아니라 007가방 안의 내용물까지 모두 보여주었다는 것이다. 작은형은 다리를 넓게 벌리고 서서 총을 겨누는 시늉을 했다. "동생, 내가 총을 들어봤어! 진짜 총을!"

나는 슈톨텐베르크에게 알밤처럼 반짝거리고 빠른 솔

* Vati. '아빠'라는 말의 또 다른 별칭. 독일에서는 보통 '파파(Papa)'라고 부른다.

질로 따뜻해진 구두를 가져다주었다.

지사가 말했다. "고맙구나. 이제 차에 가서 내 비서를 데려올 수 있겠니?"

나의 질주가 다시 시작되었다. 비서는 리무진에 앉아 전화 통화를 하고 있었다. 나는 방해하고 싶지 않아 기다렸고, 그가 말하는 소리를 들었다. "주말마다 어떤 아이들이 우리 집에서 자고 가는데 정말 돌아버리겠어."

나는 차 지붕을 톡톡 두드렸다. "지사님이 들어오래요."

거실에 돌아왔을 때 우리 개가 지사의 발치에 누워 헥헥거리고 있었다. 어머니도 아버지보다 지사에게 더 가까이 앉아 있었다. 슈톨텐베르크는 막 이렇게 말하는 중이었다. "그럼 이게 그 명단이군요. 교수님은 직원들을 점검해 주시고, 우린 우리 일을 하도록 합시다."

비서가 물었다. "지사님, 다음 일정은 어떻게 할까요? 어부 백이십 명과 부인들이 한 시간 반 전부터 기다리고 있습니다. 멋지게 장식한 범선 선상에서 뷔페가 예정되어 있습니다. 그리고 이 행사가 끝나면 원래 지금쯤 도착했어야 할 후줌 시에서 패널 토론회가 시작됩니다. 지사님 양복이 곧 도착한다면 토론회에서 마지막 인사말은 하실 수 있을 것 같습니다."

슈톨텐베르크가 우리 개를 쓰다듬었다. 그러면서 어머

니와 눈을 마주쳤다. 두 미하엘이 형들의 조깅 바지를 입고 들어와 소파에 앉았다. 나는 주위를 둘러보았다. 눈 깜짝할 사이에 내 속에서 한 가지 걱정이 싹트더니 점점 커져나갔다. 슈톨텐베르크가 정말 우리 정신병동의 새 수장이 되는 건 아닐까? 아버지의 의사 가운을 벗을 생각이 없는 것일까? 사실 의사 가운은 아버지보다 지사에게 훨씬 잘 어울렸다. 형들은 어디 있을까? 혹시 두 미하엘이 앞서 말한 총으로 지하실에서 제거한 건 아닐까? 이제 이들이 나의 새 형이 되는 것일까? 우리 개는 왜 지사가 쓰다듬는데도 가만히 있을까? 어머니는 왜 갑자기 저렇게 젊어 보일까? 아버지는 또 왜 저렇게 늙어 보이고! 도대체 여기서 무슨 일이 벌어지고 있는 것일까? 이제 나는 무슨 말을 듣게 될까?

초인종이 울렸다. 아버지가 일어났다. 긴 복도를 걸어가는 중에 나는 아버지의 손을 잡았다. 아버지가 나를 빤히 바라보았다.

"나중에 시내에 가서 감자튀김 먹을까요?" 내가 조심스레 물었다.

"그래, 그래, 그렇게 하자." 아버지가 대답했다.

셔츠를 포함한 양복 세 벌이 철제 옷걸이에 깔끔하게 걸린 채 배달되었다. 비닐봉지도 하나 있었는데, 거기엔 세탁 과정상의 안타까운 실수가 담겨 있었다. 회색과 노란색이 섞인 지사의 넥타이였는데, 마치 우리 개가 물어뜯은 것처럼 엉망이 돼 있었다.

"맙소사, 이건 천연 실크인데, 이런 실수를 하다니!" 지사가 탄식했다.

어머니는 구겨지고 찢어진 넥타이를 쓰다듬으며 말했다. "이걸 어쩌면 좋아요?"

"제 넥타이를 드릴까요?" 아버지가 제안했다. 목소리에 차분함이 배어 있었다. 이제야 드디어 평정심을 찾은 듯했다. "지사님 마음에 드는 게 있다면요. 안타깝게도 천연 실크 넥타이는 없지만 그래도 토론회에 가시려면 넥타이가 필요하지 않을까요?"

그사이 형들은 비서와 친해졌는지 리무진 앞좌석에 앉아 이런저런 기계 장치를 살펴보고 있었다. 두 미하엘은 다시 007가방을 들고 사주 경계에 나섰다. 게르하르트 슈톨텐베르크 박사가 마침내 아버지의 의사 가운을 벗었다. 그러고는 다소 대담한 파란색 체크무늬 넥타이를 골라 내일 운전기사를 통해 돌려주겠다고 고집을 피웠다. 아버지는 극구 만류했다. "아뇨, 정말 그러시지 않아도 됩니다, 지사님. 넥타이 하나 때문에 킬에서 예까지 오다니요. 안 될 말입니다. 이건 이제 지사님 겁니다. 게다가 어쩌면…." 아버지는 잠시 뜸을 들이더니 덧붙였다. “우리 클리닉의 개관식을 기념하는 좋은 추억이 될지도 모르니까요.”

슈톨텐베르크는 아버지를 바라보며 손을 내밀었다. “앞으로 편하게 이름을 불러도 될까요? 오늘 정말 많은 도움을 받았어요. 여러모로요.”

아버지는 잠시 망설이더니 손을 내밀었다.

“내 이름은 게르하르트입니다.” 지사가 말했다.

“알고 있습니다.” 아버지의 표정이 환해졌다. “난 헤르만입니다.”

“그럼, 헤르만, 오늘 정말 고마웠고, 행운을 빌어요.” 지사는 차에 올라 자리에 앉자마자 차량용 전화기를 건네받았다. 그는 손을 흔들더니 강렬한 색상의 넥타이를 들어 보이고는 소리 없이 입 모양으로 ‘고맙다’고 말했다. 곧 차문이 닫혔다. 짙게 선팅한 창문에 우리의 얼굴이 이상하게 비쳤다. 우리는 차 앞에 서 있었고, 이번에는 아무 일도 일어나지 않았다.

잠시 후 아버지가 말했다. “이제 들어갈게요, 게르하르트.” 우리는 아버지를 따라 집 안으로 들어갔다. 나는 얼른 창문으로 달려갔지만 너무 늦었다. 리무진은 사라지고 없었다.

클리닉이 문을 열고 얼마 지나지 않아 조개 석회암으로 만들어진 외벽에 붉은 줄무늬가 그어지기 시작했다. 공사상의 부주의로 발생한 일인데, 파쇄된 쇳가루가 콘크리트 혼합물에 섞여 녹스는 바람에 건물 표면의 상처 수천 개에서 피가 철철 흘러내리는 듯했다. 혹은 붉은 똥을 싸는 새들이 일거에 클리닉을 덮쳐 집중적으로 똥을 싼 것 같기도 했다. 아버지는 어찌나 충격이 컸던지 꼴 보기도 싫다는 듯 아예 눈을 내리깔고 건물 안으로 들어갔다.

건물 내부도 문제가 있었다. 처음에는 사소하게 여겨졌던 일이 심각한 문제로 커졌다. 지하 구내식당의 음식 가열 시스템에서 알 수 없는 이유로 증기가 엘리베이터로 직접 방출되었다. 음식 냄새는 엘리베이터를 타고 층층이 이동해 건물 전체로 퍼졌다. 가장 멀리 떨어진 오 층 창고에서도 붉은 양배추를 곁들인 룰라드 냄새가 났다. 이음새와 틈새를 몇 번이나 밀폐하고, 패널과 벽을 보강했지만 소용이 없었다. 음식 냄새는 기가 막히게 비밀 경로를 알아채고 벽을 뚫고 밤낮으로 엘리베이터로 흘러들었다.

게르하르트 슈톨텐베르크 박사와 아버지는 형제애를 나눈 이후 두 번 다시 만나지 못했다. 결국 평생 서로 편하게 이름을 한 번씩 불러본 것이 전부였다. 아버지의 장례식에 이미 퇴임한 지 오래인 지사가 참석했다. 그렇게 위풍당당하던 남자가 어머니 앞에 몸을 움츠리고 구부정하게 서서 작은 목소리로 조의를 표했다. 어떻게 그럴 수 있을까? 나는 그의 아우라가 단순히 직책이라는 얇은 금박이 아니라 신에게서 받아 뼛속 깊은 곳에서부터 나오는 것이라고 착각했다. 그의 권위와 광채는 모두 사라졌다. 장례식이 끝난 뒤에는 리무진이 아닌 작은 녹색 승용차를 타고 떠났다. 공동묘지 주차장을 나설 때는 앞이 가로막혀 너무 크게 도는 바람에 자전거 도로를 막아버렸다. 열다섯 살쯤 된 소녀가 급하게 자전거 벨을 누르더니, 소형차를 허둥지둥 뒤로 빼는 전직 지사에게 욕을 퍼부었다.

구속복을 입은 마리아

내게 한 해의 하이라이트는 크리스마스였다. 그건 집에서 직접 전나무를 잘라 만든 화려한 크리스마스트리 때문이 아니었고, 따뜻하게 차려입고 눈 덮인 숲속을 거니는 평화로운 분위기 때문도 아니었다. 또한 식구들이 둘러앉아 뜨거운 기름에 고기를 튀겨 먹는 퐁뒤 파티 때문도, 어른들에게 받는 선물 때문도 아니었다. 물론 선물을 받는 건 신나는 일이었다. 하지만 뭐니 뭐니 해도 크리스마스의 하이라이트는 다른 데 있었다. 아버지의 정신병동 순례에 내가 동행할 수 있다는 것이었다.

선물 나눔 행사는 병동당 이십 분의 시간밖에 주어지지 않았다. 한 곳이 끝나면 바로 다음 병동으로 옮겨 가야 했다. 곳곳에서 우리를 간절히 기다렸다. 행사는 어린이 청소년 정신병원 원장과 그의 아들 없이는 시작되지 않았다. 해당 병동의 모든 환자는 우리가 도착하기 전에 이미 한 방에 모여 있었다. 다들 혼자서 단장했거나 보호사들이 예쁘게 꾸며놓았다. 가르마는 단정했고 안경알은 깨끗했다. 환자들은 흥분해서 잠시도 가만있지 못하고 몸을 흔들어댔다. 간호 인력 및 병동 의사들과 함께 캐럴을 두 곡 부르고 나면 크리스마스 방의 커다란 날개 문이 열렸다. 테이블 위에는 전기 촛불 아래 선물이 놓여 있었다.

이제 나에게 있어 수년 동안 크리스마스의 하이라이트라고 할 만한 일이 시작되었다. 보고 또 봐도 물리지 않는 장관이었다. 크리스마스 방의 풍경에 마비된 듯 잠시 멈칫하던 환자들은 일제히 선물을 향해 마치 뭔가에 홀린 듯 달려들었다. 형형색색의 장식 끈이 찢겨나갔고, 금빛 리본이 공중을 날았으며, 포장지는 이빨로 갈기갈기 찢겼고, 상자는 갈가리 해체되었고, 선물들은 공중으로 붕붕 날아다녔다. 그렇게 오 분이 채 지나지 않아 거의 모든 것이 망가졌다. 기쁨에 겨워, 주체할 수 없는 행복감에 젖어, 선물을 갖고 싶은 열망에 취해 모든 것이 박살났다.

인형의 팔은 탈구되었고, 봉제 동물 인형은 배가 갈라졌다. 새 파카는 이미 너덜너덜해졌다. 방금 전까지 새빨간 소방차를 테이블 모서리에 내리쳐 박살낼 때와 같은 거침없는 열정이 이제는 충격과 슬픔에 휩싸인 채 폐허로 변한 잔해에 대한 끝없는 애도로 표출되었다. 명상에 잠겨 있던 크리스마스 방이 단 오 분 만에 연기 자욱한 전장으로 변했다. 이 풍경이 나는 정말 너무나 마음에 들었다. 사방에서 환호하고, 애도하고, 치고받으며 싸우고, 선물을 안고 뒹굴었다.

보호사들은 누군가 화려한 크리스마스트리를 껴안으려고 하거나 감자 모양의 마르지판을 장난감 자전거와 바꾸려고 하는 것을 마지막 순간까지 최선을 다해 막았다.

나중에 저녁이 되어 우리 집에서 선물을 나눠줄 때면 병동에서 있었던 그 난장 같은 행사 때문에 나는 항상 퍽 엄숙한 기분이 들었다. 사실 선물이라는 건 그렇게 다루어 달라고, 그렇게 파괴해달라고 외치기 마련이다. 만일 내가 잘 부서지는 선물, 예를 들어 완벽하게 깎아놓은 색연필 상자를 받아들면 뭔가 알 수 없는 전율이 손가락을 타고 흘렀다. 선물의 원래 성질을 통해 증폭된 일종의 과민 상태였다. 나는 색연필을 받은 것이 기뻤지만 동시에 연필을 부러뜨리는 상상을 했다. 연분홍색부터 검은색까지 서른여섯 자루 모두를. 그렇다면 가족 행사에서 무언가를 망가뜨리지 않는 것은 그 자체로 내게 큰 성취였고, 선물을 온전한 상태로 유지하는 것은 크리스마스에 대한 나만의 경건한 헌신이었다.

흥분이 어느 정도 가라앉자 환자들은 그사이 음식을 차려놓은 원래의 방으로 돌아갔다. 아버지와 나는 병동을 돌 때마다 케이크를 한 조각씩 먹어야 했다. 거기다 아버지는 커피를 마셨고 나는 콜라를 마셨다. 그 바람에 나는 크리스마스 때마다 토했고, 콜라의 각성 효과 때문에 밤새 조증에 걸린 사람처럼 심장이 벌렁거려 새벽까지 레고를 조립했다. 환자들은 산타 모양의 초콜릿을 은박지째 입에 쑤셔 넣었고, 껍질도 까지 않고 오렌지를 깨물었으며, 케이크를 손으로 퍼먹었다.

선물 나눔 행사는 병동마다 무척 달랐다. 팔다리가 없거나 아예 뇌가 없어 보이는 사람들이 꾸벅꾸벅 졸기만 하는 병동도 있었다. 나는 나이가 조금 더 들어서야 이런 곳으로의 동행이 허락되었다. 이런 병동은 적요했다. 소동은 없었고, 선물도 베개를 베고 누운 기형적인 머리 옆에 가만히 놓였다. 젊은 여성만 네 명 있는 병동도 있었다. 선물을 나눠주는 내내 그들은 내게서 눈을 떼지 않고 위협적으로 나를 노려보았다. 그들이 부르는 캐럴은 놀랄 정도로 아름다웠다. 그들은 온몸으로 노래를 불렀다. 한 공익 요원이 정성껏 연주하는 플루트 소리에 맞춰 이리저리 몸을 흔들어댔다. "우아한 곱슬머리 소년이…" 나를 말하는 것일까? 히터를 너무 과하게 틀어 텁텁해진 병실 공기 속에서 그들의 눈은 왼쪽 오른쪽 번갈아 돌아가는 크리스마스 장식 구슬처럼 반짝거렸다. 그들의 환자복 옆트임으로 둘쭉날쭉한 알몸의 굴곡이 보였다. 희뿌연 피부에는 군데군데 딱지가 앉거나 깊이 할퀸 자국도 있었다. 그들은 매년 인형을 받았는데, 인형을 양손으로 잡고 천천히 돌리면서 인형의 귀에다 대고 알아들을 수 없는 말을 속삭였다.

세 시간에 걸쳐 각 병동을 도는 동안 나는 조각케이크 아홉 개를 먹고 콜라 아홉 잔을 마셨다. 순례가 끝나면 우리는 성탄 예배가 열리는 체육관으로 이동했다. 여기서도 사람들은 의자가 삐걱거릴 정도로 몸을 흔들고 있었다. 루터교 목사가 합판으로 만든 설교단에 올라가자 집단적인 환호성이 터졌다. 환호는 이후에도 계속 이어졌다. 성부의 이름에서도 환호, 성자의 이름에서도 환호, 성령의 이름에서도 환호와 박수가 터졌다. 일부 환자들은 잇달아 설교단으로 달려가 목사 품에 안겼다. 목사는 음성 강도가 너무 높게 설정된 마이크로 소리쳤다. "주님은 여러분 모두를 두 팔 벌려 진심으로 환영합니다!" 다시 우레와 같은 박수가 쏟아졌다. 정말 감격으로 충만한 신도들이었다. 사람들은 성탄 노래에 맞춰 서로 팔을 걸고 몸을 흔들었으며, 아니면 그냥 의자에 올라가거나 바닥에 앉아 춤을 추고 소리를 질렀다. 체육관은 만원이었다. 심지어 늑목에도 환자들이 다닥다닥 매달려 있었다. 나는 그 냄새를 잊지 못한다. 메디신볼, 전나무 가지, 침 냄새를.

종지기는 예배 중에 얌전히 앉아 있었다. 군중 틈에서 목을 빼고 목사의 사인을 기다렸다. 목사가 고개를 끄덕이자 자리에서 일어났다. 체육관이 조용해졌고, 종이 울리기 시작했다. 그는 이 순간을 위해 열심히 광을 낸 종을 사람들의 머리 위에서 열심히 휘저었다. 바로 밑에 앉아 있는 사람들은 귀를 틀어막고 허리를 숙였다. 종소리는 신호였다. 드디어 성탄 연극이 시작된다는 신호였다.

이 연극은 매년 각 병동 환자들이 돌아가면서 공연했다. 그런데 재앙으로 끝날 때가 많았다. 어떤 때는 마리아가 너무 흥분해서 발작과도 같은 경련과 함께 구유 속으로 뛰어 들어갔고, 어떤 때는 나귀가 황소를 무대 장식으로 밀치기도 했다. 동방박사 중 한 명인 멜키오르는 검게 분장한 손으로 성기를 꺼내 군중의 박수를 받으며 자위했고, 목동들은 양들을 치는 작대기로 자신의 몸을 때리기도 했다. 하지만 연극은 훌륭했다. 무대 중앙에는 구유가 설치되어 있었다. 전나무 가지로 장식된, 울타리 달린 아기 침대였는데 그 안에는 중증 장애를 가진 예수가 누워 있었다.

당연히 병동에 따라 출연 배우는 완전히 달랐다. 성탄 예배 행사는 성인 정신병원과 공동으로 주최했기 때문에 영원히 구금된 성범죄자는 물론이고 살인범까지도 배우로 출연했다. 그럴 때는 덩치가 좋은 보호사들이 언제든 뛰쳐나갈 준비를 하고 무대 뒤에서 대기하고 있었다. 나는 심지어 수갑을 찬 요셉과 구속복을 입은 동정녀 마리아도 보았다.

우리 집에서도 크리스마스 때 딱 한 번 격돌이 있었다. 단 몇 초에 불과했지만 교양 있는 가정에서 벌어진 강렬한 분노 폭발이었다. 본 사건에 앞서 작은형의 일장연설이 있었다. 방금 풀어헤친 선물 포장지에서 '상식 사냥' 보드 게임이 나오는 순간 형은 격분해서 부모님의 선물 관행을 맹비난했다. 늘 그렇듯, 넘치는 오만함과 자기도취적인 웅변으로 다른 사람을 짜증나게 하는 화법이었다. "엄마 아빠는 왜 내가 원하는 건 선물하지 않아요? 올해 크리스마스에는 현금을 받고 싶다고 몇 번이나 이야기했잖아요! 엄마 아빠는 항상 잠재적으로 교육적 목적만 있는 것만 선물해요. 돌아보면 지금까지 난 어떤 식으로든 성장과 공부에 도움이 되는 것만 받았어요. 촉각과 창의력을 높여준다는 피셔테크닉 조립 키트가 시작이었어요. 그다음부터는 늘 책, 책, 책이었어요!"

그런데 말은 이렇게 하면서도 작은형은 이상할 만큼 가냘픈 손으로 집히는 족족 책을 읽는 사람이었다.

"제빙기를 소원했는데 만년필을 받은 건 지금 생각해도 정말 공포예요. 내가 딸기 아이스와 초콜릿 아이스를 얼마나 직접 만들어 먹고 싶었는지 아세요? 그런데 먹지도 못하는 만년필만 받았어요."

형의 연설이 끝나자 이번에는 어머니가 아버지의 선물을 풀더니 황당한 표정을 지었다.

"전기 칼이에요. 고기와 빵을 썰 때 쓰라고." 아버지가 말했다.

어머니는 무게를 가늠해보려는 듯 칼을 손에 쥐고 위아래로 살짝살짝 흔들었다. 그날 저녁 어머니는 드르륵거리는 칼로 우리 개에게 먹일 소의 위胃를 썰었다. 이를 본 아버지는 어머니 손에서 칼을 빼앗아 크리스마스 방으로 달려가더니 격분해서 선물 테이블을 뒤집어엎었고, 어머니가 아버지에게 선물한 아달베르트 슈티프터의 전집 케이스를 서툴게 자르기 시작했다. 그런데 칼날이 케이스에 박혀 움직이지 않자 아버지는 칼을 꽂아둔 채 발을 쿵쿵거리며 방에서 나왔다. 이 모든 과정을 아버지의 안락의자에 앉아 지켜보던 나는 감격했다. 내가 꿈꿔왔던 바로 그 일을 아버지가 지금 해낸 것에 대한 감격이었다.

나중에 부모님은 화해했고, 우리는 다함께 모여 상식 사냥 보드 게임을 했다. 아버지가 먼저 주사위를 굴렸고, 지리, 문화, 오락, 역사, 과학 할 것 없이 모든 분야의 문제를 다 맞혔다. 우리에게는 단 한 번의 기회도 돌아오지 않았다. 아버지는 둥근 퍼즐 판이 완성될 때까지 부지런히 문제를 풀어 형형색색의 삼각형 퍼즐 조각을 계속 모았다. 그러다 마침내 중앙으로 걸어가 마지막 질문에 답하고는 의기양양하게 자리에서 일어나 하이데잔트 쿠키를 한 움큼 쥐고 자신의 안락의자로 사라졌다.

사라진 종지기

언제부턴가 갑자기 종지기가 보이지 않았다. 나는 등굣길에 그를 찾았고, 환자들의 일상적인 비명과 바람 소리 사이로 귀를 기울였다. 종소리가 들리지 않자 점점 불안해지기 시작했다. 몇 날 며칠을 정신병원이라는 어차피 소란스러운 환경에서 종소리를 찾아내려고 애썼다. 소용이 없었다.

결국 아버지에게 종지기에 대해 물었다. 아버지는 묘한 느낌의 절제된 반응을 보였다. 약간 언짢아하는 기색도 엿보였는데, 이렇게만 말했다. "그 환자는 한동안 병동에 있어야 돼."

"무슨 문제라도 생겼나요?"

"특별한 건 아냐."

"면회 가도 돼요?"

아버지는 고개를 절레절레 흔들며 책을 계속 읽었다.

며칠이 지나서야 음식 운반 차량을 운전하는 아저씨에게서 소식을 들었다. 종지기가 보호사를 때려눕혔는데, 종으로 목숨이 위험할 정도로 중상을 입혔다고 했다. 나는 좀 더 캐물었지만, 더 자세한 건 아저씨도 알지 못했고 그저 간략하게 이런 예상만 내놓았다. "당분간은 보기 힘들 거야."

내가 몇 번이나 물었지만 아버지는 비밀 엄수의 의무를 들먹이며 입을 열지 않았다. 형들은 종지기가 탈출했다가 다시 갇혔다는 이상한 암시만 했다. 심지어 그의 목숨이 더 이상 붙어 있지 않다는 주장까지 펼쳤다.

물어볼 사람이 없었다. 대답하는 사람은 한결같이 나를 위해 무언가를 숨기려는 듯했다. 한번은 보안 대책 강화를 지시하는 아버지의 통화 내용을 우연히 듣기도 했다. 아버지는 킬의 해당 부처에 가느라 며칠 동안 점심 식사를 하러 오지 않았다. 내 머릿속에서는 늘 위험한 시나리오가 그려졌다. 종지기가 종으로 자기 몸을 후려치는 모습, 피를 철철 흘리는 보호사의 머리를 인정사정없이 난타하는 모습, 사람들이 그를 제압한 뒤 그의 우악스러운 손에서 종을 빼앗는 모습, 밤중에 그가 창문에서 살금살금 기어 나와 어둠 속을 터벅터벅 걷는 모습이 보였다. 심지어 나를 찾아와 테라스 문을 두드리는 상상까지 했다. 그 무렵 내 머릿속엔 오직 종지기밖에 없었다.

정신병원 인근 공원에 연못이 하나 있었다. '거울 연못'이라는 이름의, 물 색깔이 짙은 연못이었다. 나는 여름이면 가끔 거기서 태곳적의 가시가 달린 작은 가시고기를 낚았다. 낚싯대가 없었기에 지렁이를 실에 매달아 물속에 넣었다. 가시고기가 지렁이의 몸을 쪽쪽 빨았다. 그런 녀석을 적절한 순간에 총알같이 물에서 낚아채려면 약간의 경험과 많은 기술이 필요했고, 심지어 무사히 걸어 올려 숲

바닥에서 퍼드덕거리는 것을 보려면 약간의 운도 따라야 했다. 열 마리 중 한 마리만 내 유리잔에 담겼다.

종지기가 사라진 그해 여름, 나는 배를 깔고 물 위에 머리를 숙인 채 조심스레 지렁이를 향해 다가오는 가시고기 한 마리를 응시하고 있었다. 햇빛이 비쳤고, 광선이 연못 물속에서 초록빛으로 굴절되었다. 고요했다. 가시고기가 힘차게 빨았다. 나는 조심스럽게 손을 움직이며 준비했다. 순간 바닥에 뭔가가 보였다. 좀 더 깊은 곳의 수초 사이에서 뭔가가 반짝거렸다. 나는 수면에 반사된 빛에 눈이 부셔 미간을 찡그렸다. 저 아래 깊은 연못 바닥에서 금속성의 물질이 계속 반짝거리고 있었다. "아니, 저게 어떻게…." 나는 생각했다. "그럴 리가 없는데… 종이야!" 구름 한 점이 해를 가리자 반짝임도 사라졌다.

나는 종지기를 두 번 다시 만나지 못했다.

고양이 단면도

정신병원에 사는 나의 또 다른 친구는 페르디난트였다. 아버지는 그가 지나치게 예민하다고 해서 '완두콩 왕자'* 혹

* 안데르센의 동화 『완두콩 공주』에 빗댄 이름이다.

은 그냥 '페르디난트 왕자'라고 불렀다. 페르디난트는 남들이 조금만 큰 소리로 말해도 이마에 고통스럽게 주름을 잡았다. 자기만의 독특한 습관도 많았다. 예를 들어 벗은 신발의 끈을 늘 다시 꽉 조였고, 신발을 신을 때도 한참이 걸렸다. 양말 바닥을 계속 쓰다듬는 버릇도 있었는데, 그럴 때면 손가락 끝으로 아주 작은 보풀까지 떼어냈다. 말쑥한 털 조끼를 즐겨 입었고 그 안에 흰색 셔츠를 받쳐 입었다. 그의 물건들은 하나같이 흠 잡을 데 없이 깨끗했다. 아침저녁으로 매일 특별한 비누로 샤워를 했는데, 어찌나 냄새가 좋던지 앞장서서 지하실 계단을 내려갈 때면 나도 모르게 뒤에서 코를 킁킁거렸다. 그는 양손을 똑같이 잘 썼고, 색연필을 양손에 쥐고 동시에 그림도 그렸다. 심지어 자기 말로는 두 눈도 따로따로 본다고 했다. 왼쪽 눈은 책의 왼쪽 페이지를, 오른쪽 눈은 오른쪽 페이지를 읽는다는 것이다. 혹은 한쪽 눈으로는 책을 읽고 다른 쪽 눈으로는 창밖을 내다본다고도 했다. 비가 오면 그는 슬프게 고개를 흔들었다. 젖은 아스팔트를 걷는 걸 싫어했다. 내가 묻지도 않았는데 헤스터베르크 정신병원에 들어온 게 실수였다고 몇 번이고 말했다. 나는 그의 말을 믿었다.

우리는 우리 집 지하실의 우주선에서 놀았다. 사실 이런 놀이를 하기에는 나이가 좀 많았지만 개의치 않았다.

그저 노는 것 자체가 좋았다. 우리는 얼룩진 매트리스에다 행성을 하나 지어놓고 '불카노'라고 이름 붙였다. 페르디난트는 이 행성에 들어가는 걸 무서워했다. 내가 세탁실에서 말끔하게 세탁한 흰 테이블보를 가져와 매트리스 위에 깐 뒤에야 불카노에 들어가 나와 함께 사는 데 동의했다. 그러다 지치면 나는 위로 올라가 식료품 저장실에서 복숭아 통조림을 몇 개 몰래 갖고 내려왔다. 통조림 따개로 뚜껑에 구멍을 두 개 낸 뒤 약간 쇠 맛이 나는 걸쭉한 복숭아 주스를 마셨다. 복숭아 자체는 먹지 않았다. 우리는 매트리스에 누워 번갈아 가며 통조림을 빨았다. 페르디난트는 자신의 내밀한 생각 세계를 털어놓았다. 음모론에 대해 이야기했고, 자신이 수신하는 신호에 대해 이야기했다. 자신이 비밀 임무를 띠고 있어서 일부러 환자인 척한다는 말을 특히 좋아했다. 이런 이야기를 할 때면 갑자기 무슨 말이 들린 것처럼, 아니면 누군가 자기 말을 듣기라도 한 듯 화들짝 놀라 몇 초간 주위를 두리번거렸다. 페르디난트는 자기 말을 하기 전에 내 마지막 말을 반복할 때가 많았다. 그럴 때면 어두침침한 지하실에 내 말이 메아리가 되어 울려 퍼지는 듯했다. 감시당하고 있다는 느낌, 언제든 도망칠 준비가 되어 있다는 느낌, 그의 생경한 생각, 내 말을 속삭이듯 반복하는 그의 말들로 인해 나는 오후 내내 긴장한 채 얕은 숨을 쉬면서 언제든 이 행성에서 뛰어내릴 준비를 했다.

페르디난트는 헤스터베르크 지하 복도의 비밀과 영안실에서 죽은 자들이 사라진다는 사실도 은밀하게 털어놓았다. 또한 남의 생각을 읽는 자신의 능력에 대해 이야기하면서 남들은, 그러니까 보호사든 의사든, 심지어 나의 아버지든 그 누구도 자신의 생각을 꿰뚫어볼 수 없다는 말도 했다. 자기는 항상 남들보다 한발 앞선 사람이라는 것이다. 나는 그의 말을 모두 믿었고, 심지어 그건 나도 마찬가지라고 주장했다.

페르디난트가 나직이 말했다. "나는 모두가 생각하는 그런 사람이 아냐. 난 다른 사람이야!"

"나도!" 내가 감동한 표정으로 속삭였다. "나도 다른 사람이야!"

페르디난트는 그림을 환상적으로 그렸고, 자기 그림을 내게 자주 선물했다. 죄다 펠트펜으로 세밀하게 묘사한 고양이 단면도였다. 내 방에 걸린 고양이만 스무 마리가 넘었다. 고양이의 여러 장기는 통로로 연결된 동굴이었다. 이 통로들은 종종 어찌나 복잡하게 얽혀 있는지 가령 폐에서 심장으로 가려면 손가락을 짚어가며 따라가야 간신히 도착할 수 있었다. 고양이의 뇌 동굴에는 대개 바퀴 없는 납작한 빨간색 경주용 차가 한 대 서 있었다. 불을 뿜는 괴물 같은 배기관이 달린 이 자동차는 고양이의 뇌 동굴 바닥에 무중력 상태로 떠 있었다. 폐는 날씨의 현장이었다. 각진 뭉게구름이 정교한 대형으로 하늘 위를 지나갔다. 구름의 흰색은 종이의 흰색 여백으로 표현되었다. 나머지는 모두 파란색으로 꼼꼼하게 칠해져 있었다. 고양이의 입 앞에는 많은 인간이 대기하고 있었다. 성냥개비만 한 인간들은 각자 한 가지 색으로만 칠해져 있었는데, 피부색과 신발, 머리카락 색이 모두 똑같았다. 다만 펠트펜을 누른 강도에 따라 뉘앙스만 다르게 표현되었다.

이 형형색색의 인간 군대가 행진을 시작해 고양이의 목구멍을 지나 식도로 내려갔다. 식도가 포물선을 그리며 올라가면 인간들도 물구나무를 선 채 계속 행진했다. 고양이의 위 속에 이르자 인간들의 팔다리와 머리가 떨어져나갔다. 뒤죽박죽으로 섞인 알록달록한 절단 사지들은 거대한 덩어리가 되어 연동 운동에 의해 장으로 운반되었다. 소화 과정에서는 한 인간만 빼고 나머지는 모두 새로 조립되었고, 마침내 완전히 복원된 채 형형색색으로 배설되었다. 그들은 대개 고양이 똥구멍 앞에 줄을 맞춰 서 있다가 뿔뿔이 흩어졌다. 그림마다 사지의 절단 없이 장에서 소화되지 않은 사람이 하나씩 있었다. 그게 누구인지 나는 항상 궁금했다. 페르디난트일까? 나일까?

그는 나를 찾아올 때마다 그림을 한 점 가져왔다. 그런데 안타깝게도 고양이 단면도는 더 이상 없었다. 한번은 페르디난트가 내 생일에 선물을 주었다. 축제 분위기로 장식한 내 책상 위에 무언가 큼직한 것이 포장되어 있었고, 그 옆에 쪽지가 놓여 있었다. '나의 친구에게, 페르디난트가. 밖에서 본 고양이.'

봉제 고양이 인형이었는데, 정말 다양한 동물들의 신체 일부를 꿰매어 만들었다. 꼬리는 여러 개였고, 머리는 두 개였으며, 목 옆으로 양의 머리가 튀어나와 있었다.

페르디난트가 나에게 몸을 기울이더니 거의 높낮이가 없는 묵직한 목소리로 말했다. "어때, 꽤 미쳤지?"

나는 두 개의 기름 탱크다

하굣길에 나는 가끔 신축 클리닉으로 아버지를 찾아갔다. 아버지에게는 여러 공간이 있었다. 여비서가 근무하는 비서실, 병원 전체 조직을 관장하는 원장실, 개인 환자를 위한 대기실, 그리고 내가 제일 좋아하는 진료실이었다. 아버지는 원장실에 없을 때가 많았다. 넓은 경내 어딘가를 돌아다니거나 아니면 진료실에 있었다. 그럴 때면 나는 오래 머무를 수 없었고, 아버지 얼굴조차 보지 못하고 돌아서야 했다. 내가 환자들과 마주치는 걸 아버지가 원치 않았기 때문이다. 그 이유를 아버지는 이렇게 설명했다. "어쩌면 네가 아는 사람이 있을 수 있어서 그래. 너희 반 친구일 수도 있고, 선생님의 자녀일 수도 있어."

그 말에 나는 당연히 호기심이 일었다. "네? 우리 선생님들의 자녀도 아빠가 치료한다고요?"

"아니, 그런 말이 아니라 그냥 예를 든 거야. 하지만 그럴 수도 있다는 말이지."

"예를 들어 누구요?"

"아무도 아니라니까. 그냥 예를 든 것뿐이야. 어쨌든 그래서 환자 대기실에는 들어오면 안 돼!"

내게 가장 유리한 시간은 아버지가 원장실에 앉아 서류를 들여다보고 있을 때였다. 비서는 활달하고 쾌활한 사람이었다. 어깨까지 내려오는 커다란 귀걸이를 하고 있었는데 타자를 칠 때마다 신경질적으로 흔들렸다. 내게 특히 호의적인 사람이었다. 내가 비서실에 들어서면 벌떡 일어나 함박웃음으로 나를 맞았다. 어찌나 환하게 웃는지 입꼬리가 찢어지지 않을까 걱정될 정도였다. 그러고는 아버지의 방문을 노크했다. "교수님, 아드님 오셨어요!"

내가 들어가면 아버지는 잠깐 고개를 들었다. "거기 앉아, 금방 끝나!" 그런 다음 마치 내가 없는 것처럼 계속 일을 했다. 나는 그게 좋았다.

마침내 아버지가 서류철을 덮었다. "오, 반가운 손님이 왔네! 오늘 학교에선 어땠어?" 아버지는 내 의견을 묻는 듯했지만, 사실 듣고 싶은 말은 그냥 '좋았어요!'라는 말밖에 없었다. 내 학교생활에는 전혀 관심이 없었다. 오히려 자신의 참담한 학창 시절을 낭만적으로 묘사하는 걸 좋아했다.

"오늘 검진 받을 수 있어요?" 내가 물었다.

"물론이지. 건너가자." 희한하게도 아버지는 집무실에선 의사 가운을 입었지만, 환자와 마주할 때는 셔츠나 스웨터만 입었다.

우리는 비서실을 지나 건너편 진료실로 갔다. 나는 아버지의 진료실 책상 위에 놓인 물건들을 좋아했다. 검은 돌이 박힌 용암 조각, 망치와 끌, 메스를 포함해 푸르스름하게 산화된 고대 이집트 수술 도구의 복제품, 그리고 톱니바퀴와 용수철, 시곗바늘 같은 시계 부품이 들어 있는 투명한 합성수지 블록 같은 것들이었다. 다만 의사들의 방에서 흔히 볼 수 있는 가족사진은 한 장도 없었다.

운이 좋으면 나는 티셔츠를 벗고 검진을 받을 수 있었

다. 물론 팬티만 입고 진료실 침대에 누운 채 아버지가 내 몸 이곳저곳을 두드려가며 청진하는 것을 더 좋아했다. 아버지는 부드러운 손으로 내 가슴과 배를 이리저리 훑었고 다른 손의 검지로는 내 발목을 두드리면서 때로는 경쾌한 소리를, 때로는 둔탁한 소리를 끌어냈다.

"들려? 여기가 간이야. 여기가 폐가 시작되는 곳이고. 소리가 좋아. 모두 정상이야. 이번에는 반사 신경을 보자." 아버지가 고무망치를 들었다. 망치 양끝에는 작은 나사가 달려 있는데, 그걸 돌리면 한쪽에서는 바늘이, 다른 쪽에서는 쪼그만 솔이 나왔다.

"자, 이제 눈을 감아! 무언가가 느껴지면 '지금' 하고 말해."

나는 누워서 기다렸다. 잘하고 싶었다. 발꿈치에서 뭔가 미세하게 톡톡 두드리는 느낌이 들었다. 나는 "지금!" 하고 소리쳤다.

"아주 잘했어. 계속해!"

나는 아버지가 자세를 바꾸는 소리를 듣지 못했음에도 벌써 귓불에 뭔가 희미하게 닿는 것이 느껴졌다. "지금!"

"아주 똑똑해!"

어떻게 해냈을까? 발뒤꿈치에서 귀까지 어떻게 그렇게 조용히 움직일 수 있었을까? 아버지의 팔은 그만큼 길지 않았다. 나는 다음 지점을 짐작하려고 했고, 그런 예측을 할 수 있다는 것을 우리 둘 사이의 친밀함의 표시로 여겼다. 그러나 아버지는 예측 불가였다. 작은 솔로 감은 내 눈꺼풀을 어루만지거나 콧구멍을 간지럽혔다. 내가 킥킥거리면 아버지는 말했다. "환자분, 집중하세요!"

아버지는 망치로 내 무릎뿐 아니라 머리도 여기저기 두드렸다. 진지함을 유지하는 것이 이 검진의 절대적인 조건이었다. 아버지가 뭉툭한 바늘 끝으로 배 위를 빠르게 훑자 내 복벽이 안으로 움찔하더니 수축했다. 이번에도 나는 칭찬을 받았다.

"아주 잘했어, 정말 잘했어. 이제 일어나 앉아봐. 양손을 흔들어." 아버지가 어떻게 하는지 시범을 보였다. 마치 보이지 않는 백열전구 두 개를 허공에서 천천히 조이는 듯한 동작이었다. 그러더니 속도를 높였다.

"이걸 못 하는 사람은 어떻게 하는데요?" 내가 물었다.

아버지는 나를 이해시키려고 다시 시범을 보였다. 양손을 서툴게 비동시적으로 돌렸고, 엄지도 안쪽으로 부자연스럽게 접었다.

"자, 이제 눈을 감고 검지로 번갈아 가며 코끝을 빠르게 쳐봐. 아주 멀리서."

아버지는 정말 헌신적으로 나를 진찰했고, 나는 나에게

몰두하는 아버지의 진지함이 좋았다.

진찰 도중에 가끔 옆방에서 전화벨이 울리는 일이 있었다. 그러면 비서가 진료실 문틈으로 얼굴을 빠끔 내밀며 은밀하게 속삭였다. "교수님 계세요?"

"아니, 나 여기 없어요!" 아버지는 내 배에서 고개를 들지 않고 말했다. "보다시피 지금 아주 중요한 환자를 보고 있어요."

"급한 일이래요, 교수님. 행정실 슈피힐러 씨 전화예요."

그제야 아버지는 나를 바라보며 말했다. "금방 갔다 올게." 그러고는 원장실로 건너갔다.

나로서는 무척 적절치 않은 순간이었다. 내 등에서는 플라스틱 진찰대의 오돌토돌한 감촉이 느껴졌고, 살갗에는 아버지가 눌러보고 두드렸던 여운이 남아 있었다. 나는 침대에 누워 천장을 응시했다. 천장은 작은 구멍이 여러 군데 뚫린 누르께한 패널로 덮여 있었다. 내 의도와 상관없이 내 눈은 벌써 이 구멍들로 나름의 패턴을 만들고 있었다. 작은 구멍들로 이루어진 십자가, 정사각형, 직사각형, 또는 T 자가 천장에 생겨났다. 진료실로 돌아온 아버지는 딱 한마디만 했다. "미안." 그러고는 좀 전에 중단했던 신체 부위에서 검사를 이어갔다.

한번은 아버지가 한참 동안 돌아오지 않았다. 나는 침

대에서 일어나 아버지의 책상에 앉았다. 책상 한쪽에 지능 테스트 용지가 쌓여 있었는데, 표지에 9~11세 아동용이라고 적혀 있었다. 나는 용지를 들고 문제를 살펴보았다. 대부분 논리적 추론으로 채워 넣어야 하는 순열에 관한 문제였다. 첫 번째 그림에서는 작은 원이 사각형의 왼쪽 상단 모서리에 위치해 있었다. 두 번째 그림에서는 오른쪽 상단 모서리에, 네 번째 그림에서는 왼쪽 하단 모서리에 있었다. 세 번째 그림의 사각형은 비어 있었다. 이걸 문제라고 냈나 싶을 정도로 너무 쉽게 느껴졌다. 나는 실제로 그리지는 않고 머릿속으로만 오른쪽 하단 모서리에 원을 그려 넣었다. 그러고는 나의 높은 지능에 뿌듯해했다. 그런데 사각형 안에 두 개의 원이 배치된 다음 문제부터는 길을 잃었다. 일 번을 제외하고는 한 문제도 풀 수 없을 것 같았다. 심지어 대략 다섯 번째 문제부터는 이해조차 되지 않았다. 이제부터는 그림 속에 다양한 크기의 원만 있는 것이 아니라 사각형 자체에 선이 빠져 있었다. 때로는 크고 작은 원이 있는 사각형에 상단 선이 빠져 있었고, 때로는 조그만 원 하나만 있는 사각형에 옆쪽 선이 빠져 있었다. 네 번째 그림은 완전 멘붕이었다. 조합의 예술로 자신의 지능을 증명해야 하는 이 문제는 나의 한계를 뛰어넘었다. 나는 아버지의 진료실 책상에 앉아 마치 팬티만 입은 어린 아인슈타인이 된 듯 모든 문제를 정확히 풀어 아버지를 기쁘게 해드리고 싶었는데….

형들의 방대한 무기고에는 매우 믿을 만하고 수년 동안 탁월한 효과를 발휘한 중화기가 하나 있었다. 나를 수두* 혹은 H2O라고 놀리는 것이다. 지금까지도 나는 그게 어쩌면 사실일지 모른다는 느낌을 떨치지 못한다. 형들은 내가 자기들의 진짜 동생이 아니라 원래는 정신병원의 환자라고 말하기도 했다. 물론 부모님이 없을 때만 그런 말을 했다. 누군가 장애가 있는 불쌍한 아기를 강보에 싸서 우리 시설의 문 앞에 두고 갔는데, 마음 약한 아버지가 그걸 보고 주워 왔다는 것이다.

"네 집은 원래 여기가 아니고 두 동 건너 G-상이야." 형들이 주장했다, "수두들이 '열 받지 마' 보드 게임을 하는 병동 말이야."

나는 이게 나를 도발하려는 말인 줄 알고 있었지만, 마음 한구석에서는 이미 말의 씨앗이 뿌려져 뿌리를 내리고 있었다. 사실 나는 때때로 무한한 소외감을 느끼곤 했는데, 그게 모두 출생의 비밀에서 비롯된 것일 수도 있다고

* 수두증水頭症 환자를 가리킨다. 뇌척수액이 뇌 안에 비정상적으로 축적되어 머리 둘레가 커지고 지능이나 운동 발달이 느린 장애가 나타난다.

생각했다. 심지어 형들은 자기들만의 수두 표시도 개발했다. 잠수부가 뱃전에 앉아 물에 들어가기 전에 하는 신호처럼 엄지와 검지로 원을 그리는 동작이었다. 게다가 수두를 뜻하는 짧은 멜로디도 만들었다. 세 개의 음으로 만든 음흉한 팡파르였다. 형들이 이 멜로디를 나직이 흥얼거리거나 휘파람으로 불면 나는 완전히 미쳐버렸다.

발트해로 가는 길에 우리는 노랗게 칠한 기름 탱크를 지나갔다. "나는 두 개의 기름 탱크다"라는 광고 문구가 적힌 거대한 콘크리트 덩어리였는데, 생긴 것이 꼭 손가락 두 개를 이어 붙인 원 같았다. 나는 자동차 뒷좌석에 형들 틈에 끼여 앉아 있었다. 내가 만난 최악의 운전자인 아버지는 로트핸들레 담배를 꼬나문 채 평화로운 시골길을 삼단 기어로 달렸다. "나는 두 개의 기름 탱크다"라는 광고가 점점 가까워졌다. 나는 형들이 기름 탱크 방향으로 슬쩍 눈길을 주거나 무릎 밑으로 수두 표시를 주고받는 손짓만 보고도 돌아버렸다.

부모님은 난데없이 터지는 나의 이런 분노 발작을 의아해했다. 내 분노 폭발을 설명할 때는 항상 '마른하늘에 날벼락처럼 난데없다'는 표현을 사용했다.

나는 가끔 분노에 휩싸이면 마치 누군가 내 머리를 때

리는 것처럼 눈앞이 흐릿해지면서 몸이 옆으로 기우는 느낌이 든다고 아버지에게 설명했다. 아버지는 나를 걱정스럽게 바라보았다. 결국 나는 헤스터베르크 병원에 근무하는 아버지의 동료 의사에게 뇌파 검사를 받으러 가야 했다. 집을 나서기 직전 작은형이 경고했다.

"뇌파 검사 중에 한 번이라도 네 거시기 생각을 하면 당장 변태들이 있는 D-상 병동으로 데려갈 거야. 조심해!"

검사는 고통스러웠다. 기계에서 삐삐 신호음이 울리고 두 개의 다이오드가 관자놀이에 붙어 있는 동안 형이 말한 내 거시기 말고는 다른 어떤 것도 생각나지 않았기 때문이다. 거시기를 생각하지 않으려고 할수록 거시기 생각만 났다. 평생 그때만큼 내 거시기를 그렇게 집중적으로 오래 생각한 적은 없었다. 다만 놀랍게도 내 뇌는 정상이었고, 나는 무사히 집으로 돌아갈 수 있었다.

나는 서서히 작은형보다 점점 강해졌다. 형은 살을 붙이려고 따로 생크림을 챙겨 먹어야 할 정도로 몸이 마르고 허약했다. 심지어 하루 종일 한 번이라도 울지 않으면 이십 페니히까지 받았다. 다른 사람도 아니고, 교수 학위가 있는 어린이청소년정신과 의사이자 연륜 있는 교육자인 아버지가 아들에게 울지 않은 대가로 돈을 주었다는 사실은 지금도 놀랍다.

점심시간에 그날의 내장 요리를 다 먹고 나면 나는 벌떡 일어나 소리를 질렀다. "방으로 돌진!" 나는 두 형 중 한 형의 방으로 달려가 침대에 몸을 던졌다. 형은 자기 침대에 누워 있는 나를 보고는 즉시 내 방으로 달려가 침대 시트를 빼버렸다. 그걸 본 나는 얼른 형 방으로 돌아가 이불 커버를 벗겼다. 그렇게 왔다 갔다 하는 일이 반복되었다. 누구도 상대의 행동을 막으려고 하지 않는 것이 중요했다. 중요한 건 조용히 지켜보면서 더 비열한 짓을 생각해내는 일이었다. 옷장에서 옷을 마구잡이로 끄집어내거나, 책꽂이에서 책을 헝클어뜨리거나, 가구를 옮기거나 뒤집는 행동이었다. 그렇게 반 시간이 지나면 우리의 방들은 난장판이 되었다. 처음엔 재미있다는 듯 웃고 밀쳤지만, 마지막에는 항상 눈물로 끝났다. 형들은 나를 화나게 하는 기술에 있어서는 절대 지존이었다. 나를 분노 발작의 원심분리기에 넣고 하얀 불덩이가 될 때까지 돌리는 식이었다. 비열한 짓은 점점 교묘해져서 마지막엔 그게 나를 향한 것인지도 모를 지경이었다. 그러면 나의 발작이 마른하늘의 날벼락처럼 시작되었다. 형은 그런 나를 지나가면서 한마디만 뱉었다. "어이구!" 나는 바닥에 누워 사방팔방으로 팔다리를 휘저었다. 몸 곳곳이 쓸리고 다치는 것이 느껴졌다.

나는 무척 다양하고 변화무쌍한 형태의 분노 발작에

시달렸다. 어떤 건 즉각적으로 발생했고, 어떤 건 특정한 계기가 있었고, 어떤 건 단순한 모욕감 뒤에 나타났다. 시간이 지나면서 이런 발작의 빈도는 줄어들었다. 분노는 내 마음 깊은 곳으로 파고들어 더는 밖으로 드러나지 않았다. 하지만 여전히 수면 아래 깊이 잠복해 있었다. 이제 손가락이 부러지거나 무릎이 까지는 일은 없었다. 다만 분노는 만성화되어갔다. 마음속에서 끊임없이 들끓는 분노에 맞서기 위해 나는 부단히 노력했고, 학교에서든 집에서든 남들과 잘 지내고 더 친절하게 굴려고 애썼다. 그러나 내 안의 분노는 잠복해 있다가 사소한 계기라도 생기면 언제든 뚫고 나와 폭발할 준비가 되어 있었다. 내 안의 긴장이 수시로 느껴졌다. 그러다 마침내 폭발하면 다들 동정 어린 시선으로 나를 바라보았다. 나는 서서히 형들의 비열한 장난과 비꼬는 말을 견뎌내는 법을 배워나갔다. 그러나 신발끈이 끊어지면 미쳐버렸고, 바로 다음 단계로 넘어갔다. 이유도 없었고 조짐도 없었다. 심장과 뇌에서 저절로 끓어오른 광란의 분노가 폭발했다. 모두가 텔레비전 앞에 편안히 앉아 샌드위치를 먹고 있을 때 나는 갑자기 고문 도구라도 본 것처럼 비명을 지르며 소파에서 바닥으로 쓰러졌다. 그럴 때면 형들도 진심으로 걱정이 되어 승리에 찬 몸짓을 자제하고 아버지에게 도움의 눈길을 보냈다.

나를 진정시키고, 내게 위안이 되는 몇 안 되는 조치 중의 하나는 덜덜거리며 돌아가는 세탁기 위에 앉아 부르는 〈여우와 거위〉 노래였다. 어머니는 분노 발작의 악령과 씨름하는 막내아들을 바닥에서 일으켜 안고는 집 안을 성큼성큼 지나 세탁기 위에 앉혔다. 정말 위급한 상황에서는 빨래도 없이 세탁기를 돌렸다. 그러면 나는 천천히 정신이 돌아왔고, 이 진정용 세탁 과정의 어느 단계부터 〈여우와 거위〉 노래를 부르기 시작했다. 멜로디도 정해진 가사도 없는 노래였다. 아무 일도 일어나지 않고 한없이 단조롭게 굽이굽이 흘러가는 노래였다. 처음 시작할 때는 내가 가사를 어떻게 끝낼지 모를 때도 많았다.

내 엉덩이 밑에서 우리 가족의 속옷이 어지럽게 돌아가는 동안 나는 노래를 불렀다.

"여우와 거위가 숲속을 돌아다녔어… 그러다 한 가지… 아이디어가 떠올랐어… 여우가 말했어… 오늘 우리… 사슴을 찾아갈까? … 사슴은 분명 없을 거야… 거위가 말했어… 물론 그럴 수 있어… 여우가 말했어… 그럼 우리 호수나 갈까? … 거위와 여우는 수건을 챙겼어… 귀여운 여우야… 혹시 내 빨간 수건 못 봤니? … 덤불 뒤를 봐… 여우가 말했어…."

빨랫감을 세제에 적시려고 드럼통이 멈춰선 동안 만담과도 같은 노래의 속도는 차츰 느려졌다. 그러다 탈수 과정이 시작되어 내 엉덩이가 진동하고 온몸이 머리부터 발끝까지 풀리면 내 혀까지 아래위로 덜덜 떨리면서 더는 말이 나오지 않았다. 지금껏 내가 말을 만들어낸 게 아니라 사실은 세탁기가 나를 통해 자신의 이야기를 들려주기라도 한 것처럼.

차를 타고 갈 때도 나는 노면 상태에 따라 〈여우와 거위〉 노래를 다르게 불렀다. 미끈한 아우토반이나 구불구불한 국도를 달릴 때의 노래는 자갈길을 달릴 때와 완전히 달랐다.

형들은 미치려고 했다. 그 때문에 나는 장거리 여행을 떠날 때면 차 안에서 〈여우와 거위〉 노래를 부르지 않겠다는 서약서에 몇 번이고 서명해야 했다. 그건 부모님도 마찬가지였을 테지만, 노래하는 아들이 미친 듯이 비명을 질러대는 아들보다 백배는 낫다고 생각하는 듯했다. 이렇게 해서 우리 다섯 식구는 차에 탔고, 소심한 아버지는 평소처럼 규정 속도의 절반으로 달렸고, 그러면서 줄담배를 피웠으며, 앞 유리창에 물을 뿌렸고, 모든 창문을 닫았다. 어머니는 안전벨트가 너무 조이는지, 일 분에 한 번씩 안전벨트를 잡아당겼다. 마치 그게 서서히 몸을 조여오는 위험한 나무 덩굴이라도 되는 듯이. 나는 뒷좌석의 형들 사이에 앉았다. 형들은 내게서 최대한 멀리 떨어져 아연한 표정으로 창문에 고개를 기댔다. 그럼에도 나는 의지가 굳은 금발의 음유시인처럼 목적지에 닿을 때까지 꿋꿋하게 〈여우와 거위〉 노래를 불렀다.

황금 속담

내가 가장 좋아하는 책은 『알프레드 히치콕 - 세 개의 물음표』 시리즈였다. 범인을 직접 찾아내는 범죄 스릴러물이었는데, 가끔은 히치콕의 실루엣에서 힌트를 얻을 수 있었다. 답은 대개 마지막 페이지에 나왔다. 나는 책을 매우 느리게 읽었다. 한 권을 읽는 데 몇 주가 걸릴 때도 많았다. 그렇다고 한 자 한 자 꼭꼭 씹어서 소화하는 스타일은 결코 아니었다. 작은형은 나의 이 느린 독서 속도를 가차 없이 활용했다. 내 책을 훔쳐 마지막 페이지까지 다 읽고는 이렇게 협박했다. "당장 내 방을 치우지 않으면 살인범이 누군지 말해버릴 거야."

내가 거절하면 형은 마치 오스카 시상식 무대에 선 사람처럼 이렇게 소리쳤다. "살인자의 이름은…."

이 말이 떨어지기 무섭게 나는 즉시 형 방으로 달려가

청소를 했다. 나로서는 중대한 위협이었다. 사 주간 읽은 오십 페이지가 형의 한마디에 공중으로 날아갈 수 있다는 상상은 나를 순한 양으로 만들었다. 속수무책으로 당할 수밖에 없는 굴종의 상태에서 벗어날 길은 하나뿐이었다. 하루빨리 책을 끝내 아예 공격의 빌미를 제공하지 않는 것이었다. 형에게 이런 위협을 받고 나면 나는 정말 혼신의 힘을 다해 책을 읽었고, 그러다 보면 불과 사흘 만에 『세 가지 물음표』를 끝낸 적도 많았다. 그때의 해방감이라니! 이후 형이 "자, 이제 가서 내 자전거 바큇살 닦아!" 하고 말하면 나는 자신 있게 말했다. "싫어! 내가 왜?"

작은형이 여느 때와 마찬가지로 소리쳤다. "살인자의 이름은…."

그러면 나는 약간 지루한 표정으로 말했다. "요트 클럽의 그린 씨!"

이렇듯 어릴 적 나의 독서는 내 삶에 상당히 실질적인 영향을 미쳤다. 한번은 『세 개의 물음표』 출판사에서 경품 행사가 있었다. 일등 상품은 카세트 녹음기였다. 구미가 당겼다. '금'이라는 단어가 들어가는 속담 세 개를 대라는 문제였다. 나는 한참을 고민했다. 내가 아는 속담은 하나뿐이었다. '일찍 일어나면 입에 금이 들어온다.' 나는 아버지에게 갔다.

“기다려봐.” 아버지가 말했다. “이건 어때? 자기 집의 아궁이는 황금의 가치가 있다. 그리고….” 아버지가 잠시 생각에 잠겼다. “아, 그래, 웅변은 은이고 침묵은 금이다.”

나는 인쇄체로 조심스럽게 카드를 채웠다. 그날 저녁 침대에 누워 이 세 가지 속담을 생각해보았다. 한 가지도 딱히 공감이 가지 않았다. ‘일찍 일어나면 입에 금이 들어온다고? 아냐, 난 아침에 늦잠 자는 게 더 좋아. 자기 집의 아궁이는 황금의 가치가 있다고? 아냐, 아궁이보다 좋은 건 훨씬 더 많아. 웅변은 은이고 침묵은 금이라고? 아냐, 난 수다 떠는 것도 좋아.’ 아궁이 앞에서 침묵하면서 일찍 일어나는 사람은 상상만 해도 끔찍했다. 그럼에도 나는 카세트 녹음기를 갖고 싶었다.

몇 주 후 진작 희망을 접었을 때쯤, 내 침대 위에 편지 한 통이 놓여 있었다. 뒷면에 히치콕 실루엣이 그려진 편지였다. 나는 조심스럽게 편지를 열고 후르르 읽어 내려갔다. “당신은 훌륭한 탐정으로서….” 또는 “뛰어난 후각으로….” 이런 반쪽짜리 문장만 보일 뿐 녹음기나 이등 상품인, 케이스에 담긴 열 권짜리 『세 개의 물음표』를 주겠다는 이야기는 없었다. 대신 나에게는 새집을 주겠다고 했다. 참사나 다름없는 상품이었다. 그것도 총 오십 명 중 한 명이었다. 이보다는 차라리 아궁이가 나을 것 같았다.

어머니가 말했다. “이게 얼마나 좋은데! 조류 도감을 사 줄 테니까 우리 같이 새들을 관찰해보자.”

형들은 지나가는 말로라도 나를 위로할 마음이 전혀 없었다. 한 형이 말했다. “미안, 잘 못 들었어. 뭘 받았다고? 녹음기? 아님 새집?” 다른 형은 또 이랬다. “뭐라도 당첨되면 좋은 거 아냐? 잘 써봐.”

형들은 웃었고 나는 한없이 실망했다.

일주일 후 소포가 도착했을 때 나는 그 크기에 깜짝 놀랐다. 포장에서 나온 것은 초가지붕과 단단한 지지대, 작은 홰가 세 개 달린 멋진 새집이었다. 모이는 굴뚝처럼 생긴 구멍으로 넣어줄 수 있었다. 우리는 버려진 벽돌 화분 위에 새집을 설치했다. 거실 창문에서 잘 보이는 곳이었다. 며칠 후 내 관심은 벌써 시들해졌지만 아버지는 새집을 좋아했다. 하이라이트는 겨울마다 찾아오는 딱따구리였다. 몇 년 후 초가지붕이 이미 상당히 훼손되었을 때 작은 형은 새집을 자신의 실험 도구로 사용했다. 사진에 푹 빠져 있던 시절이었다. 형은 다큐멘터리 사진작가처럼 새 근접 사진을 찍고 싶어 했다. 일단 복잡한 포토 센서를 설치한 다음 비닐봉지를 씌운 카메라에 연결했다. 그러고는 새집에 모이를 뿌렸다. 우리는 거실 창문 뒤에서 제대로 작동하는지 기다렸다. 한 시간 후 박새들이 부지런히 새집을 들락거렸음에도 포토 센서는 딱 한 번 작동했다. 하지만 다음 날 아침, 필름 서른여섯 장이 모두 찍혀 있었다. 어떤 이미지가 찍혀 있을지 우리 모두 흥미진진해하며 기다렸다. 작은형이 현상해 가져온 것은 흐릿한 박새 한 마리와 카메라를 똑바로 응시하고 있는 다람쥐 사진 서른다섯 장이었다. 휘어진 수염과 초롱초롱하게 빛나는 단추 같은 두 눈이 선명하게 찍혀 있었다. 형은 이 사진으로 학교 사진 경연대회에서 일등을 차지했고, 상품으로 환상적인 망원경을 받았다. 녹갈색의 쌍안경이었는데, 이걸로 우리 부엌 창문에서 보면 D-상 병동의 시계 초침이 보였다.

다람쥐 촬영 이후 새집은 눈에 띄게 쇠락했다. 그러던 어느 새해 전야에 마침내 종말을 고했다. 나는 파티를 열었고, 친구들은 폭죽을 터뜨렸다. 새집 굴뚝 속으로도 폭죽이 하나 떨어졌다. 폭발로 지붕이 갈기갈기 찢어졌다. 짚은 불탔고, 모두가 폭소를 터뜨리는 가운데 모락모락 연기가 피어오르는 폐허만 남았다. 그마저도 다음 날 아침, 전날 먹은 잉어 껍질과 가시들과 함께 쓰레기통에 버려졌다.

피를 나눈 형제

나는 우리 개를 사랑했다. 불행한 감정이 몰려올 때면 개의 배 옆에 누워 흐느껴 울었다. "아무도 날 이해 못 해. 너만 빼고!" 개를 곁에 두고 싶어 했던 나는 침대에서 함께 자는 것을 허락받았다. 나는 벽에 등을 대고 개와 마주보고 잤다. 입을 벌리고 자는 개의 주둥이에서 해동한 냉동고 냄새가 났다. 개는 나의 동맹이었다.

우리 개의 품종은 특별했다. 작은형이 왜 하필 랜드시어를 키우고 싶어 했는지는 이제 기억나지 않는다. 다만 내 기억보다 훨씬 오래, 그러니까 수년 동안 나는 이 개들이 배의 망루에서 화살촉처럼 날카로운 눈으로 바다를 주시하다가 육지를 발견하면 큰 소리로 짖기 때문에 랜드시어라는 이름을 갖게 되었다는 형의 말을 믿었다. 나중에 형은 랜드시어가 유명한 풍경 화가이자 동물 화가인 영국 귀족의 이름에서 따왔다고 설명하기도 했다. 그 귀족이 가장 선호한 모델이 바로 이 흑백 점박이 대형견이라는 것이다. 이 품종은 굉장히 드물었다. 나는 삼십여 년 동안 같은 품종의 개를 서너 번밖에 보지 못했는데, 혹시라도 만나면 바로 우리 개라고 생각했다. 죽은 우리 개의 영혼이 돌아다니는 듯한 야릇한 경험이었다.

블랙 앤드 화이트 뉴펀들랜드라고도 불리는 이 견종의 특별한 점은 물을 환장할 정도로 좋아한다는 것이다. 내가 아는 한 수영을 그렇게 좋아하고 잠수까지 하는 개는 없다. 전문 서적에는 심지어 랜드시어가 일반적인 개의 발을 갖고 있지 않고 발톱 사이에 물갈퀴가 있다는 사실까지 적시되어 있다. 생물 수업 시간에 내가 이 사실을 언급하자, 나중에 목 종양으로 세상을 떠난 생물 선생님이 예의 그 익숙한 '거짓말하면 안 돼'라는 표정으로 나를 빤히 바라보면서 단언했다. "발에 물갈퀴가 있는 개는 없어!"

나는 명예를 지키기 위해 개를 데려오겠다고 제안했다. 작은형의 허락이 떨어졌다. 약속한 시간에 교실 문을 노크하는 소리가 들렸다. 아, 저렇게 위풍당당한 모습이 있을까! 어머니가 개와 함께 서 있었다. 나는 앞으로 달려나가 둘을 껴안았고, 개는 말끔히 치워놓은 선생님 책상으로 펄쩍 뛰어올라갔다. 다들 호기심 어린 표정으로 개를 에워쌌다. 우리 머리들 위에서 개가 헐떡거리고 있었다. 선생님이 엄지와 검지를 개의 발가락 사이에 넣더니 깜짝 놀라 소리쳤다. "말도 안 돼!" 선생님은 질서 있게 줄을 서라고 지시했고, 우리는 한 사람씩 차례로 인내심 면에서 타의 추종을 불허하는 랜드시어의 발가락을 만져보았다.

발트해로 가면 녀석은 본능을 주체하지 못했다. 주차장으로 개조한 풀밭에 차를 세울 때부터 뒷좌석에서 똥 마려운 강아지처럼 낑낑거렸고, 문이 열리자마자 쏜살같이 바다로 달려가 머리부터 뛰어들었다. 잠수했다가 다시 떠오르는 모습은 바다에서 서툴게 파닥거리는 여느 개의 모습이 아니었다. 푸른 물결이 일렁이는 수면 위를 돌고래처럼 유유히 헤쳐갔다. 나는 얼른 수영복을 입고 수경을 낀 뒤 바로 개를 뒤따랐다. 우리는 함께 첫 번째 모래톱까지 헤엄쳐 갔다. 내가 잠수하면 평소 축 늘어져 있던 귀가 지느러미처럼 머리에서 삐죽 나온 우리 개가 물속에서 나를 바라보며 싱긋 웃는 듯했다.

우리 개는 원래 작은형의 개였다. 함부르크 인근의 개 훈련장에서 일주일간 함께 교육을 받은 사람도 형이었고, 원래 고귀한 혈통B-litter의 우리 개에게 '비기 폰 치겔타이헨'이라는 귀족 이름을 붙여준 것도 형이었으며(물론 우리는 그냥 '아이카'라고 불렀다), 체질적으로 무심한 성격의 우리 개를 경연대회에 출전시켜 말도 안 되는 명령으로 하루를 망친 사람도 형이었다(형이 "드러내!" 하고 소리치면 우리 개는 입술을 들어 올려 이빨을 드러내야 했다). 그럼에도 우리 개를 누구보다 사랑하고 끊임없이 애정을 갈구한 사람은 나였다. 나는 식구들 모르게 소시지를 툭 떨어뜨려 주었고, 성자의 인내심으로 덥수룩한 꼬리에서 깍정이를 떼내 주었다. 머리부터 발끝까지 개털로 뒤덮여도 상관없었다. 나는 우리 개를 최대한 곁에 두고 싶어 했다.

그러던 어느 날 나는 텔레비전에서 감동적인 장면을 보았고, 이후 그 장면은 머릿속을 떠나지 않았다. 서부극의 두 주인공 비네투와 늙은 셰터핸드가 흰 바위 위에 서서 팔뚝을 칼로 가른 뒤 피가 흐르는 상처를 맞댔다. 나도 저러고 싶었다. 저렇게 피를 나눈 형제를 갖고 싶었다. 우리 개의 피가 내 혈관 속에서 흐르길 바랐다.

부모님 침실 안쪽 벽에는 온갖 약이 가득한 약장이 있었다. 안전상의 이유로 높은 곳에 설치되어 있었고, 우리가 어렸을 때는 항상 잠겨 있었다. 이제는 나도 훌쩍 자라 의자에 올라서면 충분히 닿을 수 있었다. 난 비밀스러운 의약품 냄새가 나는 이 약장이 좋았고, 관심도 점점 커져갔다. 거기엔 붕대, 걸쭉한 물약, 좌약, 앰플, 작은 병, 알약이 즐비했다. 게다가 약 설명서는 그 자체로 흥미로운 읽을거리였다. 나는 그걸 내 멋대로 읽기도 했다. 설명서가 비밀 메시지처럼 작게 적혀 있고 교묘하게 접혀 있는 점도 마음에 들었다. 긴 목록의 부작용을 읽을 때는 유쾌한 흥분을 느꼈고, 의미를 알 수 없는 많은 전문 용어에서는 감동을 받았다. 나는 설명서를 소리 내어 읽는 것을 좋아했다.

약장에는 개별 포장된 메스도 여러 개 있었다. 나는 그중 하나를 꺼내 투명 비닐을 벗겼다. 상처 소독용으로는 아버지가 아주 작은 상처에도 즐겨 발라주던 빨간색 쿠타제프 소독약을 챙겼다.

집에 아무도 없었다. 나는 개 간식으로 우리 개를 지하실로 유인한 다음, 아버지가 두 번 다시 신지 않은 운동화에서 끈을 빼서는 개 앞에 무릎을 꿇고 앉아 말했다. "발!" 나는 살짝만 그으려 했다. 그러나 칼날이 앞발에 닿는 순간 개가 움찔하며 발을 빼는 바람에 나는 깜짝 놀라 메스에 힘을 주었고, 우리 개의 연약한 발바닥을 깊이 베고 말았다. 개는 무슨 일이 일어났는지 영문도 모른 채 선홍빛으로 벌어진 상처를 겁에 질려 정신없이 핥았다. 이제 내 차례였다. 나는 아침에 시험 삼아 식칼로 손바닥을 여러 번 그어보았다. 우리 집의 모든 칼이 그렇듯 무딘 칼이었다. 나는 이제 메스를 손바닥에 대고 결연하게 피부를 그었다. 아무 느낌이 없었다. 하지만 칼을 그은 부위에서 붉은색이 뿜어져 나왔다. 우리 개가 걱정스레 나를 바라보았다. 나는 개를 끌어당겨 내 상처를 개의 상처에다 댔고, 개의 발바닥과 나의 손바닥을 운동화 끈으로 묶으려 했다. 내가 이빨과 나머지 한 손으로 신발 끈을 조여 피가 철철 흐르는 상처 부위를 맞닿게 했을 때 개는 낑낑거리더니 순식간에 끈을 풀고는 고통스러운 비명을 지르며 도망쳤다. 나는 뒤쫓았다. 이제 개는 나를 무서워했다. 세 다리로 절뚝거리며 지하실 계단을 뛰어 올라가는 모습이 애처로웠다. 추격전이 시작되었다. 개가 거실을 가로질렀다. 산 지 몇 주밖에 안 된 황토색 카펫에 선명한 핏자국이 생겨났다.

나는 개를 욕실로 몰아 감금하는 데 성공했다. 내 손은 주방 타월로 묶었다. 이제 어떡하지? 일단 새 카펫부터 살려놔야 했다. 나는 물로 핏자국을 씻어내려고 했다. 그러나 자국은 더 커지기만 했다. 이번에는 다목적 세정제 도메스토스를 가져와 핏자국 위에 조심스럽게 부었다. 핏자국이 빠졌다. 나는 핏자국 하나하나 계속 작업을 이어갔다. 그런데 작업을 마치고 돌아보니 피만 지워진 것이 아니라 카펫의 원래 색도 지워져 있었다. 절망감이 커졌다. 뒤에서는 개가 울부짖었다. 나는 욕실로 달려갔다. 학살 현장이 따로 없었다. 뭣부터 해야 할까? 피 칠갑된 욕실부터 치우고 표백된 카펫을 다시 살려야 할까? 아니면?

갈색 구두약으로 막 카펫을 닦으려고 하는데 현관문에서 열쇠 돌리는 소리가 들렸다. 아버지가 분명했다. 나는 얼른 현관 쪽으로 달려가, 어떤 구실을 대서든 아버지에게 다시 나가달라고 부탁하려고 했다. 그러나 아버지를 보는 순간, 아버지의 눈빛을 보는 순간 나는 무너지고 말았다. 울면서 아버지의 품으로 달려갔다. 아버지는 나를 부엌으로 데려가 의자에 앉혔다. 그러고는 지금의 상황을 이해하고자 애쓰며 내 상처를 살펴보았다. "꿰매야겠어. 어떻게 된 일이니?"

"내가 그었어요." 내가 말했다. "그리고… 아이카도요."

"그게 무슨 말이야? 아이카도라니?"

"우린 지하실에서 피를 나눈 형제가 되려고 했어요."

그때 욕실에서 우리 개가 낑낑거리는 소리가 들렸다. 아버지는 비교적 침착하게 갔다가 완전히 하얗게 질린 얼굴로 돌아왔다. 나를 바라보며 아버지 특유의 몸짓으로 천천히 고개를 흔들더니 "말해봐…."라는 말 외에 다른 말은 하지 않았다. 나는 개가 있는 욕실에 들어가야 했다. "내가 돌아올 때까지 여기 있어."

우리 둘은 피를 흘리며 욕실 바닥에 앉아 있었다. 개가 어쩐지 내 시선을 피하는 듯했다. 기다리는 동안 흘러내린 피는 바닥의 이음새를 차곡차곡 채우면서 어떻게 길을 아는지 능숙하게 모서리를 돌아 실개천처럼 흘러갔다.

우린 둘 다 아버지에게 봉합 수술을 받았다. 주사도 두 대씩 맞았다. 파상풍 주사 하나, 국소 마취 주사 하나. 아버지는 상처가 깊고 여전히 출혈이 심한 개부터 꿰맸다. 우리 개는 네 바늘이었고, 나는 세 바늘이었다. 개가 나보다 바늘 수가 많다는 이유로 꿰맬 때의 고통보다 부러움이 훨씬 더 컸던 기억이 난다.

"이 일을 네 형들까지 알 필요는 없을 것 같구나. 일단 우리끼리만 아는 걸로 하자."

하지만 형들은 당연히 알고 싶어 했다. 무슨 일이 있었는지 반드시 알아야겠다는 각오였다. 결국 나는 큰형이 애지중지하는 빨간색 십 단 기어 사이클을 타고 한 바퀴 크게 도는 대가로 비밀을 털어놓았다. 나의 기상천외한 아이디어를 형들에게 자랑하고 싶기도 했다. 형들은 기분 좋은 전율에 휩싸여 소리쳤다. "쟤 혈관 속에는 개의 피가 흐르고 있다!"

그때부터 형들은 일요일에 산책을 갈 때면 나에게 막대기를 던지면서 물어오라고 하거나, 나를 보고 왕왕 짖거나, 아니면 나를 안락사시키겠다고 위협했다. 큰형은 이렇게 말하기도 했다. "희한하게도 너희가 피를 나눈 뒤로 개가 전보다 더 멍청해진 것 같은 느낌이 들어."

표백된 카펫 얼룩은 하나하나 도려내 교체했다. 색은 맞지 않았지만 나쁘지 않았다. 마치 다양한 크기의 돌로 짜 맞춘 낭만적인 정원 길 같았다. 최악은 따로 있었다. 피를 나눈 나의 형제는 몇 주 뒤에도 나만 보면 꼬리를 감추었고, 다시는 나와 함께 지하실로 내려가려 하지 않았다.

요마헤

아버지는 정신병원에서 돌아오면 바로 자신의 지정석인 안락의자에 파묻혀 책을 읽었다. 그럴 때 보면 완전히 집중한 모습이 마치 다른 세계에 빠져 있는 듯했다. 식사를 하러 오라고 해도 책을 내려놓는 손길에 주저함이 담겼다. 아버지는 항상 모두가 식탁에 앉아 기다리고 음식 접시에서 김이 모락모락 피어오를 때야 식탁으로 왔다. 의자를 식탁 가까이 당겨서 앉지도 않았다. 나는 아버지가 식탁에 바짝 붙어서 식사하는 모습을 한 번도 본 적이 없었다. 의자는 항상 식탁 앞에 약간 삐딱하게 놓여 있어서 아버지는 의자를 움직이지 않고도 일어날 수 있었다. 식사를 마치면 마지막으로 입에 넣은 음식을 우물우물 씹으면서 일어나 안락의자로 다시 돌아갔다.

초대를 받아 남의 집에서 식사할 때도 그렇게 일어나 가는 것은 아버지의 기본권이었다. 아니 일종의 인권이었다. 물론 초대에 응하는 일 자체가 거의 없었다. 아버지는 선천적으로 사교성이 없는 사람이었다. 소파에 앉아 책을 읽는 모습을 보면 어디를 데려갈 생각조차 들지 않았다. 외출할 때도 혼자 가는 걸 좋아했다. 아버지는 일주일에 한 번, 항상 월요일에 로터리클럽에 갔다. 그때 빼고는 늘 안락의자에 앉아 있었다. 우리와 함께 노는 일도 없었다.

다만 말하는 건 좋아했다. 특히 지금 읽고 있는 책에 대해서는 열정적으로 이야기했다. 산책도 즐겼다. 어떤 주제가 관심을 끌면 어떤 단계부터는 걷는 것과 이야기를 동시에 할 수 없다는 듯 갑자기 걸음을 멈추곤 했다. 나는 이런 순간을 좋아했다. 산책 중의 갑작스러운 멈춤을. 아버지는 해변이나 숲속, 들길 어디서든 이렇게 걸음을 멈추고 이야기를 했다.

나는 아버지만큼 어떤 분야건 그렇게 교양이 많은 사람을 만나지 못했다. 아버지는 구스타프 말러의 〈죽은 아이를 위한 노래〉만큼이나 독일의 히트 곡 퍼레이드에 열광했고, 횔덜린의 시만큼이나 광고 전단지를 매일 열심히 들여다보았다. 그에게 알 필요가 없는 것은 없었다. 나는 아버지의 지식에 감탄을 금치 못했음에도 소파에 찰싹 달라붙은 이 살아 있는 백과사전 때문에 꼭지가 돌 때도 많았다.

한참 뒤의 일이지만, 내가 사 주간의 튀르키예 여행을 마치고 돌아왔을 때 아버지는 사 주 내내 터키에 관한 책만 읽은 게 분명했다. 내가 들른 도시 가운데 아버지가 모르는 도시는 없었고, 내가 봤던 명소 가운데 아버지가 나보다 모르는 명소는 없었다.

내가 말했다. "카이세리에 갔는데, 거기 카펫 상점들만 있는 거리가 있어요. 상상이 가세요?"

그러면 아버지는 이렇게 대답했다. “그래, 카이세리! 수백 년 동안 이어져온 카펫 직조의 중심지이지. 세계적으로 유명한 카펫 직조 공장은 둘러봤니? 도시 외곽에 있는데. 거기 가면 엄청난 부지에 카펫이 찬란한 햇빛을 받으며 바다처럼 펼쳐져 있어. 염색 직후의 강렬한 색상을 죽이려는 거지. 참, 거기 염색 공장들도 미리 전화로 예약하면 방문할 수 있어. 아무튼 그곳 카펫은 아나톨리아의 강한 태양 광선을 받아야만 그 유명한 은근한 광택을 띤 색상으로 바뀌어.”

이런 말을 듣고 있자면 나는 어느새 튀르키예에 가본 적이 없는 사람이 되거나, 아니면 정작 중요한 것은 놓쳐버린 교양 없는 바보 멍청이 같다는 생각이 들었다.

“뭐?” 아버지가 어이없다는 듯 소리쳤다. “시바스에 가서도 십 킬로미터밖에 떨어지지 않은 에버 호수를 안 가봤다고? 세계적으로 그 유명한 담수호를? 수천 마리의 플라밍고를 보려고 전 세계 조류학자들이 순례하듯이 찾는 곳인데!”

나는 이 호수에 대해 들어본 적이 없었지만, 문득 시바스에서 거대한 망원 렌즈를 든 인간 군상을 본 기억이 났다. 어쨌든 이 적대적인 대화의 절정은 이랬다. 내가 억울함을 이기지 못하고, “아무리 그래도 나는 거기 가봤다고요!" 하고 소리치면 아버지는 튀르키예에 관한 책 더미에 손을 올리고는 의기양양하게 대답했다. "나도 그래!"

아버지 본인은 사실 거의 아무 데도 간 적이 없는 사람이었다. 이탈리아도 프랑스도, 런던도 마드리드도 가본 적이 없었다. 한 친구와 함께 바이마르에 간 게 전부였다. 아버지는 이 여행을 수년 동안 우려먹었다. 단언컨대, 에베레스트 정상을 밟은 힐러리 경도 괴테의 농막을 배경으로 찍은 사진 속의 아버지만큼 당당해 보이지 않았다. 우리 가족이 함께 휴가를 떠난 적은 단 한 번이었다. 목적지는 스웨덴이었다. 아버지는 실수로 스톡홀름의 혼잡한 보행자 구역으로 차를 몰았다. 화난 스웨덴 사람들이 우리 차 지붕을 두드리며 난리를 피웠다. 아버지는 차에서 내려 군중 속으로 사라졌다. 나중에 서점에서 찾았는데, 아버지가 한 말은 딱 한마디였다. "이거 봐, 여기도 독일 신문이 있어."

이후 완전히 새로운 주제가 일찍이 보지 못한 힘으로 아버지를 휘어잡았다. 이 관심은 북프리지아 사람들의 포경 역사에 관한 소책자에서 시작해서 과거의 조선업으로 확장되더니 항해에 관한 소설과 그림책, 이론서에 대한 열정적인 독서로 이어졌다. 그런 와중에 기억에 남는 일이 있었다. 아버지는 『나는 요트를 하나 살 거야』라는 책에 푹 빠졌다. 처음에는 어쩌면 그냥 호기심에서 책을 읽었을 수도 있지만, 나는 아버지가 뭔가 획기적인 아이디어에 사로잡힌 것을 평소 같지 않은 태도에서 알아보았다. 아버지의 육중한 몸은 소파에 단단히 고정되어 있었지만, 흔들리는 피나무 꼭대기를 꼿꼿이 바라보는 시선에서는 강렬한 갈망이 일렁이고 있었다. 책은 허벅지 위에 펼쳐져 있었고, 아버지의 눈은 날이 갈수록 바다에 대한 환상이 넘실대면서 점점 바다처럼 푸르러졌다. 아버지는 점심 식사 때마다 항해에 대한 감격을 토로했고, 항해술에 대해 열변을 토해냈다. 나는 이해하지 못하는 말이 많았지만 태킹, 자이빙, 시프팅, 크로싱, 히빙처럼 모험적으로 들리는 단어들이 마음에 들었다. 일요일이면 우리는 더 이상 숲에 가지 않고 우리 작은 도시의 항구로 갔다. 아버지는 바다를 지긋이 바라보았다. 마치 진단하고 감별하는 듯한 눈이었다. 사람들을 꿰뚫듯이 살펴보는 눈과 비슷했다. 아버지는 다양한 보트를 가리키며 하나씩 이름을 말해주었는데 플라잉 더치맨, 포크보트, 쌍동선, 여러 등급의 딩기 요트 등 모르는 것이 없었다.

어느 날 저녁 작은형이 흥분해서 내 방으로 뛰어 들어와 소리쳤다. "빨리 나와 봐!"

거실에는 아버지가 새빨개진 얼굴로 안락의자에 앉아 있었고, 어머니는 갈색 카펫에 무릎을 꿇고 앉아 아버지의 두 손을 잡고 있었다. 큰형이 물잔을 들고 오자, 아버지는 급하게 물을 죽 들이켰다.

"진심이에요?" 어머니가 물었다. 아버지의 이런 모습은 처음이었다.

"그래, 그래, 갖고 싶어."

"뭘요? 뭘 갖고 싶은데요?" 내가 물었다.

"요트. 요트를 갖고 싶어. 나는 항해하고 싶어." 아버지의 얼굴에 미소가 번진 듯했다. 정신을 잃고 점점 흥분해가는 이 상황을 즐기는 듯했다. 하지만 손의 떨림이 그런 아버지를 배신했다. "바다로 나가고 싶어!" 아버지가 소리쳤다. "닻을 올리고 돛을 펴라! 키를 잡고 싶어. 항구를 떠나고 싶어. 더는 육지를 보고 싶지 않아. 세일링 요트를 갖고 싶어."

"그래요, 우리 요트를 하나 사요." 어머니는 여전히 아버지의 축축한 손을 꼭 잡고 있었다. 내면의 환희가 물기로 촉촉하게 배어나온 손이었다. 어머니는 아버지를 바라보며 같은 말을 반복했다. "그래요, 우리 요트를 하나 사요. 사면 되잖아요."

아버지는 한참을 침묵하다가 진지하게 말했다. "그래,

하나 사자. 요트를 하나 사자." 아버지는 입술을 꾹 다물더니 고개를 끄덕였다. 우리는 아버지 곁에 바짝 붙어 앉았다. 아버지가 다시 고개를 끄덕였다. 파리한 입술을 꾹 다문 채 결연하게 끄덕이는 짧은 고갯짓이었다. 아버지는 눈물을 글썽이더니 낮게 속삭였다. "그래, 그렇게 하자. 그렇게 해." 그러더니 독특한 끄덕거림을 반복하면서 말했다. "하나 사자. 요트를 하나 사자."

세일링 요트를 사는 첫 번째 단계는 사실 욕망을 현실적으로 냉정하게 따져보는 일이 되었어야 했을 것이다. 왜냐하면 아버지는 실제로 항해를 해본 적이 없었기 때문이다. 바다로 나간 것이라고는 나와 함께 증기선을 타고 헬골란트 섬으로 간 게 전부였다. 하지만 아버지가 택했고, 어머니와 우리 모두가 따라야 했던 길은 행복한 항해와는 완전히 다른 길이었다.

아버지는 일단 '슐레스비히 슐라이 요트 클럽'에 가입부터 했다. 그러고는 마침 탐나는 정박지를 차지할 좋은 기회가 주어지자 별 망설임 없이 빌렸다. 바다에 띄울 요트도 아직 구입하지 않은 상태에서 말이다. 대신 흰색 바지와 파란색 신발, 닻 엠블럼이 있는 흰색 브이넥 셔츠를 구입했다. 아버지는 우리를 자신의 요트 정박지로 안내했다. 다른 요트들 사이에 아버지의 정박지만 텅 비어 있었다.

그럼에도 슐레스비히 슐라이 요트 클럽 회원증을 우리에게 자랑스럽게 보여주었고, 주말 내내 요트복을 말끔히 차려입은 채로 안락의자에 앉아 밧줄로 뱃사람들의 매듭을 연습했다.

아버지는 요트 면허 시험을 신청할 때 어머니 것도 같이 신청했다. 그 바람에 어머니도 난데없이 항해에 관심을 가질 수밖에 없게 되었다. 아버지가 어머니에게 질문을 던졌다. "동체 속도는 어떻게 계산하나요?"

"모르겠어요!"

"간단해요. 흘수선의 제곱근에다 4.5를 곱하면 동체 시속이 나와요."

"우리가 정말 그것까지 알아야 한다고 생각하세요? 난 시험에 나오는 것만 공부하고 싶어요."

부모님은 요트 강습을 받았다. 아버지는 첫 항해에서 속이 울렁거려 배에 앉아 있어야만 멀미를 견딜 수 있었음에도 항해에 대한 열정이 줄어들 줄 몰랐다. 다만 첫 실전 이후 아버지의 목소리에서는 냉정한 현실 자각이 살짝 느껴졌다. 오히려 실전 강습에 완전히 감격한 사람은 어머니였다. "맙소사! 그렇게 오랫동안 바닷가에 살았는데 이제야 처음으로 바다를 항해해본 거야! 공기가 어찌나 좋은지 몰라. 게다가 육지가 얼마나 빨리 멀어지는지 깜짝 놀랐어. 바다에서 본 우리 도시가 어떤 모습일지 너희는 상상이 안 될 거야."

아버지는 이중 올가미매듭 연습을 하다가 고개를 들며 물었다. "별이 환하게 빛나면 앞으로 날씨가 좋다는 뜻일까, 나쁘다는 뜻일까?"

"글쎄요, 하늘이 그렇게 맑으면…." 어머니가 미루어 짐작했다. "당연히 날씨가 좋지 않겠어요?"

"땡!" 아빠가 소리쳤다. "별이 초롱초롱 빛나면 바다 날씨가 나빠지고 폭풍우가 몰아칠 조짐이야. 세상에, 그렇게 해서 어떻게 시험을 보려고 그래요?"

아버지는 강습에 여러 번 빠졌다. 대신 보트 구입에 더 열심이었다. 막 정기 구독을 신청한 요트 잡지에 한 광고가 실렸다. '딩기, 비교적 저렴한 캐빈 크루저, 헤드룸 70, 킬보트, 선외 모터, 기동성 좋음, 조작 쉬움.' 이 광고에서 아버지의 마음을 확 잡아끈 문구는 따로 있었다. '뒤집히지 않고 가라앉지 않음.' '세피아'라는 브랜드가 붙은 이런 유형의 배는 다섯 척밖에 없었다. 이렇게 해서 요트 면허증이 나오기도 전에 우리 요트는 쾰른에서 트레일러에 실려 도착했다. 요트 제작자가 직접 슐레스비히로 가져왔다. 우리는 항구에서 요트를 기다렸다. 마침내 트레일러가 모퉁이를 도는 순간 아버지는 허리를 쭉 펴며 소리쳤다. "온다. 저기 우리 요트가 온다!" 슐레스비히 슐라이 요트 클럽에서는 세피아 브랜드의 딩기에 대해 들어본 사람이 없었다.

우리는 한참 동안 이름을 두고 실랑이를 벌였다. 작은형이 '나우틸루스'*라는 이름에 꽂혀 열심히 자기 입장을 주장할 때 갑자기 어머니가 벌떡 일어나 소리쳤다. "생각났어. 너희들 이름으로 짓는 거야. 요아힘, 마르틴, 헤르만, 이 이름들의 첫 두 글자를 따서 요마헤라고 부르자." 이렇게 해서 요마헤라고 명명된 우리의 배는 크레인에 의해 물 위에 띄워졌다. 그전에 액운을 쫓는 의미로 플라스틱 벽에 작은 피콜로 와인병을 던져 첫 번째 작은 흠집을 냈다.

두 달 후, 드디어 요트 면허 시험 날이 찾아왔다. 아버지는 맨 먼저 시험을 마치고 다른 사람들을 기다리는 동안 시험관과 이런저런 이야기를 나누었다. 이론 시험은 한 문제도 틀리지 않았다. 어머니는 네 개를 틀렸지만 합격에는 문제가 없었다. 다음은 실기 시험이었다. 바람이 거셌다. 바람 등급 7이었다. 모든 응시자는 노란색 방수복을 입고 그 위에 구명조끼를 걸치고 쉬운 식별을 위해 빨간 털모

* 19세기 독일 제국 해군의 전함 이름.

자를 써야 했다. 뚱뚱한 아버지는 완전히 우스꽝스러운 모습이었다. 이론 시험으로 한껏 고무되어 있던 아버지는 거칠게 일렁이는 바다를 보는 순간 급격히 자신감을 잃었다. 시험관은 모터보트에서 메가폰을 잡고 점점 거세지는 바람 속으로 지시를 내렸다. "교수님, 부인과 함께 딩기에 오르세요!"

아버지와 어머니가 잔교에서 기우뚱거리는 배에 올랐다. "이제 출발해서 돛을 펴세요!" 방파제가 바람과 파도를 웬만큼 막아주고 있었기 때문에 그 정도는 아직 가능했다. "저 앞에 부표가 보이죠? 저 지점까지 건너가세요!"

넓은 바다에 나가자 바람이 거침없이 돛을 때리면서 배가 기울었다. 아버지는 '항상 한 손은 배에 올린다!'는 규칙을 철저히 따랐음에도 첫 기동에서 바로 쓰러졌다. 바람이 돛을 덮쳤을 때는 갑자기 몸이 흔들리면서 젖은 선판 위에서 미끄러졌다. 어머니는 자이빙 기술로 바람을 안고 배를 띄우려 했다. 아버지는 다시 일어서려다 붐에 머리를 부딪히며 재차 바닥에 쓰러졌다.

"교수님, 괜찮으세요?" 메가폰이 울렸다. 아버지는 두 손을 들어 도움을 청하려는 순간, 보트가 부표에 세차게 부딪히면서 세 번째로 선체 바닥에 고꾸라졌다. 어머니는 딩기를 간신히 통제했다. 아버지는 눈을 감고 바닥에 가만히 누워 있었다. 어머니가 "여보, 도와줘! 어서 도와줘!" 하고 애타게 소리칠 때도 아버지는 미동 없이 누워 있기만 했다. 결국 어머니 혼자 헤쳐나가야 했다.

시험관이 메가폰으로 소리쳤다. "무슨 문제 있어요? 남편분은 어디 있어요? 교수님은 어디 있어요?"

어머니는 아래를 가리키며 오케이 사인을 보냈다. 아버지는 천천히 의식을 되찾았다. 속이 울렁거리는 듯했다. 결국 상반신을 일으키고 슐라이강에다 구토를 했다. 그사이 어머니는 방향을 틀어 돛에 바람을 품는 데 성공했다. 요트는 서서히 속도를 내면서 진정되었다.

"여기 돛 줄 좀 잠시 잡고 있어 봐요. 나는 뒤쪽에서 다른 밧줄을 당겨야 해요." 어머니가 말했다. 하지만 돌풍이 불자 아버지의 손에서 밧줄이 빠져나갔고, 그 바람에 돛이 돛대를 타고 미끄러져 내렸다. 어머니는 지금까지도 자신이 어떻게 그런 대단한 일을 해냈는지 이해하지 못한다. 그 외로운 바다에서 등급 8과 9의 강풍을 맞으며 돛대를 타고 올라가 밧줄을 다시 끼운 것이다.

"부인, 부인, 그러지 마세요! 위험해요! 우리가 바로 가요! 남편분은 뭐 하고 있어요? 왜 안 도와주는 겁니까?"

하지만 어머니가 더 빨랐다. 돛을 올린 다음 요트를 다시 항구로 몰고 가서는 전문가처럼 능숙하게 정박지에 넣었다.

아버지는 만취한 듯 딩기에서 기어 나와 한마디 말도 없이 풀밭을 가로질러 보트 하우스 방향으로 비틀거리며 걸어갔다. 노란색 방수복에 구명조끼를 입고 빨간 털모자를 쓴 뚱뚱한 남자는 완전히 낙담한 모습이었다. 한 시간 후 갑자기 바람이 잦아들더니 마지막 두 쌍이 모든 난관을 극복하고 무사히 돌아오자 시험관이 결과를 발표했다. 아홉 척의 배, 그러니까 열여덟 명의 요트 면허 응시자 가운데 아버지만 유일하게 불합격했다. 어머니는 아직도 시험관의 말을 정확히 기억하고 있다. "정말 죄송하지만 교수님은 합격시키지 못하겠습니다. 교수님은 대부분의 시간을 누워 있었습니다. 부인이 아니었다면 우리가 당신을 구해야 했을 겁니다."

저녁에 아버지는 항해 관련 책들을 서가에 꽂았고, 매듭 연습을 하던 밧줄은 개가 갖고 놀도록 던져주었다. 그러고 몇 주가 지나서야 아버지는 어머니의 명령에 따라 우리와 함께 처음으로 바다에 나갔다.

아버지는 바람이 잔잔해 돛을 활짝 펼 필요가 없는 날, 나와 함께 항해하는 것을 가장 좋아했다. 아침에 침대에 누워 키 큰 피나무 우듬지를 올려다보다 나뭇잎이 움직이지 않고 가만히 늘어져 있으면 나에게 말하곤 했다. "오늘은 항해하기 좋은 날씨야. 그럼 나가야지!" 우리는 달달거리는 선외기 모터를 작동해서 거울처럼 매끄러운 물 위를 헤쳐나가 햇볕에 누워 준비해 간 음식을 먹었다. 아버지는 나에게 이야기를 들려주었고, 가끔 우리는 배 위에서 낚시도 했다. 그러다 망원경으로 바다 위에서 로터리클럽의 누군가를 발견하면 "세상에, 에크만 부부다!" 하고 소리치고는 조용한 만으로 숨어들었다.

이렇게 편안한 바다 소풍이 몇 번 이어지다가 마침내 항해에 대한 아버지의 열정이 완전히 식어버리는 일이 일어났다. 아버지는 바다 한가운데서 모터를 껐고, 우리는 물살에 배를 맡긴 채 바다 위에 둥둥 떠 있었다. 바닷물은 햇볕에 반짝였고, 따뜻했고, 놀랍도록 잔잔했다. 한 시간쯤 후 아버지는 다시 시동을 걸려고 모터에 연결된 줄을 당겼다. 모터에서 잠시 꿀렁거리는 소리가 났지만 시동은 걸리지 않았다. 여러 번 시도했지만 마찬가지였다. 아버지는 현대 기술의 역작과도 같은 모터의 덮개를 열고 내부를 물끄러미 내려다보았지만 바뀌는 것은 없었다. 마지막이라는 듯 아버지는 줄을 잡고 젖 먹던 힘까지 내서 잡아당겼다. 나는 이번엔 성공할 수 있을지 궁금해서 아버지 뒤에 붙어 섰다. 아버지는 화가 치밀어 모터 줄을 비스듬히 홱 잡아당겼다. 서툰 동작이었다. 그 바람에 아버지의 팔꿈치가 내 얼굴을 가격했다. 나는 뒤로 휘청하면서 비틀거리다가 선체 밖으로 떨어졌다. 아버지는 비명을 지르며 나를 잡으려 했다. 물살은 세지 않았지만 나를 빠르게 배에서 떼어놓기엔 충분했다. 나는 구명조끼를 입은 채 물 위에 둥둥 떠 있었다. 너무 세게 맞아서 정신이 없는 상태였고, 코피도 흘렀다. 아버지가 배 위에서 손짓하는 것이 흐릿하게 보였다. 아버지는 도와달라고 고함을 질렀다.

그러다 아버지가 요트 가장자리에서 뛰어내리는 것이 보였다. 과체중인 아버지가 물속에 첨벙 빠지는 순간 '맙소사, 저런 멋대가리 없는 다이빙이 다 있을까!' 하고 생각했다. 우리의 배는 아버지 뒤에서 점점 멀어졌다. 아버지가 뛰어내릴 때 발로 힘차게 밀었던 반동 때문에 더 빠르게 밀려났다. 시간이 제법 걸렸지만 아버지의 절박한 얼굴이 슬로모션으로 나를 향해 다가오는 것이 보였다. 그때, 그러니까 아버지가 내 곁에 점점 가까워지기 직전에 내 몸이 어떤 강한 힘에 의해 물 밖으로 번쩍 들어 올려졌다. 누군가 아버지에게 뭐라고 소리쳤다. 아버지는 헤엄치고 물속에서 파드닥거리다가 마침내 옷에서 물방울을 뚝뚝 떨어뜨리며 우리 구조자의 보트 외부 사다리를 타고 올라왔다. 배에 올라서자 연신 가쁜 숨을 몰아쉬었다. 몸까지 부들부들 떨었다. 그 상태로 아버지는 나를 껴안았다. 숨이 막혀 내 목구멍에서 기침이 나올 정도로 꼭 껴안았다. 나도 아버지를 안아주었다. 지금 누가 누구를 위로하는지 알 수 없었다. 우리를 구해준 한 쌍의 남녀는 친절하게도 우리의 요트까지 찾아주었다. 요트는 갈대밭에 걸려 있었다. 구조자들은 자기들 배에 우리 배를 밧줄로 묶어 견인했다. 남자가 담배에 불을 붙이자 담요를 두르고 있던 아버지가 입을 뗐다. “나도 한 대 주겠소?” 아버지는 담배를 입에 물었다. 사 년 동안 끊은 담배였다.

슐라이 요트 클럽에 도착하자 수많은 사람이 우리를 맞았다. 이때부터 아들을 배 밖으로 내동댕이치고 바람 강도 0 상태에서 조난당해 구조된 교수의 이야기가 슐레스비히 회원들 사이에서 회자되었다. 그것도 모두 면허 없이 일어난 일이었다.

집으로 돌아오는 길에 아버지가 말했다. “오늘 이 일은 식구들한테 얘기하지 않으면 고맙겠구나. 최소한 오늘 저녁만큼이라도 우리 둘만의 작은 비밀로 남겨뒀으면 좋겠어.”

당연히 형들과 어머니는 피 묻은 솜이 내 코에 두 개나 꽂혀 있는 이유를 알고 싶어 했지만 나는 아버지를 위해 돛대에 부딪혔다고 거짓말을 했다. 내 거짓말에 아버지는 고맙다는 뜻으로 고개를 끄덕였다. 이후 아버지는 세피아, 그러니까 요마헤 호에 두 번 다시 발을 들여놓지 않았다.

숯가마

해상에서의 실패 이후 아버지는 바다에 대한 애정을 완전히 접고 혼신의 힘으로 관심을 육지로 돌렸다. 이렇게 해서 「슐레스비거 나흐리히텐」 지에서 광고를 보자마자 별 고민 없이 발트해 인근의 낡은 갈대 지붕 농가를 하나 구입했다.

농가 바로 앞에는 우리 것보다 좀 더 작은 집이 한 채 있었다. 일명 노후 보장용 주택이었는데, 예전에 자녀들이 농장을 넘겨받으면서 늙어가는 부모를 위해 지은 집이었다. 두 집은 마당을 공유하고 각각 뒤쪽에 정원이 있었다. 이로써 우리는 수리가 절실히 필요한 집만 구입한 것이 아니라 오래전에 이곳에 정착한 토박이 이웃도 갖게 되었다. 이 작고 허물어져 가는 집에 사는 사 인 가족은 향후 몇 년 동안 서서히 자급자족을 일궈간 우리의 목가적 전원생활과 극명한 대조를 이루었다.

이 집을 정말 저렴한 금액으로 구입한 지 얼마 지나지 않아 나는 텔레비전의 한 어린이 프로그램에서 숯가마에 대한 보도를 보았다. '숯가마'는 그전에 한 번도 들어보지 못한 단어였다. 방송에서는 숯가마 짓는 과정을 하나하나 설명하면서 인상적인 사진으로 보여주었다. 몇 미터 높이로 통나무를 차곡차곡 쌓은 뒤 흙과 뗏장으로 덮고, 불을 때고, 가마에 산소를 공급하기 위해 정확하게 구멍을 뚫었다. 그러면 언덕처럼 생긴 흙 가마에서 며칠, 심지어 몇 주 동안 계속 연기가 나왔다. 이후 가마를 열고 숯으로 변한 검은 통나무의 불을 껐다. 나는 이 과정에 몹시 감격했다.

어느 일요일, 나는 아버지가 운전하는 차를 타고 시골로 갔다. 아직 어렸지만 앞자리에 앉을 수 있었다. 나는 텔레비전에서 본 것을 아버지에게 상세히 이야기했다. 내 말을 흥미롭게 듣던 아버지는 오후에 그런 가마를 하나 만들자고 깜짝 제안을 했다. 물론 상당히 작은 규모로 말이다. 한 시간 후 우리는 좁은 도로에 도착했고, 그 도로 끝에 개조가 절실한 갈대 지붕 집이 있었다.

볼일은 빨리 끝냈다. 카메라를 가져온 아버지는 집과 외양간 곳곳을 돌아다니며 사진을 찍었다. 최대한 빨리 일차 공사에 들어가, 모든 것이 순조롭게 진행된다면 두 달 후쯤 우리 가족이 여기에 처음으로 하룻밤 묵기를 바랐다. 아버지는 바깥에서 외양간 벽의 벌어진 틈새, 이끼 낀 갈대 지붕의 구멍, 파손된 홈통, 깨진 창문, 곳곳에 산더미처럼 쌓인 쓰레기를 찍었다. 자동차 타이어, 자동차 문, 자전거 프레임, 함석판, 비닐 뭉치, 타르지 조각, 썩은 외양간 문, 정체를 알 수 없는 뼈와 깃털 뭉치 같은 것들이었다.

"둘 중 하나야!" 아버지가 말했다. "낡은 쿠션이나 이불을 여기 그냥 내다버렸거나, 아니면 수년간 여기서 거위나 닭을 도살했을 거야." 아버지는 집 안 사진도 찍었다. 나무 바닥 곳곳이 밟으면 내려앉을 만큼 상해 있었고, 구역질 날 만큼 더러운 부엌은 전기레인지 뒤쪽 벽 전체가 갈색 기름때로 덮여 있었으며, 악취 나는 화장실은 여전히 물은 내려갔지만 뚜껑도 좌대도 없었다. 외양간에는 낡은 연장과 돼지우리 몇 개, 소에게 사용한 오래된 쇠사슬이 있었다. 쓰레기가 지천에 쌓여 있었다. "이 쓰레기를 다 치우려면 컨테이너 몇 대가 필요할지 모르겠구나. 대체 왜 이렇게 엉망으로 만들어놓은 거야!"

아버지가 나와 함께 무언가를 실제로 만든 것은 그때뿐이었기 때문에 나는 당시 일이 하나하나 다 기억난다. 평소 우리는 자주 이야기를 나누었고, 정신병원 경내나 상점가, 숲이나 바닷가에서 산책도 많이 했지만 둘이서 함께 무언가를 만든 적은 없었다.

나에게는 아버지가 도끼를 들고 나무를 패는 모습 자체가 이미 센세이션이었다. 모든 것이 어설펐다. 아버지는 도끼 자루를 칼날 바로 앞쪽에서 잡았다. 나는 언제 수류탄이 터져도 이상할 게 없다는 듯 아버지에게서 멀찍이 떨어졌다. 내려치는 동작도 어색하기 그지없었다. 도끼날을 통나무에 꽂은 채 내가 자루 끝을 잡고 아버지가 망치로 도끼날 등을 두드리는 편이 오히려 더 효과적이었다. 우리는 나무를 쪼개는 것이 아니라 망치로 계속 때려대기만 했다. 아버지의 얼굴에서 땀이 뻘뻘 흘러내렸다. 얼마 뒤에는 의사의 분홍빛 보드라운 손에 물집까지 여럿 잡혔다. 그러나 아버지는 전에 없던 호기를 부리며 포기하지 않았다.

한 시간쯤 지나자 나무가 충분히 모였다. 우리는 정성스럽게 장작을 쌓았다. 아버지가 물었다. "어때, 괜찮아?"

"나중에 삽으로 불덩이를 장작더미 안에 넣으려면 이렇게 쌓는 게 좋을 것 같아요." 내가 대답하고는 장작더미의 구조를 바꾸었다.

"아, 그렇구나!" 아버지는 흔쾌히 내 뜻에 따랐다. 그날 오후 숯가마를 지을 때 사실상의 지휘관은 나였다. 그 뿌듯한 기분은 이루 말할 수 없었다.

이제 떼를 준비할 차례였다. 우리는 넓은 초지의 한적한 곳을 골랐고, 아버지는 삽을 땅에 박았다. 예상보다 훨씬 힘들었다. 흙은 무거웠고, 금속 삽날을 땅에 박는 일은 쉽지 않았다. 그러나 아버지가 첫 시도 후 포기한 일을 내가 해냈다. 두 발로 동시에 삽 위에 올라타서 어느 정도 깊이로 삽날을 땅에 박는 데 성공한 것이다. 우리는 사각형으로 뗏장을 잘라내 바닥에서 들어 올렸다. 흙은 검었다. 아버지는 토양의 비옥함에 감격했다. 우리는 손수레로 떼를 장작더미로 날랐다. 그런 다음 풀을 안쪽으로 향한 채 뗏장 하나하나로 장작더미를 덮었고, 장작더미 위쪽은 나중에 불덩이를 넣기 위해 비워두었다.

"텔레비전에서는 떼를 물에 적시고 평평하게 했어요."

"그럼 우리도 그렇게 하자." 아버지는 숨을 몰아쉬며 말했다. 그러더니 전혀 따뜻한 날씨가 아니었음에도 파란색 셔츠를 벗었다. 난생처음 보는 모습이었다. 살다 살다 러닝만 입고 일하는 아버지를 다 보다니! 장갑도 흙투성이였지만 전혀 개의치 않는 눈치였다. 아버지는 물뿌리개를 가져오더니 수도꼭지가 아직 제 기능을 하고 있었음에도 이렇게 말했다. "펌프가 되는지 확인해보자!"

우리는 냉습한 외양간으로 들어갔다. "일단 흡입력이 생기도록 물을 좀 부어야 해." 아버지가 설명했다. 펌프는 완전히 녹슬었고, 마치 커다란 고치처럼 먼지 가득한 거미줄에 둘러싸여 있었다. 나는 흠집투성이인 공구대에서 길쭉한 줄을 가져와 거미줄을 걷어냈다. 펌프 손잡이가 삐걱거리며 움직이기 시작했다. 아버지는 아래위로 손잡이를 밀고 당겼고, 나는 물뿌리개로 천천히 위쪽 구멍에 물을 부었다. 꾸르륵꾸르륵 소리가 났다. "올라오나 봐. 어서 양동이 가져와!" 아버지는 이렇게 소리치더니 손을 바꾸었다. 손가락 물집이 터지고 피부가 벗겨졌기 때문이다. 아버지는 펌프질을 하면서 연신 웃음을 터뜨렸다. 이렇게 환하고 행복하게 웃는 모습은 처음 보았다. 웃을 때마다 아버지의 배가 꿀렁거렸다. 그러다 어느 순간 파이프에서 물이 뿜어져 나왔다. 녹이 섞여 붉고 얼음처럼 차가운 물이었다. 나는 신발이 젖은 채 외양간에서 물을 세 양동이째 나른 뒤에야 깨달았다. "숯가마를 만드는 데는 더러운 물이든 깨끗한 물이든 상관없지만, 어쨌든 우린 펌프가 작동하는 걸 알게 됐어요. 이제 우리한테 우물이 생겼어요! 멋지지 않아요? 아빠가 해냈어요!"

이제 내가 펌프질을 했다. 내 입에서도 즉시 웃음이 터져 나왔다. 위아래로 움직이는 힘찬 펌프질과 쇠파이프에서 콸콸 쏟아지는 물줄기에는 사람을 행복하게 만드는 기운이 담겨 있었다. 아버지는 손을 씻고 물을 마셨다. "엄청 차갑지만 엄청 상쾌해!" 이제는 아버지가 펌프질을 했고, 내가 씻고 마셨다. 약간 쇠 맛이 났다. 얼음처럼 차가운 피 맛과도 비슷했다. 우리 집의 지하수는 정말 맛있었다.

우리는 양동이 두 개를 들고 숯가마로 갔다. "네가 하는 게 좋겠다. 아빠 손은 물집이 잡혔거든."

나는 두 손에 물을 묻혀 흙을 평평하게 문지르기 시작했다. 진흙을 손으로 비비는 게 이렇게 재미있을 줄은 몰랐다. 내 일이 끝나자 숯가마는 완벽해 보였다. 우리가 상상하던 것보다 훨씬 커서 아버지의 배에까지 이를 정도였다. 검은 흙을 평평하게 다져놓은 가마는 마치 숙련된 동물이 정교하게 만든 작은 언덕 같았다.

이제 불을 피울 차례였다. "혼자 할 수 있겠니?" 아버지가 물었다. "나는 배가 고파서 안에 먹을 게 있는지 좀 살펴봐야겠다."

"네, 혼자 할 수 있어요!"

아버지는 집 안으로 사라졌고, 나는 가마의 불쏘시개로 쓸 모닥불을 피우려 했다. 그런데 신문지가 너무 눅눅했다. 숨을 깊게 들이마신 뒤 길게 후 하고 불었더니 머리가 어지러웠다. 이제나저제나 나무에 불이 붙어 연기를 멈추고 타닥타닥 소리를 내며 타오를 구원의 순간을 기대했다. 아버지가 쟁반을 들고 왔다. 닭 육수 큐브와 약간의 국수밖에 찾지 못한 모양이었다. "잘 안 돼? 기다려봐!" 아버지가 내 옆에 쪼그리고 앉더니 아직 조그맣게 남아 있는 마지막 불씨에다 함께 입바람을 불었다. 그때였다. 갑자기 타닥 하는 소리가 나더니 불꽃이 일면서 나무가 타오르기 시작했다.

우리는 벤치에 앉아 국수를 먹었다. 맛있었다. "미안하구나." 아버지가 말했다. "이것밖에 구하지 못해서." 아버지는 자신이 예전에 치료한 어떤 아이의 어머니에 대해 이야기했다. 그 어머니는 토마토소스 파스타밖에 먹지 않았다고 했다. "하루 삼시세끼를 토마토소스 파스타만 먹은 거야." 아버지가 강조했다. "게다가 자기 집 화장실 외에 다른 화장실은 가지 않았어!"

"왜요?"

"그건 나도 알아내지 못했지만, 어쨌든 그 집 딸아이에게는 당연히 좋지 않은 영향을 주었어."

"무슨 일이 있었는데요?"

"심각한 건 아니고 그냥 학교생활에 문제가 있었지."

"딸보다 엄마가 더 미쳤네요!"

"맞아, 그런 일에선 보통 그렇지. 지난주에는 아들이 제대로 말을 못 한다고 한탄하는 부모가 아들을 데리고 진료실을 찾아왔어. 아들을 진찰했는데, 티셔츠를 벗을 때 보니까 정말 보고도 믿을 수가 없었다. 온몸이 멍투성인 거야. 그래서 부모한테 무슨 일이 있었는지 물었어. 그런데 말이야, 아버지라는 사람이 죄책감이라고는 전혀 없이 이렇게 말하더군. '그러게 말이에요, 교수님. 저렇게 팼는데도 소용이 없어요. 도무지 말이 나아지지가 않아요!' 참, 이제 밑불이 다 되었을 것 같구나. 어떻게 해야 하는지 네가 말해주겠니?"

우리는 삽을 가져왔다. 아버지는 밑불 더미에 삽날을 밀어 넣고 정원을 지나 연기 나는 밑불을 숯가마로 옮겼다. 적어도 열 번은 이렇게 오가면서 장작더미 위쪽의 구멍으로 밑불을 쏟았다.

"이제 제일 중요한 일이 남았어요." 내가 말했다. "가마가 숨을 쉴 수 있도록 아래위로 구멍을 뚫어야 해요!"

"가마가 숨을 쉰다고?"

"맞아요, 숨을 쉬어요. 구멍은 너무 커도 안 되고 너무 작아도 안 돼요, 아빠. 너무 크면 공기가 너무 많이 들어가서 불이 빨리 꺼지고, 너무 작으면 나무들이 질식하고 말아요!" 우리는 삽 손잡이 끝으로 뗏장에 구멍을 뚫었다. "자, 이제 빨리 뚜껑을 덮어야 해요!"

우리는 헛간에서 나사가 든 매킨토시 사탕 통의 금속 뚜껑을 발견했다. 숯가마 뚜껑으로 딱 맞았다. 나는 돌을 하나 주워 와 뚜껑 위에 올렸다.

아버지가 손목시계를 보았다. "늦겠다. 서둘러야겠어." 아버지가 손을 씻고 물집을 치료하는 동안 나는 헛간으로 달려가 판자와 붓, 빨간 물감을 가져와 판자에다 이렇게 썼다. '절대 손대지 말 것!' 그러고는 판자를 말뚝에 못으로 박고, 숯가마 바로 옆에 말뚝을 설치했다. 아버지가 정원으로 들어왔다. 셔츠를 다시 입고 벌써 자동차 열쇠를 손에 쥐고 있었다. 우리는 숯가마 앞에 섰다.

"지금쯤 연기가 나야 하는데!" 내가 실망스럽게 말했다. "밑불을 너무 조금 넣었나 봐요."

"얘야, 미안하지만 이제 가야 해. D-상 병동에서 볼일이 있어!"

나는 짙은 색 가마에 손을 얹었다. "따뜻해져야 하는데…. 텔레비전에서도 기술자가 온기를 확인하려고 이렇게 가마에다 손을 얹었어요." 나는 낙담한 표정으로 아직 불이 붙지 않은 차갑고 축축한 가마를 바라보았다.

"아직 그렇게 나쁘지 않아. 안 되면 주말에 와서 다시 불을 피우면 돼."

나는 구멍 하나에 코를 갖다 댔다. 약간 매캐한 냄새가 코를 찔렀다. 안을 들여다보려고 했지만, 어두워서 보이지 않고 눈물만 났다.

"가자." 아버지가 내 머리를 쓰다듬었고, 우리는 출발했다. 작은 언덕을 넘어가면서 나는 다시 한번 돌아보았지만 더 이상 아무것도 보이지 않았다. 집으로 돌아오는 길에 비가 내리기 시작했고, 그로써 나의 마지막 희망도 무너지고 말았다.

일주일 내내 나는 숯가마만 생각했다. 아버지와 함께 가마를 지었던 기억이 얼마나 좋았는지 몰랐다. 나는 우리가 무엇을 잘못했고, 무엇을 개선해야 할지 고민했다. 학교에서도 그런 백일몽에 깊이 빠져 있다가 여러 번 화들짝 놀라 깨어났다. 마침내 일요일에 다시 시골집으로 출발했을 때 마음은 벌써 그곳으로 달려가 있었다.

우리는 작은 언덕에 도착했다. 빨리 가야 해서 운전은 어머니가 했다. 아버지는 조수석에 앉아 있었다. 형들은 집에 행복하게 남아 있었다. 이제는 가족의 주말 나들이에 강제로 끌려다니지 않겠다고 선언했고 허락도 받았다. 이렇게 해서 주말이면 친구 집에서 자고 왔다. 언덕을 넘을 때 나는 무언가를 보고 숨이 멎을 만큼 놀라 소리쳤다. "저기! 저저저기! 저저저기 좀 봐요!" 어머니가 급히 브레이크를 밟았다. 옆에 앉은 아버지의 턱이 벌어졌다가 덜컥 닫히는 소리가 들렸다.

"무슨 일이야?" 어머니가 물었다.

"저저저기요!"

"저기 뭐? 아무것도 안 보여!"

"저기, 저저저기!"

나는 차 뒷문을 열고 언덕을 뛰어 내려갔다. 이렇게 빨리 달린 적이 있었을까? 약간 내리막길이라 속도는 점점 빨라졌다. 나는 상체를 안정적으로 유지한 채 다리만 움직이려고 노력했다. 넘어질 뻔한 순간도 있었지만 속도를 늦추고 싶지 않아 강한 추진력으로 계속 밀고 나갔다. 정원 앞에 도착하자마자 문을 활짝 열어젖히고 숯가마로 달려갔다. 위쪽 두 개의 구멍에서 하얀 연기가 고르게 피어오르더니 가벼운 바람을 타고 부채꼴 모양으로 흩날렸다. 나는 기쁨에 겨워 가마 주위를 껑충껑충 뛰어다녔다.

차는 집의 부지와 경계를 이루는 울타리를 따라 달리다가 자갈이 깔린 마당으로 뿌지직 소리를 내며 방향을 틀었다. 부모님이 정원으로 들어왔다. 나는 아버지를 격하게 껴안으며 소리쳤다. "저것 봐요! 연기가 나요! 연기가 난다고요!"

아버지의 입에서도 감탄이 터져 나왔다. "말도 안 돼. 정말 연기가 나!"

"당연히 연기가 나죠. 가마가 담배를 피우는 것 같아요!"

우리는 함께 숯가마로 다가갔다. 가마는 완전히 달라져 있었다. 더 이상 검은 흙빛이 아니라 바짝 마른 점토처럼 환했다. 칙칙한 북독일의 색이 아니라 햇빛 찬란한 아프리카의 색이었다. 나는 바짝 마른 가마에다 손을 대보고는 움찔 놀라 뗐다. 너무 뜨거웠다. 기분 좋게 매콤한 냄새가 났다. 어머니도 놀라 소리쳤다. "이게 뭐야, 네가 아빠랑 만든 거야? 정말 멋있다!"

"당연히 우리가 만들었죠!"

아버지가 나를 보고 고개를 끄덕였다. 순간 눈물이 났다. 나는 잿빛 하늘 위로 간들간들 피어오르는 이 예상치 못한 두 줄기 연기에 완전히 압도당했다. 어머니의 어깨에 가만히 머리를 기댔다.

"왜 그래? 다 잘됐잖아. 근데 왜 그렇게 슬퍼해?"

나는 목구멍에서 소금물 맛을 느끼며 더듬거렸다. "슬픈 게 아니에요." 나는 울음을 삼켰다. "너무 행복해서 그래요." 이 말과 함께 결국 울음이 터졌다. 이상하게도 나는 분노 발작 때와 마찬가지로 기쁨의 눈물에도 적절한 대처 방법을 찾지 못했다. 무언가 나를 화나게 해서 미쳐 날뛰면 그건 항상 분노 유발자에 대한 단순한 반응 이상이었다. 분노는 원인을 넘어 나를 다른 세계로 끌고 갔다. 이 상태에 빠지면 나는 스스로를 파괴하고 소멸시키고 싶었고, 룸펠슈틸츠헨*처럼 나 자신을 두 동강 내버리고 싶었

* 독일 민화 속의 난쟁이. 왕비가 자신의 이름을 맞추자 분노를 이기지 못하고 자신의 몸을 두 동강 냈다고 한다.

다. 지금 이 순간도 마찬가지였다. 평화롭게 연기를 내뿜는 숯가마를 보며 기쁨의 눈물을 흘렸지만 나는 행복함과 절망감을 동시에 느끼며 하염없이 울음을 터뜨렸다. 주체할 수가 없었다. 그냥 모든 것에 눈물이 터졌고, 내 마음속 깊이 자리한 고통을 울음으로 쏟아냈다. 부모님은 망연자실했지만, 이 이해할 수 없는 눈물샘의 분출을 애정 어린 마음으로 꾹꾹 인내했고, 번갈아가며 나를 위로해주었다. 그러고는 숯가마 바로 옆에 있는, 제비 똥이 즐비한 접이식 의자에 나를 앉혔다. 내가 세 부분으로 나누어진 지저분하고 낡은 집안 소파에 눕는 걸 꺼렸기 때문이다. 어쨌든 기름칠이 잘된 울음보와 흐느낌의 엔진은 언제든 다시 시동을 걸 수 있었기에 나는 눈물을 참느라 애를 먹었다.

어머니는 외양간 냄새가 나는 베개를 가져다주었고, 겔랑 샬리마 향수 향이 밴 코트로 나를 덮어주었다. 이렇게 나는 마치 하늘 아래 안치된 시신처럼 누워 완전히 다른 두 가지 냄새에 둘러싸인 채 연기가 피어오르는 나의 경이로운 작품에서 눈을 떼지 못했다.

부모님의 분업은 항상 동일했다. 아버지는 계획을 짰고, 어머니는 뼈 빠지게 일을 했다. 아버지가 제국 정복자의 시선으로 닭장 크기를 보폭으로 재거나, 땅을 굽어보는 몸짓으로 양들을 위한 초지 울타리를 계측하는 동안 어머니는 아버지 뒤에서 온갖 오물을 손수레에 담아 생활 쓰레기 처리장으로 날랐다.

저녁 무렵 나는 정원에서 차 안으로 옮겨졌다. 아버지가 나를 부축했다. 나는 웃음을 터뜨리며 아버지의 손을 뿌리치고는 미쳐 날뛰는 망아지처럼 초지를 껑충껑충 뛰어다녔다. 오랫동안 가만히 앉아 있거나 누워 있을 때면 항상 사방으로 날뛰고 싶은 갑작스러운 충동에 사로잡히곤 했다. 숯가마를 열어보고 싶어 미칠 것 같았다. 너무 궁금했다. 하지만 텔레비전에서 본 한 장면이 잊히지 않았다. 숯 굽는 사람이 숯검정이 묻은 얼굴로 카메라에 대고 진지하게 경고했다. "인내심이 부족해서 가마를 너무 일찍 열면 최악의 상황이 벌어질 수 있습니다. 숯에 불이 붙어 모든 걸 망칠 수 있을 뿐 아니라 심지어 숯이 터질 수도 있습니다. 가마는 완전히 식은 뒤에야 열어야 합니다."

나는 이 모든 소동으로 기진맥진해서 차에 올라타 뒷좌석에 누웠다. 다음 주말까지 어떻게 견딜지 알 수 없었다. 돌아오는 내내 자다가 집에 도착하자마자 뒷좌석에서 바로 침대로 들어갔다. 거의 탈진 상태였다. 나는 환자들의 비명 소리 하나 듣지 않고 곯아떨어졌고, 중간에 잠시 몽롱한 상태로 깼다가 다음 날 아침 아버지가 등교를 위해

깨웠을 때야 일어났다.

일주일 후 우리 차가 언덕을 넘었을 때, 연기는 더 이상 보이지 않았지만 숯가마는 여전히 따뜻했다. 보슬비가 내렸음에도 가마는 마르고 단단하고 환했다. 열고 싶은 마음을 이겨내는 건 여전히 예삿일이 아니었다. 이번에는 형들도 함께 왔다. 담배를 피우는 내 친구를 무조건 만나보려고 했기 때문이다. 작은형이 제안했다. "구멍으로 물을 붓거나 구멍을 모두 막으면 질식하지 않을까? 그럼 열어볼 수 있잖아!" 그러나 나는 단호히 거부했다. 나 말고는 누구도 가마에 손을 댈 수 없었다. 아버지는 병원에 일이 생겨 이번에는 함께 오지 못했다. 새로 지은 환자 수영장의 염소 농도가 너무 높아 수중 치료를 받던 경직성 환자 여러 명이 화상을 입은 것이다.

그사이 외양간 뒤에 거대한 컨테이너가 하나 서 있었다. 굵은 나뭇가지로 내려치자 선복船腹과 같은 소리가 울렸다. 함께 온 우리 집 개는 잔뜩 흥분해서 두더지굴을 킁킁거리며 돌아다녔다. 하긴 도회지에서는 맡을 수 없는 냄새가 지천이었다. 큰형은 쓰레기 더미에서 해골을 발견하고는 막대기에 꽂아 내 얼굴 앞에서 흔들어댔다. 어떤 동물의 해골일지 궁금했다. 돼지나 양, 혹은 개일 수 있었다.

큰형이 긴 머리를 쓸어올리며 말했다. "이런 시골에서는 기상천외한 일이 얼마든지 벌어질 수 있어. 이건 기형아의 머리일 수도 있고, 아니면 우리 외양간의 궤짝 안에 갇혀 있던 비밀스러운 괴물일 수도 있어."

나는 숯가마로 달려갔다. 환기구 주변에 숯검정이 각질처럼 두툼하게 형성되어 있었다. 환한 흙더미 위에 깊은 동굴처럼 뚫린 두 개의 눈 같았다. 냄새가 너무 좋았다. 교회와 벽난로 냄새와 비슷했다.

다음 주 수요일, 나는 도저히 참을 수 없어 아버지에게 시골집으로 가자고 졸랐다. 아버지는 평일에 시간을 내는 건 절대 안 된다고 했지만, 아버지 자신도 얼마나 가고 싶어 하는지 나는 바로 알아차렸다. 아버지를 설득하는 데는 그리 오래 걸리지 않았다.

숯가마에 손을 얹었을 때 가마는 식어 있었다. 이제야 드디어 개봉할 시간이 되었다. 가마를 땐 지 이 주 반이 지난 시점이었다. 내가 작은 정원용 갈퀴로 표면을 긁어내는 동안 아버지는 노란 장화를 신고 내 옆에 서 있었다. 그냥 매킨토시 사탕 통 뚜껑 하나만 달랑 열고 싶지는 않았다. 그건 안 될 일이었다. 껍질을 깨고 들어가고 싶었다. 마치 왕들의 계곡에서 무덤을 여는 고고학자가 된 기분이었다. 금방이라도 놀라운 보물을 손에 쥐게 될 것 같았다. 그런데 껍질이 너무 단단하게 구워져서 흙먼지만 조금 긁어낼 수 있었다. 아버지가 망치와 정을 가져다주었다. 망치로 정을 두드리자 균열이 생겼다. 계속 망치질을 이어가자 손바닥만 한 조각이 안으로 떨어졌다. 나는 몸을 구부렸다. 믿을 수 없는 광경이 펼쳐졌다. 숯 장작으로 이루어진 검은빛과 은빛의 미로가 비밀스럽게 반짝이고 있었다. 나는 또 한 조각을 깨뜨려 끄집어냈다. 마치 고대 토기의 둥그런 파편 같았다. 바깥쪽은 환했고, 안쪽은 그을음으로 검었다. 나는 정성스럽게 가마를 깨나갔다. 어느 순간 첫 번째 장작을 꺼낼 수 있을 만큼 구멍이 커졌다. 나는 손을 더듬었다. 숯 표면은 완벽하게 매끈했고, 심지어 부드럽기까지 했다. 숯 장작을 집는 순간 그 가벼움에 말을 잊었다. 나는 웃으면서 아버지에게 숯을 건넸다. 숯은 아직 많았다. 마법 같았다. 통나무일 때의 구멍과 옹이, 결절을 여전히 간직하고 있었지만 검게 쪼그라들면서 원래의 무게를 모두 잃어버렸다. 아버지는 우리의 수확물을 수레에 가지런히 쌓았다. 몇 주 후 대부분의 쓰레기가 치워졌을 때 우리는 저녁에 아버지와 내가 직접 만든 숯으로 바비큐 파티를 했다. 숯 하나하나가 모두 나와 인연이 있는 것들이었다. 뿌듯했다. 하지만 다른 한편 내 숯 위로 육즙이 치지직 떨어지면서 숯이 서서히 재로 변해가는 모습을 볼 때는 다소 슬픈 마음도 들었다.

시골에서의 삶

우리 집 맞은편, 그러니까 일명 노후 보장용 주택에 사는 가족의 이름은 마이스너였다. 그 집 아저씨는 계절에 상관없이 상하의가 붙은 낡은 파란색 작업복에 체크무늬 플란넬 셔츠를 입고, 챙 달린 파란색 모자를 쓰고, 쇠고리 달린 안전화를 신었다.

"자, 내 발 밟아봐!" 아저씨가 걸핏하면 나에게 하는 소리였다. 나는 선뜻 그러지 못하고 반쯤 힘을 빼고 밟았다. 그러면 아저씨는 바로 화를 냈다. "나 놀리는 거야? 어서, 세게 밟아! 더! 더 세게 밟으라고!" 꼭 돌덩이를 밟는 것 같았다. 오히려 내 발이 아팠다. 아저씨는 그런 나를 마치 허약한 응석받이 보듯 한심하게 바라보았다. 청소년기부터 분유를 만드는 네슬레 공장에서 일한 사람이었다. 작업장은 건조실 안에 있었는데, 그는 거기서 가루를 삽으로 퍼서 열풍 건조기에 넣는 일을 했다. 이후 피부가 바짝 말라버렸다. 아저씨가 말했다. "그 일을 하면서 얼굴에 각질이 생겼어. 남들은 발에 생기는 게 나는 얼굴에 생겼지. 한

번 만져봐. 완전히 말라비틀어졌어. 자, 어서 만져봐. 만져보라니까!"

또다시 똑같은 게임이 시작되었다. 나는 엄두를 내지 못했고, 아저씨는 계속 재촉했다. "야, 어서 만져보라니까. 더 세게! 완전 사막 같아." 나는 용기를 내어 손끝으로 아저씨의 뺨을 만져보았다. 마치 사포질을 한 것처럼 푸석하고 거칠었다. 발에만 쇠고리를 달고 있는 것이 아니라 얼굴에도 강판을 깐 듯했다. 아저씨는 술을 많이 마시면 초지나 들판에 서서 먼 곳을 아스라이 내다보았다. 가끔은 장소를 옮기지 않고 그 자리에 서서 오줌을 누기도 했다. 한번은 만취한 상태에서 톱풀 줄기로 피리 만드는 법을 보여주다가 날카로운 풀 줄기에 손가락이 베였다. 피가 연두색 풀 줄기 위로 흘렀지만 개의치 않고 웃기만 했다.

"피 나요, 아저씨. 반창고 가져올까요?" 내가 말했다. 그는 "뭘 이런 걸 갖고…." 하더니 줄기에 작은 구멍을 냈다. 풀피리가 완성되자 슐레스비히홀슈타인 찬가를 한 음 한 음 연주했다. 손가락에서 흐른 붉은 피가 풀피리를 타고 뚝뚝 떨어졌다.

마이스너 부인을 처음 알게 된 건 그녀의 집에 처음 들어갔을 때였다. 세상에 그녀만큼 관리를 안 하고 난장판으로 사는 사람은 난생처음이었다. 몸에서는 악취가 났고,

문밖으로는 전혀 나가지 않았으며, 잿빛 머리는 엉망이었다. 게다가 줄담배를 피웠고, 브래지어도 착용하지 않았다. 얼룩덜룩한 티셔츠 안에서 덜렁거리는 축 처진 가슴을 볼 때마다 나는 당혹감을 감추지 못했다. 그 집에 다녀오면 샤워를 해야 할 정도로 몸에서 역겨운 냄새가 났다. 달걀을 한 판 주러 잠시 들르거나, 그저 그녀의 안락의자까지 갔다가 다시 나왔을 뿐인데 내 몸에서 고약한 냄새가 났다. 그 냄새는 단순히 옷에 스며드는 게 아니라 공격적으로 옷을 뚫고 들어와 모공으로 침투하는 느낌이었다. 겨울이면 그녀는 기름 난로를 빵빵하게 틀어놓은 집 안에서 짧은 체육복 반바지를 입고 지냈다. 정강이는 검은색 반점으로 덮여 있었고, 양말 위쪽은 새까맸다. 일어나는 법이 거의 없는데도 어떻게 그렇게 자주 부딪히는지 항상 아리송했다. 이 집은 모든 것이 역겨웠다. 부엌은 악취 진동하는 무질서의 현장이었다. 화장실엔 화장지가 없었고, 변기 옆 바닥에 접힌 신문지만 널브러져 있었다.

그녀의 딸 미하엘라는 나와 나이가 같았는데 중증 당뇨병을 앓고 있었다. 처음 만났을 때 보니 시력도 좋지 않았다. 낮에는 특수학교에 다녔다. 그녀는 나를 쐐기풀 속으로 밀어 넣었고, 인슐린 주사기로 위협했으며, 식물 독을 뿌리기도 했다. 이런 관계에서 우정이 싹틀 리 만무했다.

우리 가족은 종자에 싹이 틀 때마다 감탄을 연발하고 강낭콩, 녹두, 황두, 누에콩을 정성스럽게 수확해 천을 깐 광주리에 펼쳐놓았다. 반면에 이웃집의 밭은 잡초만 무성한 아수라장이었다. 우리가 잘 익은 보스코프 사과를 나뭇가지에서 살며시 돌려 땄다면, 저쪽 집에서는 물러터진 사과가 나무에서 그대로 떨어져 썩어갔다. 나의 어머니는 가끔 바닥까지 내려오는 털외투를 입고 마당에 서서 줄담배를 피우는 궁상스러운 몰골의 마이스너 부인에게 이렇게 묻곤 했다. "이번 주엔 닭들이 알을 잘 낳았어요?" 희한하게도 우리가 시골집에 있는 주말에는 닭들이 알을 많이 낳았지만, 주중에는 거의 낳지 않았다. 이웃집 가족은 대충 얼기설기 지은 여러 개의 우리에서 토끼를 키웠다. 토끼우리의 똥을 치워주는 법은 없었고, 바닥에 깔린 짚도 토끼 오줌으로 늘 눅눅했다. 불쌍한 설치류들은 그런 답답한 우리 안에서 짓눌린 듯이 살아갔다. 우리가 키우는 동물들은 하나같이 이름이 있고 늘 사랑받았다면 마이스너 가족의 동물들은 이름이 없을 뿐 아니라 종국에는 그들의 뱃속으로 들어갔다.

마이스너 부인은 점점 다리를 절다가 결국 발을 절단했다. 아버지는 주말에 그녀를 찾아가 동강 난 다리에 붕대를 갈아주었다. 부인은 계속 담배를 피웠다. 이후 이 년 사이에 그녀는 조금씩 작아졌다. 종아리 조금, 다른 발 조금, 다른 종아리 조금, 허벅지 조금 이렇게 계속 줄어들었다. 한번은 자갈밭에서 그녀의 목발에서 빠진 고무 패킹을 발견하고 가져다주었는데, 그녀는 감사의 뜻으로 나에게 라이터를 선물했다.

춥고 습한 토요일, 우리 차가 마당으로 들어섰을 때 이웃집의 커튼은 모두 쳐져 있었다. 아버지가 나지막한 그 집 현관문 앞에 서서 초인종을 여러 번 눌렀다. 아들이 문을 열었다.

아버지가 말했다. "네 엄마를 살펴보려고 왔어."

나는 차 뒷좌석에서 나오다가 아들의 말을 들었다. "엄마는 여기 없어요."

나는 자갈밭을 가로질러 아버지 뒤에 섰다. 내 키는 어느새 아버지의 어깨에 살짝 못 미쳤다.

"어디 가셨는데?" 아버지가 다정스레 물었다.

아들은 잠시 망설이다가 같은 말을 반복했다. "엄마는 여기 없어요."

"병원에 가셨니?"

순간 내가 평생 잊지 못할 대답이 돌아왔다.

"아뇨, 엄마는 거기도 없어요. 어디에도 없어요. 돌아가셨어요."

아버지는 잠시 할 말을 잊고 침묵하다가 당황스러운 듯 속삭였다. "아, 미안하구나."

아들은 아무런 감정을 보이지 않고 가만히 등을 돌려 집 안으로 들어갔다. 열여섯 살로 작은형과 동갑인 그는 벌써 콧수염을 길러 거의 서른처럼 보였다. 실업계 학교에 다녔고, 하루 종일 개조한 전기자전거를 타고 돌아다녔다. 집을 나올 때도 헬멧을 썼고, 들어갈 때도 헬멧을 썼다. 나는 움푹 들어간 두 뺨 사이에 나이에 어울리지 않게 콧수염을 기른 청소년 정도로만 알고 있었는데, 한번은 그가 닭을 도살하는 모습을 보고 놀랐다. 소름 끼칠 정도로 침착했다. 그는 막 모가지가 잘려나간 닭들을 바닥에 내려놓더니 발로 툭 찼다. 그러자 목 없는 닭들은 파닥거리며 달아났다.

아버지는 농업에 관한 모든 책을 읽었다. 그에게 바이블은 존 시모어의 『시골에서의 삶』이었다. 아버지는 소위 '자급자족하는 농부'가 되고자 했다. 하지만 결국 외양간을 치우고 정원을 일구고 동물을 돌본 사람은 또다시 어머니였다.

우리는 양 세 마리를 샀다. 그중 한 마리는 검은색이었다. 이름은 카스파르, 멜히오르, 발타사르라고 지었다. 털은 우리가 직접 깎았다. 어머니가 양털을 자르면서 실수로 피부까지 건드릴 때마다 아버지는 상처 부위에 소독약을 발랐다. 언제나 그렇듯 '쿠타제프트 오렌지' 소독약이었다. 막 털을 깎은 양들은 알몸에 주황색 얼룩을 덕지덕지 묻힌 채 방목장에 서 있었다. 존엄성에 깊은 상처를 입은 듯 무척 불쾌해 보였다. 전기 울타리에서 우리를 관찰하던 농부들은 고개를 절레절레 흔들었다.

어머니는 양털을 세척하고 염색한 뒤 손수 물레까지 돌려 우리가 입을 까끌까끌한 옷가지를 짰다. 스웨터와 조끼, 실내화, 재킷, 심지어 바지까지 종류도 다양했다. 나는 위에서 아래까지 모조리 차 색깔 또는 진딧물 색깔의 털옷을 입고 땀을 삐질삐질 흘렸으며, 혹시 비라도 맞으면 옷에서 양 냄새가 났다.

아버지는 의료적 응급 상황에서만 실력을 발휘했다. 발굽병에 걸린 양의 썩은 발굽을 도려냈고, 숫양을 직접 거세했다. 한번은 내게 잊을 수 없는 장면을 선사했다. 양의 탄생 과정이었다. 아버지는 흐릿한 램프 불빛 아래서 의사가운을 풀어헤친 채 짚더미 속에서 양수에 젖은 갓 태어난 양의 탯줄을 묶더니 엉덩이를 찰싹 때렸다. 녀석의 입에서 처음으로 "메에에에" 소리가 새어 나왔다. 첫 울음이었다.

나는 양 거세에 대한 지식을 학교 작문 시간에 활용했다. 양 거세에는 두 가지 방법이 있었다. 하나는 고환에 고무링을 끼워 혈액 공급을 차단함으로써 고환이 서서히 사멸해 나중에 그냥 뚝 떨어지게 하는 방법이고, 다른 하나는 고환을 꽉 누른 다음 거세용 펜치로 정삭을 짜내는 방법이었다. 그런데 나는 이번에도 주제에서 벗어났다. "요아힘, 양 거세가 썰물이나 밀물과 무슨 관련이 있지?"

그러던 어느 날 오후, 마이스너 아저씨가 산울타리 흙벽 옆에 모자를 쓴 채 죽어 있었다. 이제 두 아이만 남았다. 아들은 이미 열여덟 살이 넘었기에 여동생과 함께 이 집에 그대로 살 수 있었다. 그러나 상황은 더욱 슬퍼졌다. 우리는 탁구를 치고, 캠프파이어를 하고, 관목을 심고, 외양간을 하얗게 칠하고, 바닥을 새로 깔고, 멋들어진 갈대 지붕을 올리고, 직접 굽고 칠한 수백 개의 타일로 부엌을 아름답게 장식했지만, 불과 이십 미터도 안 떨어진 이웃집에서는 천애고아가 된 남매가 답답하고 단조로운 공기 속에서 쪼그리고 앉아 있었다.

눈 재난

겨울이 왔다. 결코 잊지 못할 겨울이었다. 정말 인상적인 집단 체험이었다. 크리스마스 시즌은 유난히 따뜻했고 크리스마스트리의 전구에도 이슬비가 내렸다. 그런데 해가 바뀌기 직전에 갑자기 날이 추워지면서 눈이 내리기 시작했다. 눈은 처음 날릴 때부터 퍽 특이했다. 작은 점 같은 눈송이들이 점점이 흩어져 휙휙 공중을 날아다니며 춤을 추었다. 어찌나 가볍게 움직이는지 얼핏 보면 마치 조그만 흰색 겨울 벌레들이 사방에서 윙윙 날아다니는 것처럼 보였다. 눈송이는 처음엔 떨어지는가 싶더니 다시 하늘로 날아올랐고, 창틀에 잠시 머무르는가 싶더니 금세 자리를 떴다. 바람이 시나브로 강해지다가 한 시간 만에 거센 돌풍으로 변했다.

여기 북방에서는 드문 일이지만, 일단 더워지면 몹시 덥고 추워지면 몹시 춥다. 눈송이는 대개 크고 무겁다. 또한 공중에서 한들한들 바닥으로 가라앉는 게 아니라 낮게 걸린 구름에서 곧장 수직으로 낙하한다. 북독일의 눈송이는 겨울의 마법을 전파하거나, 온 세상을 하얀 물감으로 물들이거나, 새집 지붕에 하얀 모자를 씌우는 데는 재주가 없다. 오히려 축축한 상태로 하늘에서 떨어져 땅에 닿자마자 다시 물로 변할 채비를 한다. 우리 지방의 눈송이는 슬플 정도로 수명이 짧다. 구름에서 젖은 대지로 내려오는 그 짧은 여정만으로 만족해한다. 땅에 닿는 순간 기꺼이 자신의 몸을 내주고 녹아버린다. 하지만 여기서는 눈이 워낙 귀하다 보니 여전히 과분한 환호를 받는다. 지상에 그대로 누워 다른 생존자들과 함께 서서히 땅을 덮는 일은 거의 없다.

내 고향 도시에서는 이런 어설픈 습설의 일부라도 산채로 내려 대지에 자그마한 눈밭을 만들어내면 아이들이 바로 썰매를 타러 뛰어나갔다. 물론 십 미터도 채 안 되는 초라한 눈 비탈은 한 시간 뒤엔 진창으로 변했다. 하지만 아이들은 진창을 뒹굴어도 아랑곳하지 않고 계속 도움닫기를 하며 썰매에 올라타서는 힘들게 미끄러져 내려갔다. 그만큼 겨울에 대한 동경이 컸다.

그런데 이번에는 모든 것이 달랐다. 눈송이는 작고 가볍고 민첩하고 단단했다. 빠른 속도로 불어나 눈구름을 형성하더니 집 주변을 미친 듯이 날아다녔다. 사실 이번에도 모두가 원하던 그런 눈은 아니었다. 사뿐사뿐 내려 소복소복 쌓이는 눈이 아니라 먼지처럼 흩날리기만 하는 눈이었다. 얼음처럼 차가운 바람이 불면서 허공은 흩날리는 눈으로 가득했다. 바람이 휘몰아칠 때마다 눈은 여기에 쌓였다 때로는 저기에 쌓였다. 한 시간 만에 차고 옆에 일 미터 높이의 눈 더미가 만들어지는가 하면 화단에는 눈이 전혀 쌓이지 않았다. 바람이 바뀌면 삼십 분 후 반대편 담장에 눈이 쌓였다.

바람에 휘날려 쌓이는 이런 '바람 눈 더미'는 그때까지는 들어본 적 없었지만 이제는 곳곳에서 들을 수 있었다. 바람 눈은 예측 불가였다. 가만히 도사리고 있다가 불시에 덮쳐 자동차 운전자의 길을 막거나 철로를 차단하거나 노인들을 집 안에 꼭꼭 가두어버렸다. 정신병원 경내에서도 병동으로 가는 길이 막혔다. 바람 눈은 길들여지지도 통제되지도 않았고, 점점 더 천방지축으로 날뛰며 반항적으로 굴었다. 기온은 이 주 내내 영하를 한참 밑돌았다. 라디오와 텔레비전에서는 각종 신기록이 발표되었다. 영하 기온 신기록, 홍수 신기록, 풍속 신기록, 적설량 신기록이었다.

제설 차량은 거의 없었다. 진입로와 계단, 도로를 간신히 치워도 다음 날 아침이면 다시 눈이 쌓였다. 사방에 눈보라밖에 없었다. 선박 운항은 멈추었고, 할리히 지역 주민들은 대피했다. 항구에서는 바람에 떠밀려 와 첩첩이 쌓인 유빙들이 배를 밀어붙여 부수어버렸다. 전면적 항해 금지령이 내려졌다. 연방군이 탱크를 몰고 도시에 들어와 눈을 평평하게 골랐는데, 안타깝게도 그 과정에서 자동차도 몇 대 궤도에 깔렸다. 한 남자가 캠핑카 안에서 얼어 죽었고,

축사 지붕이 눈 무게를 이기지 못해 무너져 내렸으며, 그 바람에 돼지 이백 마리가 질식해 얼어 죽은 채로 발견되었다. 뉴스에서는 바위처럼 단단해진 이 동물들이 화물차 짐칸에 쿵쿵 소리를 내며 떨어지는 장면을 보여주었다. 나로선 평생 잊을 수 없는 소리였는데, 마치 돼지 모양의 큰 바윗덩이를 내려놓는 듯했다. 우리 지방 전역의 도로변에는 차주들이 그대로 두고 간 차량들이 즐비했다.

이 모든 사태는 그에 걸맞은 이름을 얻었다. '눈 재난'이었다. 뉴스 프로그램 〈타게스샤우〉는 슐레스비히홀슈타인주가 혼란에 빠져들고 있고, 그 여파로 재난 지역으로 선포되었으며, 눈 재난은 끝이 보이지 않는다고 보도했다.

나는 감격했다! 내 창문 바로 아래에서 실제로 참사가 일어나고 있었다. 재앙과도 같은 가루눈이 이미 내 창문의 절반 정도를 막아버린 것이다. 방 안이 갑자기 어두워졌다. 매일 아침 나는 부리나케 창문으로 달려가 밤새 더 높아진 정원의 눈 산을 바라보았다. 이제 울타리는 모두 사라졌고, 대신 지붕 위에 사람들이 지나다니는 길이 생겨났다. 우리 개는 신나게 꼬리를 흔들며 용마루로 올라가더니 낯선 풍경에 컹컹 짖어댔고, 박공지붕을 따라 뛰어다니다가 주둥이로 눈을 파헤쳐 공중으로 휘날렸다.

아버지는 이 병동 저 병동을 오가느라 정신이 없었다.

메인 주방의 전기가 끊겼고, 약품이 부족했으며, 대부분의 의사와 간호사, 보호사는 길이 막혀 출근하지 못했다. 곳곳에서 사람들이 삽으로 눈을 치우고 있었다. 심지어 환자들도 재난 수습에 동원되었다. 우리 집에도 한 팀이 왔고, 형들과 나는 환자들이 진입로 치우는 모습을 지켜보았다. 기괴했다. 옷으로 꽁꽁 싸맨 인간들이 아무 생각 없이 서로를 향해 삽질을 했다. 바이에른에서 제설기가 왔다. 게르하르트 슈톨텐베르크 주지사가 텔레비전 연설을 했다. 그가 다시 나를 바라보았다. 아니, 나만 보았다. 그는 나의 동맹군이었다. 크리스마스 방학을 이 주 연장한다고 발표한 것이다. 형들과 나는 텔레비전 앞에서 환호했다.

어느 날 아침 전화벨이 울렸다. 내가 가장 먼저 달려가 수화기를 들었다. 마이스너 가족의 아들이었다. “네 아버지 좀 빨리 바꿔줄래?”

통화하는 동안 아버지의 표정은 점점 심각해졌다. 아버지는 이 말과 함께 전화를 끊었다. “걱정하지 마, 곧 누군가 갈 거야!”

“무슨 일이에요?” 내가 물었다.

아버지는 설명할 시간이 없었다. 먼저 병원에 전화를 걸더니 이어 경찰에도 연락했다. 그러나 연락이 닿지 않았다. 전화를 거는 데마다 통화 중이거나 대기해야 했다.

형이 캐물었다. "시골에 무슨 문제라도 있어요?"

"걔들은 지금 외부 세계와 완전히 단절된 상태라는데, 미하엘라의 인슐린이 다 떨어졌나 봐. 정신을 잃고 쓰러져서는 일어나지 못하고 있대. 위험한 상황인 것 같아." 아버지는 방 안을 서성이면서, 우리 들으라고 하는 말인지 아니면 스스로에게 하는 말인지는 몰라도 큰 소리로 중얼거렸다. "어떡한다? 어떡한다? 지금 상황에서 뭘 할 수 있을까?"

함께 고민하던 어머니가 입을 열었다. "차로 가는 건 불가능해요. 위에 인슐린 있어요?"

"그럼, 인슐린은 있지. 그것도 아주 많이. 하지만 그걸 어떻게 갖다줘?"

"내 생각에 유일한 방법은…." 어머니는 이 제안이 비현실적으로 들릴 걸 알면서도 마저 뱉어냈다. "비행기뿐이에요!"

작은형이 폭소를 터뜨렸다. "맞아요, 엄마, 정말 좋은 생각이에요! 뭐 하세요, 아빠, 차고에서 비행기 안 꺼내시고! 공중에서 인슐린을 떨어뜨리면 되겠네요."

"잠깐, 잠깐!" 아버지는 긴장한 표정으로 무언가를 골똘히 생각하는 눈치였다. 아직은 스쳐 지나가는 아이디어에 불과한 듯했지만, 그게 아버지의 내면에서 서서히 윤곽을 잡아가더니 결국 구체적인 계획으로 변하는 게 내 눈에 보였다. 아버지는 손목시계를 보았다. "이십 분 후에 연방군 헬리콥터가 G동 앞에 내려 D-상 환자를 킬의 중환자실로 이송할 예정이야. 돌아오는 길에 걔들 집에 잠시 들를 수 있어."

이후 반 시간 동안 아버지는 완벽한 구조 작전을 세웠다. 우리 모두는 감명 받은 표정으로 거실에 앉아 아버지가 여기저기 전화하는 것을 지켜보았다. 아버지는 정확하면서도 상냥했다. 어떤 순간에도 자신이 통제하지 못하고 있다는 인상을 주지 않았다. 몇 분 후에는 담당 대령과 통화했고, 이어 병원에 전화를 걸어 인슐린을 주문했으며, 조종사에게도 미리 연락을 취해 필요한 정보를 알려주었다. "넓은 초지에 착륙해야 할 겁니다. 그곳 눈 상황이 어떤지는 지금 알아보는 중입니다." 그러고는 아들 마이스너에게 전화를 걸어 안심시킨 뒤 여동생과 관련해서 몇 가지 지시를 내리고는, 초지로 나가 눈이 가장 적게 내린 곳을 표시해두라고 부탁했다. 아버지는 통화하는 내내 숱 없는 머리를 계속 손가락으로 훑고 벗겨진 이마를 쓰다듬었다. 잠시도 가만있지 못했다. 어떤 때는 수화기와 전화기 사이의 꼬인 전화선이 일자로 쭉 늘어나기도 했고, 어떤 때는 다시 꼬불꼬불 쪼그라들기도 했다. 모두 아버지의 불안감과 바쁜 마음을 보여주는 움직임이었다. 아버지는 방한복을 입고, 두꺼운 양말을 신고, 마흔 살 생일에 받은 캐시미어 목도리를 두르고, 모자를 썼다.

작은형이 아버지도 함께 가느냐고 물었다.

"글쎄다. 가보면 알게 되겠지."

우리는 번갈아가며 아버지를 안아주었다. "조심하세요." 어머니가 말했다. 이 작별 인사에는 마치 위기 대응팀이 생사를 건 임무 수행을 위해 최고 요원을 위험한 적지로 보낼 때처럼 짜릿하고 극적인 무언가가 담겨 있었다. 아버지가 마침내 현관문을 열었다. 손잡이를 누르는 순간 돌풍이 현관문을 밀치고 들어와 복도에 눈송이를 어지럽게 흩뿌렸다. 아버지는 몸을 살짝 구부린 채 바람을 이겨내며 밖으로 나가 목도리로 입과 코를 가리고는 비틀비틀 걸음을 옮겼다. 나아가기가 쉽지 않았다. 걸음을 내디딜 때마다 눈 속에 푹 빠진 발을 힘겹게 들어 올려야 했기 때문이다. 아버지는 몇 미터 가지 못하고 지쳐서 걸음을 멈추었다. 그러다 우리를 돌아보고 손을 흔들었다. 이제 그만 문을 닫고, 더 이상 자신의 뒷모습을 보지 말고, 자신에게 맡겨진 임무를 혼자 해결하게 내버려두라는 당부 같았다. 어머니와 큰형이 함께 힘을 주어 문을 닫았다. 우리 모두가 바들바들 떨었다. 개는 단 일 분 만에 집으로 쏟아져 들어와 복도 벽에 잔뜩 붙은 바람 눈을 핥아먹었다. 나는 내 방으로 달려가 커튼 뒤의 따뜻한 동굴 좌석에 웅크리고 앉았다. 복도에서 형들의 목소리가 들렸다.

한 형이 말했다. "스콧은 베이스캠프로 영영 돌아오지 못했어. 낙담한 채 눈폭풍 속에서 비참하게 죽었어." 다른 한 명이 말했다. "심지어 조랑말까지 먹어치웠대!"

나는 눈이 바꾼 풍경을 내다보았다. 어떤 형태의 모서리도, 어떤 각진 곳도, 어떤 색도 모두 사라진 풍경이었다. 그러다 이제껏 한 번도 떠오른 적이 없는 생각이 나를 쫓아와 사로잡았다. 아버지를 영영 볼 수 없으면 어떡하지, 하는 상상이었다. 그런 일이 실제로 벌어진다면 방금 우리를 떠난 아버지의 모습을 정확히 기억해둘 필요가 있었다. 그게 내가 지금부터 영원히 간직하게 될 마지막 인상일 것이다. 나는 아버지의 마지막 모습을 마음에 담았다. 아니, 낙인을 찍듯 명확하게 새겼다. 그중 어떤 것도 잊어버려선 안 되었다. 어떤 자잘한 부분도 망각의 수렁에 빠뜨려선 안 되었다. 그 점에 대해선 의심의 여지가 없었다. 생각이 자꾸 그쪽으로 가다 보니, 이제는 정말 아버지를 다시 볼 수 없을 거라는 상상이 돌이킬 수 없는 사실처럼 여겨졌다. 모든 형체를 집어삼킨 이 하얀 세상을 우두커니 바라보고 있자니 눈이 따가워지기 시작하면서 서서히 불안이 커져 갔다. 불안이 커질수록 눈 속을 헤치고 터벅터벅 걸어가는 아버지의 모습이 더욱 선명해졌다. 불현듯 아버지의 털모자 아래로 삐져나온 부드러운 목덜미 털이 보였고, 그 위에 눈송이가 내려앉아 있었다. 아슬아슬한 눈 모자를 쓴 삼십 센티미터 높이의 가로등도 보였고, 아버지 장화가 눈밭에 남긴 섬뜩한 구멍들도 보였다. 아버지가 우리를 다시 한번 돌아보던 시선, 그러니까 내가 처음에 인지한 것보다 훨씬 더 큰 부드러움과 불안이 담긴 마지막 시선도 보였다. 기억이 정확하게 떠오를수록 불안은 더 커졌고, 불안이 커질수록 기억은 더 생생해졌다. 이런 악순환의 고리는 넓어졌다 좁아졌다 하면서 점점 더 나를 조여왔다. 동시에 내가 금방이라도 창턱에서 눈 덮인 정원으로 떨어지고, 그런 나를 눈이 부드럽게 녹이고 해체시키고 집어삼켜 땅에 묻어버릴 것만 같았다. 멀리서 헬리콥터가 착륙하는 엔진 소리가 들렸다.

나는 벌떡 일어나 아버지의 안락의자에 앉아 편지를 쓰고 있는 어머니에게 달려갔다. "누구한테 쓰는 거예요?"

어머니가 고개를 들었다. "그냥 나한테 쓰는 거야."

"아빠는 언제 와요?"

"모르겠는데."

"아빠가 같이 갈 거라고 생각해요?"

"아니, 꼭 그렇지는 않아. 그런 헬리콥터에는 자리가 많지 않거든."

나는 개 옆에 누웠다. 개는 조금 전까지 바닥에서 뒹굴었던 게 분명했다. 카펫이 개털로 뒤덮여 있었다. 나는 개털을 손가락으로 비벼 얇은 털 소시지를 만들었다.

나는 큰형 방으로 가서 노크했다. 형 방에 들어가려면 반드시 지켜야 할 절차였다. 안에서 "누구야?" 하는 소리가 들렸다.

"나야!"

"왜? 뭔 일 있어?"

"들어가도 돼?"

"잠깐만."

안에서 형이 무언가를 치우는지 책상 서랍을 열었다 닫았다 하는 소리가 들렸다. 형이 문을 열고 문틀에 섰다. 뒤에서 거대한 수족관이 부글부글 거품을 일으키고 있었다.

"뭔데?"

"형은 아빠가 같이 갈 거라고 생각해?"

"아니, 불가능해. 그러기에 아빠는 너무 뚱뚱해! 장담하건대 금방 돌아오실 거야!"

"하지만 걔들한텐 의사가 필요하잖아."

"의사는 아빠 말고도 쌔고 쌨어. 게다가 이 날씨엔 어차피 착륙도 못 해. 생각 좀 해!"

"그럼 미하엘라는 어떻게 되는 건데? 죽어?"

형은 어이없다는 표정으로 문을 쾅 닫았다.

작은형은 현미경 앞에 구부정하게 앉아 있었다. 병원 실험실에서 더 이상 사용하지 않아 버리려던 전자 현미경인데, 남자 직원 둘이 끙끙대며 이 방에 갖다놓았다.

"뭘 보는데?" 나는 형을 놀래지 않으려고 나직이 물었다.

형은 고개도 들지 않고 대답했다. "양파 껍질에서 세포핵을 추출했어."

나는 무슨 말인지 알아먹지 못했다. "봐도 돼?"

"아니, 지금은 안 돼. 염색해야 해." 형은 피펫으로 유리판 위에 누르스름한 액체를 한 방울 떨어뜨렸다. 그러고는 접안렌즈를 이리저리 돌리더니 감탄을 터뜨렸다. "와, 믿을 수가 없어!"

"나도 보게 해줘!"

형은 대꾸도 없이 뭔가 기록만 했다.

나는 이른바 텔레비전 방이라 불리는 곳으로 달려가 창 너머로 길을 내다보았다. 아버지의 발자국은 모두 사라지고 없었다. 나는 거실로 돌아와 선조들의 사진이 붙어 있는 벽 아래 소파에 누웠다. 어머니는 잠시 고개를 들고 나에게 미소를 짓더니 계속 자기만의 편지를 써 내려갔다.

우리 집에 무슨 일이 일어난 것일까? 모든 것이 짓눌린 듯 가라앉아 있었다. 마치 이 안에도 바깥처럼 눈이 잔뜩 쌓이고, 지붕 위의 무게가 우리를 짓누르고, 우리 모두가 단단한 눈가루 철갑에 갇혀 있는 듯했다. 내 머리 위에는 선조들이 걸려 있었다. 맨 위에는 둥근 액자 속에 실루엣 초상화가 있었다. 그는 괴테의 주치의였다고 했다. 그 아래로 제복을 입은 흑백의 남자들과 장시간 조명을 받아 시선이 굳어 있고 허리를 꽉 졸라맨 여성들이 있었다. 내 머리 바로 위에는 아미와 아피라는 이름의 조부모 사진이 걸려 있었다. 남자들 사이의 유사성은 극명했다. 실루엣 초상의 남자들부터 코가 크고 머리숱이 적었다.

내가 다섯 살 때 아버지의 아버지가 돌아가셨다. 나는 기억하지 못하지만, 조부를 비롯해 이 조상들과 나를 연결시키는 사건이 있었다. 손님이 와서 우리 조상들의 갤러리 앞에 서면 즐겨 이야기하는 사건이었다. 두세 살 때 나의 가장 큰 행복은 망치로 무언가를 두드리는 일이었다. 돌이든 나무 블록이든 골판지 상자든 가리지 않았다. 중요한 건 무언가를 망치로 두드린다는 사실이었다. 나는 아피 할아버지로부터 유리 망치를 선물 받았다. 목에 걸 수 있도록 자루에 끈도 달려 있었다. 할아버지가 여든쯤 되었을 때의 일이었다. 어느 날 점심때 할아버지가 지금 내가 누운 바로 이 소파에서 잠이 들었다. 어머니는 유리 깨지는 소리를 듣고 거실로 달려왔다. 어머니 말로는 내가 소파 가장자리 높은 곳에 서서 망치로 사진을 하나씩 부수고 있었다고 한다. 깨진 유리 조각이 막 잠든 할아버지 위로 쏟아졌고, 잠에서 깨어난 할아버지가 아연한 표정으로 "지금 뭐 하는 짓이야, 이 사탄아!" 하고 소리쳤는데도 나는 계속 망치질을 했다고 한다.

이상했다. 도대체 왜 그랬을까? 나는 조상님들 아래의 소파에 누워 졸면서 그 생각을 다시 하고 있었다. 그때였다. 눈 재난의 정적 속으로 전화벨이 울렸다. 나는 벌떡 일어나 수화기를 집어 들었다. 쏴쏴 소리만 들렸다. 내가 소리쳤다. "아빠? 아빠?"

"그래, 나야. 내 말 들리니?"

"잘 안 들려요. 어디야, 아빠?"

형들과 어머니가 합류했다. 다들 전화를 받고 싶어 했다. 지금 이 순간 가장 합당한 대화 상대가 각자 자신이라 여겼고, 아버지의 말을 알아듣지 못하는 게 모두 내 탓이라고 확신하는 듯했다. 하지만 나는 결코 수화기를 내주지 않았다. 수화기 속에서 무언가 다다닥거리는 소리와 함께 "헬리콥터"라는 말이 들렸다. 작은형이 전화선을 잡아당겼다. 내가 앙칼지게 소리를 질렀다. 형은 내 손에서 수화기를 비틀어 뺏으려 했다.

어머니가 버럭 고함을 쳤다. "그만해! 아버지가 뭐래? 어디 계시대?"

내가 소리쳤다. "아빠! 아빠!" 뚜뚜, 연결이 끊겼다.

"넌 정말 바보천치야!" 큰형이 퉁을 놓았다.

나는 내 방으로 달려가 문을 쾅 닫았다. 한 번으로는 부족했다. 다시 문을 열고 더 힘차게 문을 닫았다. 세 번, 네 번, 다섯 번, 지칠 줄 모르고 사력을 다해 문을 열고 다시 닫았다. 한 손으로, 어떤 때는 두 손으로, 문틀에서 석회가 떨어질 때까지. 복도 끝에서 나를 걱정스레 바라보는 여덟 개의 눈이 보였다. 어머니 눈 두 개, 형들 눈 네 개, 그리고 개 눈 두 개였다. 멈추고 싶지 않았다. 결코 그만두고 싶지 않았다. 마치 분노의 감옥에 갇힌 듯했다. 죽는 순간까지 이 빌어먹을 방문을 쾅쾅 닫아 박살 내고 싶었다.

그러나 육신의 피로감이 이런 내 인생 계획을 방해했다. 나는 탈진한 채 발을 질질 끌며 침대 속으로 들어갔고, 이유는 모르지만 벽에 침을 뱉었다. 그러고는 이불을 돌돌 만 채 내 침이 어쩐지 언짢아하고 거북해하면서 황마

천 벽지를 따라 흘러내리는 것을 지켜보았다. 나는 침대에 누워 귀를 기울였다. 뭔가 달랐다. 다시 일어나 밖을 내다보았다. 눈송이가 느리게 떨어지고 있었다. 창문을 열었다. 바람 한 점 없었다. 폭풍이 가라앉았다. 이 주 넘게 신음하고 울부짖던 폭풍과 바람 눈의 소용돌이가 잦아들고 눈 깜짝할 사이에 정적이 찾아들었다.

아버지가 빨개진 코와 만족스러운 눈빛으로 무사히 돌아오기까지는 몇 시간이 걸렸다. 아버지는 실제로 군 헬기를 타고 함께 이동했다. 헬리콥터 뒷좌석에 안전벨트를 매고서. 아버지는 시골 초지에 착륙해서 미하엘라에게 인슐린을 가져다주었다. 그런데 이게 다가 아니었다. 텔레비전 방송 팀도 함께 탑승해서 눈 재난의 현장을 촬영했다.

아버지가 말했다. "아마 나도 나올지 몰라. 나도 찍었거든. 심지어 인터뷰도 했어."

우리는 텔레비전 앞에 모였다. 시계 분침이 여덟 시 정각을 향해 움직이고 있었다. 마지막 오 초는 절도 있는 뚜 소리와 함께 진행되다가 마지막 순간에 여덟 시 뉴스를 알리는 종이 울렸다. 첫 번째 소식은 눈 재난이었다. 아나운서의 멘트가 시작되었다. "북부 지방의 상황이 점점 악화되고 있습니다. 바람은 잦아들었지만 수백 명의 사람이 여전히 외부와 차단되어 있습니다. 일부 위험한 상황이 있었지만 연방군의 지원 덕에 최악의 상황은 피할 수 있었습니다." 눈으로 질식한 풍경이 항공 촬영 영상으로 펼쳐졌다. 마을 전체가 하얀 눈에 파묻혔는데, 여기가 마을임을 알려주는 표시는 삐죽 솟은 교회 종탑뿐이었다.

그러다 카메라가 하얗게 물결치는 눈 사막의 광활한 풍경에서 헬리콥터 내부로 갑자기 방향을 틀었다. 나는 바닥에서 펄쩍 뛰어올랐다! 아버지가 헬리콥터 안에서 손잡이를 잡고 앉아 카메라에 대고 이렇게 말했다. "네, 우리 헤스터베르크 어린이청소년 정신병원도 눈 때문에 상당히 애를 먹고 있습니다. 방금 킬에 다녀오는 중입니다. 환자 한 명을 그곳 병원 중환자실로 이송했거든요. 지금은 생명이 위독한 소녀에게 인슐린을 공급하러 가는 중입니다!"

형들도 지금 우리가 보고 듣는 것에 감격한 표정으로 자리에서 일어났다. 잠시 후 아들 마이스너가 눈밭에서 긴 작대기에 빨간 셔츠를 묶어 흔드는 모습이 잡혔다. 천천히 땅이 가까워졌다. 우리의 주말 별장과 마이스너 가족의 집은 어디에도 없었다. 보이는 것이라고는 눈 속에 파묻힌 완만한 언덕 두 개뿐이었다. 아버지는 헬리콥터 해치에서 어색하게 나와, 굉음을 내면서 점점 천천히 돌아가는 날개 밑으로 몸을 숙이고 아들 마이스너에게 다가갔다. 그들은 쓰레기가 널브러진 집 안으로 들어갔고, 카메라도 따라갔다. 전기가 끊겨 실내엔 촛불이 켜져 있었다. 미하엘라는 마치 관 속 시체처럼 눈에 띄게 지친 모습으로 소파에 누워 눈알만 굴렸다. 이 모든 게 마치 드라마 속 한 장면이라고 해도 믿을 듯했다. 아버지가 미하엘라에게 인슐린 주사를 놓는 장면이 화면에 나오는 동안 기자의 현장 보도가 이어졌다. "여기서 한 소녀가 극적인 순간에 구조되었고 나중에 오빠와 함께 비상 대피소로 이송되었습니다. 바람이 잦아들면서 슐레스비히홀슈타인 사람들은 며칠 안에 상황이 다소 진정되기를 희망하고 있지만, 모든 도로의 통행이 아직 불가능하기 때문에 경보 해제를 입에 올릴 수는 없는 상황입니다. 자동차 운행 금지 조치도 여전히 유지되고 있습니다."

나는 아버지 무릎에 앉았다. 아버지가 나를 두 팔로 꼭 안았다. 형들은 안락의자의 팔걸이에 걸터앉았다. "무섭지 않았어요?" 작은형이 물었다.

아버지는 잠시 생각하더니 굉장히 솔직하게 대답했다. 내가 나중에 자주 그리워하게 될 명랑한 솔직함이었다. "물론 무척 무서웠지. 하지만 개의치 않았어."

아버지가 모두의 눈에 인슐린의 신이자 헬리콥터의 영웅으로 등극한 지 사흘 후, 마침내 눈이 그쳤다. 아버지는 의사로서 자동차를 이용할 수 있는 특별 허가를 받았다. 우리는 몇 미터 높이의 눈 벽 사이를 달팽이 속도로 엉금엉금 달렸다. 도시는 서서히 치워지고 있었다. 나는 눈이 녹으면 완전히 다른 도시가 나타날 거라고 확신했다. 지금까지도 납득할 수 없는 불가사의한 생각의 오류였다. 나는 산더미 같은 눈이 차가운 고치처럼 우리 모두를 감싸고 있다고 상상했다. 하지만 고치에서 나온 것은 마법 같은 소도시가 아니라 축축하고 질척거리기만 할 뿐 재난 이전과 똑같은 촌구석이었다. 해는 며칠 동안 여전히 차갑게 빛났고, 사방은 산 없는 스키 천국처럼 보였다.

이틀 동안 작은 언덕에서 네 시간 동안 어림잡아 삼천 번은 넘게 썰매를 타고 나자 다른 아이디어가 떠올랐다. 이 세기의 겨울에 나만의 방식으로 경의를 표하고 싶었다. 나는 고무장화를 신고 그 위에 비닐봉지를 하나씩 씌운 다음 병조림 뚜껑 고무 링으로 봉지 끝을 단단히 묶었다. 그러고는 우리 개와 함께 숲으로 갔다. 아버지의 조깅 야망을 무참히 박살 내버린 긴 직선 구간이 나타났다. 나는 쪼그리고 앉아 양손으로 개 줄을 잡고 외쳤다. “출발! 뛰어!” 개가 움직이기 시작했고, 나는 뒤에 매달려 미끄러졌다. 속도가 점점 빨라졌다. 얇은 장화 밑창으로 바닥의 미세한 요철이 다 느껴졌다. 개는 나를 매단 채 숲길을 경주

로인 양 전속력으로 달렸다. 마지막 골인 지점까지.

숲에서의 총알 질주가 끝나고 내가 눈밭에 쓰러지자 우리 개가 내 얼굴을 핥았다. 나는 머리를 톡톡 두드려주며 말했다. “잘했어. 넌 멋진 썰매 개야. 이리 와!” 나는 개를 끌어안고 입을 맞추었다. 마지막 눈이 다 녹을 때까지 나는 이 썰매놀이에 며칠 동안 흠뻑 빠졌다. 이후 내 머릿속에 반짝거리는 작은 황금빛 기억 하나가 생겨나서 나를 미칠 듯이 행복하게 했다.

마이스너 남매의 가정을 해체한 건 아버지였던 것 같다. 오빠는 도시에 집을 얻었고, 미하엘라는 시설에 보내졌다. 오빠는 오토바이를 타던 중에 심근경색으로 사망했다. 노안의 어린 나이에. 여동생은 당뇨병으로 실명했지만 아직 살아 있다. 집은 폐허가 되었다.

주말마다 우리는 시골로 갔다. 아버지는 시골집에서도 자기만의 안락의자에 앉아 소로우의 『월든』 같은 책을 읽거나 원예 잡지를 뒤적거렸다. 반면에 어머니는 뼈 빠지게 일했다. 아버지는 넓은 부지를 돌아다니며 전문가적 관점에서 양봉장을 위한 최적의 장소를 물색했고, 안달루시아 암탉들이 얼마나 많은 알을 낳았는지 일일이 세었으며,

양의 오줌 줄기를 손으로 받으면서 이렇게 소리치곤 했다. "오, 이게 바로 생명이야, 분출하는 생명!" 반면에 어머니는 뼈 빠지게 일했다.

평생을 그랬다. 아니 정확히 말하면 아버지가 살아 있는 동안에 그랬다. 아버지의 머릿속 생각을 현실로 옮겨준 사람은 늘 어머니였다. 어머니는 아버지의 집행자였다. 몇 년 전, 아버지의 박사 학위 논문과 교수 학위 논문을 직접 쓴 사람도 어머니였다. 아버지는 머릿속으로는 모든 것을 알고 있었지만, 진득하게 앉아서 그것을 정리해내는 능력은 없었다. 그래서 십사 일 동안 담배를 피우며 방을 서성거리면서 어머니에게 교수 학위 논문을 받아 적게 했다. 일을 맡기는 데는 도가 텄지만, 직접 일을 하는 데는 젬병인 사람이었다. 지금 돌아보니 어쩌면 우리 가족도 아버지에게는 항상 하나의 관념이었을 뿐인지도 모르겠다. 정신병원장으로서의 삶과 요트 선장으로서의 삶, 자급자족하는 농부로서의 삶은 물론이고 한 가정의 아버지이자 남편으로서의 삶, 그리고 우리 가족조차 아버지가 안락의자에 앉아 책에 몰두하거나 우리와 멀리 떨어져서 만들어낸 하나의 이론일 수 있었다.

사실 막내인 내가 가장 먼저 잠자리에 들어야 한다는 게 속상한 건 아니었다. 그건 충분히 이해할 만한 일인 데다가 주중에는 아홉 시라는 취침 시간이 내 나이에는 정말 넉넉했다. 다만 그로 인해 영화 한 편을 끝까지 볼 수 없다는 사실이 항상 나를 발악과 탈진으로 내몰았다. 영화는 뉴스가 끝난 직후인 여덟 시 십오 분경에 시작해서 보통 열 시쯤에 끝나거나 아니면 더 늦게까지 했다. 취침 시간 때문에 영화를 못 보게 되면 나는 출구 없는 상황으로 내몰렸다. 다른 무슨 방법이 있겠는가? 내가 무슨 천재적인 이성을 가진 미성년자도 아니고, 여덟 시 십오 분이 되면 자기 보호 차원에서 미련 없이 쿨하게 작별 인사를 하고 텔레비전 방에서 나와야 할까? 아니면 모두에게 굿나잇 키스를 하면서 이렇게 말해야 할까? '다들 아시겠지만 영화를 아예 처음부터 보지 않는 게 낫겠어요. 아시다시피 내 취침 시간은 아홉 시니까요. 아쉽지만 어쩌겠어요! 잘 주무세요, 사랑하는 가족 여러분. 영화 재미나게 보시고요. 내일 아침 밥 먹을 때 영화가 어땠는지나 이야기해 주세요.' 내 부모님이 설마 이런 걸 상상하지는 않았을 것이다. 물론 나도 몇 번 시도는 해봤다. 영화 시작 전에 텔레비전 방을 떠나 개 옆에 누운 것이다. 하지만 오프닝 음악이나 MGM 영화사 로고인 사자의 포효 소리가 들리면 나는 자동 발이라도 달린 것처럼 냉큼 돌아가 텔레비전 앞에 엎드려 누웠다. 형들은 간절히 애원하는 표정으로 말했다. "제발 부탁인데, 오늘은 너의 아홉 시 발작 드라마를 안 봤으면 좋겠어. 이건 정말 놓치고 싶지 않은 영화야." 아니면 더 작은 목소리로 이렇게 말하기도 했다. "귀마개부터 나눠주고 발악을 했으면 좋겠어!"

아버지는 안락의자에 앉아 있었다. 양손에는 당연하다는 듯이 책이 놓여 있었다. 자칭 영화보다 책을 훨씬 좋아하는 사람이었기 때문이다. 하지만 아버지는 두 시간 내내 책장 한 번 넘기지 않고 그 상태로 영화에 빠져들었다.

영화에 대한 나의 애착은 단순히 좋아한다거나 끌린다는 말로 표현하기에는 충분하지 않았다. 영화는 내가 하루 중 휴식을 취하는 유일한 시간이었다. 학교에서 나는 코르덴 바지를 반짝반짝 윤이 날 정도로 계속 문질렀고, 의자에 앉아 앞뒤로 몸을 흔들었으며, 남들 모르게 신발 안에서 최대한 빨리 발가락 북을 쳤다. 은밀하게 움찔거리는 열 개의 피뢰침이었다. 오후에는 정신병원 경내를 돌아다녔고, 형들의 방을 급습하거나 아니면 정처 없이 여기저기를 얼쩡거렸다. 나는 아버지가 교육적 발상에서 내준 숙제를 마치 작은 체구의 학자처럼 스탠딩 책상에 서서 했다.

병원 내 목공소에서 나만을 위해 특별 제작한 책상이었다. 진득하게 앉아 있는 게 싫다는 내 말에 아버지는 이렇게 말했다. "그럼 일어서서 해!" 형들은 내 방문을 열어보고는 눈알을 굴리며 마치 무전하듯 말했다. "스탠딩 책상의 무뇌아! 스탠딩 책상의 무뇌아! 응답하라! 응답하라!"

나는 스탠딩 책상에서 발꿈치를 들었다 내렸다 하면서 낙서하듯 휘갈겨 쓰는 필체로 요일을 가리키는 영단어를 연습했지만 아무것도 이해하지 못했다. 영어책에서 'Wednesday'라는 단어의 철자 하나하나를 베껴 쓰고는 책을 덮었다. 그러고 나면 마치 급성 종양이 내 뇌를 먹어치운 것처럼 방금 쓴 것을 까맣게 잊어버렸다! 그냥 아무 기억이 나지 않았다. 내 머릿속은 숫자와 글자가 방향을 잃고 헤매다가 흔적도 없이 행방불명돼서 다시는 보이지 않는 황량한 사막 같았다. 이런 고난의 상황에서 나는 한동안 글자를 베껴 쓰지 않고 샌드위치 포장지에 복사를 해봤는데, 그랬더니 글자는 무슨 난해한 암호 같았다. 내 뇌가 체라서 모든 게 걸러지지 않고 한두 가지 지식 파편이나마 건질 수 있다면 얼마나 좋을까 하는 생각도 들었다. 그러나 내 머릿속에서는 그냥 아무것도 되지 않았다. 지식을 붙들어서 보관해둘 고리나 서랍, 수납장이 없었다. 아니, 어떤 형태의 정보든 저장할 수 있는 공간 자체가 아예 없었다. 그건 앉아서든 일어서서든 마찬가지였다. 설사 하늘을 날면서 공부를 한다고 해도 마찬가지일 것이다. 어떻게 해도 내 머릿속에 들어온 지식은 즉시 사라져버렸다. 한쪽 귀로 듣고 한쪽 귀로 흘린다는 옛말이 결코 빈말이 아니었다. 바로 나를 두고 한 말이었다. 내 귀는 불 꺼진 동굴의 입구이자 출구였다. 혹은 연결 통로가 있는 터널의 입구이자 출구였다. "스탠딩 책상의 무뇌아! 스탠딩 책상의 무뇌아! 응답하라! 응답하라!"

식사 시간에도 나는 항상 정신없이 움직였다. 너무 부산스러워 몸의 조정력을 잃어버릴 정도의 속도로 먹고 마셨다. 그러다 보니 포크로 입을 찔렀고, 혹시 몰라 내게서 멀리 떨어뜨려 놓은 잔도 엎었으며, 아무리 조심해도 스웨터에 토마토소스를 흘렸다. 아버지는 내 어깨에 손을 얹고 동물 조련사 같은 목소리로 말했다. "진정해, 흠, 진정해, 다 괜찮아." 나로선 어쩔 수 없는 일이었다. 내 안에 너무 많은 것이 있는 듯했다. 피도 남들보다 몇 리터 더 많고, 뼈는 너무 크고, 장기는 너무 뚱뚱하고, 심장은 너무 크고 너무 빨리 뛰었다. 그저 모든 게 너무 많았다. 나는 아버지처럼 비만하고 둔한 남자가 되고 싶었다. 교양 넘치는 붓다가 되고 싶었다. 하지만 나는 잠시도 가만있지 못하고 부산스럽게 움직이는 빼빼 마른 아이였다.

텔레비전 앞에서만 진정되었다. 그 앞에 눕는 순간 거짓말처럼 아늑한 평온함이 찾아들었다. MGM 사자의 포효는 평화와 진정을 알리는 팡파르였다. 그러나 아홉 시까지 사십오 분간의 시간은 마치 사악한 마술사가 개입이라도 한 듯 속절없이 빠르게 흘러갔다. 처음에는 한 형이 "어이, 막내, 아홉 시야, 출발해!" 하고 말하면 형들이 나를 도발하는 거라고 생각했다. 나는 어머니를 건너다보았다. 어머니는 고개를 끄덕였다. 나는 이제 아버지에게 기어가 아버지의 손을 잡고 손목시계를 내 쪽으로 돌렸다. 아니나 다를까, 아홉 시 직전이었다. 그다음에는 여지없이 똑같은 패턴이 이어졌다. 나는 일단 다시 누웠다. 영화가 너무 흥미진진해서 부모님과 형들이 시간과 나를 까맣게 잊어버리길 기대하면서. 하지만 영화가 아무리 재미있어도 형들은 엄격한 원칙주의자였다. 나와 관련해서는 정해진 규칙을 엄정하게 준수하는 것을 매우 중요하게 생각했다. 늦어도 아홉 시 십 분경에는 한 형이 나를 기억해냈다. "여기 없어야 할 사람이 하나 있네."

그러면 이제 어머니도 찬성했다. "가자, 얘야. 엄마가 같이 가줄게. 영화도 어차피 별로 재미없잖아."

다음은 토론 단계였다. 나는 터무니없는 논거를 들이댈 때가 많았다. "이럴 거면 왜 영화를 보게 했어요? 여덟 시

십오 분에 나를 바로 침대로 보냈어야죠."

"조용히 해. 우리 영화 봐야 돼. 어서 자러 가."

"제발 아홉 시 반까지만, 네?"

항상 어머니와 먼저 협상한 뒤 아버지와 협상을 벌이는 게 좋았다.

"좋아, 그럼 이십 분 후에는 들어가는 거야. 약속해?"

나는 얼른 고개를 끄덕이고는 다시 자리를 잡고 엎드렸다. 그러고 얼마 뒤 작은형이 소리쳤다. "벌써 이십 분 지났어!"

나는 아버지의 시계를 다시 보았다. "십구 분 지났어!" 내가 소리치고는 다시 누웠다. "아빠, 제발, 제발 조금만 더 보게 해주세요!"

피곤해서 그냥 넘어가줄 때가 많은 아버지가 카랑카랑한 목소리로 "좋아, 오 분만 더!" 하고 마지막 유예 시간을 주었다. 이런 아량에도 불구하고 이때쯤이면 나는 이미 돌이킬 수 없이 로켓 발사대에 올라탄 상태였다. 이제 돌아갈 길은 없었고, 카운트다운이 시작되었다.

작은형의 취침 시간은 아홉 시 반이었다. 내게 주어진 시간이 자신의 시간에 점점 가까워지면 형은 짜증을 냈다. 내가 일단 자러 들어가야 형은 영화를 끝까지 볼 수 있었다. 그건 나도 정확히 알고 있었다.

"이제 됐어! 자러 가! 아홉 시 반이야. 내일 학교 가야지." 작은형이 말했다.

"내버려둬! 형이 무슨 상관이야!" 내가 소리쳤다.

어머니가 개입했다. "그만해. 왜 이렇게 난리니!"

한편 큰형은 이제 우리 모두에게 무슨 일이 일어날지 잘 안다는 듯이 텔레비전 볼륨을 높였다. 이것으로 삼 라운드의 공이 울렸다. 작은형이 "야, 수두! 어서 자러 가. 컨디션 관리 잘해서 내일 수학 시험 망쳐야지!" 따위의 못된 말을 내뱉는 것이 시작이었다. 나에게 이건 분노 폭발의 일 단계를 의미했다. 분노 로켓은 점화 장치에 불이 붙으면서 힘차게 이륙했다. 나는 비명을 지르며 공중으로 치솟았고, 굉음과 함께 대기권을 뚫었으며, 연소된 동력 장치의 부품들을 떨쳐버리고 난폭하게 발을 구르며 분노의 불길에 휩싸인 채 궤도에 진입했다. 또한 무중력 상태에서 팔다리를 휘저었고, 지상의 온갖 소심함에서 벗어났다. 하지만, 이건 정말 엄청난 **하지만**인데, 모두가 내가 미쳤고 정신이 나갔다고 생각하고 있었음에도 나는 이 우주적 발작의 와중에도 화면 속 장면들을 계속 지켜보았다. 심지어 몸을 구를 때도 영화의 모든 장면을 포착할 수 있도록 교묘하게 뒹굴었다. 나는 분노 발작으로 몸의 일부를 어지럽게 뒤트는 동안에도 몸의 다른 일부로는 무중력 상태에서 차분하게 궤도를 돌며 영화를 계속 보았다. 누구도 알지 못하는 나만의 비밀이었다. 발작을 하면서 동시에 텔레비전을 보는 것은 신기에 가까운 기술이었다.

아버지는 몸을 숙여 내 양팔 밑으로 손을 넣고 나를 일으켜 세운 다음 밖으로 데려갔다. 텔레비전 방에서 나오자마자 불행감이 밀려들었다. 나는 울먹거리며 더듬더듬 말했다. “나, 나는… 끝, 끝을 보, 보, 보고 싶어요.”

아버지는 나를 위로했고, 내가 양치질을 하는 동안 곁을 지키고 섰다가 나를 침대로 데려다주었다.

“잠깐만, 아빠. 텔레비전 방에 가서 잠시 인사만 하고 나올게요!”

아버지는 일부러 눈썹을 치켜올렸다. 다 안다는 듯한 표정이었다. “그래, 인사만 후딱 하고 나와!”

나는 동정을 불러일으키는, 파자마 입은 금발의 강아지 같은 모습으로 어깨를 축 늘어뜨리고 텔레비전 방으로 다시 들어갔다. 처음엔 큰형이, 다음엔 작은형이 입었던 파자마였다. 이제 사 라운드가 시작되었다. 나는 어머니를 껴안고 “잘 자요, 엄마, 미안해요!” 하고 속삭이고는 어머니 무릎에 앉았다. 그 상태로 어머니 어깨에 턱을 대고 고개를 약간 돌려 텔레비전을 보았다. 나는 양치질을 하느라 놓쳤던 줄거리의 공백을 나만의 추론으로 메꾸려고 했다. 형들은 영화에 푹 빠져 있었지만, 어떤 상황에서도 남의 주의력을 분산하는 면에서는 대가들이었다. 작은형은 화면에서 눈도 떼지 않고 약간 심드렁한 목소리로 어머니에게 훈계조로 말했다. “교육학에서는 이런 상황을 뭐라고 하는지 아세요, 엄마? ‘원칙 없는 갈팡질팡 교육’이라고 그래요! 엄마 아빠가 재를 완전히 엉망으로 만들고 있는 거라고요. 재가 또 쳐다보네!”

“제발 그만해! 좀 내버려둬. 곧 자러 갈 거야!” 어머니가 나무랐다.

“난 아무 말도 안 했어요! 하지만 재가 원래 시간보다 사십오 분 더 늦게 자러 가면 나도 당연히 더 오래 깨어 있을 권리가 있어요. 오늘부터 아홉 시 반에 잠자리에 들지 않고 재보다 삼십 분 더 늦게 잘 거예요!”

중요한 건 지금 두 사람이 어떤 식으로든 대화를 나누고 있다는 사실이었다. 일 분 일 분이 내게 이득이었다. 그때 아버지가 소리쳤다. “너 지금 어디 앉아 있어?”

어머니가 나를 무릎에서 떼어놓았다. “잘 자, 아가야!”

나는 큰형에게 다가가 말했다. “잘 자!” 형은 나를 사랑스럽다는 듯 바라보더니 내 고수머리를 툭툭 쳤다. “잘 자,

베르제르커*. 좋은 꿈 꿔."

작은형도 내게 미소를 지어주었다. 터무니없이 큰 앞니를 드러내면서. "잘 자, 동생아. 사랑해."

이쯤 되면 마지막 오 라운드에 접어들어 나는 북받치는 감동의 울음을 터뜨렸고, 이 울음은 영화가 끝날 때까지 지속되기도 했지만 대개는 중간에 그쳤다. 그런 다음 잠시 우리 개에게 갔다가 완전히 파김치가 되어 침대에 쓰러져서는 환자들이 울부짖는 소리를 조금 듣다가 잠이 들었다.

한번은 약장을 뒤지다 혈액 순환 촉진 크림을 발견했다. 동봉 설명서를 꼼꼼히 살펴본 결과 이 크림이 맨 아래쪽 근육 부위에까지 열을 전달하고 그로써 피부에 발적이 생길 수 있음을 알게 되었다. 물론 이 발적은 금방 사라지고 무해했다. 나는 튜브 뚜껑을 열고 조금 짜서 손등에 연고를 발랐다. 해당 부위가 기분 좋게 따뜻해지더니, 아니 심지어 뜨거워지더니 실제로 새빨갛게 변했다.

또 한 가지 놀라운 사실도 발견했다. TV 가이드를 훑어보다가 처음엔 설마 하며 믿지 않았던 사실인데, 전날 밤에 상영된 영화가 다음 날 아침에 재방송되고 있었다. 시

* 북구 전설에서 곰의 가죽을 쓰고 싸우는 사나운 전사.

간은 특이하게도 열 시 이십삼 분이었다. 나는 이번 주 TV 가이드 전체를 살펴보았다. 정말이었다. 또 다른 영화 두 편도 그다음 날 아침 그 애매한 시각에 다시 방영되었다. 신문지 더미에서 찾아낸 삼 주 전의 TV 가이드까지 확인하고 나서야 내 마지막 의심이 사라졌다. 이로써 많은 경우 아홉 시 정각이면, 늦어도 아홉 시 반이면 마치 단두대의 칼날에 목이 잘리듯 중간에 끊을 수밖에 없었던, 내 최애 배우들이 출연하는 내 최애 영화들을 하룻밤 뒤에 다시 볼 기회가 생겼다.

혈액 순환 촉진 크림과 영화 재방송이라는 이 두 가지 발견은 며칠 동안 아무 충돌 없이 평화롭게 공존했다. 나는 어느 날의 아침을 위해 학교에 가지 않아도 될 핑곗거리를 생각해보았다. 질병이나 가족 경조사? 아니면 구실을 지어내야 할까? 그와 별개로 나는 연고로 다양한 실험을 했다. 다리에 뜨거운 별을 그리거나 따뜻해지는 얼굴에 점과 쉼표를 찍고 대시를 그렸다. 그랬더니 벌건 달덩이 같은 얼굴이 완성되었다.

그러던 중에 마침내 내가 꼭 보고 싶었고 반드시 봐야 하는 영화가 텔레비전에서 방영될 예정이었다. 〈선원과 수녀〉였다. 작은 사진과 설명에 따르면 이 영화는 머나먼 섬, 음험한 일본인, 마음씨 고운 수녀, 공습 등 잠재적인 흥행

요인을 모두 갖추고 있었고, 게다가 내가 좋아하는 은막의 스타 중 한 명이 선원 역을 맡고 있었다. 로버트 미첨이었다. 이번에 나는 강제로 침대로 끌려가지 않고 내 발로 걸어갈 것이다. 그를 위한 멋진 계획은 이미 준비되어 있었다. 혈액 순환 촉진 크림과 재방송을 연계시킨 대담한 계획이었다. 그날 저녁 우리 가족이 텔레비전 앞에 모였다. 늘 그렇듯 비바람을 예고하는 일기 예보가 끝나자 나는 말했다. "왠지 몸이 좀 안 좋아요. 일찍 자는 게 좋겠어요."

"뭐라고?" 작은형이 곧바로 수상쩍은 눈초리를 보냈다. "영화가 곧 시작하는데? 누가 나오는지는 알아?"

"응, 알아. 하지만 하루 종일 뱃속이 좀 이상해." 나의 최애 배우가 나오는 영화를 이렇게 자발적으로 포기한다면 몸 상태가 정말 안 좋은 것으로 해석될 게 분명했다.

아버지가 내 이마에 손을 얹었다. "열은 없는데…."

나는 조금 구부정하게 서 있었지만 동정심을 유발하는 내 연기에는 다소 모호한 구석이 있었다. "정말 눕는 게 낫겠어요. 모두 잘 자요!"

형들은 나의 속내를 꿰뚫어보려는 듯 나를 유심히 살펴보았다. 아무리 속이 안 좋아도 그렇지, 로버트 미첨 영화를 단념한다는 게 가당키나 할까, 하는 표정이었다. 내가 문에서 마지막으로 병자처럼 힘없이 손을 들어 우리 가족에게 흔들었을 때 텔레비전에서는 20세기 폭스 사의 환상적인 오케스트라 음악이 흘러나왔다.

아버지는 나를 침대로 데려다주더니 이것저것 챙겨주었다. 말과 행동이 모두 급했다. 아버지도 로버트 미첨을 무척 좋아했기 때문이다. "더 필요한 건 없니?"

"배가 좀 아파요. 뜨거운 물주머니가 있으면 좋을 것 같아요."

"그래, 잠시만 기다려라. 내가 곧 갖다줄게."

이렇게 해서 나는 그날 저녁 행복하게 잠들었다. 배에서는 물주머니의 출렁이는 열기를 느끼고, 귀로는 닫힌 문을 통해 일본인들의 비명 소리를 듣고, 머릿속으로는 잘 짜놓은 계획을 그려가면서.

다음 날 아침, 나는 힘든 밤을 보낸 척하며 음식에는 거의 손을 대지 않고 고통에 찬 표정으로 접시만 내려다보았다. 여전히 가시 돋친 형들의 코멘트에도 일절 반응하지 않고 피곤한 듯 그냥 넘겼다. 작은형이 말했다. "내가 본 로버트 미첨의 영화 중에서 최고였어."

"맞아. 못 봤더라면 아마 난 미쳐버렸을 거야." 큰형이 맞장구를 쳤다.

나는 비밀스러운 계획에도 불구하고 확 짜증이 치밀어

마시던 국화차를 형들에게 뿌려버리고 싶은 마음이 굴뚝 같았지만 꾹 참고 하품을 했다.

"머리가 아프니?" 어머니가 물었다.

"아뇨, 괜찮아요." 나는 더 대담해졌다. "오늘은 꼭 학교에 가야 해요. 영어 시험이 있거든요!"

"그래, 하지만 몸이 안 좋으면 꼭 안 가도 돼."

"곧 좋아질 거예요, 엄마." 나는 한 사람씩 돌아가며 미소를 지어주었다. 그 미소가 어찌나 사랑스럽고 씩씩한지 형들도 이제 슬그머니 걱정이 되는 모양이었다. "불쌍한 녀석, 얼굴이 창백해. 전염병에 걸린 건 아니었으면 좋겠다."

"화장실에 갔다 올게요." 나는 의자에서 일어나 잠시 테이블 가장자리를 잡고 서서는 위경련이 사라질 때까지 심호흡을 하는 척하다가 그 자리를 빠져나왔다. 복도에 도착하자마자 약장으로 달려가 앞에 의자를 놓고 올라가서는 혈액 순환 촉진 크림을 꺼내 청바지 주머니에 쑤셔 넣었다. 그런 다음 방한 점퍼를 입고 책가방을 메고 거실에 들어가 모두에게 작별 인사를 했다. 아버지는 안락의자에 앉아 신문을 읽고 있었다.

"학교 다녀오겠습니다, 아빠."

"좀 걱정이 되는구나. 정말 누워 있지 않아도 되겠니?"

"그냥 한 번 해볼게요. 안 되면 다시 오면 되잖아요."

아버지는 정확하게 내가 기대하는 말을 했다. "열쇠 챙겨 가고 무슨 일 있으면 전화해. 오늘은 우리 막내가 정말 씩씩하구나. 무슨 일이 있나? 아무튼 요상해. 오래 살고 볼 일이다."

나는 아버지의 손에 뽀뽀를 했다.

아버지는 가끔 손등에서 엄지와 검지 사이의 피부를 잡아 올려 살짝 비틀곤 했다. "이것 봐." 이럴 때 아버지의 표정은 항상 진지했다. "이렇게 그대로 있어. 피부가 원래대로 돌아가려면 한참이 걸려. 네 손 줘봐." 아버지가 내게 똑같은 실험을 하자 내 피부는 즉각 다시 원래대로 돌아왔다.

나는 어머니와 작별 인사를 하고 학교로 향했다. 첫 수업은 지리였다. 나는 너무 흥분해서 선생님의 말이 한 마디도 귀에 들어오지 않았다. 속으로 시간 계산만 계속 하고 있었다. 첫 시간은 여덟 시 사십 분에 끝나고, 둘째 시간은 아홉 시 이십오 분까지였다. 셋째 시간이 끝날 때까지 기다리기에는 빠듯했다. 정년퇴직을 앞둔 영어 선생님은 정말 미친 여자였다. 이건 절대 과장이 아니다. 늘 끔찍하게 추위를 탔는데, 수업 시간에도 항상 바닥까지 내려오는 털 담요로 몸을 감쌌고 털모자를 썼다. 피부는 갈색으로 탔고, 턱에는 깊은 주름이 패어 있었으며, 입은 입술 없이 금만 죽 그어져 있었고, 말을 할 때는 이가 보이지 않았다. 교단에 가만히 서 있을 때 보면 마치 깨달음을 얻은 셰르파처럼 보이기도 했다.

수업이 시작하고 십 분쯤 지났을 때 나는 바지 주머니에서 심하게 찌그러진 튜브를 꺼냈다. 다른 과목도 마찬가지지만 나는 영어 시간에도 지속적인 감시 대상이었기에 맨 앞줄에 앉아 있어야 했다. 선생님이 칠판에 무언가를 적는 사이 나는 책가방에서 찾을 게 있다는 듯 허리를 숙여 혈액 순환 촉진 크림을 얼굴에 발랐다. 성공이었다. 이제 인내심을 갖고 기다리기만 하면 되었다. 그러나 아무 일도 일어나지 않았다. 나는 똑바로 앉아 새빨간 농포로 뒤덮인 얼굴을 기대하며 선생님에게 자신 있게 내 얼굴을 내밀었다. 선생님은 나를 여러 번 바라보았지만 아무 반응이 없었다. 지금쯤이면 내 얼굴에 걱정을 불러일으킬 만한 명백한 병증이 나타나야 했다. 그건 내가 사전에 스톱워치로 실험한 결과이기도 했다. 선생님이 영어로 진행하는 수업에 아무리 푹 빠져 있다고 해도 이걸 못 볼 리는 없었다. 내가 그녀의 광기를 과소평가했을까? 털모자를 쓰고 털담요를 고치처럼 감싸고 있는 이 여자의 놀라운 집중력 때문에 내 계획이 실패로 돌아갈까? 나는 모험을 걸기로 마음먹었다. 질문이 무엇이든 간에 나는 손을 들고 지식에

목마른 학생처럼 허공에서 열심히 손가락 끝을 튕겼다. 선생님은 놀란 표정으로 나를 바라보더니 이내 다른 사람을 고르려는지 시선을 돌려 교실을 둘러보았다. 나는 의자에서 조금 일어나 손을 흔들면서 마치 채찍을 내리치듯 딱딱 손가락 끝을 계속 튕겼다. 그제야 그녀의 시선을 다시 내게로 돌리는 데 성공했다. 선생님이 마뜩잖은 표정으로 호통을 쳤다. "What's wrong with you(뭐가 문제야)?"

나는 그녀를 보면서 뭔가 애절한 표정을 지으려고 애썼다.

"Do you want to answer the question(질문에 대답하려고)? 대체 뭘 하려고?"

순간 나는 공황 상태에 빠졌다. 실수로 다른 크림을 챙겼나? 혈액 순환 크림이 아니었나? 지금 아니면 기회는 없을 것 같았다. 나는 완전히 비이성적인 행동을 했다. 입을 벌리고 혀를 쏙 내밀고는 "아아아아!" 소리쳤다. 그때였다. 마침내 그녀의 눈빛에서 무언가 이상한 느낌이 들었다.

선생님이 내 책상으로 성큼 다가왔다. "너 왜 이래? 무슨 일이야? 얼굴에 붉은 반점이 너무 많아."

내 짝꿍이자 완전히 밥맛인 우리 반 일등 녀석이 역겨운 표정으로 나를 보더니 의자 가장자리로 몸을 옮겼다.

"일어나서 이리 창가로 와봐!" 선생님이 이렇게 명령하며 털모자를 벗었다. 나는 마치 신병처럼 바지 솔기에 손을 붙이고 발을 모은 채 밝은 햇빛 아래 섰다. 잘되고 있었다. 이제 서두르지만 않으면 되었다. 모든 게 내가 계획한 대로 진행될 것이다.

"너 괜찮아? 얼굴이 이런 건 처음 봐."

나는 눈을 최대한 크게 떴고, 누가 봐도 연민의 감정이 들 수밖에 없는 순진한 어린 양의 표정을 지었다. "좀 이상하기는 해요. 뱃속이요. 금방이라도 토할 것처럼 메슥거려요." 이것이야말로 선생님에겐 최고의 위협이었다. 교실에서 토하는 학생은 공포 그 자체였다.

"그럼 당장 집에 가는 게 좋겠다. 집에 누가 있어?"

"엄마도 있고 아빠도 점심 먹으러 와요. 아빠는 의사예요."

"잘됐네. 그럼 어서 가봐." 선생님은 얼굴이 흉측한 붉은 반점으로 뒤덮인 나를 신기하게 바라보는 우리 반 친구들을 훑어보며 말했다. "누가 같이 가줄래?" 이건 정말 누구나 탐내는 임무였다. 아픈 사람은 혼자 집으로 보내면 안 되기 때문이다.

그러나 아무도 나서지 않았다. 문둥병 환자 곁에 가고 싶어 하는 사람은 없었다. 하물며 그런 환자를 에스코트하라니, 말도 안 되는 소리였다. 이건 예상하지 못했다. 내 계획에서 가장 큰 위험한 순간이 닥쳤다. 아무도 나를 데려주겠다는 친구가 없으면 선생님은 아버지를 부를 것이고, 그러면 내 계획은 틀어질 수밖에 없었다.

"아무도 없어?" 선생님은 털 담요를 꽉 끌어당기며 생각에 잠겼다. 반 친구들은 모두 선생님의 눈을 피해 책상만 내려다보았다. 그때 비외른이 유일하게 손을 들었다. 아, 안 돼, 쟤는 안 돼! 낙제생에다가 몰래 담배를 피우고, 좀도둑질도 마다하지 않는 녀석이었다.

결국 나는 그 녀석과 함께 학교를 빠져나왔다. 우린 처음 몇 분 동안 침묵했고, 나는 "좌회전" 혹은 "직진" 같은 말 외에 다른 말은 하지 않았다. 구멍가게를 지날 때 비외른이 물었다. "초코키스 빵 먹을래? 나 돈 있어!"

나는 머뭇거렸다. "글쎄. 지금은 별로일 것 같은데!" 사실 나는 초코키스 빵을 좋아했다.

녀석은 가게로 들어가더니 커다란 바게트 빵 두 개를 사 들고 왔다.

"자, 이건 네 것! 특별히 초코키스를 두 개씩 넣어 만들어 달라고 했어. 저기 담장 위에서 먹자!"

나는 시간이 충분한지 생각해보았다. 영화 시작 시간이 열 시 이십삼 분이니까, 문제될 건 없어 보였다. "알았어, 고마워!"

우리는 나지막한 담장에 앉아 빵을 먹었다. 녀석이 뭔가 아는 사람처럼 내 얼굴을 빤히 들여다보며 말했다. “그거 수두 아냐!”

“그래, 하지만 정말 몸이 안 좋아. 완전 지랄 같아!”

녀석이 웃었다. “장담하는데 내일이면 좋아질 거야!” 그러고는 빵을 한 입 크게 베어 물었다.

우리 집 현관문 앞에 도착했을 때 비외른이 화장실에 가야겠다고 했다. 내가 문을 열자 개가 나오더니 깜짝 놀라 몸을 흔들었다. 나는 비외른에게 화장실 가는 길을 가르쳐주었다. 최대한 빨리 녀석을 떨쳐내고 싶은 마음뿐이었다. 화장실에서 나온 녀석이 물었다. “엄마가 집에 있다고 하지 않았어?”

“금방 올 거야. 잠시 쇼핑하러 갔나 보지.”

“널 혼자 두고 갈 순 없어!”

“아냐, 아냐, 그래도 돼. 난 이제 누울 거야. 금방 나을 거야.”

“벌써 나은 것 같은데! 얼굴에 붉은 반점이 다 없어졌어.”

나는 복도 거울로 눈을 돌렸다. 얼굴색이 너무 좋아 아픈 애라고는 도저히 믿어지지 않는 소년이 죽을상을 하고 서 있었다. 나는 얼른 고개를 돌렸다. 새 운동화를 신은 비외른이 나를 향해 다가오는 것이 보였다. 나는 재빨리 현관문을 열어주었다. "고마워, 데려다줘서!"

녀석은 재킷 주머니에 손을 넣어 담배 한 개비를 꺼냈다. 정말 담뱃갑이 아니라 주머니에서 딱 한 개비만 집어냈다. "뭐, 그게 대수라고! 아무튼 즐겁게 보내. 내일 봐!"

나는 얼른 문을 닫고 두꺼운 반투명 유리를 통해 녀석의 흐릿한 형체가 서서히 멀어지는 것을 지켜보았다. 드디어 혼자였다! 나는 부리나케 부엌으로 달려갔다. 열 시 십 분이었다. 내 방에서 이불과 베개를 챙겨 텔레비전 방으로 가져가 텔레비전 전용 소파에 나만의 아늑한 보금자리를 꾸몄다. 그러고는 커튼을 치고 텔레비전을 켰다. 내 계획이 완전히 성공할지는 아직 백 퍼센트 확신할 수 없었다. 어떤 일이 일어날지 몰랐다. 갑자기 전기가 나갈 수도 있었다. 문득 비외른이 한 말이 떠올랐다. 즐겁게 보내라고? 무슨 뜻이지? 뭘 즐기라는 걸까? 병에서 낫는 걸 즐기라고? 얼굴의 붉은 반점은 또 왜 그렇게 일찍 사라졌을까? 경황이 없어서 연고를 너무 적게 발랐을까?

나는 기대에 부풀어 숨소리조차 죽인 채 나만의 아늑한 보금자리에 누웠다. 생판 처음 보는 여자 아나운서가 내게 인사를 건네면서 이어질 영화를 재미있게 보라고 했다. 20세기 폭스 사의 오케스트라 연주가 웅장하게 울려 퍼졌다. 요란한 북소리에 맞춰 트럼펫 소리가 울리더니 지상 낙원을 약속하는 행복의 팡파르로 대미를 장식했다. 이불 속의 온도, 다운 베개 위의 머리 위치, 텔레비전과의 각도, 모든 것이 드물게 완벽했다. 드디어 영화가 시작되었다. 이후 백 분 동안 나는 전에 없던 감동과 짜릿함으로 영화에 흠뻑 빠져들었다.

한 시쯤 어머니가 돌아왔다. 나는 이미 내 방으로 옮긴 상태였다. 어머니가 침대 맡에 앉았다. 나는 영화에 관한 이야기를 하고 싶어 미칠 것 같았다. 입을 꾹 다물어야 했다. 그렇지 않으면 영화를 본 소감이 내 뜻과는 상관없이 마구 쏟아져 나올 듯했다. 어머니가 내 이마에 손을 얹었다. "오늘은 그냥 집에 있어야 했어. 열이 있는 것 같아!"

얼마 뒤 형들이 학교에서 돌아왔다. 두 형은 내가 안쓰러운지 점심 식사를 갖다주었고, 옆에 앉아 나를 격려했다. 작은형은 내 접시에서 당근 두 개를 집어 거대한 뱀파이어 이빨처럼 입에 끼우고는 침을 흘리며 소리쳤다. "피는 아주 특별한 주스야!" 우리 집에는 아파서 학교에 가지 않는 날은 오후에도 집을 나가지 못하는 규칙이 있었다.

영화 시청의 대가는 정말 미치도록 지루한 오후가 될 것이었다. 그건 너무나 명백했고, 또 충분히 감수해야 할 일이었다. 그러나 상황은 다르게 전개되었다. 눈을 감고 깜박

잠이 들자마자 영화 속 장면들이 거짓말처럼 생생하게 찾아왔다. 동굴 바닥에 시트를 덮고 누운 수녀, 아직 젖은 수녀의 몸, 처음으로 노출된 수녀의 머리카락. 그리고 밤새 이상한 보드게임을 하는 일본인들 때문에 식료품 저장실에 꼼짝없이 숨어 있어야 했던 로버트 미첨. 이 모든 것은 단순한 기억 이상이었다. 머릿속에 재생 버튼이 있어서 내가 원하기만 하면 모든 장면을 처음부터 반복해서 볼 수 있었다.

저 돼지 당장 꺼지라고 해!

내가 이른바 취미 활동실이라 불리는 우리 집 지하실에서 형들과 탁구를 치고 있을 때였다. 랠리 중간에 갑자기 절망적인 비명 소리가 들렸다. 환자들의 비명이 아니라 우리 집의 누군가가 몹시 위급한 상황에서 내지르는 소리가 분명했다. 우리는 라켓을 탁구대 위에 던져놓고 지하실 계단을 뛰어 올라갔다. 처음 몇 계단을 오를 때까지만 해도 걱정보다 호기심이 앞섰다. 그러나 한 걸음 한 걸음 올라갈 때마다 그 고통스러운 괴성이 아주 친숙하지는 않지만 우리가 잘 아는 목소리임을 분명히 알아차렸다. 형들은 한꺼번에 몇 계단씩 올라갔고, 나도 따라 하려고 애썼다. 복도에 도착하니 거실 문이 닫혀 있었다. 큰형이 손잡이를 누르고 문을 활짝 열어젖혔다. 내가 가쁜 숨을 몰아쉬는 형들 사이에 껴서 본 것은 상상을 초월한 광경이었다. 대대로 내려오는 소중한 유품이 가득한 거실에서 이런 극적인 일이 벌어지리라고는 차마 상상하지 못했다. 우아한 장식장, 비더마이어풍의 책상, 일인용 안락의자와 긴 소파, 책이 꽉 채워진 서가가 굳건하게 자리를 지키고 있고, 군인과 학자, 의사로서 성공한 조상들이 경외심을 불러일으키는 근엄한 눈빛으로 내려다보고 있는 이 공간이 난장판으로 변해 있었다. 우리 가족의 친숙한 일상 세계에 어떻게 이런 폭풍이 몰아칠 수 있을까? 미쳐 날뛰고 난동을 부리는 건 내 전공이 아니던가? 그런데 나의 분노 발작은 지금 내가 보고 있는 것과 비교하면 어린애 장난에 불과했다.

진정한 분노의 대가가 눈앞에서 신묘한 기술을 시전하고 있었다. 어머니는 갈색 카펫 바닥에 앉아 신문을 갈기갈기 찢었다. 이렇게 새빨갛게 입술을 칠하고 이렇게 새까맣게 머리를 염색한 모습은 처음 보았다. 종잇조각이 어머니 주위의 허공에서 팔락거리며 날아다녔다. 어머니는 마치 먹이를 낚아채는 동물처럼 잽싸게 새 신문지를 집었고, 새빨갛게 칠한 손톱을 눈앞의 신문지 더미에 넣고 파내고 할퀴었다. 그러다 허공에 잠시 신문지를 들고 있는가 싶더니 바로 찢어서 힘차게 방 안으로 내던졌고, 공중에서 하늘하늘 떨어지는 종잇조각들을 때렸다. 손바닥으로, 손등으로. 모든 조각이 바닥에 떨어지기 전에 벌써 다음 신문지로 손을 뻗었다. 그러면서 계속 이렇게 으르렁거렸다. "저 돼지 당장 꺼지라고 해! 저 돼지 당장 꺼지라고 해!" 몇 번이고 이 말만 내뱉었다. 깊은 원망에서 터져 나오는 이 목소리는 너무 낯설었다. 나는 지금껏 어머니를 무서워한 적이 없었다. 그러나 보이지 않는 맹렬한 분노에 휩싸인 이 여자, 신문지를 찢고 포효하는 이 괴물은 무서웠다. 너무 무서웠다. 익숙한 어머니의 얼굴이 아니었다. 이빨은 컸고, 붉은 목구멍은 깊어 보였다. 이렇게 빨리 움직이는 모습도 처음이었다. 사방으로 휘젓는 두 팔, 이리저리 흔드는 머리, 마찬가지로 빨갛게 칠한 발톱, 이 모든 움직임을 나는 눈으로 따라갈 수가 없었다.

아버지는 조금 떨어진 곳에 서 있었다. 커다란 창문 앞에 서서 우리를 건너다보고 있었다. 어머니와는 정반대였다. 완전히 굳은 모습이었다. 몇 가닥 안 되는 머리카락을 유난히 말끔하게 뒤로 넘긴 느낌이었다. 시선에도 고도의 집중력이 담겨 있었다. 아버지는 세 아들과 발악하는 아내를 번갈아 바라보았다. 나는 아버지의 모습에서 무언가를 감지했다. 아주 작은 부분이었지만 나로서는 매우 충격적이었다. 아버지는 긴장만 하고 있는 것이 아니었다. 무척 지쳐 보였다. 이 말 외에 다른 적당한 단어는 없었다. 아내의 이런 모습을 보는 것이 괴롭다기보다 지긋지긋한 듯했다. 전에 없던 심적 고통을 미친 듯이 터뜨리는 어머니와 몇 가닥 안 되는 머리를 말끔하게 쓸어 넘기고 지친 표정으로 얼음처럼 차갑게 바라보는 아버지 사이의 괴리감은 어마어마했다.

아버지가 우리에게 다가왔다. "너희는 나가 있는 게 낫지 않겠니?" 이건 아버지로서 하는 말이 아니었다. 매우 드물게 엄격한 아버지로서 하는 말도 아니었다. 미친 사람들을 통해 분노 발작에 대해 너무나 잘 아는 의사로서 하는 말이었다. 내가 미쳐 날뛸 때는 아버지로서 말했다. 심지어 내가 수학 과목에서 세 번째로 낙제 점수를 받았을 때도 엄격한 아버지로서 이야기했다. 하지만 지금은 다년간의 경험으로 이런 상황을 해결하고 다시 평온과 질서를 찾아야 할 유능한 의사로서 말하고 있었다.

우리가 움직이지 않자 아버지는 자신의 요구를 반복했다. "너희는 방으로 갔으면 좋겠구나!" 어머니가 괴성을 지르는 만큼 아버지도 크게 말해야 했다. 독특한 상황이었다. 아버지는 어머니가 필사적으로 고함을 지른 뒤 잠시 숨을 고르는 사이사이 말을 했다. 그 결과 어머니와 아버지의 말이 서로 맞물리는 상황이 발생했다. "저 돼지—너희는—당장—방으로—꺼지라고 해—갔으면 좋겠구나."

큰형이 아버지를 똑바로 바라보며 아버지 앞에 허리를 곧추세우고 섰다. 전에는 거의 없던 일이었다. 이렇게 버티고 서니 아버지보다 더 컸다. 형은 그렇게 우뚝 서서 소리쳤다. "싫어요!"

큰형이 이렇게 결연하게 싫다고 말하는 건 처음 들었다. 흔들림도 없고 돌이킬 수도 없는 명확한 거절이었다. 형의 말은 내 생각을 대변하는 듯했다. 아니, 아버지의 요청에 대한 이 거절은 내가 볼 때 우리 세 형제 모두의 입장인 듯 느껴졌다. 그래서 나 역시 물러나지 않고 그대로 서 있었다. 아버지는 마치 이 거절이 자신의 뺨을 왼쪽 오른쪽 돌아가며 후려치기라도 한 듯 두 뺨이 벌겋게 달아올랐다.

"당장 나가!" 아버지는 이렇게 호통을 치고는 불룩한 배를 숫양의 뿔처럼 내밀고 우리에게 다가왔다. 아버지가 우리에게 닿기 전에 큰형이 먼저 거실로 들어와 어머니에게 달려갔다. 어머니는 막 뒤로 쓰러져 발을 구르면서, 우리가 체육 시간에 '브릿지'라고 부르는 동작을 하고 있었다. 그런데 양손을 쓰지 않고 머리로만 브릿지를 했다. 거실로 쪼르르 달려 들어온 개가 어머니를 보고 짖기 시작하더니 꼬리를 흔들면서 어머니 주변을 폴짝폴짝 뛰어다녔다. 작은형이 개를 붙잡는 동안 나는 문틀에 계속 서 있었다. 어머니는 몸을 돌려 다시 엎드리고는 무릎으로 일어나 카펫 바닥에 떨어진 신문지 조각을 긁어 다시 공중으로 던졌다. 내 옆에 서 있던 아버지의 입에서 애처로운 한숨 소리가 흘러나왔다. 이건 분명 나만 들었다. 한숨에 이어 다음의 말이 완전히 지친 듯한 목소리로 나직이 새어 나왔다. "아, 안 돼… 제발 그만해." 어머니가 신문지를 찢은 것은 어쨌든 구체적인 행동이었다. 바닥에 쓰러져 경련을 일으킨 것도 충격적이긴 했지만 어떻게든 상상할 수 있는 일이었다. 하지만 눈앞에 더 이상 신문지 조각이 없는데도 카펫을 점점 더 격하게 긁는 모습은 너무 낯설고 기이해 보였다.

작은형이 목줄을 잡고 개를 옆으로 끌고 갔다. 큰형은 바닥에 무릎을 꿇고 앉아 한 손으로 어머니의 등을 쓸어주었다. 헐떡이는 개를 잡고 있던 작은형이 안타까운 표정으로 나를 건너다보았다. 어머니는 뭘 하고 있었던 것일까? 나는 생각했다. 혹시 무언가를 찾고 있었던 걸까? 어머니는 마치 우리 거실 바닥에 구멍을 뚫어서 바깥으로 통하는 터널을 파고 싶다는 듯이 집요하게 갈색 카펫 바닥을 긁고 내리쳤다.

그사이 아버지는 뺨만 붉어진 것이 아니라 대머리에도

불이 붙어 머리 전체가 활활 불타올랐다. 수치심 때문인지, 분노 때문인지, 아니면 불쾌함 때문인지는 알 수 없었다. 나는 바닥에 앉아 있는 어머니를 보았다. 나도 형들처럼 저렇게 순수하고 깊은 연민을 느낄 수 있었으면! 세포 하나하나를 행복하게 하는 공감 능력을 갖고 있었으면! 그러나 내가 느낀 건 일말의 짜증이었다. 이젠 그만했으면 좋겠다는 생각이 들었다. 신문지를 찢고 던지고 소리치는 것이야 그나마 견딜 만했지만 카펫을 몇 분 동안 집요하게 긁어대는 것은 너무 지나쳤고, 불쾌하고 곤혹스럽게 느껴졌다. 빨갛게 칠한 긴 손톱 두 개가 벗겨져 손끝에서 직각으로 꺾였을 때야 어머니는 고통으로 정신을 차렸고, 옆으로 쓰러져 흐느껴 울었다. 나는 아버지를 바라보며, 그날 저녁 잠자리에서도 스스로 의아하게 생각했고 몇 년 뒤에도 나를 불안으로 몰아넣는 행동을 했다. 아버지를 바라보면서 어깨를 살짝 들어 올린 것이다. 작지만 분명한 몸짓이었다. 어떻게 그럴 수 있었을까? 나는 어깨를 으쓱함으로써 아버지 편에 섰고, 아버지의 동맹이 되었다. 아버지는 내 고수머리에 손을 얹고는 이해한다는 듯 고개를 끄덕였고, 그런 다음 내 머리를 옆으로 돌려 부드럽지만 거역할 수 없는 힘으로 나를 거실 밖으로 밀어냈다. 나는 아버지가 하는 대로 내버려두었고, 곧 내 방으로 달려갔다.

그날 오후, 어머니는 샤워를 하고 지친 얼굴에 당혹스러운 미소를 지으며 내 방으로 들어왔다. 혼란스러운 가운데에도 행복해 보였다. 마치 카펫 위에서의 그 절망적 발작이 얼굴을 한결 누그러뜨리고 깊이 맺힌 응어리를 풀어준 것처럼 표정이 지난 몇 주보다 훨씬 더 상큼하고 다양하게 느껴졌다.

“이제 다 좋아질 거야.” 어머니가 쉰 목소리로 말했다. “놀라게 해서 미안해.”

“괜찮아요, 엄마!” 나는 침대에서 일어났다. “개를 데리고 잠시 산책 좀 다녀오면 안 돼요?”

“당연히 되지. 나도 같이 가줄까?”

“원한다면 그래도 되지만 굳이 그러실 필요 없어요. 어차피 오래 하지 않을 거예요.”

“알았어, 하고 싶은 대로 해.”

“금방 돌아올게요.”

어머니는 두 눈 사이에 손끝을 대고 콧등 위쪽 부분을 마사지했다. 이것만큼 내게 익숙한 몸짓은 없었다. “정말 사랑해. 나한테 네 형들과 너는 세상에서 둘도 없는 존재야. 너희가 없었다면 나는 벌써 쓰러졌을 거야. 내 세 아들들!” 어머니는 슬픈 표정을 짓지 않으면서 울었다. 무언가로부터 해방된 듯 환하게 빛나는 눈에서는 계속 눈물이 흘러내렸다. 나는 이제 마음이 불편해졌다. 어머니가 가볍게 내뱉은 이 따뜻한 말의 무게가 나를 불편하게 했다.

"자, 이제 난 저녁을 준비해야겠다. 산책에서 돌아오면 같이 밥 먹자."

"아빠는 어디 계세요?"

"병원에 다시 올라가신 것 같지만 확실치는 않아. 라이스 푸딩 만들어줄까?"

나는 고개를 끄덕였고 어머니는 밖으로 나갔다.

여름 축제

해마다 헤스터베르크 어린이청소년 정신병원 내 축구장에서는 대규모 여름 축제가 개최되었다. 이 행사를 위해 경내 목수들은 무수한 가판대를 제작했고, 경내 화가들은 거기다 알록달록한 색을 칠하고 큼직한 문구를 적어 넣었다. 정신병원 원예 센터에서는 형형색색의 커다란 화분이 지게차에 실려 배달되어 왔고, 집중 논의를 거쳐 선택된 장소에 내려졌다. 벤치가 설치되었고 커다란 텐트가 여럿 세워졌다. 축제 장소가 너무 커서 축구장 중앙의 세 지점에 길을 안내하는 표지판을 세웠는데, 톱으로 잘라 만든 나무 화살표는 각각의 방향을 가리켰다. 거기에는 예를 들어 이렇게 적혀 있었다. '구운 소시지 10미터', '댄스파티 텐트 30미터', '와플 베이커리 25미터' 심지어 여느 해와 마찬가지로 '뉴욕 6153킬로미터', '트롬쇠 1785킬로미터' 같은 화살표도 있었다. 여름 축제가 열리기 며칠 전부터 축구장은 무언가를 톱질하고 제작하는 사람들로 북적였는데, 하굣길에 이런 활기찬 준비 과정을 구경하는 것이 내게는 큰 기쁨이었다.

이 행사에서 아버지의 최대 관심사는 환자들뿐 아니라 근처에 사는 슐레스비히 주민을 초청함으로써 그들이 늘 갖고 있던 불안과 우려를 조금이나마 누그러뜨리거나, 할 수만 있다면 완전히 없애는 일이었다. 이렇게 해서 도시 곳곳에 여름 축제를 알리는 플래카드가 걸렸다.

인기 있는 행사는 여럿 있었는데, 그중 하나가 나무 타기였다. 내 기억으로는 최소 오십 미터는 될 것 같지만 실제로는 십 미터가 넘지 않는 나무를 안전 로프에 매달려 기어 올라가서는 앙상한 나무 꼭대기에 매달린 징을 치고 내려오는 게임이었다. 징 소리가 울리면 모든 축제 방문객들은 나무 꼭대기를 올려다보았고, 나무를 오른 사람은 자랑스럽게 온 들판을 굽어보며 손을 흔들었다. 안타깝게도 나는 정상까지 올랐던 적이 없었다. 서툴러서가 아니라 불과 몇 미터 올라가지 않아 무릎이 후들거려 금방 바들바들 떨면서 안전 로프에 몸을 맡기고 텀벙 뛰어내렸기 때문이다. 나무 타기의 제왕은 단연 루디였다. 타잔이라는 별명이 그냥 붙은 게 아니었다. 그는 이빨이 좋지 않은 작은 원숭이처럼 쌩하니 나무를 올랐는데, 횃불처럼 타오르는 붉은 머리가 공중으로 순식간에 치솟는 느낌이었다.

또 다른 볼거리는 벽지가 깔린 테이블을 여러 개 붙여 놓고 각양각색의 케이크를 가득 올려놓은 가판대였다. 이렇게 많은 케이크와 타르트를 본 적은 처음이었다. 마블 케이크부터 환자들의 상상력으로 자체 제작된 다층 구조 케이크까지 온갖 제빵 제품이 이십 미터 길이로 다닥다닥 붙어 있었다.

이 여름 축제의 특징은 방문객들의 다양한 조합이었다. 입원 환자와 장기 거주자는 물론이고 지역 주민, 의사, 간호 인력, 청소부, 요리사, 그리고 앞서 언급한 철물공, 정원사, 화가와 그 가족들, 심지어 플래카드에 이끌린 관광객까지 다양한 인간들이 우리의 여름 축제를 방문했다. 형들과 나는 매년 돌아가면서 운영할 수 있는 하나의 가판대를 배정받았다. 한번은 환자들이 작업장에서 생산한 물건을 경품으로 받을 수 있는 추첨 가판대를 배정받았다. 경품으로는 기술적으로 완벽하게 제작된 의자, 협탁, 책꽂이가 있었고, 그 외에 약간 기괴한 느낌의 털실 인형이나 들 수 없을 만큼 무겁고 아무렇게나 용접한 듯한 야릇한 철제 물건도 있었다. 메인 경품은 수천 개의 성냥개비로 정교하게 만든 고르히 포크*와 도시의 갖가지 명소를 수놓은 커다란 태피스트리였다. 나는 우리 가판대 뒤에 서서 소리쳤다. "자, 자, 뽑아보세요! 여기 멋진 경품이 있어요. 세 번 뽑는데 일 마르크!" 그러고는 곧 돌아오겠다고 약속해놓고 코빼기도 비치지 않는 형들을 기다렸다.

이 년 연속 우리가 배정받은 가판대는 못을 박아야 하는 굵은 들보 하나였다. 작은 못은 작은 망치로, 큰 못은 큰 망치로 박아야 했는데, 내 바로 옆에서 못 머리를 망치로 힘껏 두드리는 환자들을 보고 있자니 무척 불안하고 으스스했다. 어머니는 케이크 가판대에서 일했는데, 팔을 휘저어 케이크에 달라붙는 말벌들을 쫓아냈고, 적당한 높이에서 커피를 멋들어지게 따라주었다. 이런 부산함을 즐기는 게 분명했다.

아버지는 이 가판대 저 가판대를 어슬렁어슬렁 돌아다니며 방문객과 직원, 환자들과 이야기를 나누었다. 여기서는 구운 소시지를 먹고 저기서는 케이크 한 조각을 먹었으며, 어떤 때는 설탕을 입힌 아몬드를 받고 어떤 때는 절인

* 독일 해군의 훈련용 범선.

청어를 넣은 브뢰첸을 받았다. 나는 모두의 인정을 받으며 태평하게 걸어가는 아버지의 모습이 너무 좋았다. 혹시 길을 가다 그런 아버지를 발견하면 나는 얼른 달려갔고, 아버지는 그런 나를 두 팔로 꼭 안아주었다. 그런 다음 우린 각자 가던 길을 갔다.

어떤 환자는 자기만의 부스가 있었다. 베노 또는 하노라고 불리는 소년은 자신의 부스에 앉아 초상화를 그려주었다. 한 장을 그리는 데 보통 몇 시간이 걸렸다. 그러다 보니 그의 의자에 앉았다 일어나면 여름 축제는 벌써 끝나 있었다. 내가 직접 목격한 일이지만, 모델이 된 사람들은 어찌나 지겨운지 중간에 그냥 일어나 자신의 동료나 다른 사람에게 자리를 양보하고 가버리곤 했다. 그럼에도 베노 또는 하노는 전혀 개의치 않고 계속 그림을 그렸다. 안타깝게도 그의 그림은 더 이상 기억나지 않는다. 다만 정말 다양한 사람의 얼굴이 오후가 지나면서 서서히 하나로 어우러져, 모두이면서 모두가 아닌 초상화만 떠오른다. 불행한 일이지만 베노 또는 하노는 일찍 죽었다. 그를 그리워한 사람은 나뿐만이 아니었다.

어느 여름 축제 중에 나는 한 댄스파티 천막에서 평소 못 보던 것을 보았다. 음악 시설에 전기를 공급하는 커다란 케이블 플러그를 구경하려고 천막 뒤로 돌아갔을 때였다. 덤불 속에서 엄청나게 크고 미끈한 엉덩이가 보였다. 양쪽 볼기가 빠른 속도로 수축되었다가 이완되었고, 그럴 때마다 엉덩이 가운데 틈이 벌어졌다 닫히면서 새까만 털 한 줄기가 드러났다 숨었다 했다. 나는 지금 이게 뭘 하는 건지 알 수 없는 상태에서 간질 발작이라고 생각하고 좀 더 접근했다. 이런 발작은 나도 옆에서 수십 번 경험한 바 있어서 진행 과정을 잘 알고 있었다. 일단 예기치 않게 무너지는 것이 시작이었다. 이건 그냥 쓰러지거나 주저앉는 것과는 완전히 달랐다. 내가 볼 땐 오히려, 마치 지구 중력이 갑자기 천 배로 증가한 듯 몸이 자기력에 의해 아래로 잡아당겨지고 강력하게 빨려 들어가다가 폐에서 공기가 짓눌려 빠져나오듯 끔찍한 소리가 터져 나오고, 마침내 통제 불능 상태의 경련이 일어나고, 팔다리가 자기만의 긴장병을 앓는 듯 따로따로 놀면서 손발이 떨어져나가는 듯한 인상을 받았다. 나는 네댓 살 때 처음 간질 발작을 보았는데, 갑자기 환자의 팔이 소매에서, 다리가 바지에서 튀어나와 정신없이 버둥거려도 이상하게 느껴지지 않았다.

그런데 맥박이 뛰듯 움직이는 이 하얀 엉덩이 앞에 섰을 때 이상한 것을 확인했다. 다리가 두 개가 아니라 네 개였다. 그뿐 아니라 팔도 네 개였다. 머리만 하나였다. 이게 대체 어떤 발작일까? 어떻게 그런 생각이 들었는지는 모르지만 어쨌든 내가 딱히 필요한 상황이 아니고 오히려 분명 방해가 되고 있다는 생각이 들어 이 수수께끼를 풀려는 마음을 접고 조심스럽게 뒷걸음질로 자리를 떴다.

저녁이 되자 댄스파티 천막은 점점 꽉 찼고, 플로어와 좌석에도 빈자리가 없었다. 환자들이 눈에 띄게 많았다. 그들은 독일 유행가를 좋아했고, 가사를 따라 불렀으며, 각자 자기만의 스타일로 춤을 추었다. 하나의 무대에서 이렇게 다양한 스타일의 춤이 어지럽게 뒤엉켜 돌아가는 일은 없을 듯했다. 심지어 아버지도 플로어에서 행복한 표정으로 빙글빙글 돌았다. 형들과 나는 맥주 벤치에 앉아 아버지가 살집이 삐져나온 허리에 결연하게 손을 얹고 다리를 흔드는 모습을 놀라운 시선으로 지켜보았다. 우리는 유쾌한 부끄러움에 젖어 양손으로 얼굴을 가리거나 비트에 맞춰 손가락으로 휘파람을 불었다. 모두가 모두와 춤을 추었다. 의사 가운이나 간호사 가운을 벗으니 누가 누군지 분간하기 어려웠다. 환자들은 보호사들과, 부원장은 원예센터장과, 기획실장은 귀여운 세탁부와, 어머니는 오래전에 은퇴한, 기품 있게 나이 든 전 정신병원장과 춤을 추었다. 덴마크 관광객들은 회전하는 휠체어 사이에서 춤을 추었고, 중증 장애인들은 휠체어에 실린 채 플로어로 나와 그게 가능한 경우 즐겁게 손뼉을 치거나 음악에 맞춰 고개를 까딱까딱 흔들었다.

열 시쯤 여름 축제가 끝나자, 모든 가판대가 문을 닫고 사람들이 댄스 천막으로 몰려들었다. 여느 해와 마찬가지로 대미는 단연 수입 결산이었다. 사람들이 수십 개의 유리잔과 상자, 금고에 담긴 돈을 한곳에 쏟아붓고는 세기 시작했다. 마침내 아버지가 단상에 올라가더니, 이미 뒤에서 기계 설비를 한창 해체 중이던 레크리에이션 강사의 마이크를 잡고 총액을 외쳤다. 3,435마르크 50페니히였다. 나에게는 그야말로 천문학적인 금액이었다. 모든 참석자들이 환호성을 질렀다. 이 돈으로 스포츠 홀에 탁구대를 구입했고, 환자 도서관을 세웠으며, 특히 수익이 좋은 해에는 함부르크에서 영사기를 사들이기도 했다. 나는 생일에 친구들과 함께 대형 스크린이 설치된 어두운 체육관에서 이 영사기로 영화 〈타잔〉을 보았다. 영화 상영 중에 한 친구가 갑자기 벌떡 일어나 벽에 부착된 클라이밍 밧줄로 달려가더니 타잔 소리를 내며 스크린 앞을 휘익 지나갔다.

당연히 북독일의 거센 비바람에 바닥이 잠기고 가판대가 속절없이 흔들리면서 여름 축제의 분위기가 좋지 않았던 해도 있었다. 하지만 방문객과 주최 측은 터무니없을 만큼 낙관적인 태도로 축제의 분위기를 살리려고 애썼다. 하늘이 온통 잿빛으로 무겁게 내려앉고 비가 줄기차게 내리는데도 간호사들은 의연하게 이렇게 말하곤 했다. "저기 하늘 뒤쪽은 벌써 점점 환해지고 있어." 축구장 잔디가 축축해졌고, 바람이 세차게 불어 솜사탕을 날리고 추첨권을 손에서 앗아가는데도 아랑곳하지 않았다. 심지어 북해의 할리히 주민들에게 대피령이 내려지고, 쏟아지는 비 때문에 줄을 타고 나무 꼭대기에 올라간 환자들이 밑에서 보이지 않더라도 우리는 여름 축제를 즐겼다. 징 소리가 울렸고, 그건 바야흐로 여름이라는 증거였다.

마를레네

믿을 만한 전문가라며 여러 사람의 소개를 거쳐 한 소녀가 내 아버지에게로 왔다. 무언가 안 좋은 일이 있었고, 소녀의 부모는 속수무책의 심정으로 아버지를 찾았다. 아버지는 소녀의 부모가 누구이고, 소녀에게 무슨 일이 있었는지 말하지 않았고 말하려고도 하지 않았다. 꼬치꼬치 캐묻는 것도 허락하지 않았다. 아버지의 눈빛이 의미심장했다. 명확한 암시를 담은 이 눈빛은 아버지의 전매특허였는데, 이게 말하는 바는 분명했다. 아주 심중한 문제이기에 자신은 결코 발설해서는 안 되고, 우리도 알려고 해서는 안 된다는 것이다. 현재로선 소녀를 정신병원에 입원시키는 건 불가능하다고 했다. 이런 시설에서 생활하기엔 너무 예민한 상태였다. 진퇴양난이었다. 다른 환자들이 밀집한 건물에 수용하는 건 무리였고, 그렇다고 외래 진료만 보기엔 불충분했다.

형들과 나는 우리에게 무슨 일이 일어날지 흥미진진하게 기다렸다. 손님방의 침대에 시트가 깔렸고, 나는 어머니와 함께 대형 슈퍼마켓 디비에 갔다. 정체를 드러내지 않고 배후에서 은밀하게 움직이는 소녀의 부모가 우리에게 지정해준 식료품을 사기 위해서였다. 쇼핑 목록은 무척 유별났다. 어머니가 놀라워하며 진열대에서 상품을 집어 들 때마다 소녀에 대한 나의 호기심은 커져갔다.

"엄마, 걔 이름은 뭐예요?"

"마를레네."

"우리 집에는 왜 오는 거예요?"

어머니는 비피 미니 살라미 마흔 개를 쇼핑 카트에 차곡차곡 담았다. "그건 나도 정확히 몰라. 아빠가 얘기를 안 해줘."

"걔가 완전 미쳤으면 어떡하죠?"

"나도 궁금하긴 해."

"비피 살라미를 마흔 개나 사서 뭘 하려는 걸까요?"

"여기 쪽지에 적혀 있잖아. 비피 살라미 마흔 개! 설마 잘못 적진 않았겠지."

"우리 집에 얼마나 있어요?"

"일단 사 주 정도. 이제 참치 통조림 열두 개, 곰돌이 젤리, 오렌지잼, 비트 열 병을 사야 해. 이상해, 참 이상해."

"몇 살이에요?"

"열네 살. 너보다 한 살 많아."

다음 날 학교에서 돌아왔을 때 마를레네는 어머니와 함께 식탁에 앉아 있었다. 아무것도 하지 않았다. 어머니가 나를 소개했을 때도 슬쩍 쳐다보기만 할 뿐 아무 일도 일어나지 않았다. 멋진 옷차림이었다. 분홍색 원피스에 주황색 카디건을 입고, 연한 꽃무늬 타이츠를 신고, 손톱에 매니큐어를 칠하고, 십자가 목걸이와 진주 귀걸이를 하고 있었다. 그런데 이 멋진 옷가지는 마치 원주인에게 돌아가기 전에 짬을 내어 소녀의 몸에서 잠시 쉬고 있는 것처럼 보였다. 나는 우유 한 잔을 따라 그녀 옆에 앉았다. 마를레네는 아무것도 하지 않았다. 피곤해 보이지도 슬퍼 보이지도 않았다. 두 손은 마치 살색 선물처럼 눈앞의 테이블 위에 가만히 놓여 있었다. 진주 귀걸이가 잘 익은 자두처럼 귓불에서 뚝 떨어진다고 해도 전혀 개의치 않을 것 같은 표정이었다. 나는 그녀의 무표정이 당혹스러웠다. 그렇다고 그녀를 아예 무시하는 건 불가능했다. 저렇게 가만히 앉아 아무것도 하지 않고 있는데도 공간을 휘어잡는 존재감이 대단했다.

이후 며칠 동안 마를레네는 우리 집을 자기만의 수동성으로 완전히 집어삼켰다. 그녀의 무기력은 전염성이 무척 강했다. 우리 모두는 갑자기 돌이 된 듯 허공을 응시하거나, 아니면 어머니처럼 욕실로 가던 중에 금방 지쳐 쓰러질 것처럼 복도 벽에 몸을 기대곤 했다. 마를레네의 무위는 거미가 마비된 곤충을 거미줄로 돌돌 말듯 우리를 사로잡았다. 그녀와 함께 텔레비전 앞에 앉아 있을 때면 누구 할 것 없이 여덟 시가 되면 스르르 눈이 감겼다. 우리 개는 너무 좋아했다. 마를레네에게서 평온의 극을 발견한 듯했고, 그걸 핑계 삼아 안락의자 뒤에서 며칠 동안 잠만 잤다. 마를레네가 마침내 아버지의 권유 반 명령 반으로 개와 함께 산책을 가게 되었을 때는 마치 온 세상이 금방 잠들고 집들의 지붕이 미끄러져 내릴 것만 같았다. 아버지는 "반 시간 동안 나갔다 와!" 하고 말하는 대신 "숲 가장자리까지만 다녀와!" 하고 말하는 법을 진작 익혔다. 그 둘에게 반 시간은 정원 문까지만 갔다 오라는 소리나 다름없었기 때문이다.

식탁에서 마를레네에게 버터를 달라고 해서 버터를 건네받을 때쯤이면 토스트는 이미 식은 뒤였다. 마를레네가 화장실에 들어가면 적어도 한 시간은 문이 잠겨 있어 우리는 지하 손님방의 화장실을 사용해야 했다. 나는 살금살금 다가가 욕실 문에 귀를 갖다 댔다. 마치 종유석에서 물방울이 똑똑 떨어지듯 일정한 간격으로 물이 계속 떨어지는 소리가 들렸다. 그녀는 물 내리는 것을 잊거나 일부러 내리지 않을 때도 많았다. 악취가 났고, 변기 안에 핏빛의 물이 고여 있었다. 나는 겁이 나서 얼른 어머니를 데려왔다. 어머니는 나를 진정시키고는 마를레네가 끊임없이 입으로 퍼 넣은 비트 때문이라고 설명했다.

이 모든 일에도 불구하고 나로서는 정말 이해가 안 되는 이상한 일이 일어났다. 내가 그녀를 좋아한 것이다. 그것도 아주 많이 좋아하고 있었다. 나는 어떻게든 그녀와 가까워지고 싶었다. 점심을 먹을 때 마를레네는 미니 살라미를 끝에서부터 갉아먹거나, 희한하게 통조림에서 참치를 바로 꺼내 먹었다. 이렇게 느린 고결함은 처음 보았다. 그녀의 움직임에는 엄숙한 우아함이 담겨 있으면서도 동시에 납처럼 무거운 절망감이 배어 있었다. 마치 작은 동작 하나하나가 희미하지만 부단한 노력 끝에 내려진 결정이라는 듯이. 그녀는 이렇게 앉아 미니 살라미 하나를 먹는 데 삼십 분이 걸렸다. 나는 그녀 뒤쪽 벽에 걸린 부엌 시계를 쳐다보았다. 마를레네는 씹고 또 씹기만 할 뿐 눈을 깜빡거리는 일도 거의 없었다. 그사이 초침은 점점 더 느려져 아홉 시에서 열 시로 올라가는 언덕을 간신히 넘자마자 마침내 째깍거리는 자신의 움직임에 넌더리를 내며 숫자판에서 떨어져 죽을 것 같았다. 나는 이 소녀가 시간보다 강하다고 생각했고, 활기차게 시작된 모든 대화가 불과 몇 초 만에 가라앉고 질식하는 과정을 놀란 눈으로 지켜보았다.

어머니가 빠른 걸음으로 마를레네에게 다가가 기습적으로 소리쳤다. "마를레네, 오늘 우리 랑제 호수로 수영하러 가자!"

마를레네는 어머니를 빤히 쳐다보기만 할 뿐 아무것도 하지 않았다.

"수영할 물건들 좀 챙겨. 십 분 후에 출발할 거야!"

마를레네는 어머니를 빤히 쳐다보기만 할 뿐 아무것도 하지 않았다.

"오늘은 날씨가 너무 좋아."

나는 어머니의 말이 서서히 느려지는 것을 느꼈다.

"수영하러… 가면… 참 좋을 것… 같은데."

그러나 마를레네는 어머니를 빤히 쳐다보기만 할 뿐 아무것도 하지 않았다. 그녀의 시선은 모든 것에 제동을 거는 힘이 있었다. 그 눈빛을 보고 있자면 한껏 고양된 기분이나 뭔가를 하려는 마음이 싹 달아났다. 갑자기 모든 게 무의미하고 쓸데없게 느껴졌기 때문이다. 마를레네의 시선과 몸의 긴장은 자신에게 다가오는 생의 모든 에너지를 병든 유령으로 바꾸어버렸다. 어머니는 이제 그녀 앞에 서서 졸린 목소리로 항복을 선언했다. "그래, 꼭 같이 가야 한다는 건… 아냐. 사실 나도 그럴 기분이 아냐."

마를레네는 어머니를 빤히 쳐다보기만 할 뿐 아무것도 하지 않았다.

나는 마를레네의 이런 이상한 태도가 조금도 지겹지 않아 근처에 있을 때면 늘 그런 그녀를 지켜보았다.

이런 내 모습을 작은형이 놓칠 리 없었다. "와, 수두가 얼음 부엉이한테 홀딱 빠졌어."

나는 마를레네와 정반대 유형의 인간이었다. 잠시도 가만 앉아 있지 못하는 아이였고, 철자법에 문제가 많고, 교실의 책상과 의자가 왜 항상 정렬되어 있는지 이해하지 못해 일 학년 때 집으로 돌려보내져야 했던 부산한 아이였다.

마를레네는 나를 조금 안정시켰고, 나는 마를레네를 조금 불안하게 했다. 내가 학교에 있는 동안 그녀는 아버지의 보살핌 아래 정신과 진료를 비롯해 다양한 치료를 받았다. 그런 다음 오후에 우리 집으로 돌아왔다.

마를레네는 머리를 빗을 때가 많았다. 햇빛이 들어오는 커다란 미닫이 유리문 앞에 앉아 머리를 빗었다. 항상 위에서 아래로, 곰돌이 젤리를 먹으면서. 그녀는 젤리를 빨아 먹었다. 쪼그만 곰을 오랫동안 빨고 또 빨았다. 나는 거실에 뭔가 할일이 있는 척하면서 소파에 앉아 『사막』을 읽으며 그녀를 관찰했다. 그러다 그녀가 왜 우리와 함께 있는지 궁금해서 이렇게 툭 질문을 던졌다. "어디 아파?"

마를레네가 고개를 돌려 나를 바라보았다. 아름다웠다. 혼이 빠져나간 사람 같았다. 유사流沙 같은 눈은 자장가를 부르듯 나를 졸리게 했다. 나는 가끔 그녀가 나와 내 가족뿐 아니라 이 세상 모든 것을 무시하는 것 같은 느낌을 받았는데, 그런 그녀가 이제 나를 바라보고 있었다. 나는 아무 의지가 실리지 않은 무심한 눈길에 불안해졌다. 이 눈길을 어떻게 해석해야 할지 알 수 없었다. 그녀의 시선에는 어떤 기대도 담겨 있지 않는 듯했다. 상대에게도, 자신에게도.

"어디 아파?" 내가 같은 질문을 반복했다.

마를레네는 코끝을 오른쪽으로 일 밀리미터쯤 움직였다가 다시 돌려 왼쪽으로 일 밀리미터쯤 움직였다. 고개를 흔든 걸까?

“왜 우리 집에 있어?” 내가 물었다.

“자살.”

“뭐?”

“자살을 시도했거든.”

“왜?”

“나도 몰라. 그 때문에 여기 있는 거야. 그걸 알아내려고.”

“어떻게 죽으려고 했는데?”

“약을 먹었어.”

“무슨 약을?”

“몰라. 그냥 집에 있는 약을 다 먹었어.”

“그랬더니?”

“졸렸어.”

“아… 그다음엔?”

“깨어나 보니 병원이었어. 위를 씻어냈대.”

“왜 그랬어?”

“흠….” 그녀는 생각에 잠겼다. “모르겠어. 일주일 후에 다시 물어봐. 그때쯤이면 뭔가 떠오를지도.”

형들도 비가悲歌의 애절함이 담긴 마를레네의 소용돌이에 서서히 휩쓸려 들어갔고, 그녀의 환심을 사려고 기를 썼다. 큰형은 마를레네에게 자신의 수족관을 보여주었고, 레코드판으로 음악을 틀어주었다. 그러자 마법과도 같은 일이 벌어졌다. 음악이 그렇게 질질 끌리듯이 느리게 들린 적은 처음이었다. 누군가 손가락으로 턴테이블을 지그시 누르기라도 하듯 구피와 네온테트라, 시클리드는 해초가 덮인 자갈 위로 기절하듯이 가라앉았다. 작은형은 자신이 가진 지식을 일장연설로 뽐내다가 말이 엉켰고, 결국은 마를레네의 무표정한 시선 속에서 할 말을 잊고 고요한 열반 상태에 들었다. 나는 이제 밤에 침대에 누워 환자들의 비명 소리를 들을 때면 마를레네를 생각했다. 그녀의 스웨터는 앙고라 털 같은 최고급 양모로 만들었는데, 분홍색 양모 섬유가 보송보송한 솜털을 이루고 있었다. 나는 그녀의 등을 쓰다듬는 상상을 했다. 어쩌면 심지어 보송보송한 가슴을 쓰다듬는 상상까지 했을지 모른다. 그건 정확히 기억나지 않지만 어쨌든 나는 잠을 이룰 수 없었다.

마를레네는 팔 주 동안 우리 집에 머물다가 부모에게로 돌아갔다.

그녀가 떠나고 몇 년이 지났을 때였다. 아버지가 야외

수영장에서 옷을 갈아입으면서 물었다. "마를레네 기억나? 우리 집에서 얼마간 지냈던 애!"

"당연히 기억하죠. 엄청나게 느린 애였죠. 왜요, 무슨 일 있어요?"

아버지는 발 앞의 풀밭에 놓인 팬티를 발가락으로 집어 공중으로 휙 날리고는 손으로 잡았다. 그런데 아버지가 이어서 한 말은 뚱뚱한 남자의 이런 곡예 같은 막간극과는 전혀 어울리지 않았다. "어제 자살했어."

"정말요?"

"응." 아버지는 슬픈 눈으로 나를 건너보았다. "수영하러 가자."

우리는 나란히 샤워장으로 갔다. 우리 둘의 키는 이제 비슷했다. 내가 물었다. "왜요?"

"모르겠어. 가끔 있는 일이지. 이번이 네 번째 시도였어. 이유는 그 아이 자신도 몰라. 그냥 죽고 싶다고만 했어. 우리랑 있을 때도 그랬지."

아버지가 자신의 환자 이야기를 이렇게 솔직하게 들려준 적은 없었다. "삶에 대한 애착이 전혀 없다는 건 끔찍한 일이지, 안 그래?" 아버지가 말을 이어갔다. "부모가 이유도 아니었어. 다정한 사람들이었거든. 나는 육 년 동안 마를레네를 치료했어. 우린 말이 잘 통했지. 난 그 아이를 정말 좋아했어. 아주 멋진 소녀였거든." 아버지의 목소리가 갈라졌다. "마지막까지도 어쩌면 우리가 해낼 수 있을 거라고 생각했는데…."

우리는 샤워장에 도착했다. 해가 깊이 내려앉아 있었다. 아버지가 버튼을 누르자 기적이 일어났다. 물이 황금빛으로 아버지의 머리에서 흘러내렸다. 석양에 달구어진 물줄기가 아버지의 대머리에서 거품과 물보라를 일으키며 족히 오십 센티미터는 튀어 올라 금속 샤워기 속으로 빨려 들어갔다. 아버지는 눈을 감고, 둥글게 부풀어 오른 배 옆쪽으로 두 팔을 가만히 내려놓았다. 황금빛 물줄기는 엄청난 압력으로 공중으로 치솟았다.

며칠 후 마를레네의 부모가 보낸 선물이 도착했다. 뾰족한 핀 위에서 네 개의 마름모꼴 판이 태양광의 힘으로 회전하는, 손으로 만든 유리 공이었다. 이 공은 수년 동안 거실 창턱에 놓여 있다가 북부에서 가장 더운 어느 날 오후, 총소리처럼 집 안을 울리는 폭발음과 함께 산산조각 났다.

로터리 카니발

로터리클럽은 매년 카니발을 개최했다. 모든 모임을 싫어

하는 아버지가 왜 이 행사는 빠지지 않고 참석하는지 나로선 미스터리였다. 이 카니발들 중에서 기억에 남는 카니발이 있었다. 어머니는 화려한 드레스 위에 판초를 입고, 팬파이프를 들고, 인디언 분장을 했다. 아버지는 어떤 분장인지 말하기가 애매했다. 콧수염을 검게 염색하고, 광대 바지처럼 헐렁하고 반짝반짝 광이 나는 파란색 바지를 입고, 선원 같은 줄무늬 셔츠를 걸치고, 찰리 채플린 같은 중절모를 쓰고, 얼굴에는 배터리로 불이 들어오는 엄청나게 큰 주먹코를 달고, 그 코와 연결해서 검은색 장난감 안경을 썼다.

"이게 대체 무슨 의상이에요?" 작은형이 물었다. "아빠가 무슨 분장을 했는지 아무도 모를 거예요!"

아버지는 잠시 생각하다가 대답했다. "카니발 샐러드."

"뭐라고요?"

"카니발 샐러드 분장이라고!"

부모님은 이런 차림으로 출발했다. 눈부시게 아름다운 이국적 외모의 인디언 여자와 카니발 샐러드 분장이라고 주장하는 남자의 출격이었다. 두 분은 우리에게 작별 인사를 하고 늦지 않게 돌아오겠다고 약속했다.

한밤중에 우리 개가 시끄럽게 짖는 소리에 깼다. 나는 잠에 취한 상태로 복도로 나왔다. 어머니는 잠옷 차림으로 서서 이빨을 드러내고 으르렁거리는 개를 진정시키고 있었다. 형들도 방에서 나왔다.

"왜 저래요?" 내가 물었다. 어머니가 뭐라고 대답하기 전에 유리문 바깥에 시커멓게 서 있는 형체를 발견했다. 아버지였다. 아버지의 실루엣이 보이자마자 개는 완전히 돌아버렸다. 바로 돌진해서 큰형을 들이받고는 앞발을 유리문에 대고 컹컹 짖었다. 바깥에 서 있던 아버지는 이게 무슨 일이냐는 듯 두 팔을 들어 올리며 어깨를 으쓱했다. 아버지가 개의 시야에서 벗어나자 개는 조금 진정되었다. 어머니가 개 줄을 잡고 말했다. "어디다 좀 묶어둬. 아버지는 테라스 문으로 들어오게 해야겠다."

작은형이 개 줄을 거머쥐고 여전히 으르렁거리는 개를 복도로 끌고 갔다. 어머니는 얼른 큰형 방으로 들어갔다. 곧이어 창문 여는 소리와 함께 어머니 목소리가 들렸다. "테라스 문 쪽으로 와요. 내가 열어드릴게!"

작은형은 육중한 복도 서랍장의 아치형 다리에 개 줄을 묶었다. 테라스 문이 열리는 소리가 들리자마자 우리 개는 혼신의 힘을 다해 앞으로 몸을 던졌다. 이 엄청난 힘에 의해 서랍장이 끼이익 소리를 내며 벽에서 떨어지기 시작하더니 복도 쪽으로 조금 끌려갔고, 마침내 서랍장 발이 뚝 부러졌다. 개는 항공모함에서 이륙한 제트기처럼 모퉁이를 쌩하니 돌았다. 형들과 나는 그런 개를 뒤쫓았고, 아버지가 막 거실 쪽에서 달려드는 개를 피해 다시 테라스로 도망쳐 다급하게 미닫이문을 닫는 모습을 보았다. 개는 아직 남은 틈새로 앞발을 뻗고는 위협적으로 휘저었다. 용맹스러운 사자가 따로 없었다.

우리 셋이 개를 잡아당기는 사이 어머니가 문을 꽉 닫았다. "얘가 도대체 왜 이래? 완전히 미쳤어!" 어머니는 잠시 침묵하다가 바깥으로 눈을 돌렸다. "너희 아빠를 알아보지 못하는 게 분명해!" 어머니의 목소리에서 어쩐지 감동이 묻어났다. "저 밖의 이상한 인간으로부터 우리를 지키고 있는 거잖아!"

형들과 나는 잠옷 차림에 맨발인 채로 커다란 창문 앞으로 다가갔다. 여전히 우스꽝스러운 주먹코에다 시커먼 안경을 쓰고 정체를 알 수 없는 어설픈 옷을 입은 아버지가 언짢은 표정으로 정원을 서성거리고 있었다.

"엄마는 왜 벌써 왔어요? 아빠는 아직 밖에 계신데?" 내가 궁금해서 물었다.

"그건 아빠한테 직접 물어보는 게 좋겠다. 그건 그렇고 저 광대를 어떻게 집 안으로 들이지?" 어머니는 내 질문을 애매하게 비켜갔다.

작은형이 유리문을 두드리더니 아버지에게 손을 흔들었

다. 그사이 아버지는 분통이 터져 주먹코를 벗어 덤불 속으로 홱 던져버렸다. 그러거나 말거나 주먹코는 여전히 거기서 불빛을 깜박거리고 있었다. 개는 오랫동안 좁은 우리에 갇혀 완전히 미쳐버린 동물원의 동물처럼 계속 짖고 으르렁대고 침을 흘리면서 커다란 유리문 앞을 바쁘게 오갔다.

"아무래도 저 카니발 샐러드를 침실 창문으로 들여야겠다." 어머니가 제안했다.

"개를 지하실에 잠시 가둬놓고 그사이에 들어오게 하는 게 낫지 않겠어요?" 작은형이 반대 제안을 했다. 내가 보기에 꽤 설득력이 있는 제안이었다.

"아냐, 아냐, 창문이 딱이야." 어머니는 형의 제안을 일축하고는 갑자기 모두가 놀랄 정도로 크게 손뼉을 치며 웃음을 터뜨렸다. "자, 어서!" 어머니가 소리쳤다.

큰형은 뭔가 알 것 같다는 표정으로 어머니에게 고개를 끄덕였다. 우리는 여섯 개의 손으로 모든 힘을 짜내어 개를 미닫이문에서 조금 떼어놓았다. 어머니는 아버지에게 가까이 오라고 손짓했고 아버지는 불안하게 다가왔다. 아버지의 선원 셔츠는 위로 말려가 있었고, 광대 바지는 배에 걸려 있었다. 어머니는 손짓을 하며 유리문에다 대고 소리쳤다. "저쪽 침실 창문으로 가요! 그리로 올라와요!"

처음에는 무슨 말인지 알아먹지 못하다가 마침내 이해한 아버지는 기가 막힌 듯 어두운 밤하늘로 양손을 들어 올리더니 씁쓰레한 표정으로 허벅지를 내리쳤다. 우리는 최선을 다했지만 개를 침실 문에서 떼어놓을 수가 없었다. 개는 다시 우리를 뿌리치고 능숙하게 문에 뛰어올라 앞발로 손잡이를 누르고는 방 안으로 뛰어 들어갔다. 문가에 몇 초 간 뒷발로 꼿꼿이 서 있는 모습이 마치 흑백 모피 코트를 입은 거인 같았다. 아버지가 창턱에 이미 간신히 기어올랐을 때 개가 달려들었고, 아버지는 도로 나가떨어졌다. 창밖의 관목 가지가 아버지의 체중을 이기지 못하고 뿌지직 부러지는 소리가 들렸다. 개는 창턱에 당당하게 발을 올리고는 밤을 향해 용감하게 짖어댔다. 당장이라도 창밖으로 뛰어내리고 싶은 듯했다. 라디에이터에 발톱을 긁어가며 계속 뒷다리로 뛰어오르려고 했지만, 그러기엔 창문이 너무 높았다.

아버지는 이제 완전히 질린 듯했다. 안전거리를 확보한 상태에서 짐승처럼 포효했다. "저 망할 놈의 똥개 새끼를 당장 가둬!"

아버지는 큰 소리를 내는 일이 거의 없었다. 지금껏 한 손가락으로 셀 정도였기에 형들과 나는 깊은 인상을 받았다. 반면에 어머니는 여전히 기분이 좋아 보였다. 아버지에게 "그게 안 돼요!"라고 소리치면서도 잘했다는 듯이 개의 머리를 쓰다듬어주었다. "당신 옷을 던져줄 테니 그걸 입고 들어와 봐요. 그러면 될지 몰라요!"

어머니는 침실 옷장으로 가서 옷걸이에 가지런히 걸린 아버지의 셔츠와 바지를 꺼내 창밖의 어둠 속으로 휙 던졌다. 우아한 포물선을 그리며 날아가는 옷가지에도 무언가 고소함이 담겨 있었다. 아버지가 욕하는 소리가 들렸다. 나는 형들과 함께 다시 거실로 나갔다. 우리는 불을 껐고, 아버지가 팬티만 빼고 옷을 모두 벗는 모습을 지켜보았다. 술에 취했는지 아버지는 바짓가랑이에 다리를 잘 꿰지 못했다. 계속 한쪽 다리를 어색하게 들었다 놓았다 반복했다. 어둠 속에서는 알아보기 힘들었음에도 내게는 하나하나 몹시 익숙한 동작이었다. 마치 그림자극 속의 친숙한 움직임 같다고 할까! 아버지는 다리를 약간 벌린 채 바지를 반쯤 올렸다. 조기를 게양하듯 바지가 다리에 걸려 있었다. 아버지는 셔츠를 정성스럽게 팬티 둘레에 접어 넣고, 바지 후크를 잠그려고 배를 안으로 쑥 당겼다가 도로 내밀고, 그러다 마지막으로 허리띠 위로 불룩 나온 배를 내려놓았다. 내가 밝은 곳에서 수백 번도 더 본 모습이었다.

옷을 다 입자 아버지는 잔디밭에 흩어져 있던 의상을 집어 들고는 세 아들을 보지도 않고 테라스 미닫이문 바로 앞에 툭 던졌다. 그러고는 어둠 속으로 사라졌다. 우리는 다시 부모님 침실로 달려갔고, 작은형이 멀리서 복도 쪽으로 어머니에게 소리를 쳤다. “아버지가 와요!”

마침내 현관 유리문 앞의 긴 복도 끝에 아버지가 나타났다. 콧수염은 여전히 검었고, 머리는 헝클어져 있었으며, 신발은 신지 않았다. 개가 고개를 들고 목털을 내린 채 문을 향해 활기차게 걸음을 뚜벅뚜벅 옮겼다. 어머니는 아버지를 들여보내며 웃었다. “어서 오세요, 환영해요!”

아버지는 말없이 우리를 지나쳐 욕실로 가더니 바로 문을 잠가버렸다.

“자, 이제 너희는 다시 자러 가!” 어머니가 말했다. 그때였다. 다시 끔찍한 소리가 들렸다. 마치 육즙이 많은 동물이 침을 질질 흘리며 무언가를 물어뜯는 소리 같았다. 우리는 다시 거실 창문 앞으로 달려갔다. 우리 개가 파란색 광대 바지를 이리저리 흔들며 발로 밟고 갈기갈기 찢고 있었다. 내 뒤에 서 있던 어머니가 한 팔씩 좌우로 형들을 감싸안으며 말했다. 나는 어머니 배에 기대섰다. “세상에나, 너희들 아빠가 저 옷을 계속 입고 있었으면 어쩔 뻔했니! 정말 운이 좋았어.”

부모님의 침대

복도 맨 끝에 있는 부모님의 침실은 슬픈 인상을 줄 때가 많았다. 낮에는 어디다 쓰는지 알 수 없는 방 같았다. 통풍이 잘 되고 중립지대 같은 분위기가 나는 이 방은 하루 종일 두 거주자를 기다렸다. 나는 이들의 밤에 대해 아는 것이 없었다. 이 방에서 애정의 숨결은 거의 흘러나오지 않았다. 종종 나는 마치 박물관의 두툼한 차단 줄 앞에 서서 십칠 세기의 농가를 정밀하게 복원해놓은 방을 들여다보듯 부모님 침실 문 앞에 서서 방을 관찰하곤 했다.

아버지는 항상 일찍 잠자리에 들었다. 그것도 이상하리만큼 일찍. 주말이면 하루 종일 침대에 누워, 배 밑에 언덕처럼 높게 깔아놓은 이불에 재떨이를 올려놓고는 줄담배를 피우며 책을 읽었다.

부모님의 트윈 침대는 항상 움직였다. 아버지와 어머니가 서로 다정했을 때는 침대가 중앙에 나란히 배치되어 있었다. 두 매트리스 사이의 틈도 손바닥 너비밖에 되지 않았다. 그만큼 가까웠다. 협탁도 침대 바깥쪽에 있었다.

그다음의 침대 배치는 큰 변화라고는 할 수 없었지만 의미심장했다. 그것이 시작이었기 때문이다. 두 침대는 서로 약간 떨어졌다. 물론 많이는 아니었다. 두 침대는 여전히 방 중앙에 배치되어 있었고, 틈만 좀 커졌다. 협탁은 아직 침대 바깥쪽에 위치했다.

이후 두 침대의 틈은 서서히 벌어지더니 벽 쪽으로 점점 붙었다. 침대가 있던 방 중앙에는 이제 넓은 공간이 생겨났다. 예전에는 침대로 가는 옆길이었던 곳에 이제 두 개의 협탁이 놓였다. 그러다 협탁은 안쪽으로 이동했고, 두 침대는 벽 쪽에 완전히 붙으면서 최대한 멀리 떨어졌다. 안쪽으로 자리를 옮긴 협탁 위에는 책과 잡지가 쌓여 차단 벽을 형성했다. 다만 아직은 일정한 대칭이 유지되고 있었다. 하지만 한 침대가 방향을 틀어 안쪽 벽으로 이동하면서 시야는 완전히 차단되었고, 그로써 거리 두기를 위한 공간 배치 수단은 모두 소진되었다. 이 상태는 오래 지속되지 않았고, 결국 아버지는 지하실의 손님방으로 옮겼다. 우리가 "지하 무덤"이라고 부르던 곳이었다. 어머니는 이제 방 가운데로 다시 옮긴 트윈 침대에서 혼자 잤다. 아버지가 지하실 생활에 물려 침실로 다시 돌아올 때까지. 이후 모든 것이 처음부터 다시 시작되었다. 나는 부모님 사이의 애정 수준을 분명히 알고 싶을 때면 부모님의 침실에 들어가 침대 배치를 보고 온도계처럼 두 사람만의 밤의 온도를 읽어냈다.

어머니는 너무 불행한 마음이 들거나, 아버지가 너무 괴롭히거나, 아니면 스스로 너무 괴롭다 싶으면 한동안 뮌헨으로 사라졌다. 한번은 무려 삼 개월씩이나 외조부모 댁에서 지내며 한숨을 돌렸다. 그러면 집에는 우리와 아버지만 남았다. 요리는 아버지가 했는데, 내장 요리는 하지 못했다. 매일 통조림 완두콩과 간편식 커틀릿만 잇달아 나왔다. 뮌헨에서 돌아온 어머니는 지나칠 정도로 명랑하고 웃음이 많아져 형들과 나는 의아한 눈길을 주고받았다.

한번은 어머니가 집에 자기밖에 없다고 생각했는지 혼자 읊조리는 소리가 들렸다. 커다란 일인용 안락의자에 가만히 앉아 양손을 위로 향한 채 무릎에 올려놓고 말했다. 나는 반쯤 열린 문틈에 서서 어머니의 말에 귀를 기울였다. 오랫동안. 마치 기도 소리처럼 들렸다. "나는 욕조에 누워 즐길 수 있어. 나는 아이들이 좋아하는 점심을 요리할 수 있어. 나는 멋지게 옷을 차려입고 사람들 사이를 걸어갈 수 있어. 나는 산책을 할 수 있고, 많은 나무와 꽃 이름을 알아. 나는 보기 좋게 식탁을 차릴 수 있어. 나는 책을 읽고 어떤 내용인지 파악할 수 있어. 나는 아름답게 노래할 수 있어…."

어머니는 자신이 할 수 있는 오십 가지 일을 나열했다. 너무나 당연해 보이지만 어머니에게는 그렇게 당연하지 않은 일들을….

여자 친구

우리가 각자의 방문 앞에 신발을 갖다 놓으면 '방해받고 싶지 않다'는 뜻이었다. 우리는 문을 잠가선 안 되었다. "우리 집에선 문을 잠그지 않는다." 이건 아버지의 모토였다. 아버지가 왜 그렇게 문을 잠그지 못하게 했는지 나는 모른다. 나중에 우리 모두에게 여자 친구가 있었던 시절이 있었다. 그때는 각자 방문 앞에 신발 두 켤레가 놓여 있었다. 신발만 봐도 우리가 얼마나 다른지 알 수 있었다. 그건 음악도 마찬가지였다. 각각 세 살 터울밖에 나지 않았음에도 우리는 그보다 더 다를 수가 없을 정도로 달랐다.

큰형은 재즈를 듣고 파이프담배를 피웠다. 막 스무 살이 되었지만, 세 번이나 유급하는 바람에 학교생활은 앞으로 이 년이 더 남았다. 학교 기록이었다. 우리는 큰형을 '조기 은퇴자' 또는 '함몰 가슴'이라고 불렀다. 너무 큰 옷을 입고 구부정하게 걸었기 때문이다. 형은 늘 피곤해했다. 방으로 들어간 뒤에는 자신의 낮잠을 위해 절대적인 고요를 요구했다. 여자 친구와 둘이서 백 리터짜리 수족관 다섯 개가 거품을 뿜어대는, 곰팡내 나는 방으로 사라지면 문밖에는 해진 샌들 두 켤레가 놓여 있었다.

작은형은 당시 사람들이 '포퍼족*'이라고 부르던 무리의 일원이었다. 일주일에 한 번 미용실에 갔고, 열일곱 살의 나이에 귀여운 술이 달린 실내화를 신었다. 사르트르와 칸트를 읽었는데, 가끔 벽 너머로 여자 친구에게 칸트와 사르트르에 대해 열변을 토하는 소리가 들려왔다. 여자 친구 역시 술 달린 실내화를 신었는데, 형 것보다 크기만 작았다. 그들이 듣는 음악은 단조롭게 읊조리는 듯했다. 언젠가 우리 지하실의 한 파티에서 형이 춤추는 모습을 보았다. 손가락을 오므리고, 양손을 뻗고, 기계적인 팔 동작을 하고, 허공에서 움찔움찔 절도 있게 각도를 꺾었다. 처음엔 장난인 줄 알았는데 진지했다.

나는 어둡고 무거운 음악만 들었다. 옷도 시커먼 색으로 도배했다. 작은형이 물었다. 검은색이 실존주의자들의 색이라는 걸 아느냐고. 실존주의라는 말 자체를 모르는 나는 다시 바닥에 누워 뒹굴었다. 내 여자 친구는 나랑 똑같은 전투화를 신었다. 우리는 안 지 오래되지 않았다. 애는 늦어도 아홉 시까지는 집에 들어가야 했다. 음악이 그치고 레코드판이 더 이상 돌아가지 않으면 어머니는 안절부절못했다. 세 아이의 방 모두에서 몸을 더듬고 있다는 상상

* 1980년대 독일에서 비정치적이고 순응적인 자세를 견지하며 단정한 외모와 세련된 옷차림으로 저항적인 펑크 문화에 대한 반발로 등장한 청소년 문화.

에 피가 말랐다.

“이제 모두 나와!” 어머니가 복도를 향해 소리쳤다. “누구 배고픈 사람 없어? 저녁 먹자!” 그러고도 참기 어려우면 집 안을 뛰어다니면서 변기라는 변기의 물을 모두 내렸다. 그것도 몇 번이고 반복해서. 내가 여자 친구와 함께 벌써 조금 벗은 채로 침대에 누워 있을 때면 늘 밖에서 물 내려가는 소리와 뭔가 달그락거리는 소리가 들렸다.

아버지는 한결 여유로웠다. “하고 싶은 대로 해. 다만 바지 지퍼는 내리지 마.” 내가 나의 첫 어설픈 사랑과 함께 집에 오는 길에 한 미친 환자한테 “오호, 이제 제대로 붕가붕가 하러 가?” 하는 소리를 들은 것도 모자라, 아버지에게까지 비슷한 소리를 듣다니 아버지도 미친 사람이 분명했다. 나는 아버지가 창피했다. 여자 친구에게 창피할 때도 많았다. 예컨대, 아버지가 한 환자와 함께 꿀벌 마야 놀이를 하면서 주차장을 왱왱 소리를 내며 갈 때였다. 다른 일도 있었다. 몇 년 동안 한 환자가 매일 아침 자동차 핸들을 들고 아버지를 픽업했다. 이른바 아버지의 전용 운전기사였다. 아버지는 왕진 가방을 흔들며 흐뭇한 표정으로 그의 뒤를 따랐고, 소년은 일 미터 앞에서 핸들을 들고 걷다가 갑자기 왼쪽 또는 오른쪽으로 꺾으면서 입으로 “부르르르르르릉.” 소리를 냈다.

나는 키스하고 몸을 만질 때 무슨 생각을 해야 하는지 몰랐다. 그게 당시 여자 친구와의 관계에서 나를 절망으로 몰아넣었다. 결국 그 일에 집중할 나름의 방법을 고안했다. 나는 세기 시작했다. 입술을 다물고 다섯 번 키스하고, 혀를 열 번 돌리고, 등을 위아래로 스무 번 훑고, 젖꼭지를 이쪽으로 다섯 번 저쪽으로 다섯 번 빨았다. 그런 식으로 집중했다. 그런 와중에 여자 친구가 갑자기 나를 홱 밀쳐내면서 지금 뭐 하는 짓이냐고 물었다. "너 지금 세고 있지, 아냐?"

"뭐?" 나는 더듬거렸다. "무슨 말이야?"

"미친 거 아냐? 계속 세고 있잖아! 세상에, 무슨 이런 사이코가 다 있어?"

나는 무슨 소릴 하는지 모르겠다고 잡아뗐다.

"모른다고? 계속 세고 있잖아. 뭔가 할 때마다 다섯 번 아니면 열 번씩 했어. 빌어먹을, 너 정신 나갔어?"

그때부터 우리의 애정 행위는 계속 방해를 받았다. 나는 이제 홀수로만 키스하려고 했다. 끔찍했다. 우리는 침대에 나란히 누웠고, 그녀는 눈물을 흘리며 속삭였다. "다섯 번, 열 번, 이렇게 하지 마! 그게 우연일 리 없잖아."

아버지가 다른 여자를 만난다는 걸 내가 정확히 언제 알았는지는 알 수 없다. 언제부터인가 아버지는 꿈을 꾸는 듯한 눈빛으로 남성복 카탈로그를 뒤적였고, 몇 가닥 안 남은 머리를 잘랐다. 나는 아버지의 귀를 파주었고, 핀셋으로 혐오스러운 귀 털을 뽑아주었다. 아버지는 체중을 몇 킬로그램 줄였고, 셔츠도 새 걸로 몇 벌 장만했다. 아버지가 어머니에게 더 잘할수록 또다시 사랑에 빠졌을 가능성은 점점 더 높아졌다. 어머니는 평생을 아버지의 외도로 고통받았다.

나는 아버지의 빗에서 머리카락을 뽑아 작은형의 현미경으로 조사했다. 아버지가 간호사에게 슬쩍 암호 같은 눈길을 던지는 장면도 목격했다. 밤중에는 차고에 몰래 들어가 아버지 차의 주행 거리를 적어두었다. 오늘 하루 있었던 일을 이야기하던 중에 아버지는 시내만 다녔다고 주장했지만 주행 계기판에는 백 킬로미터가 넘게 찍혀 있었다. 나는 아버지의 주머니에서 한 여성의 여권 사진을 발견했다. 우리 집 전화기의 재발신 버튼을 누르자 "여보세요?" 하고 속삭이는 여자 목소리가 들렸다.

나는 아버지가 책을 읽는 척만 한다는 사실도 연애에 빠진 또 다른 명백한 증거로 받아들였다. 아버지의 책장 넘기는 리듬을 나만큼 정확히 아는 사람은 없었다. 나는 아버지가 나를 위해 정기 구독을 신청해준 잡지에서 눈도 들지 않고 아버지의 책장 넘기는 빈도를 체크했다(그새 내가 보는 잡지는 『사막』에서 『과학 사진』으로 바뀌었다). 아버지는 몇 분 동안 한 페이지만 뚫어지게 응시하다가 순간적으로 무언가에 깜짝 놀랄 때만 항상 책장을 넘겼다. 예를 들어 개가 들어올 때 차르륵, 내가 누운 자세를 바꿀 때 차르륵, 그러다 어머니가 거실에 들어오면 차르륵차르륵 책장이 다급하게 넘어갔다.

모든 단서가 아버지의 외도를 가리켰을 때 나는 아버지 앞에 섰다. 아버지는 자신의 안락의자에 앉아 『슈테른』 지를 읽고 있었다. 나는 거실로 들어와 아버지 옆에 앉았다.

"저기…."

아버지는 다정하게 고개를 들었다. "저기 뭐?"

나는 너무 흥분해서 속이 메슥거렸다. "물어볼 게 있어요."

"그래, 뭔데?" 내가 아무 말도 않자 아버지의 입에서 "흠." 하는 소리가 새어 나왔다.

"왜 거짓말을 하세요?"

"뭐?"

"왜 거짓말을 하냐고요?" 내가 나직이 같은 말을 반복했다.

아버지가 『슈테른』 지를 무릎에 내려놓았다.

"그게 무슨 말이야?"

"제가…." 갑자기 탐정으로서의 용기가 싹 달아났다. "제가… 재발신 버튼을 눌렀더니 어떤 여자가 받았어요."

아버지가 나를 빤히 바라보았다. "그래서?"

"그러니까…." 나는 당장이라도 도망치고 싶었다. "그게 누구냐고요?"

아버지는 나를 가만히 바라보기만 했다.

"아빠 주머니에서 사진도 발견했어요. 그리고 아빠는 말한 것보다 항상 더 많이 차를 주행했고, 아빠의 빗에서는 다른 사람의 머리카락이 나왔고… 또 책을 읽는 척만 하고… 그래서…."

"그거 말고 또 있어?"

나는 고개를 저었다. 이상하게도 아버지에게서 위로를 받았으면 좋겠다는 생각이 들었다.

아버지가 말했다. "아는 게 있어?"

"아뇨, 뭘요?"

아버지의 입에서 다음 말이 나오기까지는 한참이 걸렸다. 아버지의 눈을 이렇게 오랫동안 똑바로 바라본 적은 없었다. 평소와는 다른 눈을.

"네가 하는 일 중에는 나와 상관없는 일이 있고, 내가 하는 일 중에도 너와 상관없는 일이 있어."

아버지는 고개를 숙여 계속 책을 읽었다.

나는 몇 달 동안 이 말을 마음의 상처로 안고 다녔는데, 나중에야 아버지의 그 말이 내게도 도움이 되는 큰 자유를 주었다는 사실을 깨달았다.

프랑코

적어도 한 달에 한 번은 우리 집 전화벨이 울리면서 한 남자가 남국 특유의 들뜬 목소리로 "수잔나, 수잔나, 수잔나!" 하고 외치면서 어머니를 바꿔 달라고 했다. 어머니는 전화를 받으러 가는 길에서부터 벌써 평소와 다른 모습을 보였는데, 그때마다 형들과 나는 번번이 깜짝 놀라곤 했다. 걸음걸이는 한결 기운이 넘쳤고, 수화기를 귀에 잘 갖다 댈 수 있도록 한쪽 머리를 가볍게 쓸어 넘겼다. 평소엔 하지 않던 동작이었다. 안락의자에서 이를 지켜보던 아버지 역시 반복되는 제식처럼 때로는 화가 난 듯, 때로는 힐난하듯 책을 바닥에 툭 던지고는 보란 듯이 거실을 뚜벅뚜벅 나가버렸다. 전화를 건 사람은 프랑코였다. 어머니는 그와 이탈리아어로 말했다. 유창하게. 수화기 너머로 프랑코의 기쁨에 겨운 목소리가 들리면 어머니도 입에 거품을 물고 대답했다. 북독일의 집에 낯선 언어의 폭포수가 느닷없이 쏟아지면 어머니는 다른 사람으로 변했다. 자유로운 손을 부산하게 흔들어댔고, 가슴은 쭉 내밀었으며, 다리도 갑자기 길어진 듯했다. 이런 모습으로 어머니는 수화기에다 이탈리아어 문장들을 쏟아냈다. 목소리도 완전히 달라졌다. 솜털처럼 부드럽고 균형 잡히고 한없이 조화롭던 목소리는 온데간데없고, 크고 맑고 생동감 넘치는 목소리가 어머니의 입에서 터져 나왔다.

프랑코는 주로 저녁에 전화했다. 통화가 끝나면 어머니는 어쩔 줄 몰라 할 때가 많았다. 조기 잠자리 귀환자인 뚱뚱한 아버지 옆에 누워 슈티프터 전집을 읽고 싶은 마음은 추호도 없어 보였다. 어머니는 너무 들뜬 상태였다. 통화가 진행되면서 그녀의 모든 것이 점점 더 짙어졌다. 머리카락, 안색, 눈동자 할 것 없이. 어머니는 매일 힘겹게 북방의 기후에 적응하는, 추위를 잘 타는 약간 창백한 삼십대 후반의 여인으로 통화를 시작했다가 수화기를 내려놓을 때쯤에는 여기 덴마크 국경 근처와는 전혀 어울리지 않는 남국의 뜨거운 열기로 가득했다. 얼굴에 내려온 머리카락 한 줄기를 입으로 후 하고 불고는 공포에 젖어 주위를 두리번거렸다. 불안에 떠는 말처럼 한쪽 뒤꿈치에서 다른 쪽 뒤꿈치로 조심스럽게 발을 내려놓았다. 우리 집은 아홉 시였다. 아버지는 곧 잠자리에 들 것이다. 반면에 이천 킬로미터 떨어진 로마의 아홉 시에는 프랑코가 친구들과 파티를 열려고 지금 출발하고 있었다. 통화 중에 이탈리아어 한 마디 한 마디가 더해질수록 더욱 아름다워지던 어머니는 이제 표면적으로만 무탈한 우리 가족의 일상 속에 살아 있는 가시처럼 박혀 있었다.

가끔 어머니는 마치 아버지가 자신을 이 지긋지긋한 슐레스비히홀슈타인 날씨로 질식시키려고 북방 땅으로 질질 끌고 온 노회한 납치범인 듯 굴곤 했다. 이탈리아에 대한 그리움이 휘몰아치면 이상한 말을 했고 상당히 거칠게 행동하기도 했다. 평소에는 거의 보이지 않던 모습이었다. 물론 주제는 항상 이 북방에서 뼈저리게 그리워하는 남국의 따뜻함이었다.

어머니가 흥분해서 말했다. "여기서는 얼어 죽지 않으려고 기를 쓰는 것 말고 내가 할 수 있는 게 없어. 이 강추위에 어깨를 계속 움츠리다 보니 두통까지 왔어. 발이 마지막으로 따뜻했던 게 십 년 전이야. 대체 난 여기서 뭘 하고 있지? 얼굴은 점점 경련을 일으키고 있어. 시나브로 이곳 날씨에 담금질돼가는 인간처럼 보여. 최악은 그런 게 점점 익숙해진다는 거야! 어떤 때는 영상 십오 도가 정말 한여름 기온이라고 믿고 있더라고. 저녁이면 테라스에 앉아 레드와인을 마시는 사람이 지구상에 단 한 명도 없을 거라고 생각하기도 하고. 추위가 지겨워. 얼음처럼 차가운 이 추위가 진절머리가 나. 이탈리아에 있을 때 난 항상 깨어 있었어. 새벽 서너 시까지 돌아다니면서도 하품 한 번 안 했어. 하지만 여기 슐레스비히에서는 일어나자마자 하품을 해. 하루 종일 하품을 해대다가 아홉 시만 되면 몸이 얼어붙어 그냥 잠자리에 들고 싶은 생각뿐이야. 이를 덜덜 떨고 하품하는 게 여기서의 내 삶이야! 그런데 너희 아버지는 그런 나한테 자상하게도 전기 담요를 선물했어. 내가 통풍에 걸린 꼬부랑 할머니라도 되는 것처럼! 어떻게 그런 뻔뻔한 선물이 다 있어! 전기 담요라니! 그런 물건은 생명에 위험해. 아버지도 그걸 잘 알아. 그런데도 이런 생각을 하는 거지. 자기는 안락의자에 앉아 조용히 책을 읽을 테니, 나는 팔월 중순에 전기 담요를 덮고 쥐 죽은 듯이 자라는 거야. 더는 여기서 견딜 수가 없어. 얼어 죽을 것 같아. 이탈리아로 돌아가고 싶어."

어머니도 당연히 꿈을 꿀 수 있었지만, 그건 내게 마치 동화처럼 들렸다.

"프랑코와 나는 아침 일찍 베스파 스쿠터를 타고 해변으로 가서 수영을 했어. 그러고는 언덕 위의 작은 마을 성당으로 미사를 보러 갔지. 위에 도착했을 때 내 머리는 벌써 다 말라 있었어. 수영복은 아직 마르지 않았지만 우린 축축한 채로 그냥 입고 다녔어. 미사가 끝나자 프랑코와 내 엉덩이에 축축한 자국이 남았지만 우리는 희희낙락거리며 성당 담벼락을 따라 스쿠터가 있는 곳으로 갔어. 검은 옷을 입은 쪼글쪼글한 할망구들이 못마땅하게 흘겨봤지만 뭐 어쩌겠어? 우리는 밤을 따러 숲속으로 갔어. 그런데 총으로 잡은 새들을 허리춤에 매단 사냥꾼이 우리 앞에 갑자기 떡하니 나타나지 뭐니? 우리는 스쿠터를 타고 꼬불꼬불한 산길을 달리면서 담배를 피웠어. 프랑코는 손을 놓고 운전했는데, 성냥개비가 여기 것보다 훨씬 작아서 프랑코는 달리면서 따뜻한 벽에다 그어 나한테 불을 붙여 주었어."

이탈리아에 대한 어머니의 그리움은 예술을 하고 싶다는 또 다른 강렬한 열망과 맞물려 있었다. 이 열망은 소위 드라이플라워로 시작되었다. 어머니는 긴 철사 줄기에 솔방울을 꿰고 거기다 금색 스프레이를 뿌린 다음 꽃이 완전히 마를 때까지 거꾸로 매달아두었다. 공예품 가게에서 이국적인 씨 깍지도 구입했다. 이렇게 해서 탄생한 꽃다발은 먼지가 심하게 날렸지만, 어머니는 그 다양한 쓰임새에 대해 칭찬을 아끼지 않았다.

“이 꽃다발은 창턱에 올려놓거나 문고리에 걸어도 되고, 물 없는 꽃병에 꽂아도 돼.”

아버지는 긴 숨을 들이쉬더니 하고 싶은 말을 꾹 참으며 계속 책을 읽었다.

말린 꽃다발이 완성되자 이제 도자기 예술이 시작되었다. 나는 어머니가 만든 것들에 감탄했다. 당연히 접시나 그릇, 재떨이 같은 건 만들지 않았다. 어머니가 파란색 작업복을 입고 점토를 반죽해서 창작한 것은 오십 센티미터 높이의 여성상들이었다. 얼굴 없는 조각상의 첫 무리는 가마 속에서 죄다 폭발하고 말았다. 점토가 아직 완전히 마르지 않은 상태였거나 사전에 제대로 작업이 이루어지지 않았거나 혹은 인물상을 그냥 부실하게 만들었기 때문이다. 두 번째 무리는 훨씬 원활하게 진행되었다. 어머니는 부분적으로 유약을 바른, 붉게 구워진 인물상을 행복한 얼굴로 우리에게 선보였다.

“이 작품의 특별한 점은 아주 다양하게 세울 수 있다는 거야. 항상 새로운 구도를 만들 수 있어.”

안락의자에 앉아 있던 아버지는 긴 한숨을 내쉬더니 하

고 싶은 말을 꾹 참으며 계속 책을 읽었다.

드라이플라워와 점토 조각상은 진정한 소명의 전조일 뿐이었다. 어머니는 화대와 유화 물감을 사서 성인 교육 센터에 등록하더니 하루에 한 장씩 그렸다. 마음이 급해 물감이 마를 때까지 기다릴 수가 없었기 때문이다. 그런데 어머니의 그림에서 가장 큰 문제는 원근법이었다. 많은 그림에서 연필로 굵게 그은 선들이 옅은 색채 밑에서 어른거렸다. 소실점을 찾는 데 도움이 되어야 하고, 어지러운 배경에서 길라잡이가 되어야 할 선인데 그게 엉망이었다. 앞쪽의 우리 개는 마치 코끼리처럼 컸고, 배경의 갈대 지붕 농가는 십 킬로미터나 떨어져 보였다. 어머니는 실력 향상을 위해 몇 주간 토스카나 투어를 따라갔고, 붉게 탄 얼굴로 캔버스를 한아름 들고 돌아왔다. 그림 속 모티브는 소나무, 언덕, 석조 주택이었다. 그런데 한 건축물의 입구로 올라가는 계단에서부터 그림 속의 정역학은 무너져버렸다. 아무리 오랜 세월을 버틴 유서 깊은 건축물조차 그렇게 바람에 뒤틀린 계단은 버틸 수 없었다. 심지어 사람도 이 계단을 무사히 올라가는 게 불가능해 보였다. 하지만 어머니는 지중해의 모티브를 고수했다. 몇 시간씩 자기 속에 침잠해서 환한 흙색의 풍경과 파란 하늘을 그렸다. 밖에서는 마치 우리가 거센 파도가 일렁이는 북해 한가운데에 살고 있기라도 한 듯 북독일의 바람이 울부짖고 빗방울이 창문을 거세게 때려대고 있었는데도 말이다. 어머니는 그리고 또 그렸다. 남국의 따뜻함, 배가 불룩한 화분에 협죽도가 만발한 테라스, 올리브나무 밑의 식탁에 앉아 있는 얼굴 없는 사람들. 배경에는 항상 진녹색의 뾰족하고 길쭉한 측백나무가 몇 그루 서 있었다. 정연하게 줄을 맞춘 상태로. 어머니가 그림 그리는 걸 얼마나 좋아하는지, 그림 속 토스카나의 풍경에 질서를 부여하는 이 측백나무에 얼마나 감사해하는지는 겉으로도 알 수 있었다. 앞쪽은 크고 중간은 작고 맨 뒤쪽의 언덕은 무척 작았다. 이게 그림에 깊이와 넓이를 부여했다. 아버지는 무엇을 하고 있었을까? 숨을 깊이 들이쉬더니 하고 싶은 말을 꾹 참으며 계속 책을 읽었다.

난데없이

우리 학교의 친구 하나가 열일곱 번째 생일을 맞았다. 녀석의 아버지는 장군이었다. 해안가에 위치한 눈부시게 아름다운 풍광의 병영에서 가장 높은 군인이었다. 많은 연방군 병사들이 조롱조로 '자유의 막사'라고 부르는 병영이었다. 그곳은 우리 정신병원과 같은 시기에 지어졌다. 붉은 벽돌로 지은 것도 똑같았고, 붉은 담장으로 거대한 부지를 둘러싸고 있는 것도 똑같았다. 자유의 막사에는 장교 식당이 있었는데, 친구의 생일 파티는 여기서 열릴 예정이었다. 엄밀히 말하면 생일 파티가 아니라 생일 전야제였다. 이 밤이 지나야 생일로 넘어갔기 때문이다.

잊을 수 없는 밤이 될 것 같았다. 그전에 나는 다른 친구와 함께 슐레스비히에서 열리고 있던 연시年市에 갔다가 범퍼카 매표소 창문에 '철거 아르바이트 구함!'이라고 적힌 문구를 보았다.

우리는 창문 뒤에 앉아 있는 아주머니에게 철거하는 데 시간이 얼마나 걸리느냐고 물었다. 아주머니는 담뱃진으로 누렇게 변한 검지로 한 캠핑카를 가리켰다. 노크를 하자 거친 남자 목소리가 들렸다. "들어와요!"

캠핑카는 놀라울 정도로 널찍하고 고급스러웠다. 청바지에 금목걸이 하나만 걸친 뚱뚱한 남자가 침대에 누워 있었다. 주변에는 그와 마찬가지로 뚱뚱한 고양이 여러 마리가 누워 있었다. 남자는 고양이들에게 깡통에 담긴 고기를 먹이고 있었다. 우리는 시급이 얼마이고, 시간이 얼마나 걸리는지 물었다.

"너희는 젊으니까 기껏해야 네 시간! 시간당 이십 마르크!"

친구와 나는 잠시 얼굴을 마주보았다. 한 시간에 이십 마르크면 큰돈이었다. 범퍼카 마지막 운행 시각은 열 시였다. 곧장 철거 작업을 시작하면 늦어도 새벽 두 시에는 마칠 수 있었다. 병영에서의 생일 파티도 철거 작업 하는 날이었다. 우리는 잠시 상의했다. 일단 범퍼카 철거 작업부터 한 뒤 돈을 받아 파티에 갈 수 있었다. 우린 서로 말을 하지는 않았지만 파티에 늦게 등장하는 그림이 마음에 들었다.

'어디 있다가 와?'

'일하다가.'

'무슨 일?'

'범퍼카 철거. 후다닥 하고 팔십 마르크 벌었어.'

그런 다음 우리는 장교 식당에서 팔자 좋게 파티나 즐기는 애들과는 달리 고된 육체노동의 어른스러운 오라를 한껏 풍기며 시원한 맥주를 들이킬 작정이었다. 상상만 해도 뿌듯하고 유쾌했다.

우리가 동의하자 뚱뚱한 남자는 빈 고양이 사료 통조림에 담배를 비벼 끄고는 우리를 보고 피식 웃었다. "설마 뒤통수치는 일은 없겠지?"

"물론이죠. 약속해요!"

이제 그가 웃었다. "오지 않으면 똥구멍을 찢어버릴

거야!"

"네, 네, 꼭 올게요!" 내가 말했다.

"토요일 열 시요!" 친구가 못을 박았다.

캠핑카 밖에서 우리는 범퍼카 놀이장을 다시 한 번 둘러보기로 마음먹었다. 컸다. 아니 엄청 컸다. 우리는 서로를 격려했다. "우리 말고 몇 사람이 더 있는지 모르잖아!"

병영 파티 일주일 전, 장군의 아들은 입장권을 나눠주었다. 모든 손님은 부대 정문에서 보초를 서는 병사에게 신분증과 함께 이 입장권을 제시해야 했다. 성대한 파티가 예정되어 있었다. 학교에서 쉬는 시간마다 이 파티에 대한 이야기가 오갔다. 입장권에는 뭔가 잊을 수 없는 세계로의 입장을 약속하는 마법 같은 요소가 담겨 있었다. 입장권을 가진 사람은 소속감을, 그렇지 않은 사람은 소외감을 느꼈다.

그사이 나는 이 세기의 파티에 늦게 가기로 한 우리의 계획을 깊이 후회하고 있었다. 한 시간이라도 놓치는 게 정말 미치도록 아까웠다. 친구와 나는 철거 작업이 좀 더 일찍 시작되길 바라는 마음에서 그 위대한 날 저녁 아홉 시에 벌써 연시에 나타났다. 보기 드물게 따뜻한 밤이었고, 빙글빙글 돌아가는 회전목마와 다른 놀이기구들 사이에는 사람들이 터질 듯이 가득했다. 지난 며칠 동안 비가 내렸기 때문인지 수많은 슐레스비히 사람들이 이때다 싶어 이곳을 찾았다.

친구와 나는 불길한 마음으로 연시를 어슬렁거렸다. 열 시 정각에 우리는 캠핑카의 문을 두드렸다. 일주일 전과 마찬가지로 뚱뚱한 남자는 여전히 침대에 누워 고양이들에게 깡통에 담긴 고기를 먹이고 있었다. 그런데 이번에는 먹이를 주는 손에 손가락 세 개가 없는 것이 보였다. 남자는 엄지와 새끼손가락으로 깡통에서 더듬더듬 고기를 꺼냈다. 그는 기분이 몹시 좋아 보였다.

"아직 시간이 있어, 얘들아. 열한 시에 시작할 거니까."

"왜요?"

"왜요?" 남자는 고양이들이 언짢은 듯 야옹거리며 몸을 일으킬 정도로 침대에서 벌떡 일어났다. "이유가 궁금하면 밖에 나가봐. 사람들로 미어터지잖아."

앞으로 한 시간은 족히 남았다. 우리는 지린내가 진동하는 캠핑카 뒤에서 어떡할지 고민에 빠졌다. 그냥 이대로 떠나 생일 파티에 참석해야 할까? 그러지 못할 이유는 없을 듯했다. 하지만 친구는 갈 수 없다고 고백했다. 여기서 돈을 받을 줄 알고, 미리 돈을 빌려 그전부터 꼭 갖고 싶었던 테니스 라켓을 샀다는 것이다. 진짜 양 창자로 만든 라켓이라고 했다.

열한 시가 조금 넘자 마침내 매표소에 앉아 있던 아주머니가 매표소 문을 닫았다. 그 뒤로도 미친 듯이 추격전과 충돌을 즐기던 마지막 커플이 범퍼카에서 내리기까지는 삼십 분이 더 걸렸다. 음악이 꺼졌고, 연시 곳곳에서 철거 작업이 시작되었다. 활기와 소음이 넘치던 이 공간이 순식간에 음산한 공사장으로 변하는 모습이 놀라웠다.

손가락 일곱 개의 범퍼카 주인이 서부극에 나오는 셔츠를 입고 우리에게 오라고 손짓했다. "자, 이제 시작해! 비계 해체부터! 도구는 여기 있어."

우리 말고는 달랑 한 명만 더 있었다. 반바지에 러닝셔츠를 입고 덥수룩하게 수염을 기른 구부정한 남자였는데, 힘을 잘 쓸 것처럼 보이지 않았다. 차가운 네온 불빛 속에 비친 범퍼카는 더 크게 보였다. 열두 시가 되었는데도 우리는 비계 일부만 해체했다. 이 시간에 다른 친구들은 신나게 파티를 즐기고 있을 것이다. 범퍼카 주인은 큰 트럭의 넓은 적재 공간에 서 있었다. 우리가 건네준 자재 하나하나를 어둠 속에서 정성스럽게 뒤로 멀찍이 차곡차곡 싣는 모습은 결코 좋은 징조가 아니었다. 이 트럭을 다 채우려면 몇 시간이 걸릴 듯했다. 우리는 최대한 서둘렀고 그만큼 일은 빠르게 진척되었다.

주인이 우리를 칭찬했다. "젊은 친구들이 이렇게 벌처럼 열심히 일할 줄은 몰랐는걸!"

털보 남자는 집중해서 일했지만, 정말 답답할 정도로 느렸다. 속도도 일정했고, 일하면서 노래도 불렀다. "봄이면 젊은이는 혼자이고 싶지 않아. 그럼 무엇을 해야 할까? 그럼 무엇을 해야 할까? 아가씨에게 미소 지어!" 그는 밤새 이 노래 몇 줄만 불렀다.

두 시가 되자 우리는 비계와 수백 개의 조명, 금속 전기 기기들을 트럭에 실었다. 지금쯤 병영에서는 다들 미친 듯이 춤을 추고 마셔대고 있겠지? 그런데 우리는 아직 이 공사판에 있었다.

"잠시 쉬었다 해, 얘들아. 악마가 쫓아오는 것도 아닌데 뭘 그렇게 미친 듯이 해?" 주인이 말했다.

우리는 땀으로 흠뻑 젖었다. 벌컥벌컥 물을 마실 때 물병을 잡은 내 손이 파르르 떨렸다. 내가 친구에게 속삭였다. "그만 가자! 빌어먹을 놈의 돈은 포기하고. 어서, 지금 가겠다고 얘기하자!"

나는 다정한 목소리로 트럭 위의 주인에게 소리쳤다. "죄송한데요, 우린 여기까지만 할게요. 중요한 일이 있어서요!"

남자가 화물칸 앞으로 다가왔다. "뭐라고?" 그가 뚱뚱한 몸으로 풀쩍 뛰어내리더니 우리 앞에 우뚝 섰다. "다시 한 번 말해봐. 내가 잘못 들은 건 아니지?"

"우린 가고 싶어요." 나는 이 말밖에 내뱉지 못했다.

남자는 불구 손을 내 얼굴 앞에 갖다 대더니 있지도 않은 검지를 허공에 푹푹 찔렀다. "이 트럭이 가득 찰 때까지 갈 수 없어, 알았어? 내가 그랬지, 내 뒤통수를 치면 너희들 똥구멍을 찢어버린다고! 알아먹었어?"

나는 너무 무서워 고개만 끄덕였지만, 친구는 마지막 시도를 했다. "제발 우리도 보내주시고 돈도 주세요!"

"돈은 다 끝나고 줄 거야." 그러더니 남자는 손가락 두 개만 남은 손으로 친구의 이마를 세 번 톡톡 쳤다. "일해! 일해! 일해!"

다음 차례는 바닥판이었다.

"철판 조심해, 얘들아!" 범퍼카 주인이 이렇게 외치더니 손을 높이 들었다. 철판 무게는 하나당 어림잡아 사오십 킬로그램은 돼 보였다. 우리는 처음 삼십 분 동안은 각자 하나씩 따로 날랐다. 그러다 어느 순간 힘이 달려서 둘이 들어야만 간신히 옮길 수 있었다. 근육이 떨리고 허리가 아팠다. 철판 나사를 돌리느라 손바닥에 물집이 잡혔고, 철판을 단단히 붙잡느라 손에 쥐가 났다. 반바지를 입은 털보는 여전히 〈봄날의 젊은이〉를 부르며 혼자 태연히 철판을 하나씩 트럭으로 옮겼다. 내 친구는 상태가 안 좋아 보였다. 눈 밑에 그늘이 졌고, 얼굴에 핏기 하나 없었다. 우리는 철판 무게를 이기지 못하고 비틀거리다가 결국 철판을 바닥에 쿵 떨어뜨렸다. 다시 들어 올리는 건 불가능에 가까웠다. 힘을 쓸 때마다 입에서 신음이 새어 나왔다.

"얘들아, 됐어! 철판은 두고 저기 승강대 가져와. 이제 거의 다 끝났어."

승강대는 가벼운 알루미늄 계단이었다. 하지만 우리는 마치 시베리아 유형지에서 커다란 바위를 옮기듯 끙끙댔다. 온몸이 바들바들 떨렸다. 우리는 엉거주춤 구부린 채 혼수상태에 빠진 것처럼 아주 느리게 가벼운 알루미늄 계단을 트럭으로 날랐다. 그러나 더는 버티지 못하고 내가 먼저 풀썩 주저앉았고, 이어 알루미늄이 계단이, 다음엔 내 친구가 쓰러졌다.

"잘했어, 얘들아!"

남자는 우리에게 백 마르크 지폐를 한 장씩 주었다. "나머지는 우리가 알아서 할 테니, 이제 가봐라, 부지런한 꿀벌들아."

한동안 하던 일을 멈추고 서서 우리가 비틀거리는 모습을 재미있게 지켜보던 한 무리의 남자들이 마지막 뒷정리를 하기 시작했다.

우리는 질질 몸을 끌다시피 자전거를 세워둔 데로 걸어

갔다. 몸이 후들거리고 경련이 일어 자전거 자물쇠의 비밀번호를 맞추는 데도 한참이 걸렸다. 마침내 출발했다. 네 시 사 분이었다. 원래는 친구 집에 잠시 들러 샤워를 하고 옷을 갈아입을 계획이었다. 파티에서 입을 옷도 미리 친구 집에 갖다놓았다. 꽉 끼는 새 검은색 청바지와 정성스럽게 구멍을 뚫은 티셔츠였다. 지금은 그럴 시간이 없었다. 곧장 병영으로 가야 했다. 그런데 친구는 말 한마디 없이 갑자기 방향을 틀더니 몽유병 환자처럼 미끄러지듯이 사라졌다. 하지만 나는 반드시 이 파티에 가야 했다! 더럽고 냄새나는 몸으로 약간 내리막길이었음에도 자전거 기어를 일단에 놓고 일요일의 고요에 젖은 소도시를 지나 자유의 병영으로 향했다. 보초를 서던 군인이 의아한 표정으로 내 초췌한 얼굴을 바라보았다. 나는 손을 바들바들 떨며 입장권을 건넨 뒤 병영 안으로 들어갔다.

장교 식당에서는 여전히 춤을 추고 있었다. 하지만 더 이상 격렬한 춤은 아니었다. 소위 흐느적거리는 블루스곡이 담배 연기 자욱한 공간을 가득 채우고 있었다. 맥주 냄새가 났고, 공기는 질식할 듯 텁텁했다. 구석마다 쌍쌍이 끌어안고 누워 있는 모습이 희미한 불빛 속으로 보였다. 블루스를 추는 남녀는 눈을 감고 부둥켜안고 얼굴을 비비고 있었다. 몇몇은 맨발이었다. 나는 문간에 서 있었다. 눈앞의 풍경은 내가 무엇을 놓쳤는지를 보여주는 일종의 선명한 경고판이었다. 나는 슬그머니 속에서 분노가 치미는 것을 느꼈다.

나는 다시 내려가 쓰러진 나무 모서리에 앉았다. 축축하게 썩고 속이 빈 나무줄기에서 올라오는 역한 냄새가 불쾌했다. 날갯짓으로 손뼉을 치듯 아침을 환영하는 한 무리의 비둘기가 날아오더니 내게서 멀지 않은 보도 위에 내려앉았다. 잘 조율된 착륙 비행과 어른거리는 깃털, 안정감을 주는 구구구 소리가 기분 좋게 느껴졌다. 비둘기들은 어지럽게 뒤엉킨 채 땅바닥에서 무언가를 쪼아 먹었다. 또 다른 비둘기 무리가 날아와 먼저 도착한 비둘기들 사이로 비집고 들어갔다. 나는 썩은 나무줄기 위에 서서 비둘기들을 향해 걸어갔다. 비둘기들은 서로 밀치고 쪼고 훔치고 삼키느라 바빠 내가 다가가는데도 날아가지 않았다. 이제 비둘기들은 내 발 바로 앞에 있었다. 그러다 문득 공포스러웠는지 동시에 공중으로 날아올랐다. 보아하니 오십 마리는 충분히 될 듯했다. 역광 속에서 팔락거리는 비둘기 구름이었다. 나는 비둘기들이 무언가를 쪼아 먹던 보도를 내려다보았다. 커다란 토사물 웅덩이가 보였다. 담즙처럼 누런 소스가 묻은 파스타와 건더기가 군데군데 눈에 띄었다. 역겨움은 메아리처럼 빠르게 분노로 이어졌다. 나는 노여움의 불길에 휩싸여 구역질나는 토사물에서 눈을 떼지 못했다.

멀쩡한 사람은 나 하나뿐이었다. 이 상황을 최대한 빨리 바꾸고 싶었다. 나는 얼른 칵테일을 제조했다. 당시 우리가 가장 좋아하던 B52 폭탄주였다. 폭탄주에 불을 붙였다 끈 다음 단숨에 쭉 들이켰다. 그러고는 바로 또 한 잔을 만들었다. 여기저기서 작별하는 소리가 들렸다. 창문이 열렸고, 새들은 노래했다. 누군가 "이건 그냥 파티가 아니라 광란의 도가니였어!" 하고 말하는 소리가 들렸다. 창문 너머로 슐라이강과 갈매기 섬이 보였다. 아침의 정적 속에 몇몇 사람이 해변에 앉아 있었다. 한 처녀애는 벌거벗은 채 마치 죽은 것처럼 해군 쾌속정 사이에 둥둥 떠 있었다.

그러다 일이 터졌다. 난데없이! 나는 빈 맥주병 하나를 집어 벽에 던졌다. 이어 또 하나를 집었고, 계속 던지고 또 던졌다. 온 힘을 다해서! 어디서 그런 힘이 나왔는지는 알 수 없다. 나는 분노의 화신이었다. 친구들이 급히 몸을 숙여 안전한 곳으로 대피했고, 나는 이제 바를 보루 삼아 장교 식당을 가로질러 벽과 창문, 도망치는 친구들을 향해 닥치는 대로 병을 던졌다. 바락바락 악을 썼지만 뭐라고 말했는지는 기억나지 않는다. 이어 바에 머리를 쿵쿵 두 번 내리찧고는 그 자리에 쓰러져 비명을 지르며 버둥거렸다. 군인 셋이 달려와 사력을 다해 내 몸을 붙잡았다. 그들이 너무 무서웠다. 나는 끈적거리는 알코올 웅덩이 속에서 살아남기 위해 발버둥을 쳤다. 비명을 질렀다. 미친 듯이 비명을 지르며 손발을 휘둘렀다. 그러다 의식을 잃었다.

사람들이 나를 들것에 실어 구급차로 옮겼다. 구급차에서 건물 안으로 실려 들어갈 때 나는 여기가 어디인지 알아차렸다. 외래 환자를 치료하는 E병동이었다. 나는 E-중의 한 방으로 실려 갔다. 창문에 창살이 쳐져 있고 안에서는 열 수 없는 방이었다. 의사가 들어왔다. 나는 등을 돌렸다. 내가 누군지 들키고 싶지 않았다. 의사가 마약을 했느냐고, 무엇을 마셨느냐고, 지금 당장 필요한 약이 있느냐고 물었다. 나는 침묵했다. 그가 내 이름을 물었다. 나는 양손으로 얼굴을 가리고 죽은 척했다.

"검사를 받아야 해. 심각한 상황은 아냐. 머리를 조금 다쳤는데 좀 살펴보자." 의사가 말했다.

나는 누워서 움직이지 않았다. 당황하고 겁에 질린 채 잔뜩 웅크리고만 있었다.

의사가 보호사를 두 명 불렀다. 그들이 억지로 내 등을 돌렸고, 전력을 다해 내 얼굴에서 두 손을 잡아뗐다. 의사가 나를 내려다보았다. 나는 너무 부끄러웠다. 그가 나를 보고 깜짝 놀랐다. 그러더니 손으로 내 팔을 어루만졌다.

"괜찮아. 별일 아냐."

의사가 방을 나갔고, 잠시 후 아버지가 내 옆에 서 있었다. 셔츠가 바지 밖으로 나와 있었다. 숨을 헐떡거렸고 잠이 덜 깬 얼굴이었다. 아버지가 내 옆 침대 가장자리에 앉았다. 나는 울부짖기 시작했다.

"무슨 일이 있었던 거야, 요세? 대체 무슨 일이 있었어?"

"모르겠어요. 그냥 그렇게 됐어요. 난데없이."

나는 아버지 무릎에 머리를 베고 누웠다. 아버지는 나를 바로 데려가려 했지만, 의사가 아버지를 가만히 따로 부르더니 반쯤 열린 문 앞에서 조용히 이야기를 나누었다. 여러 번 "그건 안 될 말이지!" 하는 아버지의 목소리와 "전반성 불안 장애…." 어쩌고 하는 의사의 말이 들려왔다. 문이 닫혔다. 아버지가 돌아와서는 여기 좀 더 있으면서 숙면을 취하라고 했다. 그러고는 내 머리에 입을 맞추고는 다시 내려갔다. 무척 혼란스러운 표정이었다. 나는 오래 잤다. 저녁까지. 일어나자 온몸이 쑤셨고, 목소리는 쉬어 있었다. 내가 입었던 옷은 의자에 걸려 있었다. 대신 몸 옆쪽에 묶는 끈이 달린 흰 셔츠를 입고 있었는데, 갈아입히는 줄도 모르고 잔 모양이었다.

몸 상태는 괜찮았다. 나는 침대에서 파란 하늘을 쳐다

보다가 창살 쳐진 창문 앞으로 다가갔다. 눈앞의 모습에 깜짝 놀랐다. 키 큰 피나무 사이로 우리 집이 보였고, 정원의 빨래 건조대도 보였다. 나는 한참 동안 창가에 서 있었다. 우리 개가 정원을 터벅터벅 걷고, 개에게 유리문을 열어주는 그림자도 잠깐 보였다. 저녁에 아버지가 나를 데리러 왔다. 나는 아버지가 가져온 옷으로 갈아입고 집으로 돌아갔다. 삼 분도 채 걸리지 않는 거리였다.

어머니는 울지 않으려 애썼고, 작은형은 한동안 나를 다정히 안아주었다. 나는 일주일간 집에 머물 수 있었지만, 그 뒤에는 다시 학교로 돌아가야 했다. 슐레스비히를 얼마간 멀리 떠나 있었으면 하는 소망은 점점 커져갔다. 해외로 나가고 싶었다. 미국이면 가장 좋을 것 같았고, 그래서 그렇게 했다.

자, 라라미로 달려가자!

나는 일 년 예정으로 미국에 갔다. 원래는 캘리포니아로 가고 싶었다. 뉴욕이나 시카고 같은 대도시도 괜찮았다. 하지만 결국 내가 간 곳은 와이오밍주의 라라미였다. 밤이면 늑대가 울부짖는 곳이었다. 물론 늑대 울음소리는 마음에 들었다. 환자들의 비명과 울부짖음이 떠올랐기 때문이다.

와이오밍은 면적이 독일만 했지만, 주민 수는 오십만 명에 불과했다. 여기보다 인구가 적은 주는 알래스카밖에 없었다. 내가 다닌 고등학교는 매일 아침 비행기를 타고 등교하는 학생들이 있어서 자체 활주로까지 갖추고 있었다. 내 홈스테이 가족은 도시에 살지 않았다. 이렇게 해서 나는 미국의 외곽 중에서도 외곽에 살았다. 먼지 자욱한 대초원 한가운데의 푸른 오아시스였다. 여기서는 원격 제어식 스프링클러가 아침부터 저녁까지 정원을 누볐다.

미국으로 떠나기 전 나는 아름다운 딸이 있는 호스트 가족을 자주 상상했다. 하지만 이 가족도 나의 원래 가족과 마찬가지로 아들 셋에 개 한 마리가 전부였다. 나는 교환학생 선발 과정에서 '비신자, 신자 또는 독실한 신자'인지를 묻는 문항에 그냥 변덕스러운 기분에 따라 '독실한 신자' 난에 체크했다. 그로써 나는 이제 일주일에 세 번 교회에 가야 했다. 예배만 참석한 것이 아니었다. 교회 내부를 청소했고 제단도 닦아야 했다. 일주일에 세 번씩이나! 끔찍한 일이었다.

호스트 가족의 부모는 마음에 들었다. 스탠과 헤이즐이었는데, 인내심이 강하고 친절한 사람들이었다. 삼형제 중 막내이자 나와 동갑인 돈만 나를 좋아하지 않았다. 일상에서 나의 잘못을 지나칠 정도로 꼼꼼하게 지적했고, 내 영어를 들으면 얼굴을 찡그렸다. 부모가 근처에 없으면 나를 '독일 로봇'이라고 불렀다. 나는 서서히 적응해갔다. 학교에서는 내가 좋아하는 과목만 선택했다. 등산과 암벽 등반도 그중 하나였다. 아침 여섯 시에 우리는 스쿨버스를 타고 로키산맥으로 향했다. 바위가 햇볕에 마르길 기다리는 동안 아침 식사가 나왔다. 독일어 과목에서는 내 생애 처음으로 반에서 일등을 했다. 목공예 시간에 우리는 소박하지만 공포를 자아낼 정도로 큰 새집을 만들었다.

그렇게 몇 주가 지났다. 어느 오후 이례적인 시간에 독일 집에서 전화가 왔다. 나는 물침대에 누워 음악을 듣고 있었다. 옆에 붙은 거실에서 전화벨이 울렸다. 노크 소리가 들렸고 헤이즐이 들어왔다. "It's for you(너한테 온 전화야)."

아버지였다. 작은형이 교통사고로 죽었다고 했다. 나는 전화를 끊고 내 방으로 들어갔다. 다시 노크 소리가 들리더니 헤이즐이 문을 열었다. "What happened(무슨 일이야)?"

나는 대답하고 싶었지만 영어 단어가 하나도 생각나지 않았다. 끔찍하게 말을 더듬기만 했다. 나는 단어를 찾다가 결국 독일어로 말했다. "… 내 형이… 음… 내 형이…."

더 이상 떠오르지 않았다. 나는 일어나 책상으로 가서 사전을 집었다. 떨리는 손가락으로 단어를 찾으며 문장을 조합했다. "My(내)", 뒤적뒤적, "brother(형)", 뒤적뒤적, "is dead(죽었다)." 헤이즐이 뭐라 말하려 했지만, 나는 침묵을 명령하는 손짓으로 말을 막으며 계속 책장을 넘겼다. 마침내 발견했다. 자동차 사고. "Car accident."

"Your brother got killed in a car accident(네 형이 자동차 사고로 죽었다고)?" 헤이즐이 물었다.

나는 고개를 끄덕였다. "네." 이번에는 다시 독일어였다.

이 사망 소식을 들었을 때 우리는 막 옐로스톤 공원으로 여행을 떠나려던 참이었다. 복잡한 과정을 거쳐 예약한 독일행 귀국 비행기 시간까지는 아직 나흘이 남았기에 우리는 일단 출발했다. 끝없는 자동차 여행이었다. 장엄한 풍경 속으로 끝없이 망연한 눈길만 이어졌다. 버팔로 떼와 간헐천. 이제껏 내 눈앞에 이렇게 삭막한 풍경은 없었다.

나는 장례식을 위해 슐레스비히로 날아갔다. 네 번의 환승을 포함해 서른네 시간이 걸려 프랑크푸르트에 도착했다. 미국으로 떠날 때 나를 프랑크푸르트 공항까지 데려다준 사람은 작은형이었다. 그게 형의 마지막 모습이었다. 이제 나는 다시 돌아와 함부르크행 국내선을 기다리고 있었다. 부모님과 남은 형이 함부르크 공항으로 나를 데리러 나왔다. 나는 커다란 창문 너머로 벤치에 앉아 있는 부모님을 발견했다. 그들 주변에선 사람들이 바삐 움직이고 있었다. 다들 집에 돌아온 가족을 환영하고 입을 맞추었다. 그러나 내 부모님은 움직이지 않았고, 슬픈 돌처럼 출구 쪽만 멍하니 바라보았다. 내가 상상한 귀향은 이런 모습이 아니었다. 농구 스타, 탄탄한 몸, 유창한 영어, 자신감 넘치는 모습이었다. 부모님은 나를 보고 무척 기뻐했다. 우리는 포옹했고, 분주하게 움직이는 사람들 사이에서 서로를 꽉 붙들었다.

내가 없으면 부모님이 얼마나 힘들어할지 알면서도 나는 와이오밍으로 돌아가기로 마음먹었다. 부모님은 나를 말리려 하지 않았다. 단 한 번 아버지가 안락의자에서 몸을 숙이고 울면서 물었다. "그냥 우리와 함께 여기 있는 게 낫지 않겠니?"

그러나 나는 돌아가고 싶었다. 무조건!

불과 십사 일 후, 나는 라라미의 온전한 홈스테이 가족에게로 돌아갔다. 학교에서 사고 소식을 아는 사람은 없었다. 호스트 가족을 제외하고는 누구도 나를 동정하지 않았다. 다행이었다. 나는 사고 전처럼 계속 살아갔다. 형에 대한 생각은 거의 하지 않았다. 일요일에 부모님과 전화를 할 때만 빼면. 나는 그냥 슬퍼하길 거부했다. 이후 몇 달 동안 라라미 사람들이 하는 대로 하고 살았다. 농구를 했고, 미식축구 공을 던졌고, 거대한 칠면조를 토막 내는 법을 배웠다. 또한 엄청난 양의 눈을 삽으로 치웠고, 월풀 파티에서 한 여자애를 만났으며, 대초원으로 말을 타고 몇 시간씩 나갔다. 교도소를 방문해 펜팔 친구를 만들었고, 호스트 부모와 함께 긴 여행도 떠났다. 미국에서 슐레스비히로 돌아왔을 때 나는 체중이 구십오 킬로그램이었고, 팔굽혀펴기를 백 번 했으며, 영어도 유창하게 구사했다.

교통사고로 목숨을 잃은 건 형만이 아니었다. 뒷좌석에 함께 타고 있던 형의 여자 친구도 현장에서 즉사했다. 한밤중에 트럭 한 대가 히치하이커 두 명을 내려주려고 언덕 바로 너머에 멈춰 섰다. 심지어 차량의 불까지 모두 꺼버린 상태였다. 형이 탄 차는 트럭 밑에 깔렸다. 운전자는 내 형의 가장 친한 친구였다. 그는 다치지 않았다.

작은형의 사고사 이후 어머니와 아버지는 딴사람이 되었다. 다시 일을 시작했고, 슬픔 속에서도 서로를 위해주고, 함께 밥을 먹고, 셋이서 텔레비전을 보고 산책을 했음에도 모두 지난 시간의 시뮬레이션에 지나지 않았다. 내 눈엔 자신들이 누구였고, 예전의 삶이 어땠는지 기억하려 애쓰는 사람들 같았다. 간신히 유지되는 일상의 틀 속에서 서서히 실제적인 삶이 다시 피어나길 소망하면서. 큰형은 뮌헨에서 대학을 다니고 있었기에 나는 이제 정신병원 한가운데에서 부모님의 마지막 남은 자식으로 살아갔다.

부활

귀환 후 내가 가장 먼저 한 건 정신병원 경내를 한번 둘러보는 일이었다. 기다려온 순간이었다. 일 년의 공백 기간에 어떤 변화가 있었는지 궁금했다. 그런데 너무나 익숙한 길을 걷고 친숙한 건물들 사이를 지나가고, 이따금 환자들이 누워 있는 울타리 쳐진 정원을 따라 걸으면서 차츰 이상한 기분이 들었다. 어떤 점이 나를 당혹스럽게 하는지는 정확히 모르겠지만, 이곳의 무언가가 근본적으로 바뀌었다는 확신이 점점 커져갔다. 무언가가 빠진 듯했다. 누군가 무언가를 훔쳐간 듯했다. 뭐였을까, 그게?

정문으로 이어지는 긴 직선 길에서 이른바 환자들의 부대가 내 쪽으로 걸어오고 있었다. 일부 환자는 멀리서도 걸음걸이와 자세만 보고도 알아볼 수 있었다. 그들이 다가

왔다. 내가 비켜서자 나를 지나쳐갔다. 몇몇은 인사를 했다. 나는 그들의 뒷모습을 바라보았다.

L병동 모서리를 돌자 벤치에 앉아 있는 완두콩 왕자 페르디난트가 보였다. 좋아하는 빨간색 쿠션을 깔고 있었다. 옆에는 내가 모르는 소년이 앉아 있었다. 머리가 엄청나게 크고, 머리카락은 없고, 눈과 입, 코가 살집 많은 얼굴 한가운데에 다닥다닥 몰려 있었다. 맥주잔 받침 하나에 다 들어갈 것 같았다. 내가 반갑게 소리쳤다. "페르디난트!"

그가 내 쪽으로 고개를 돌렸다. 입이 점점 크게 벌어지더니 눈도 점점 커졌다. 내가 벤치에 거의 다다랐을 때 공포로 일그러진 페르디난트의 얼굴이 보였다. 그는 잘생긴 청년으로 변해 있었다. 셔츠에다 털조끼를 받쳐 있은 모습이 영국 기숙학교 학생과 비슷한 면이 있었다. 그는 나를 보고 당황한 듯했다.

"헤이, 페르디난트, 너무 반갑다!"

옆에 앉은 소년의 쪼그만 두 눈동자가 각각의 동굴 속에서 따로따로 바쁘게 움직였다. 이렇게 이상한 얼굴은 본 적이 별로 없었다. 두 눈머리가 안쪽으로 거의 붙어 있어서 한쪽 눈동자가 갑자기 다른 쪽 눈으로 건너가더라도 놀라울 게 없을 듯했다. 입은 통통한 체리보다 크지 않았고, 코는 앙증맞은 강아지 코만 했다. 거대한 분홍빛 두상만 빼고 그 안에 다닥다닥 붙은 모든 것이 무척 작았다.

페르디난트의 얼굴이 하얗게 질렸다. 손까지 하얘졌다. 이제 그와 나의 거리는 한 걸음밖에 되지 않았다. "왜, 그래, 페르디난트?" 그의 태도에서 나는 서서히 불안감을 느끼기 시작했다. 정신을 잃고 쓰러질까? 나에게 달려들까? 아니면 도망을 칠까? 그가 천천히 일어나 어이없는 표정으로 나를 바라보았다. 크게 벌린 입안에서 혀가 움직이더니 입천장을 소리 없이 톡톡 두드렸다. "뭐라고 말하는 거야? 페르디난트, 제대로 말해봐!" 그가 재차 시도했다. 혀로 글자를 만들었지만 소리는 나오지 않았다. "페르디난트, 무슨 말인지 모르겠어. 무슨 말을 하려는 거야?" 그는 불안을 억누르며 전력을 다해 다시 한 번 시도했다.

나는 마치 멀리서 들리는 소리처럼 나직이, 말을 한다기보다 혀를 찬다는 느낌의 두 마디 말을 간신히 알아들었다. "살아 있어!"

"무슨 말이야, 페르디난트?"

이번에는 조금 더 명확했다. "살아 있어!"

"물론, 살아 있지. 그러니까 이렇게 네 앞에 서 있지."

이제 그의 말에 시작과 끝이 생겼고 습기까지 묻어났다. "살아 있어!"

"그만해, 페르디난트. 무슨 일이야?"

막혀 있던 목소리가 다시 울림을 찾고 성대가 다시 진동하더니 그가 같은 말을 또렷이 반복했다. "살아 있어!"

나는 고개를 끄덕이며 웃었다. "그래, 나도 살아 있어서 기뻐. 너 그거 알아? 너도 살아 있는 거? 안녕, 페르디난트, 다시 만나 정말 반갑다."

페르디난트가 나를 껴안으며 몇 번이고 계속 외쳤다. "살아 있어! 살아 있어!" 그는 내 주위에서 펄쩍펄쩍 뛰면서 나의 부활을 기뻐했다. "네 형이 아냐! 넌 네 형이 아냐! 넌 살아 있어! 넌 네 형이 아냐!" 그는 나를 안고 또 안아주었다. 옆에 있던 소년은 지금 여기서 무슨 일이 벌어지고 있는지 전혀 알지도 못하면서 체리만 한 입으로 이렇게 소리쳤다. "만세! 형사가 피해 간다. 만세!"

그제야 나는 페르디난트가 사고를 당한 형과 나를 혼동했다는 사실을 깨달았다. 그럴 법도 했다. 우린 둘 다 어느 날 갑자기 사라졌으니까. 그날 나는 페르디난트에 의해 죽은 자들 가운데서 부활했다.

피를 나눈 형제

나 자신의 상태보다 훨씬 더 나를 힘들게 한 것은 부모님의 비통한 모습이었다. 사실 나는 지금 자신이 어떤 기분인지 알지 못했다. 별로 울지 않았고, 부모님이 울 때만 울었다. 두 분은 마치 잘 아는 사이가 아님에도 서로 부둥켜안고 절망을 위로하라고 우연히 배정받은 사람들 같다는 인상을 강하게 풍겼다. 늘 그랬듯이 지나치게 흥분하는 쪽은 어머니였다. 아버지는 무기력증의 경향이 있는 둔중한 사람이었다. 아들을 잃은 이후 두 분의 이런 특성은 더욱 강조되었다. 고통이 수년간 가장되어온 심적 평온을 날카로운 칼처럼 두 분에게서 도려내버린 듯했다. 어머니는 아주 사소한 일에도 움찔움찔 놀라거나 울음을 터뜨렸다. 열려 있던 방문이 바람에 쿵 닫히면 마치 몸에 불이라도 붙은 것처럼 소파에서 펄쩍 뛰어올랐다. 그러고는 털썩 주저앉아 울었다. 누군가 갑자기 재채기를 하거나 식탁에서 숟가락을 떨어뜨려도 보이지 않는 힘을 막으려는 듯 허공으로 두 팔을 휘저었고, 그러다 이미 누선의 긴장이 풀려버린 눈에서 재차 눈물을 뿌렸다.

반면에 아버지는 깊은 슬픔에 잠겨 그 어느 때보다도 무겁게 자신의 안락의자에 파묻혀 지냈다. 마치 살이 단단한 금속으로 변한 듯 몇 시간 동안 말도 하지 않았고 움직이지도 않았다. 세상의 어떤 크레인도 청동상 같은 이 상심한 남자를 안락의자에서 들어 올릴 수 없을 듯했다.

그런 와중에 우리 개까지 아팠다. 개의 뒷다리 사이 복벽 아래로 축 늘어진 종양을 발견한 사람은 어머니였다. 아버지가 조심스럽게 만져보았고, 우리는 더 일찍 발견하지 못한 것을 스스로도 의아해했다. 어떻게 종양이 이렇게 커질 때까지 모를 수 있었을까?

늙은 개가 밤낮으로 즐겨 누워 지내는 아버지의 안락의자 뒤에서 지난 몇 주 동안 이 역겨운 혹이 자라난 게 틀림없었다. 같은 날 우리가 찾아간 여자 수의사는 어머니와 나를 의아한 눈으로 바라보았다. "어떻게 이제야 발견하셨죠?" 그녀는 손에 종양을 쥐고 무게를 가늠해보았다. "수술은 시도해볼 수 있지만, 이미 꽤 크네요."

우리는 수술 일정을 잡고 개를 다시 차에 태웠다. 개는 뒷좌석에 앉아, 열린 창 너머로 밖을 내다보았다. 평소 축 늘어진 귀가 바람에 날려 머리와 눈을 마구 때리는 모습을 볼 때마다 나는 늘 흐뭇해했다.

수술을 며칠 앞두고 우리는 개를 세심히 돌보아주었다. 오랫동안 하지 않던 일이었다. 우리는 그사이 개를 등한시했다는 양심의 가책에 개에게 다정히 말을 걸었고, 지극한 관심을 보였으며, 개의 밥그릇에 군침이 흐를 만한 특식을 제공했다. 개는 그런 우리를 의아한 눈으로 바라보면서도 꼬리를 흔들었다. 점심 식사로 우리와 똑같이 미트로프나 룰라드 한 조각을 받을 때도 많았다. 나는 어렸을 때처럼 개 옆에 자주 누웠다. 냄새가 심했다. 내가 나이 들면서 후각이 예민해져서 그런지, 아니면 개가 나이 들면서 예전보다 더 고약한 냄새가 나서 그런지는 자신할 수 없었다. 나는 개를 껴안고 털을 쓸어주었다. 지난 몇 주 동안 이렇게 털이 많이 빠진 적은 없었다. 나풀거리는 개털 뭉치가 타일 바닥 곳곳에 흩날렸고, 개가 아버지의 안락의자 뒤 자기 자리로 돌아가는 길에 스친 소파 가장자리에도 갈색 카펫만큼이나 털이 가득했다.

작은형이 빗으로 뽑은 개털을 한동안 비닐봉지에 모아 둔 기억이 났다. 형은 어머니의 물레에서 개털로 실을 자아 스웨터를 짤 계획이었다. 형 말에 따르면 집에서 직접 짠 랜드시어 스웨터는 모두의 눈길을 사로잡을 거라고 했다. 그러나 개털 실로는 다들 몸서리치는 작은 식탁보 하나밖에 만들지 못했다. 그 식탁보는 몇 년 동안 형 방의 스툴 위에 얌전히 놓여 있었다. 가끔 우리 개는 이 식탁보를 불안하게 킁킁거리다가 으르렁거리곤 했다. 그 이상한 기분을 나는 충분히 이해할 것 같았다. 개든 사람이든 자기 몸으로 만들어진 것을 접할 기회는 드물 테니까.

예약 시간에 맞춰 동물병원에 갔을 때 대기실은 텅 비어 있었다. 어머니와 나는 플라스틱 의자에 앉았고, 개는 무척 흥미로운 냄새가 나는지 코를 킁킁거렸다. 온갖 작은 동물들의 체취가 뒤섞인 냄새일 것이다. 의사가 나왔다. 개는 헐떡거렸고, 미끄러운 바닥에서 잘 일어나지 못했다. 뒷다리로 일어서려다 여러 번 미끄러졌다. 나는 개의 배 밑에다 손을 넣어 일으켜 세웠다. 순간 잊고 있던 암 덩어리가 내 손을 툭 쳤다. 의사는 내가 개를 부축해서 일으켜 세우는 모습을 걱정스럽게 지켜보았다.

우리는 수술실로 들어갔다. 심하게 숨을 헐떡거리던 개가 잠시 멈추고 자신의 종양을 핥았다. 의사는 스툴에 앉아 개의 머리를 두 손으로 잡고는 가장자리가 늘 점액질로 덮여 있는 랜드시어의 눈을 들여다보았다. "꼭 이걸 해야 할까요? 네?"

우리 개도 잘 아는 의사였다. 그 때문인지 개는 신뢰의 뜻으로 축 늘어진 귀를 살짝 들어 올렸다. 의사는 줄곧 개를 안고 쓰다듬었다. 개의 호흡은 진정되었다. 의사가 숙련된 손길로 개의 몸을 긁는 동시에 귀 뒤의 림프샘을 손으로 만지면서 어머니를 보고 물었다. "늘 이렇게 헐떡거려요?"

"아뇨, 오늘만 유독 이래요."

"정말 위험을 무릅쓰고 수술을 해야 할지 확신이 안 들어요. 건강 상태도 안 좋고, 나이도 많아요. 이게 오히려 이 아이에게 안 좋을 수도 있어요."

우리는 침묵했다. 무균실에서는 개가 힘겹게 숨을 들이쉬고 내쉬는 소리밖에 들리지 않았다.

"다시 데려가야 할까요?" 어머니가 물었다.

나는 개를 바라보았다. 개는 고개를 축 늘어뜨린 채 검은 반점이 몇 개 있는 분홍색 혀를 주둥이 밖으로 내밀고 있었다.

"아뇨, 솔직히 그걸 권유하는 건 아니에요." 의사는 동의하지 않았다. "물론 결정은 당신이 내려야 해요." 의사의 말은 후견을 자처하지는 않으면서도 설득력 있게 들렸고, 목소리는 상대가 중요한 결정을 내릴 수 있도록 도와주기에 적합할 만큼 따뜻했다. 그러면서도 나는 다른 한편으로 이 침범할 수 없는 유능한 목소리가 내 의지를 꺾고 내가 절대 하고 싶지 않은 짓을 하도록 유도하는 것만 같아서 약간 섬뜩하게 느껴졌다.

어머니는 주저했다. 의사의 제안이 무엇을 의미하는지 분명히 짐작하고 있었음에도 시간이 필요했다. "조금 더 기다려볼게요. 상태가 다시 좋아질지도 모르잖아요. 그런데 이렇게까지 숨쉬기가 곤란했던 적은 없지 않았어?" 어머니가 나에게 눈을 돌려 말했다. 나는 반박하고 싶었지만 결국 그렇다고 대답하고 말았다. 개는 헐떡거렸다. 심지어 쉼 없이 가르랑거렸다. 잠을 잘 때도 목이 부어 막힌 것 같은 소리가 났다. 똥을 싸려고 쪼그리고 앉으면 다리를 떨었고, 혀는 헐떡거리며 주둥이 밖으로 나왔다. 모든 것이 서서히 진행되었고, 우리는 그런 쇠락의 과정을 놓쳤다.

어머니와 나는 불과 몇 분 사이에 우리의 그런 불찰을 명확히 깨달았고, 이제 중요한 결정을 내려야 했다. 냉정한 실용주의의 물결이 나를 사로잡았다. '그래, 그냥 집으로 데려가는 거야. 우리 개는 지금 고통스러워하지 않아. 중요한 건 아직 며칠이 더 남았다는 거야.' 나는 속으로 이런 생각을 했지만, 입에서는 다른 말이 나오고 있었다. "몇 주 전부터 안 좋았어요, 엄마. 혼자서는 이제 뛰어오르지도 못해요. 무척 힘들어하는 것 같아요."

어머니는 슬프지만 충분히 공감한다는 표정으로 나를 바라보았다. "그렇게 생각해?"

수의사는 마취약을 묻힌 솜뭉치처럼 나른한 목소리로 다시 입을 열었고, 여러 단계의 고민 시간을 풀쩍 뛰어넘어 단정 짓듯 말했다. "나를 믿으세요, 그게 최선입니다." 미완의 문장과 애매한 암시 속에서 관대함으로 포장된 사형 선고가 내려지는 과정이 퍽 묘했다. 의사가 말했다.

"개를 데리고 한 바퀴 돌다 오시겠어요?"

어머니는 결정을 미룰 수 있는 이 제안이 너무 반가운지 얼른 대답했다. "네, 그렇게 할게요!"

우리는 개를 줄에 묶고 동물병원을 나섰다. 비도 햇빛도 바람도 없고, 춥지도 따뜻하지도 않은 북독일 특유의 무겁고 우중충한 날씨였다. 발로 차서라도 흔들어 깨우고 싶은 날씨였다. 우리 개는 신경 쓰지 않았다. 우리는 한동안 개와 함께 인도를 따라 걸었다. 개는 자신의 상태에 아랑곳하지 않고 짧은 호흡으로 곳곳을 킁킁거렸고, 절룩거리며 여기저기를 기웃거렸다. 걸을 때마다 배 밑의 종양 주머니가 덜렁거렸다.

"어떻게 그렇게 오랫동안 모를 수가 있었을까요? 저것 좀 봐요, 엄마. 엄청 커요."

"이제 어떡하면 좋니? 난 너무 갑작스러운 느낌이 들어."

"의사 말이 맞는 것 같아요."

"하지만 마르틴의 개잖아."

어머니는 이 말을 자주 했다. 사고사를 당한 형의 개 속에는 세월이 지나도 사라지지 않는 무언가가 담겨 있었다. 숨을 헐떡이며 절룩절룩 걷는 이 큰 개는 형들과 나를, 부모님과 나를, 그리고 우리가 파괴될 수 없는 가족이라고 굳게 믿었던 한 시절과 나를 연결하는 끈이었다. 모두가 식탁에 둘러앉아 퀴즈를 내고 답하던 우리, 멋진 가족이었던 우리. 개가 없어지면 이제 집에는 셋만 남을 것이다. 아버지, 어머니, 그리고 다 큰 아들인 나. 어머니와 나는 인도를 걸으며 분명히 깨달았다. 불치병에 걸린 개가 지금 저렇게 헐떡거리면서 흘리는 침이 남은 우리 가족을 실타래처럼 하나로 묶어주고 있음을.

"지금 당장 수술을 받게 하든지…." 내가 바닥을 내려다보며 말했다. "아니면 그냥 여기 두고 가야 해요, 엄마. 재를 다시 데려가는 건…."

어머니가 내 손을 잡았다. 우리는 얼마간 나란히 걷다가, 일정한 간격을 두고 비틀거리며 뒤따라오는 개를 기다렸다. "너 아직 그거 기억나니?" 어머니는 이렇게 묻더니 표정이 환해졌다. "우리 개가 어찌나 세게 잡아당기던지 내 힘으로는 도저히 붙잡을 수가 없었어. 다른 개가 우리 쪽으로 다가오면 얼른 나무나 울타리에 묶어야 할 정도였지. 그러다 결국 그 끔찍한 쇠사슬 목줄까지 사지 않았겠니. 세상에나, 장사도 그런 장사가 없었지! 발트해에서 했던 그 미친 짓은 또 어떻고!"

우리 둘의 머릿속으로 바다를 볼 때마다 행복에 겨워 미쳐버리던 우리 개의 모습이 선명하게 떠올랐다. 파도와

물거품 냄새를 맡자마자 마치 광기에 사로잡힌 듯 완전히 정신을 잃던 모습이었다.

하지만 이러한 기억은 지금 내 발밑에 앉아 있는 지친 개의 비참한 상태를 더욱 분명하게 보여주었다. 개는 생명력의 막바지에 다다른 듯 보였다.

"그래, 그게 최선일 것 같다. 그렇게 하자, 오케이?"

나는 동의의 뜻으로 고개를 끄덕였다. 몇 걸음 앞에 구멍가게가 있었고 입구 앞에 아이스크림 판이 서 있었다. "잠깐만요, 엄마, 금방 올게요." 나는 바운티 아이스크림을 하나 사서 개 앞에 쪼그리고 앉았다. "자, 피를 나눈 형제, 이건 네 거야!" 개는 바운티를 무척 좋아했다. 운이 좋으면 귀퉁이를 조금 받았다. 하지만 이번에 나는 두 조각을 크게 잘라 녀석에게 내밀었다. 녀석은 믿을 수 없다는 듯 첫 번째 조각을 조심스럽게 핥았다. "뭐 해, 어서 안 먹고. 이거 네 거야." 그러나 녀석은 여전히 망설였다. 정말 내가 주려는 건지 의심을 버리지 못하는 눈치였다. 녀석의 주둥이에서 침이 뚝뚝 떨어졌다. 내가 초콜릿 아이스크림을 녀석의 입에다 쑥 밀어 넣자 그제야 녀석은 과감하게 우적우적 씹어 먹기 시작했다. 심지어 두 번째 조각은 내 손에서 직접 낚아채서 꿀꺽 삼켜버렸다.

우리는 다시 동물병원으로 향했다. 수의사는 조야한 책

상 뒤에 앉아 있었다. 강판으로 민 듯 짧은 잿빛 머리의 작고 날렵한 여자가 우리를 기대에 찬 눈으로 바라보았다. “그래서요? 결정하셨어요?”

어머니는 나에게 답변을 미루는 눈치였다. 순간 나는 갑자기 꺼림칙한 기분이 들었다. 내가 이 결정의 원동력이었을까? 이 결정을 막거나 최소한 지연시킬 수는 없었을까? 피를 나눈 내 형제의 목숨이 내 손에 달려 있을까? 나는 왜 이게 개에게 최선이라고 확신했을까? 의사에게 대단하게 보이려고? 아니면 나 자신에게?

“네, 수술은 힘들 것 같아요. 우리는….” 어머니는 차마 말을 잇지 못했다. 두 눈에 눈물이 글썽였다. “…아무래도 그게 나을 것 같아요.”

“함께하시겠어요?” 의사가 물었다.

예상하지 못한 질문이었지만 나는 번개같이 대답했다. “네, 물론이죠!”

어머니가 깜짝 놀라 나를 바라보았다.

“좋아요.” 의사가 일어났다. 정말 작았다. 앉아 있을 때나 서 있을 때나 거의 차이가 나지 않았다. “장담컨대 개에게는 전혀 고통이 없습니다. 우리가 할 일을 간단히 설명드리겠습니다.”

우리? 왜 우리지? 내가 여기서 무슨 할 일이 있다고?

"먼저 마취 주사를 놓을 겁니다. 그런 다음 잠들 때까지 몇 분간 기다렸다가 같은 마취제를 다시 주입할 겁니다. 치사량으로요. 개가 마지막으로 먹은 게 언제죠?"

우리는 곰곰이 생각했다. "오늘 점심에 소 위를 한 그릇 줬는데, 입도 대지 않았어요!"

"잘됐네요!" 의사는 벌써 마취제를 빨아들인 주사기를 손에 쥐고 있었다. "개를 눕힐 수 있나요?"

"물론이죠." 내가 손을 들고 외쳤다. "누워!"

이건 항상 대단한 퍼포먼스였다. 우리 개, 아니 사고사를 당한 형의 개는 앉지 않고 항상 눕기만 했다. 그런데 지금은 전혀 움직이지 않았다. 나는 명령을 반복했다. 수년 동안 녀석에게 그런 요구를 한 사람이 없었던 게 분명했다. 사실 늘 누워 있는 녀석에게 그런 명령은 필요가 없었다. 오히려 우리는 누우라고 하지 않고 정반대 명령을 내렸다. '어서, 일어나, 이 늙은 똥개야, 하루에 한 번은 나가야지. 어서, 빨리 일어나!'

어머니가 개의 등에 손을 얹고 지그시 눌렀다. 녀석은 버티고 서서 가르랑거리기만 했다. 이 수술실 바닥에 누워야 할 이유를 찾지 못하는 듯했다. 의사는 인내심을 갖고 나를 바라보았지만, 어쩐지 강요하는 눈빛처럼 느껴졌다. 잠시 후 나는 지금도 설명이 되지 않는 행동을 하고 말았다. 일단 나와 피를 나눈 형제인 이 고령의 개에게 화가 났다. 왜 내 말을 듣지 않을까? 왜 눕지 않을까? 예전에는 '누워!'라는 이 정신 나간 명령에 수천 번도 더 순순히 따르지 않았던가? 왜 하필 지금 의사 앞에서 고집을 부리는 것일까? 나는 녀석의 눈빛에서 오만함을 보았다. 뭔가 나를 질책하는 것 같은 오만함이었다. '이 암 덩어리가 몇 주 동안 축구공만 하게 커지는 것도 알아차리지 못한 주제에 지금 주인 노릇을 하겠다고? 난 그런 주인의 말에 따를 생각이 없어! 너 같은 사람은 개를 키울 자격이 없다고!'

나는 개의 배 밑에 내 발을 집어넣고 뒷다리를 잡아당겨 개를 넘어뜨렸다. 개는 중심을 잃고 바닥에 거칠게 나뒹굴었다.

"뭐 하는 거야?" 어머니가 깜짝 놀라 소리쳤다.

의사도 가까이 다가왔다. 잿빛 쥐상의 머리는 내 가슴팍밖에 오지 않았다. "왜 이래? 조심해야지!"

개는 미끄러운 타일 위에서 발버둥을 쳤다. 수의사는 그 앞에 쪼그리고 앉아 "쉿쉿쉿…." 하는 소리와 함께 개를 톡톡 두드리더니 배에다 주사를 놓았다. 나는 분노와 수치심으로 얼굴이 벌게졌다. 두 여자는 쪼그린 채 개를 붙들었고, 약 이십 초 후 개는 차츰 진정되었다. 먼저 의사가 일어났고 다음에 어머니가 따라 일어났다. 나는 시선을 떨구었지만 두 사람의 시선이 내게로 향하는 것이 느껴졌다. 개가 내 앞에 길게 누워 있었다. 잠든 상태로. 수의사는 훨씬 큰 주사기를 앰풀에 꽂더니 주사액을 쭉 뽑아 올렸다. 그녀가 말한 치사량이었다.

"깊이 잠들 때까지 잠시 기다릴게요."

어머니는 의자에 앉았다. 의자 가장자리에 엉덩이만 살짝 걸친 채로. 그러다 잠시 후 다시 일어나 그냥 바닥에 주저앉았다. 개 바로 옆이었다. 나도 그러고 싶은 마음이 굴뚝같았지만, 나의 난폭함으로 개 옆에 앉을 권리를 박탈당한 것 같은 느낌이 들었다. 의사가 다가와 쪼그만 손을 내 팔에 올렸다. "너도 잠시 개 옆에 가서 앉아. 그럼 마음이 한결 편안해질 거야."

나는 그녀의 너그러움에 감사하며 개에게 한 걸음 다가가 무릎을 꿇었다. 그때였다. 개가 몸을 뒤틀었고, 속이 메슥거리는지 꺽꺽거리기 시작했다. 복벽이 경련을 일으키는 듯 안쪽으로 몇 번 조여들더니 결국 바닥에 갈색 죽을 토했다. 코코넛과 토사물의 역한 냄새가 진동했다. 어머니는 바지에 오물이 묻었는지 세면대로 가서 월장석 반지를 낀 손으로 바짓가랑이를 힘껏 문질렀다. 종이타월로 토사물을 닦던 의사의 눈빛에서는 그녀가 우리를 동물 학대자로 보고 있음을 알 수 있었다. 품위 있게 안락사의 제식을 진행하려던 그녀의 모든 시도는 우리의 거짓말과 나의 어설픈 폭력으로 물거품이 되고 말았다. 의사는 이제 죽음에 걸맞은 분위기와 경건함을 유지하려는 생각을 버렸다. 치명적인 주사기를 개의 배에다 푹 꽂더니 엄지로 일정하게 눌러 개의 몸속으로 독을 주입했다.

십 초도 채 지나지 않아 우리 개는 숨을 멈추었다. 혀가 입술 사이로 미끄러져 나와 시커먼 주둥이 앞에 축 늘어졌다. 크고 축축했다. 사지에 어떤 떨림도 느껴지지 않았고 발바닥도 전혀 움직이지 않았다. 생명이 이렇게 속절없이 꺼질 줄은 상상도 못 했다.

그전의 관대함을 되찾은 의사는 죽은 동물의 등을 쓰다듬더니 공기를 채운 주사기를 앞다리 정맥에 연속으로 빠르게 찔렀다. "사체 처리를 우리에게 맡기겠어요, 아니면 데려가시겠어요? 사실 정원에 묻기엔 너무 커요. 하지만 원하신다면 예외를 두죠."

어머니는 울먹이면서 애원하듯이 나를 바라보았다.

"당연히 우리가 데려가야죠." 내가 불쑥 말했다. 이 말이 뜻하는 바를 전혀 예상하지 못하면서.

우리 셋은 개 사체를 차에 옮겼다. 쉬운 일이 아니었다. 몸뚱이가 생각보다 무겁고 이상하게 흐느적거려서 몇 번이나 손에서 미끄러질 뻔했다. 게다가 수술실에서 차까지 최대한 빨리 옮기려다 보니까 옮기는 과정은 더더욱 서투르게 진행되었다. 나는 나이가 훨씬 많은 두 여자와 함께 사체를 처리하는 살인자처럼 느껴졌다. 그것도 나 자신이 이 죽음에 가장 깊이 연루된 범죄자 같았다. 실행 가능한 유일한 운송 방법은 끔찍했다. 이 살인 부대에서 가장 힘이 센 나는 각각 한 손으로 뒷다리를 잡았고, 어머니는 오른쪽 앞다리를, 수의사는 왼쪽 앞다리를 잡았다. 걷는 일이 거의 없다 보니 털이 웃자란 개의 부드러운 발바닥이 하늘을 향해 뒤집혀 있었다. 나는 이 트리오의 일원이었음에도 우리가 지금 하고 있는 일이 얼마나 기괴하게 비칠지 정확히 상상할 수 있었다. 개를 도축한 가축처럼 인도로 옮기는 꼴이었다. 구멍가게 주인의 혼란스러운 얼굴이 잠시 보였다. 내가 십오 분 전에 들러 바운티 아이스크림을 사서 다 죽어가는 개에게 먹인, 그 가게의 주인이었다. 눈앞에서 암 덩어리가 출렁거렸다. 우리는 충분한 높이로 개를 들어 올릴 재간이 없었기에 축 늘어진 머리와 주둥이, 귀가 아스팔트에 질질 끌렸다. 내가 뒤에서 개를 높이 들수록 어머니와 수의사는 더 힘들어했다. 우리는 마지막 스윙 동작으로 개를 트렁크에 쿵 던져 넣었다(그 과정에서 개의 머리가 차 번호판에 부딪혔다). 누구보다 사랑했던 개이자, 내 작은형의 개이자, 나와 피를 나눈 형제를. 수의사는 보는 사람이 없는지 주위를 두리번거리더니 우리에게 공모자의 눈빛을 보내고는 민첩한 다리로 재빨리 사라졌다. 정말 그냥 휑하니 사라졌다. 저런 빠른 발을 가진 여자라면 아흔 살이 되어도 어떤 버스든 놓치지 않을 거라는 생각이 들었다.

운전대는 내가 잡았고, 어머니는 조수석에 앉았다. 어머니는 햇빛 가리개를 내리더니 거기에 부착된 작은 거울을 들여다보았다. 그냥 그렇게 보기만 했다. 립스틱을 바르지도 않았고, 앞자리의 수납공간에서 빗을 꺼내 얼굴에 내려온 머리카락을 매끈하게 정리하지도 않았다. 그저 말을 하면서 거울 속의 자신을 지켜보기만 했다. "이제 어떡하지?"

나는 잠시 고민에 빠졌다. 해결책은 하나뿐이었다. "시골로 가서 거기 정원에 묻어줘요. 여기 우리 집 정원은 안 돼요. 개가 너무 커요!"

어머니는 계기판 위에 녹색으로 빛나는 디지털시계를 보았다. "내일 해야겠어. 넌 학교에서 몇 시에 오니? 난 오늘 재활 치료 약속이 두 군데 잡혀 있어. 지금 가야 해."

"미쳤어요? 개를 밤새 차 트렁크에 두자고요?"

"그러자는 얘기가 아니고. 같이 안으로 옮겨서 내일 다시…."

"말도 안 돼요, 엄마. 개를 어떻게 계속 질질 끌고 옮겨요? 그냥 약속을 취소하면 안 돼요?"

어머니는 고개를 저었다. 정말 할 수 없어서인지, 아니면 하고 싶지 않아서인지는 알 수 없었다.

"그럼 혼자 갔다 올게요. 어디로 모셔다드리면 돼요?"

나는 시내를 가로질러 어머니를 환자 집에 데려다주었다. 어머니는 현관문으로 들어가기 전에 트렁크를 살짝 열더니 손을 집어넣고 잠시 눈을 감았다. 나는 차를 몰고 우리의 소도시를 떠나 발트해의 시골 별장으로 향했다.

너무 자주 다녀 마치 자기만의 생명이 있는 것처럼 느껴지는 길이 있다. 그런 길은 어떤 땐 가도 가도 끝없이 느껴져 마치 수없이 본 영화처럼 지루하고 답답하게 여겨지고, 어떤 땐 익숙함과 몽롱함 사이에 둥둥 떠가는 듯하면서 눈 깜짝할 사이에 목적지에 닿은 것을 믿지 못하기도 한다.

그날 나는 죽은 개를 트렁크에 싣고 시골로 운전하면서 거의 모든 커브 길에서 잘못된 판단을 내렸고, 형편없는 도로 구조에 짜증을 냈다. 머리 위 하늘은 칙칙한 잿빛에서 벗어날 생각이 조금도 없는 듯했다. 나는 이십 분간 화물차 꽁무니를 느릿느릿 따라가면서 계속 추월을 망설였다. 위험을 감수해야 할지, 신중해야 할지 갈피를 잡을 수 없었다. 결국 화물차를 앞지르지 못했다. 커브 길에서는 추월을 시도하다가 실패했고, 직선 길에서는 아예 용기를 내지 못했다. 트렁크에 누워 있는, 나와 피를 나눈 안락사한 형제의 문제로 인해 차의 균형이 흐트러졌다.

마침내 좁은 길로 접어들자 하늘의 잿빛이 풍경 위에 필터처럼 내려앉아 지상의 색을 남김없이 빨아들였다. 초원도 잿빛이고 나무도 잿빛이었다. 작은 호수의 잿빛 수면 주변에는 잿빛 소들이 박제된 동물처럼 우두커니 서 있었다. 정말 무덤을 파기 좋은 날씨라고 생각하면서 나는 헛간에서 삽을 가져왔다. 적당한 장소를 골라 땅을 파기 시작했다. 불쾌한 운전 후의 육체노동은 엄청난 도움이 되었다. 자신의 근육을 느껴보는 것은 그 자체로 살아 있음에 대한 증거였다. 나는 온 힘을 다해 구덩이 밖으로 한 삽 한 삽 검은 흙을 퍼냈다. 일정한 리듬을 타면서 광인처럼 일했다. 구덩이 깊이가 내 복부에 이르고, 길이가 두 걸음 정도 되자 그제야 만족스러웠다.

나는 구덩이에서 올라와 차로 가서는 트렁크를 열었다. 개의 혀가 낯설었다. 손가락으로 만져보았다. 거칠고 건조했다. 침을 질질 흘리고 모든 것을 핥던 거대한 분홍색 혀가 불과 두 시간 만에 푸석한 신발 밑창처럼 변해 있었다.

이제 개를 트렁크에서 꺼낼 차례였다. 나는 한 팔을 개의 머리에 두르고 다른 팔로 배를 감았다. 내 팔 힘을 시험해 보려고 한번 슬쩍 들어보았다. 놀라웠다. 쉽게 들어 올릴 수 있었다. 양치기가 다친 어린 양을 안듯 나는 조심스럽게 개를 안아 구덩이 옆의 잿빛 잔디에 눕혔다.

나는 구덩이 속으로 내려가 개를 끌어당겼다. 그새 이렇게 가벼워졌을까? 개를 바닥에 내리는 데는 아무 어려움이 없었다. 구덩이는 너무 컸다. 개의 몸집을 완전히 잘못 가늠했다. 세상 어떤 개도 이렇게 큰 구덩이는 필요하지 않을 듯했다. 나는 개의 시신을 가운데에 뉘였다. 사방으로 최소한 오십 센티미터의 공간은 남았다. 게다가 너무 깊었다. 개는 무게만 가벼워진 것이 아니라 크기도 쪼그라들어 어두운 흙 위에 연약하게 누워 있었다. 한때는 빛나던 하얀 털도 이제는 꺼칠꺼칠하고 칙칙했다.

개를 어떤 자세로 눕혀야 할까? 다리를 교차시켜야 할까? 점프할 때처럼 곧게 펴야 할까? 아니면 구부려서 배 아래로 당겨야 할까? 왜 이렇게 깊이 구멍을 팠을까? 내가 누워도 충분할 듯했다. 첫 삽의 검은 흙덩어리가 개를 덮치는 순간 앞다리가 앞으로 꿈틀했다. 나는 동작을 멈추고 깜짝 놀라 구덩이를 들여다보았다. 개가 죽었다는 사실은 의심할 여지가 없었지만, 삽으로 다시 흙을 퍼부었을 때도 사체는 충격으로 인해 반사적으로 사지를 흔들었다. 등과 배가 서서히 흙에 가려 보이지 않았고, 마침내 분홍빛으로 축 처져 있던 종양 덩어리까지 지하의 제국으로 완전히 사라졌다.

계속 삽질을 하다 보니 땀이 나기 시작했다. 이 표층의 검고 비옥한 부식토가 우리 개를 빠른 시간 안에 흐물흐물하게 만들고 몸 안으로 침투해 분해할 게 틀림없었다. 피부와 뼈를 비롯한 어떤 유기물도 이 흙을 당해낼 재간이 없었다. 흙의 서늘함과 습기, 비옥함이 모든 것을 삼키고, 개의 몸 안에 오랫동안 머물러왔던 것들을 사라지게 할 것이다. 나는 한 삽 한 삽 퍼서 구덩이를 메웠다. 그러나 개의 머리만큼은 위에서 그냥 흙을 던질 수 없었다. 나는 다시 구덩이 안으로 들어가 두 손으로 개의 머리를 묻으려 했다. 일단 표토를 집었다. 아버지가 이 지방에서 이만큼 비옥한 땅은 없다고 입이 마르게 칭찬하던 바로 그 흙이었다. 나는 흙덩어리를 잘게 부수어 개의 머리 위로 뿌렸다. 검은 흙, 검은 귀.

사랑하는 개의 머리를 묻음으로써 더 이상 개가 보이지 않자 그제야 나는 기분이 좀 나아졌고, 이후 삼십 분 동안 거대한 구멍을 다시 메우고 떼로 덮고 열심히 발로 밟았다. 봉분을 예상했지만 봉긋한 부분은 어디에도 없었다.

그냥 밋밋한 풀밭이었고, 전과 마찬가지로 단단하고 평평한 땅이었다. 어떻게 이럴 수 있을까? 개가 완전히 사라지다니! 나는 외양간 문을 통해 헛간으로 삽을 툭 던져놓고는 손도 씻지 않고 차를 몰았다.

나는 애써 도로에 집중하려 했지만, 시야 아래쪽에서는 흙 묻은 괴물 발과도 같은 두 개의 손이 핸들을 꽉 움켜쥐고 있었다. 내 손이 아닌 듯했지만 이상하게도 모든 커브길을 잘 알고 있어서 나를 안전하게 집으로 데려다주었다.

마지막 카운트다운

학교 가는 길이 점점 불편하게 느껴졌다. 한때는 그렇게도 좋았던 환자들의 야단스러운 모습이 점점 거북해졌다. 이유는 지금까지도 미스터리다. 나는 기형적인 얼굴이나 언청이, 혈종血腫을 특별히 무섭게 생각한 적이 없었다. 오히려 그것들은 항상 내게 감탄의 대상이었고, 그들의 일상적 광기 속에서 나를 포근히 감싸주었다. 그러던 것이 이제는 거부감, 아니 심지어 혐오감까지 불러일으켜 나 스스로도 깜짝 놀랐다. 예전에는 정신병원 경내를 돌아다니면서 늘 환자들을 주시했다면 이제는 겁을 먹고 눈을 돌릴 때가 많았다. 잔디밭에서 식물처럼 멍하니 앉아 있는 장애인들,

너무 가까이 다가오는 환자들, 메인 주방에서 흘러나오는 혼탁한 냄새, 빡빡 문질러 청소한 리놀륨, 세제 냄새, 항상 병동을 가득 채우고 있는 사람들의 체취가 이제는 견디기 힘들었다. 나는 주위에 눈길 한 번 주지 않고 곧장 일직선으로 경내를 가로질러 시설 문을 나서야만 안도의 한숨을 내쉬었다. 집에 있을 때도 거의 나가는 일이 없었다.

처음부터 나는 알고 있었다. 내 친구 집에서 열리는 송년 파티가 다른 파티와 다를 것임을. 그 외에 다른 초대는 죄다 거절했다. "정말 갈 거야?"라는 질문에 나는 여러 번 이렇게 답했다. "그럼요. 못 갈 이유가 어디 있어요? 뭔가 색다르잖아요."

나는 육 주 전에 운전면허증을 땄고, 일주일 전부터 아버지 차를 혼자 운전하고 다녔다. 한 손으로 운전대를 잡고 나만의 음악을 들으며 바다로 떠난 이 첫 장거리 여행의 자유로움은 나를 행복감에 젖게 했다. 나는 불안에 떠는 조심스러운 운전자였다. 그러나 북해까지 평지로 이어지는 일직선 도로는 내게 자신감을 주었다. 그럼에도 부모님은 하필 새해 전날 밤에 파티에 참석하려고 이십 킬로미터나 떨어진 에게베크까지 운전하는 것을 별로 탐탁해하지 않았다.

"그 마을에서 뭘 하려고?" 아버지가 물었었다. "아는 사람도 없잖아. 어차피 술도 못 마시고. 그건 약속해줘!"

사실 아는 사람이 없긴 했다. 나를 초대한 그 여자애만 빼고. 그녀의 이름은 프리데리케였는데, 배구 대회에서 알게 되었다. 나는 배구 선수가 아니었지만, 우리 체육관에서 열린 다른 학교들의 경기를 구경했다. 프리데리케는 실업학교를 다녔다. 우리 인문계 학생들이 늘 무시하는 학교였다. 하지만 나로서는 그렇게 오만할 이유가 없었다. 학교 성적이 형편없어서 언제든 프리데리케가 다니는 학교로 옮겨 갈 수 있었기 때문이다.

그녀가 속한 팀은 우리 팀보다 훨씬 뛰어났다. 우리 학교는 세트 스코어 삼 대 영으로 완패했다. 나는 프리데리케가 이런 상황에서도 별 대수롭지 않은 표정을 짓는 것이 마음에 들었다. 시합 때도 마찬가지였다. 동료들은 점수를 딸 때마다 하이파이브를 하거나 꽉 끼는 바지를 입은 엉덩이를 가볍게 치며 서로를 격려했지만, 프리데리케는 상대편 사이드라인에 강력한 스파이크를 꽂아 넣을 때도 싱긋 웃기만 했다. 그녀는 가장 멋진 득점을 기록하면서도 동시에 가장 많은 실수를 저질렀다. 코트에서 최고이자 최악의 선수였다.

두 경기 사이에 나는 그녀를 보러 갔다. 그녀는 긴 체육관 벤치에 혼자 앉아 워크맨을 들으며 종아리를 흔들고 있었다. 그녀 앞에 섰을 때 나는 헤드폰에서 그녀의 귀를 망치처럼 크고 강하게 두드려대는 음악 소리에 깜짝 놀랐다.

내가 말했다. "안녕!" 별로 크지 않은 목소리였다. 어차피 내 말이 들리지 않을 거라고 생각했기 때문이다. 하지만 그녀가 나를 봤고, 내가 자신에게 무언가 말을 하고 있다는 사실은 알아차렸을 거라고 확신했다. 그녀가 고개를 들어, 상대 코트를 향해 서브를 넣을 때와 똑같이 재미있어하는 눈빛으로 나를 쳐다보더니 헤드폰을 귀에서 살짝 떼어냈다.

내가 좀 더 큰 목소리로 외쳤다. "두 게임만 더 이기면 이번 대회 우승은 너희 거야!"

그녀는 종아리를 흔들었고, 헤비메탈 박자에 맞춰 고개를 끄덕였다. 나에게 고개를 끄덕인 것일까, 아니면 혼자 리듬을 타는 것일까? 나는 그녀 앞에 서서 어떡해야 할지 알 수가 없었다. 다만 그녀만의 헤비메탈 영화에 말 못 하는 엑스트라 역을 맡고 싶은 마음은 추호도 없었다. 내가 막 돌아서 가려는데 그녀가 터무니없이 큰 소리로 외쳤다. "넌 누구야? 난 널 몰라!"

몇몇 학생이 우리를 건너다보았다. 감독이 와서 그녀의 어깨를 톡톡 치더니 환한 금발 머리에서 헤드폰을 벗겨냈다. "괜찮아? 어서 몸 풀어야지. 오늘 언더토스가 정말 잘 안 되고 있어!"

그녀는 자리에서 일어나 내게는 눈길 한 번 주지 않고 코트의 팀 동료들에게로 달려갔다. 나는 다음 경기들도 지켜보았다. 결승전에서 프리데리케 팀은 강력한 우승 후보로 꼽히던, 우리 소도시 인근의 명문 루이젠룬트 기숙학교를 오 세트까지 가는 접전 끝에 물리쳤다. 그녀는 위험한 공격으로 팀을 여러 차례 벼랑 끝으로 내몰기도 했지만, 결국엔 놀라운 언더토스로 팀을 위기에서 구해냈다.

시상식이 끝나고 나는 다시 한번 내 운을 시험해보았다. "축하해. 정말 잘했어. 손에 땀을 쥐게 하는 경기였어!" 프리데리케의 뺨이 긴장과 기쁨으로 발그레 달아올라 있었다. 내가 물었다. "메달은 어디 있어?"

"이 안에." 그녀가 땀에 젖은 티셔츠를 가리켰다. "메달을 밖에 걸고 다니면 창피하잖아!"

"한번 볼 수 있어?"

그녀가 끈을 잡고 메달을 꺼내 쑥스러운 표정으로 보여주었다.

나는 무언가를 시험해볼 요량으로 한 걸음 다가갔다. 갑자기 그녀와 매우 가까워졌다. 나는 메달을 손에 쥐고 그 따뜻함에, 아니 그 뜨거움에 깜짝 놀랐다. "꽤 무거워!" 나는 이 말밖에 떠오르는 말이 없었다. 우리의 머리카락이 닿았을까? 나는 머리카락 끝에서 전해져오는 혼란스러운 신호를 받았다. 금속의 온기가 손바닥을 타고 흘러들었다.

"이제 메달 좀 놔줄래?" 그녀가 말했다. "좀 이상한 기분이 들어서 그래. 내가 꼭 줄에 묶인 개 같아." 우리는 웃었다. "이제 샤워하러 가야 해."

"그래, 나중에 봐!"

다음 날, 내가 기대한 상황이 전개되었다. 신문의 스포츠난에 우승 팀의 사진과 함께 선수들의 이름이 실렸다. 그중에 에게베크에 사는 '프리데리케 왼스'라는 이름이 있었다. 나는 전화번호 안내 센터에 전화를 걸었다. 왼스라는 이름으로는 세 번호가 등록되어 있었다. 운 좋게 첫 전화에 바로 연결되었다. 한참 동안 전화를 받지 않기에 끊으려는데 누군가 발작과도 같은 기침 소리와 함께 전화를 받았다. 기침 때문에 그 짧은 이름조차 끝까지 말하지 못하고 '왼'에서 끊겼다.

"프리데리케와 통화하고 싶습니다."

"걔는…." 다시 기침 소리. 병든 맹수처럼 약간 위험하게 들리는 기침 소리였다. "지금 폴키 집에 있어!"

"언제 돌아오나요?"

"모르지!"

이 말 끝에 무언가 소리가 들렸다. 라이터를 켜고 숨을 깊이 들이마셨다가 내쉬는 소리였다.

"그럼 나중에 다시 전화하겠습니다."

대답이 없었다. 나는 전화를 끊었다.

그날 저녁 나는 그녀와 통화했고, 이튿날 바로 방과 후에 빵집에서 만났다. 나는 벌침 케이크를, 그녀는 웨하스 한 봉지를 시켰다. 내가 맛 좀 볼 수 있겠느냐고 물었다. 그녀는 고개를 저으며 뒤로 물러났다.

"안 돼! 절대 안 돼! 난 나눠 먹는 거 싫어!"

나는 그녀가 장난을 친다고 생각하고 장단을 맞추었다. "제발, 제발, 한 입만 줘!"

그러나 그녀는 더 멀찌감치 도망치면서 큰 봉지에 든 웨하스를 순식간에 먹어치웠다. 내게는 하나도 주지 않고서.

학교 친구들은 모든 것을 알고 싶어 했다. 내가 그 아이와 사귀는지, 실업학교에 다니는 아이랑 데이트하는 게 창피하지 않은지, 그 아이와 키스는 했는지 물었다. 나는 셋 다 아니라고 분명히 답했다. 하지만 실제 상황은 이 대답만큼 그렇게 명확하지 않았다. 지난번에 만나 헤어질 때 나는 그 아이를 껴안고 키스를 시도했다가 그녀가 얼굴을 돌리는 바람에 뺨에다 입술만 문지르고 말았다. 그 아이를 많이 좋아하는 건 사실이었다. 하지만 나를 당혹스럽게 하는 면도 있었다. 그 아이는 나보다 북독일의 사투리를 더 많이 썼고, 생경한 표현도 사용했다. 가령 툭하면 "젊은 친구"라는 말을 썼다. "헤이, 젊은 친구, 이게 더 맛있을 거야." 혹은 "헤이, 젊은 친구, 나 근육통이 심해." 나는 이게 나를 지칭하거나 나에게 말을 거는 것이 아님을 알고 있었음에도 낯설고 좀 천박하게 느껴졌다.

한번은 그 애가 술 장식이 달린 조끼를 입고 나타났다. 우리는 스낵바에 있었는데 나는 거북함을 억누를 수 없었다. 누군가 들어올 때마다 뒤를 돌아보았고, 아는 사람이 아니라는 걸 확인할 때마다 안도했다. 그러나 그 애가 송년 파티에 초대했을 때는 주저 없이 수락했다.

한 해의 마지막 날, 나는 부모님과 퐁뒤를 먹고 텔레비전에서 〈한 사람을 위한 식탁〉을 시청한 뒤 떠날 채비를 했다. 어머니가 물었다.

"오늘 밤에 올 거니, 아니면 내일 올 거니?"

"아직 잘 모르겠어요. 두고 봐야죠."

어찌 될지는 정말 알 수 없었지만, 나는 밤을 새고 오겠다고 대답하고픈 마음이 굴뚝같았다.

아버지가 부탁했다. "아무리 늦어도 오전 열한 시까지

는 왔으면 좋겠다. 공동묘지에 갈 생각이야!"

"그럴게요." 나는 이렇게 대답하고 출발했다.

어둠 속을 달리는 것은 편치 않았다. 도시를 벗어나자마자 가로등은 사라졌고 칠흑 같은 어둠이 펼쳐졌다. 나는 상향등 조작이 서툴렀다. 맞은편에서 차가 오면 재빨리 상향등을 꺼야 했지만 번번이 늦었다. 누군가 내 실수를 일깨우려고 헤드라이트 불빛을 여러 번 깜빡거렸다. 그런 일이 두 번 있었다. 그렇다고 계기판을 내려다볼 엄두는 나지 않았다. 다만 몇 년 동안 우리가 에게베크 뒤편의 낚시터를 자주 다녀 이 길이 익숙하다는 점은 다행이었다. 구불구불한 산길을 지나자 상황은 좀 나아졌다.

열 시쯤 나는 노란색 표지판을 지나 마을로 진입했다. 프리데리케 말로는, 계속 주도로를 따라 내려오다가 원통형의 파란색 곡물 저장고를 지나 우회전해서 끝까지 들어오면 된다고 했다.

난방이 되지 않는 헛간에 천을 씌워놓은 소파가 여럿 놓여 있었다. 콘크리트 바닥은 거칠었다. 바닥에는 매트리스도 있었다. 도배지를 붙인 테이블에는 샐러드 그릇들이 놓여 있었는데, 초록색은 하나도 없고 죄다 마요네즈를 잔뜩 뿌려 희뿌옜다. 차가운 샐러드 그릇마다 가운데에 큰 숟가락이 하나씩 꽂혀 있었는데, 축축한 들판에 직각으로 꽂아놓은 삽 같았다. 일부 손님은 벌써 소파에 푹 파묻혀 있었다. 모두 재킷을 입고 모자를 쓰고 손에 맥주병을 들고 있었다. 심지어 장갑을 끼고 맥주병을 든 사람도 있었다. 담배 연기가 실내의 텁텁한 공기와 뒤섞여 있었다. 들보 사이에 줄지어 매달아놓은 전구가 보였다. 직접 칠한 백열전구의 붉은색과 천장 아래 거미줄로 뒤덮인 형광등 불빛이 뒤섞여 칙칙한 어스름을 연출했다. 헛간은 넓었다. 소파와 매트리스 뒤에는 가구들이 가장자리로 밀려나 있었다. 주방 찬장, 육중한 서랍장, 정체를 알 수 없는 기계, 판자 더미, 낡은 문과 창문 들이었다.

여기서 정성을 들여 준비한 것은 음악 시스템뿐인 듯했다. 헛간은 끔찍한 소음으로 가득했다. 뱃속 창자까지 쿵쿵 울려대는 비트와 귀청을 찢을 듯한 날카롭고 공포스러운 비명은 이제껏 들어본 적이 없었다. 나는 귀를 틀어막고 싶은 충동을 간신히 억눌렀다. 두 개를 이어 붙인 주방 테이블 위에는 여러 대의 턴테이블과 오디오 믹서, 앰프가 설치되어 있었다. 대형 스피커 두 대는 따로 놓여 있었다.

나는 프리데리케를 찾아 두리번거렸다. 너무 추웠다. 냉동고 같은 헛간 파티를 예상하지 못해 청재킷만 입고 왔다. 가죽 재킷에 분홍색 귀마개를 쓴 여자애 셋이 소파에 앉아 나를 지켜보았다. 나는 그들에게 다가가서는 쪼그리고 앉아 소리쳐 물었다. “프리데리케 봤어?”

여자애들은 나를 바라보고 고개를 저었다. 그중 한 명은 심한 사팔눈이었는데, 빨간 안경을 쓰고 있었다. 이 여자애가 소리쳤다. “아직 안 온 것 같아!”

나는 얘가 나를 놀리는 건지 종잡을 수 없었다. 송년 파티의 특수 분장일까? 사팔뜨기 여비서로? 그리고 프리데리케가 아직 안 왔다는 건 무슨 뜻일까? 설마 파티 주최자가 아직 안 왔다고? 그게 가당키나 한 말일까?

나는 텅 빈 콘크리트 댄스 플로어를 가로질러 맥주 상자로 다가갔다. 내 청재킷은 매서운 추위에만 약한 것이 아니라 남들의 시선을 막기에도 너무 얇았다. 어쨌든 맥주는 놀랄 만큼 시원했다. 얼어붙은 입술 사이로 얼음처럼 차가운 액체가 흘러들어왔다.

“헤이, 젊은 친구, 계산은 하고 마셔야지!” 복면 쓴 남자가 기둥에 박아놓은 우유통을 손가락으로 가리켰다. 찌그러진 양철통 위에는 이렇게 적혀 있었다. ‘맥주 한 병에 일 마르크.’

“돈은 차에 있어요. 금방 가져올게요!” 나는 거짓말을 했다. 차 안 수납공간에 돈이 있기를 바라면서.

밖으로 나가다가 헛간 문에서 프리데리케와 한 사내를

만났다. 나보다는 확연히 나이가 많았는데, 이십대 중반쯤으로 보였다. "아, 이제 왔구나!" 내가 반갑게 소리쳤다. "널 찾고 있었어!"

그녀는 나를 보았고, 그 옆의 사내는 그녀를 보았다. 프리데리케가 소리쳤다. "올 거라고는 생각 못 했는데, 잘 왔어, 친구! 오래 기다렸어?"

"아니, 이십 분 정도!"

옆에 있던 사내가 나를 빤히 보더니 말했다. "맥주 하나 가져오지!" 그런데 이 말은 꼭 '너 뭐 하는 새끼야?' 하는 소리로 들렸다. 사내는 나를 어깨로 툭 치면서 지나갔다. 많이 해본 솜씨였다. 프리데리케와 나는 얼굴을 마주보았다. 그녀가 슬쩍 옆으로 고갯짓을 했고, 나는 그녀를 따라 헛간 옆으로 몇 걸음 옮겼다. 여기는 훨씬 조용했다. 별빛이 쏟아졌고, 훨씬 추웠다.

"이 파티 주최자가 너야?" 내가 물었다.

"말도 안 돼! 왜 그렇게 생각해?"

"그냥 그렇게 들렸어."

"춥지 않아?" 그녀가 걱정스럽게 나를 바라보았다.

"아냐, 괜찮아."

그녀가 내 손을 잡았다. "헤이, 친구, 손이 완전히 얼음장이야." 그때 누군가 그녀의 이름을 불렀다. "나 여기 있어!"

어깨로 나를 쳤던 사내가 와서 그녀의 손목을 잡고는 내게 말했다. "꺼져!"

프리데리케는 손을 홱 뿌리치더니 손목을 빼냈다. "뭐하는 짓이야, 돌았어?"

사내는 내 바로 앞에 버티고 서서 이마를 내 이마에 갖다 댔다. "헤이, 친구, 꺼져!"

프리데리케는 사내를 내게서 떼어놓으려 했다. "헤이, 친구, 너 정말 완전 미쳤구나!"

사내의 따뜻한 코끝이 꽁꽁 얼어붙은 내 코끝에 닿았다. 그가 맥주 냄새 나는 미지근한 입김을 후 하고 불었다. 사내는 이마로 나를 밀었다. 그의 입에서 세 번째 경고가 새어 나왔다. "이게 마지막이야. 당장 꺼져, 친구!"

두 놈이 와서 사내의 팔짱을 끼더니 데려갔다. 사내는 헛간 모퉁이를 돌아갈 때까지 하얀 입김을 뭉게뭉게 내뿜으며 내게서 시선을 떼지 않았다. 나는 바들바들 떨었다. 너무 추워서 떨었고 너무 무서워서 떨었다. 무릎이 후들거렸고 이빨이 덜덜거렸다.

"저 새끼 진짜 돌았어!" 프리데리케가 웃었다. 나는 이 웃음이 좋았다. 마치 이렇게 말하는 듯했다. 모든 것이 가능해, 그것도 지금 당장! "헤이, 친구, 우리가 사귀는 사이가 아닌데도 저 새끼는 이해를 못 해!"

한 여자애가 다가왔다. "프레디, 어서 들어가자. 폴키가 열 받았어!"

우리는 헛간으로 들어갔다. 폴키는 매트리스에 웅크리고 앉아 알아들을 수 없을 말로 욕을 퍼붓고 있었다. 귀마개를 쓴 사팔뜨기 여자애만 춤을 추었다. 나는 잠시 소파 팔걸이에 앉았다. 정확히 두 허벅지 사이의 소파 천에 구멍이 뚫려 있었다. 가장자리를 만져보다가 안쪽으로 검지를 살짝 넣어보았다. 가죽 밑에서 섬유질의 얇은 충전재가 만져졌다. 나는 소파 속으로 손가락 전체를 밀어 넣었다. 쥐구멍인가? 나는 얼른 손을 뺐다. 소파 안에 쥐들이 보였다. 쥐 소굴이었다. 쥐들도 음악 때문에 고통을 받고 있었고, 쥐들의 세계가 시끌벅적한 소음으로 착 가라앉아 있었다. 프리데리케는 폴키에게 가서 그를 진정시켰다.

저급한 록발라드가 찢어질 듯한 일렉트릭 기타 소리와 함께 헛간을 가득 채웠다. 많은 사람이 이 노래를 아는지 벌떡 일어나 춤을 추었다. 프리데리케와 폴키도 꼭 끌어안고 춤을 췄는데, 그녀가 똑바로 서서 그를 부축하는 자세였다. 그는 무척 편안해 보였다. 그녀의 머리에 자기 얼굴을 얹고 비릿하게 웃었다.

나는 밖으로 나가 차에 올랐다. 손이 곱아 자동차 열쇠를 시동 장치에 꽂는데 한참이 걸렸다. 그러다 막 출발하려고 하는데 누군가 창문을 두드렸다. "헤이, 친구, 아직 맥주값 계산 안 했어. 그냥 가면 안 되지!"

"아, 맞아요. 미안해요." 나는 차 안의 수납공간을 뒤졌다. 몇 놈이 차 주위에서 얼쩡거리며 부츠로 차 범퍼를 툭툭 찼다. 나는 일 마르크 동전을 찾아 건네주고는 출발하려고 했다. 그때 누군가 차 지붕을 쳤고, 다른 놈들이 내 길을 막았다. 프리데리케가 진입로에 서서 무언가 소리를 쳤다. 놈들은 비켜섰고, 나는 차를 몰고 마당을 나갔다.

큰길에 도착하자마자 나는 버스 정류장 쪽으로 차를 돌려 진정하려고 애썼다. "무슨 그런 빌어먹을 놈들이 다 있어!" 나는 소리를 지르고 또 질렀다. 필사적으로 핸들을 잡아당기면서. "망할 놈의 새끼들! 불한당 새끼들!" 나는 얼어붙은 손을 통풍구에 갖다 댔다. 통풍구에서 나오는 공기는 너무 천천히 따뜻해졌다. 그제야 나는 지금이 몇 시인지 확인했다. 열한 시 이십팔 분이었다. 서두르면 열두 시 전에 우리 도시에서 열리는 파티에 참석할 수 있을 듯했다. 그러나 지금은 그냥 집으로 가고 싶었다. 부모님과 함께 샴페인 한 잔을 마시고 따뜻한 침대에 들고 싶었다.

나는 다시 출발했다. 에게베크에서는 이미 많은 사람이 도로 곳곳에 나와 공중으로 로켓 폭죽을 쏘고 있었다. 누군가는 작별의 뜻으로 내 차 지붕으로 폭죽을 몇 개 던지기도 했다. 마을을 벗어나자 쥐 죽은 듯이 고요해졌다. 귀청을 때리던 음악 소리에 시달리던 귀가 갑자기 먹먹해지는 느낌이었다. 도로 위에는 아무도 없었다. 나는 천천히 차를 몰며, 맥주 몇 모금 마신 게 단속에 걸리지는 않을지 잠시 걱정했다. 그러다 프리데리케를 떠올렸다. 정말 그 바보 같은 놈과 사귀는 것일까? 나는 무슨 상상을 했던가? 오늘 밤 우리가 커플이 되는 상상을? 조용한 시골의 정취 속에서 그녀가 소박한 담요를 덮고 알몸으로 나를 안아줄 상상을? 맞다, 바로 그거였다! 나는 그런 꿈을 꾸며 이리로 왔다.

쿵, 무언가가 부딪히는 둔탁한 소리가 났다. 나는 깜짝 놀라 급히 브레이크를 밟았다. 백미러를 보았다. 도로에 무언가가 누워 있었다. 긴 커브 구간이었다. 어떡하지? 그냥 이대로 가버릴까? 나는 비상등을 켜고 차에서 내렸다. 달이 거의 차서 밝게 빛나고 있었다. 차에서 십오 미터 뒤쯤에 무언가 차도 위에서 움직였다. 나는 조심스럽게 다가갔다. 고양이였다. 고양이가 옆으로 누워 고개를 들고 배를 핥고 있었다. 피투성이 상태였다. 배가 터져 주위에 피가 흥건했다. 고양이는 열린 배를 열심히 핥았다. 그렇게 빨아 먹으면 마치 피가 그치기라도 할 것처럼. 내가 좀 더 다가가자 고양이가 나를 바라보았다. 두 눈에 빨간 비상등 불빛이 반사되었다. 고양이는 쉭쉭거리고 꺽꺽거리고 목이 막히는지 캑캑거리다가 다시 배를 핥았다. 내가 더 가까이 다가가자 앞발로 피가 흐르는 하체를 도로 고랑 쪽으로 살짝 당기면서 일어나려고 했다. 고양이의 배에서 무언가 검은 물결 같은 것이 축 늘어지면서 출렁였다. 이제 어떡해야 하지?

열한 시 사십칠 분이었다. 나는 차에 올라 라디오를 켰다. 군중의 흥분된 목소리가 터져 나오는 순간 이상하게 새해의 기쁨이 느껴졌다. 나는 볼륨을 높인 다음 다시 내려 트렁크에서 키친타월을 찾아 고양이에게 갔다. 고양이는 아스팔트에 머리를 대고 누워 낑낑거리며 숨을 헐떡였다. 고양이 바로 앞에 서서 키친타월로 몸을 덮어줄 때 붉은 털 사이로 툭 삐져나온 갈비뼈가 보였다. 속이 메슥거렸다. 자동차에서 슌켈른 음악*이 울려 퍼져 나왔다. 키친타월 옆으로 삐져나온 고양이 다리가 꿈틀거렸고, 꼬리 끝까지 전율이 타고 흘렀다. 그때 라디오에서 숫자 세는 소리가 크게 들렸다. 십, 구, 팔… 마침내 영이라는 소리와 함께 환호성이 터졌고, 〈더 파이널 카운트다운〉 노래가 흘러

* 사람들이 서로 팔을 걸고 박자에 맞춰 몸을 흔들며 흥겹게 부르는 음악.

나왔다. 멀리서 폭죽이 터졌다. 어떤 건 초라하게, 어떤 건 붉고 파란 빛으로 화려하게 드넓은 밤하늘을 수놓았다.

열두 시 십오 분쯤 긴 커브 길에서 차 한 대가 내 쪽으로 다가왔다. 내가 멀리서부터 손을 흔들자 차가 멈춰 섰다. 낡은 벤츠였다. "무슨 일이오?" 더러운 멜빵바지에 체크무늬 셔츠를 입고 파란색 베레모를 쓴 남자였다.

"고양이를 쳤는데, 저 앞에 누워 있어요. 어떡해야 할지 모르겠어요."

남자는 차에서 내리더니 무거운 고무장화를 질질 끌며 고양이에게 다가갔다. 고양이 주둥이 앞에는 거품이 인 빨간 피 웅덩이가 고여 있었다. "저 수건은 뭐요? 뭐 어쩌려고?"

그건 나도 몰랐다.

"참 나, 저게 무슨 소용이라고." 남자는 내가 눈을 돌리기도 전에 고무장화로 고양이의 머리를 밟아버렸다. 뿌지직 뭔가 쪼개지는 소리가 났다. 그는 장화 끝으로 고양이를 고랑 쪽으로 툭 차버렸다. 그러고는 달빛에 파리하게 빛나는 길가의 풀에 문질러 신발의 피를 닦더니 다시 차에 올랐다. 그가 창문을 내리며 말했다. "그럼, 새해 복 많이 받으쇼!"

"네?"

"새해 복 많이 받으라고!"

"아, 네, 감사합니다! 새해 복 많이 받으세요."

혼자인 사람은 비밀스럽다

그러다 마침내 아버지가 어떤 책으로도 다스릴 수 없고 세상 어떤 지식으로도 막을 수 없는 일이 시작되었다. 병이 든 것이다. 그새 나는 집에서 나간 지 벌써 몇 년이 지났다. 이 침울한 진단은 시간을 빨리 돌렸고, 여러 사건이 동시다발적으로 몰아쳤다.

오줌에 피가 섞여 나온 지 스물네 시간 만에 아버지는 신장을 떼어냈다. 나와 통화하면서는 재발 위험이 현저히 줄어들 때까지 육 년이 걸릴 것이고, 그렇게 무사히 육 년만 지나면 발병 전처럼 오래 살 수 있다고 했다.

아버지와 어머니는 서로를 근근이 견뎌내고 있었다. 이제 집에는 자식이 없었고 개도 없었다. 아버지의 근심과 어머니의 불안만 남았다. 그러다 일이 터졌다. 아버지가 다시 한 여자를 만나 그 집으로 들어간 것이다. 뤼베크에 사는 여자였는데, 어린 자식이 둘 딸려 있었다.

어머니는 한동안 우리 집에 살다가 이탈리아로 넘어가 마조레 호수변의 한 병원에서 괜찮은 일자리를 찾아 새로운 삶을 시작하고자 했다.

이유야 어떻든 늘 불가능해 보이던 일이 현실이 되었다. 부모님이 헤어진 것이다. 뤼베크에 있는 아버지에게 전화를 걸면 주변에 아이들의 목소리가 들렸고, 어머니에게 전화를 걸면 발코니에 앉아 호수를 내려다보며 따뜻한 햇살을 즐기는 어머니의 목소리가 들렸다. 정신병원 경내 한가운데에 위치한 우리 집은 비어 있었다. 처음엔 병동으로 개조할 계획이었다. 일종의 생활 지원 센터로 말이다.

아버지가 다시 아팠다. 다리 통증부터 시작되었다. 첫 수술을 한 게 불과 일 년 전이었다. 그러나 검사 결과는 의심할 여지없이 분명했다. 어머니가 전화를 했다. "아버지 일 알고 있니?"

나는 어머니의 목소리에 깃든 불안을 감지하고 바로 되물었다. "자살하셨어요?"

"아니. 다시 수술을 받아야 하나 봐."

"아버지가 전화하셨어요?" 내가 물었다. 두 분이 더는 연락을 하지 않고 지낼 거라고 생각했기 때문이다.

"그래, 결과가 나오고 바로 전화하셨다."

불과 육 주 후, 아버지의 폐에서 짙은 색의 작은 얼룩들이 발견되었다. 아버지는 절망했다. 그게 무엇을 뜻하고,

앞으로 어떤 일이 기다리고 있을지 정확히 알았기 때문이다. 아버지는 힘든 치료를 시작하기 어려운 형편이었다. 다리를 수술하고 폐에 방사선 치료를 받았다. 다시 입원도 했다. 나는 시간이 날 때마다 아버지를 보러 갔다. 아버지는 내가 새 아내와 아이들을 만나는 걸 원치 않았지만 나는 상관없었다. 아버지는 다시 일을 시작하려고 했지만 가능하지 않았다. 진료실을 비워주는 건 아버지에겐 분명 끔찍한 일이었다. 그때 이미 아버지는 모든 걸 정리하기로 마음먹은 듯했다. 새로운 가족과 함께 살았지만 점점 스스로가 짐이라는 느낌이 들었다. 이 새 삶은 그의 병을 감당할 준비가 되어 있지 않았다. 아이들과의 관계도 간단치 않았다. 결국 아버지는 씁쓸한 결정을 내렸다. 우리 집으로 다시 들어간 것이다. 이렇게 해서 그는 정신병원 한가운데에서 혼자 병든 채 웅크리고 앉아 있었다.

두 달 동안 아버지를 보지 못한 상태였다. 현관문이 열렸을 때 나는 그사이 확 변한 아버지의 모습에 놀라면서 그 충격을 감추려고 얼른 포옹을 했다. 아버지는 더 뚱뚱해졌다. 예전과 같은 투실투실한 건강미는 더 이상 없었다. 전에는 늘 투덜대면서도 배를 당당하게 내밀고 다녔고, 바쁜 일주일을 보낸 뒤에는 거대한 코르크 마개처럼 야외 수영장의 물 위에 둥둥 떠 있곤 했다. 비만한 살점은 이제 축 늘어졌다. 질병과 외로움, 절망이 몸의 중력을 높이고 탄력을 떨어뜨렸다. 나는 대머리에 옷도 못 입는 이 뚱뚱한 남자가 왜 여자들에게 인기가 있는지 궁금할 때가 많았다. 비밀은 눈에 있는 듯했다. 마술사처럼 광채의 세기를 조절할 수 있는 다정하면서도 영민하게 반짝거리는 그 눈 말이다. 이 눈은 신뢰와 관심으로 상대를 압도해 사로잡았다. 마음만 먹으면 아버지는 눈길 한 번으로 상대에게, 스스로 무엇이든 해낼 수 있는 무적의 존재라는 확신을 심어주었다. 지난 몇 개월의 시간은 이 눈에도 몹쓸 짓을 해놓았다. 아버지의 '고트프리트 벤 눈'은 전에 없이 비루하고 힘없이 처져 있었다. 다듬지 않아 지저분했지만 선명한 노란색을 띠었던 콧수염은 광채를 잃고 잿빛으로 변했다. 목덜미에 남은 머리카락은 짧게 잘랐고, 깔끔하게 빗어 넘긴 나머지 머리카락은 붓고 칙칙한 얼굴 위에 퇴임한 교장 선생의 시든 월계관처럼 초라하게 얹혀 있었다.

아버지는 반년 전부터 혼자 살았는데, 우리 집에서 예전만큼 잘 지내지는 못했다. 우리는 한참 동안 포옹했다. 나를 바라보는 아버지의 눈에 물기가 어렸다.

"들어와. 배 안 고프니?"

나는 가방을 복도에 내려놓다가 라디에이터에 걸려 있

는 목줄을 보았다. 죽은 지 벌써 수년이 지났지만 개는 여전히 그 자리에 살아 있었다. 나는 회전식 온도 조절기에서 목줄을 집었다. "이걸 아직 여기 걸어두고 계세요?"

"뭐 어떠니! 모든 걸 바로바로 다 버릴 필요는 없지. 널 보니 기쁘구나."

이 첫 대화에서 이미 아버지가 그사이 얼마나 예민해졌고, 말 한마디 한마디에 미래와 상실과 과거가 얼마나 불길하게 뒤섞여 있고, 그게 말의 의미를 어떻게 바꾸어놓는지가 여실히 드러났다. 앞장서 복도를 걸어가던 아버지가 약간 절뚝거렸다. 거실의 안락의자에 앉을 때도 힘없이 털썩 주저앉았다.

"오느라 힘들지 않았니?"

"다 좋았어요. 항상 느끼는 거지만 생각보다 훨씬 멀었지만요."

"역으로 데리러가지 못해 미안하구나."

"괜찮아요, 걷는 게 좋아요."

"바보 같지만 이제는… 차에 타고 내리는 게 힘들구나."

나는 창턱에 사고로 죽은 작은형과 남은 형, 그리고 라라미 시절의 내 사진 옆에 어머니 사진도 함께 있는 걸 보고 깜짝 놀랐다. 어머니 사진을 여기 왜 둔 것일까? 어느 가족 파티에서 아버지와 함께 찍은 사진이었다. 아버지는 풍성하게 차려진 테이블 앞에 서서 일장연설을 하고 있었다. 손에는 곡물 빵을 들고 있었고, 각종 곡식을 뿌린 둥근 빵들이 접시에 가득 쌓여 있었다. 어머니는 아버지의 산더미 같은 배에 머리를 기대고 환한 미소를 지으며 그를 올려다보고 있었다.

우리는 커다란 가족 식탁에서 둘만의 식사를 했다. 주인 잃은 의자들에 침울해지지 않으려고 서로 열심히 이야기하고 질문을 던졌다. 메뉴는 으깬 감자와 미트볼이었다. 둘 다 양념이 너무 강하고 진한 소스 때문에 재료 본연의 맛을 잃은 느낌이었다. 여기다 이미 터진 완두콩이 곁들여졌다. 아버지가 직접 만들었을까?

“이게 무슨 요리예요?”

“왜? 입에 안 맞아? 요즘은 저 위에서 음식을 가져와!”

저 위는 정신병원 주방을 의미했다. 접시는 세 부분으로 나뉘어 있었다. 그제야 나는 이게 병원 식기에 담긴 병원 음식임을 알아차렸다.

“아빠 입에는 맞아요?”

“익숙해져야지 어쩌겠어. 혼자서 해먹는 건 당치않아. 장보고 요리하고, 오늘은 뭘 먹을까 고민하는 건 힘들어.”

나는 내가 지금 살고 있는 카셀에 대해, 내가 하는 일에 대해 이야기했다. 하지만 내 이야기와 아버지의 질문을 잇는 끈은 점점 얇아졌다.

"같이 가자, 보여줄 게 있어. 깜짝 놀랄 거야!" 대화가 끊길 위험을 막으려고 아버지가 말했다.

우리는 테라스로 나갔다. 사방이 화분 천지였다.

"아빠가 직접 심었어요?"

"물론이지. 뭐라도 해야 하지 않겠니. 여기 봐, 덩굴콩도 심었어. 잘 자라고 있지. 근데 내가 말한 건 이게 아냐. 저리 가보자."

우리는 집을 돌아 뒤편 정원으로 갔다. 집 담장 옆에 통나무 상자 하나가 받침대 위에 올려져 있었다. 가까이 다가가보니 아주 잘 만든 토끼장이었다.

"이게 어디서 났어요?"

"저 위 목공소에서 만들어줬어. 한번 봐."

나는 철망 앞에 섰다. 토끼 두 마리가 짚 속에 누워 민들레 잎을 야무지게 씹고 있었다. 한 마리는 새까맣고 다른 한 마리는 모래 색이었다. "예쁘다! 키운 지 얼마나 됐어요?"

"이 주." 아버지가 토끼장 문을 열더니 새까만 녀석의 귀를 잡고 밖으로 꺼냈다. 토끼는 잠시 허공에 홀쭉하게 늘어졌지만, 바로 다음 순간 아버지가 팔뚝에 올려놓자 아버지의 불룩한 배에 찰싹 달라붙었다. 아버지가 토끼의 머리와 늘어진 귀를 쓰다듬었다. "어릴 때 토끼를 좀 키웠지. 제법 많이."

"녀석들 이름이 뭐예요?"

아버지는 얕게 숨을 쉬는 동물을 내려다보았다. 머리와 척추를 쓰다듬는 아버지의 손길이 유연한 토끼의 몸에서 잔잔한 파문을 일으켰다. "블랙 앤드 데커."

"예?"

아버지가 싱긋 웃었다. 순간 가벼운 고혈압으로 부추겨지던 아버지 특유의 장난기 어린 활기가 되살아났다.

"좋은 이름이네요. 이제 넣어주세요."

아버지는 토끼를 토끼장에 넣고는 문을 닫았다. "나중에 봐, 블랙 앤드 데커!"

아버지는 항상 이름을 잘 지었다. 한번은 어머니의 알몸을 보고는 "벌거벗은 한스*"라고 불렀다. 이 말은 원래 바람이 없는 북해를 가리키는 비유적 표현이었다. 그런데 어느 순간부터 '벌거벗은'이라는 말이 사라지더니 그냥 한스라고만 불렀다. 어머니는 이걸 유머로 받아들일지 아니면 파렴치한 모욕으로 생각해야 할지 딱히 판단이 서지 않는 눈치였다. 그래서 두 분의 대화는 퍽 특이하게 들릴 때

* 한스는 독일에서 흔한 이름으로, 보통명사로 사용하면 지극히 평범한 사람을 가리킨다.

가 많았다. "헤르만, 내 차 열쇠 봤어요?" "아니, 한스, 못 봤어."

우리는 집으로 돌아갔다.

"나는 좀 누워야겠다. 주방 좀 정리해주겠니?"

이제 개수대엔 접시 다섯 개, 유리잔 다섯 개, 나이프 다섯 개, 포크 다섯 개, 개 밥그릇 하나 대신 접시 두 개와 유리잔 두 개만 달랑 놓여 있었다. 뚜렷한 변화였다. 처음에는 모든 게 예전과 다름없다는 인상을 받았지만, 시간이 가면서 아버지와 집의 변화를 알려주는 것들이 하나둘 눈에 띄기 시작했다. 내 침대에도 시트가 깔려 있지 않았다. 우리 가족에게 침대의 새 시트는 여행이나 오랜 부재에서 돌아온 사람에 대한 무언의 환영 인사였다. 배낭여행이나 다른 도시로의 유학으로 몇 주간 멀리 떠났다가도 다시 친숙한 향기가 밴 침대 속으로 몸을 던지는 순간, 나는 집을 떠나 있더라도 우리 가족이 변함없이 나를 기다리고 있었다는 약속과도 같은 것을 느꼈다. 그러나 이제 나는 침대의 새 시트를 요구할 권리가 없었다. 게다가 그건 내게는 별것도 아닌 일이지만 병든 아버지에게는 버거운 수고이기도 했다. 그럼에도 나를 이 집의 불청객으로 만드는 침대에 실망감이 드는 건 도리가 없었다. 나는 언짢은 심정으로 복도의 이불장에서 시트를 꺼내 매트리스에 씌웠다. 매트리스에는 내가 알지 못하고 출처도 오리무중인 역겨운 얼룩이 가득했다.

또 다른 변화는 읽지 않은 신문이었다. 이제 신문은 안락의자 주변과 다른 여러 곳에 쌓여 있었다. 아버지는 읽지 않은 신문이 있으면 나중에라도 꼭 챙겨 읽을 정도로 꼼꼼한 사람이었다. 정치란, 경제란, 스포츠란, 문예란 할 것이 없이 한 줄 한 줄 연구하듯 읽었고, 심지어 광고도 빼놓지 않았다. 두툼한 일요판은 허벅지 위에 올려놓고, 마치 까다로운 피아노 협주곡 연주를 앞둔 피아니스트처럼 양손을 비비고 손가락 관절을 푼 다음 엄숙하게 첫 페이지를 펼치곤 했다. 신문 읽을 시간이 없다고 투덜거릴 때도 많았다. "은퇴하면 정말 더 꼼꼼히 읽을 거야. 산더미 같은 신문과 책 속에 파묻혀 살 거야. 마치 관 속에 갇힌 듯 숨어서 읽고, 읽고, 또 읽을 거야!" 그러나 세상의 모든 시간을 가진 지금, 아버지의 관심은 시들해진 듯했다. 신문은 펼쳐본 흔적도 없이 그대로 쌓여 있었다.

오후에 우리는 시내로 갔다. 나는 아버지와 팔짱을 꼈는데, 나란히 걸을 때마다 아버지의 절뚝거림이 내 허리에 바로 느껴졌다. 아버지는 내게 살짝 기댔고, 우리는 그렇게 쇼핑가를 거닐었다.

"이상해요. 참 많은 게 바뀌었는데도 여전히 똑같다는 생각이 들어요." 내가 말했다. "새로 만들고, 멋진 포석을 깔고, 가로등도 세련된 걸로 바꾸고, 외관도 새로 칠했지만 바뀐 게 없는 것 같아요. 뭔가 질식할 듯 답답한 공기가 깊이 깔려 있어요."

아버지는 내 말에 직접적으로 답하지는 않았다. "당시 헤스터베르크를 맡은 건 내게 엄청난 도전이었어. 독일 전체에서 최연소 주립병원 원장이었지. 그 뒤로 정말 많은 걸 해냈어. 학교를 짓고 새 클리닉을 만들고. 물론 네 말이 맞아. 지금 생각하면 내 인생의 절반 넘게 이런 곳에서 보냈다는 게 놀랍게 느껴져."

몇 미터 갈 때마다 인사를 받던 아버지는 되도록 절뚝거리지 않으려고 애썼다.

"뭐 필요한 거 없어요?" 내가 물었다.

아버지는 고개를 저었다. 우리는 전자 제품 전문점인 라디오 포이크트 쇼윈도 앞에 서서 진열된 상품을 구경했다.

"얘야, 저거 봐. 저 단파 수신기."

"저게 뭐죠?" 나는 알면서 물었다.

"전 세계 모든 라디오 전파를 수신할 수 있는 기기지."

"그 나라 말을 모르면 무슨 소용이에요?"

"독일어로 방송하는 곳이 의외로 많아. 남아프리카공화

국도 그렇고, 또 얼마 전에는 알마아타의 라디오 방송국에서도 독일어로 방송을 내보낸다는 기사를 읽었어!"

우리는 옆벽을 포함해 전면이 다양한 크기의 칼로 장식된 상점에 이르렀다. 하나같이 모두 케이스가 열려 있거나, 가죽 또는 금속 칼집에서 꺼내져 있었다. 주머니칼, 접이식 칼, 빵칼, 정육칼, 날이 굽은 칼, 일직선인 칼, 톱니 모양인 칼. 정글도도 여럿 있었고, 심지어 아시아풍 무늬가 조각된 받침대에 올려놓은 사무라이 검도 세 자루 보였다. 은빛으로 번쩍거리는 날카로운 칼날들을 잠시 바라보던 아버지가 갑자기 내 팔을 꽉 붙잡더니 자기 쪽으로 끌어당겼다. 나는 고개를 돌려 아버지를 보았다. 아버지는 눈을 감고 있었다. "빨리 가자." 아버지가 애원조로 말했다. 이런 어조는 처음이었다. "속이 메스꺼워!"

우리는 조심스럽게 계속 걸어갔다. 나는 생각했다. 왜 그랬을까? 어떻게 칼을 보면서 속이 안 좋을 수 있을까? 우리는 묵묵히 걸음만 내디뎠다. 아버지와 팔짱을 끼고 이렇게 먼 거리를 걸은 적은 없었다. 우리는 느리지만 안정된 리듬을 찾았다. 우리 부엌에는 날카로운 칼이 단 하나도 없었다. 기본적으로 우리는 오래전부터 아무것도 자르지 않았고 항상 모든 것을 으깨기만 했다. 빵은 덩어리에서 드르르 긁어내다시피 했고, 소시지 역시 꾹꾹 눌러가며 간신히 잘랐다. 어떤 자도 우리 칼보다는 날카로울 듯했다. 뭉툭하고 이가 빠진 칼로 자른 토마토는 뭉개졌고, 오이는 손으로 뚝뚝 부러뜨린 듯했다. 우리 집에서는 잘 벼린 칼날이 버터를 관통한 적이 없었고, 파프리카의 단면이 깨끗한 적도 없었으며, 치즈 가장자리도 매끄럽지 않았다. 모든 것이 찢어지거나 너덜거렸다. 이유가 무엇이었을까? 이따금 경솔함으로 이어지는 어머니의 예측할 수 없는 불안정성 때문이었을까? 방금 처음으로 또렷이 드러난, 아버지의 번쩍이는 칼날에 대한 과민증 때문이었을까? 아니면 혹시 모를 실수를 예방하려고 날카로운 칼을 구비해놓지 않은 것일까? 혹은 내가 항상 믿어온 것처럼 그저 사소한 태만이나 무심함 때문이었을까?

우리는 크게 우회해서 차로 돌아갔다. 아버지는 기진맥진해서 보닛에 기대어 잠시 쉰 다음 내 도움으로 고통스러운 숨을 들이쉬며 차 안에 앉았다.

"묘지까지 운전해서 가고 싶었는데, 너무 힘들어 안 되겠다. 미안하다!"

"내일 가면 되죠." 내가 말했다.

집으로 돌아오는 짧은 길에 아버지는 내 옆에 앉아 멘토스 한 봉지를 다 먹었다. 그 달달한 캔디를 하나씩 차례로 입에 넣고는 미친 듯이 씹어 삼켰다.

저녁, 아니 늦은 오후 가까운 시각에 우리는 식사를 하러 '발칸의 방'으로 갔다. 기둥을 박고 물 위에 세운 커다란 정자 형태의 레스토랑이었다. 우리는 좋은 자리를 배정받았다. 슐라이강과 갈매기 섬이 한눈에 보이는 풍광 좋은 창가 자리였다. 풍만한 웨이트리스가 와서 얼룩이 묻은 식탁보 위에 메뉴판을 올려놓았다. 진청색 하이넥 드레스를 입고 있었는데, 윗부분은 목까지 타이트했고 끈으로 잘록하게 조인 허리 아래로는 긴 주름이 바닥까지 흘러내리듯 이어졌다. 아버지는 그녀의 뒷모습을 잠시 바라보더니 앞니로 아랫입술에 살짝 깨물고는 메뉴판을 펼쳤다.

"뭐 드실래요?" 내가 물었다.

"그릴 한 판! 배가 고파. 도전해보고 싶어!"

"정말요?" 나는 놀랐다. "좋아요. 시도해봐요."

'그릴 한 판' 요리는 진정한 도전이었다. 이걸 다 먹는 건 예전에 형들과 나에게도 궁극의 육식 과잉이었다. 작은형은 이 요리에 '채식주의자의 최후'라는 이름을 붙였다. 엄청나게 큰 접시에 여러 동물의 특선 구이가 잔뜩 쌓여 있어서 그 밑의 밥이나 구운 감자는 거의 보이지 않았다. 고기를 한 점 먹을 때마다 그 동물의 소리를 흉내내는 건 그리 신선할 게 없는 우리만의 제식이었다. 우리는 음매, 메에, 꼬끼오 하는 소리를 내며 우적우적 씹었고, 그러다 아버지가 야옹, 멍멍 소리를 내면 다들 배를 잡고 웃었다.

웨이트리스가 돌아왔다. 아버지가 부드러운 목소리로 말했다. "자, 난 그릴 한 판하고…." 아버지가 그녀를 도발적으로 쳐다보았다. "맥주 한 잔!"

아버지는 이런 걸 잘했다. 약간은 장난스러우면서도 약간은 진지하게. 명랑하면서도 무척 매력적으로.

그녀가 놀라는 표정을 지었다. "그릴 한 판요? 네, 알았습니다."

그녀의 드레스는 퍽 인상적이었다. 터질 듯한 가슴의 굴곡이 진짜 가슴 때문인지, 아니면 그런 곡선이 생기도록 옷을 그렇게 만든 건지 알 수 없었다. 그녀가 이제 내게로 시선을 돌렸다. "너는? 아, 죄송해요. 손님은요? 뭘 드시겠어요?"

"편하게 불러도 돼요!" 내가 말했다.

그녀가 웃었다. "그럼, 뭘 먹을래? 똑같이 그릴 한 판?"

나는 망설였다. 사실 다른 메뉴를 고르고 있었기 때문이다. 그런데 갑자기 이 순간 그릴 한 판을 주문함으로써 아버지에게 맞서고 싶어졌다. 나도 아버지만큼 훌륭한 육식가임을 증명이라도 해야 한다는 듯이. 게다가 웨이트리스의 마음에 들고 싶기도 했다. 그러려면 당연히 호기로운 주문이 필요했다. "나는…." 그런데 마지막 순간에 생각이 바뀌었다. "양꼬치와 밥, 그리고…." 나는 아버지의 시선을 모방하고자 애쓰면서 덧붙였다. "맥주 한 잔. 큰 걸로요!"

웨이트리스는 메뉴판을 닫고, 다닥다닥 붙은 테이블 사이를 서둘러 지나갔다. 우리는 둘 다 그녀의 뒷모습을 지켜보았다. 엉덩이를 살짝 돌리는 것만으로 방향을 바꾸고 테이블 모서리를 춤추듯이 돌아가는 모습이 멋졌다. 드레스 자락이 바닥에 스치는 소리가 들렸는데, 다른 손님들의 어지럽게 뒤엉킨 목소리와 은은하게 섞여 들었다. 아버지는 그녀가 주방의 날개 문 속으로 사라질 때까지 노골적으로 지켜보았다.

우리는 묵묵히 강을 바라보았다. 강물 위에는 배 몇 척이 띄엄띄엄 떠 있었는데, 바람에 돛이 살짝 부풀어 올랐음에도 제자리에서 움직이지 않는 듯했다. 나는 웨이트리스의 뒷모습을 멍하니 바라보는 아버지의 모습에 짜증이 났다. 예전부터 아버지는 어디를 가든 항상 여자의 엉덩이와 가슴, 다리에 눈길을 던졌다. 최악은 부끄러운 줄도 모르고 고개를 돌리면서까지 지나가는 여자를 대놓고 훔쳐본다는 사실이었다. 나는 아버지 마음에 들 만한 여자가 우리에게 다가오면 그다음에 어떤 일이 벌어질지 너무나 잘 알고 있었다. 여자가 우리를 지나가면 아버지는 바로 걸음을 멈추고 몸을 돌렸다. 마치 자기만의 깊은 생각에 잠긴 사람처럼, 혹은 우리가 왔던 방향에서 무언가 깜빡 잊은 게 있는 사람처럼. 그러나 우리 중 누구도 그게 우연이 아님을 모르지 않았다. 아버지는 알지도 못하는 여자의 엉덩이를 훔쳐보는 자신의 탐욕적인 시선을 고상한 학자의 몽환적인 태도로 위장했지만, 그 자체가 너무 허술해서 다른 사람으로서는 애써 모른 척 넘어가주는 것 말고는 도리가 없었다. 아버지도 그걸 잘 알고 있었다. 그런데 병든 지금, 신장이 하나밖에 남지 않고 복부에 사선으로 지퍼 같은 루비색 흉터가 있고 다리에는 죽음의 씨앗이 자라고 있는 지금도 그러고 있다는 사실이 너무 불쌍하고 심지어 추해 보였다. 나는 바이킹 타워를 건너다보며 생각에 잠겼다. 병에 걸린다고 해도 인간은 아무것도 달라지지 않는 것일까? 반사 신경과도 같은 익숙한 본능을 벗어던지고 새로운 존재로 거듭날 수는 없는 것일까? 나이가 들어도 변하는 건 하나도 없을까? 죽음이 가까워진 순간에도 우리는 열린 미래로 걸어가는 게 아니라 미래에서 우리를 향해 가차 없이 다가오는 무언가를 무방비 상태로 받아들일 수밖에 없는 것일까? 어쩌면 나도 이 순간 부끄러워해야 할지 모른다. 웨이트리스는 내 마음에도 들었고, 나도 아버지와 똑같이 넋을 놓고 그녀의 뒷모습을 훔쳐보고 있었기 때문이다.

그녀가 주방에서 나와 바 뒤에 섰다. 한 손으로는 목의 열기를 식히려는지 목덜미의 머리카락을 살짝 들어 올렸고 다른 손으로는 생맥주를 따랐다. 그녀가 우리를 건너다보았다. 홀을 가로질러 시선이 마주쳤다. 그런데 그녀는 첫 잔을 높이 들더니 기상천외한 행동을 했다. 잔을 입 앞에 갖다 대고는 가장자리까지 부풀어 오른 거품을 후 하고 불었다. 거품은 산산이 부서져 바 위에 떨어졌다. 이어 그녀가 잔을 가득 채웠다. 아버지와 나는 눈을 마주쳤다.

"방금 봤어?" 아버지가 속삭였다. "후 하고 불어서 거품을 날려버리는 거?"

"발칸에서는 다들 저러나 봐요!" 내가 추측했다.

아버지가 웃으면서 말했다. "그렇다면 더욱 멋진 일이지. 갑자기 발칸이 좋아진다!"

웨이트리스는 두 번째 잔도 따라 후 하고 불어 거품을 날린 후 잔을 가득 채우고는 출발했다. 그녀의 귀환은 처음 떠날 때보다 더 장관이었다. 쟁반을 높이 들고 균형을 잡으며 우리에게 최단거리로 다가왔는데, 허리를 우아하게 틀면서 손님과 테이블 모서리를 돌아가는 모습은 가히 예술이었다. 맥주잔은 찰랑거리는 일도 없이 공중에 둥둥 뜬 채로 안전하게 미끄러졌고, 그녀의 골반은 북적거리는 손님들 사이에서 정확하면서도 멋지게 휘어졌다.

"맥주 두 잔이에요. 한 잔은 선생님 거, 한 잔은 네 거! 음식은 시간이 조금 걸릴 거예요. 주문이 많아서요."

"이 모든 걸 혼자 다 해요? 도와주는 사람은 없어요?" 아버지의 이 물음은 당연히 발칸의 피를 뜨겁게 하는 적절한 질문이었다.

"그러게요. 제가 사장님을 불러드릴 테니 방금 하신 말씀 똑같이 좀 해주시겠어요?"

"물론이죠!" 아버지가 쓸데없이 큰 소리로 외쳤다. "그 작자를 당장 불러줘요!"

웨이트리스는 고개를 돌려 엉덩이를 흔들며 주방으로 돌아갔다.

나는 깊은 고민 없이 한 가지 질문으로 아버지를 현실로 끌어냈다. 민감한 문제를 이렇게 직설적으로 꺼내는 나 자신이 놀라웠다. "왜 뤼베크에 계속 계시지 않으셨어요?"

아버지는 기습을 당한 표정이었다. 불룩한 배를 꿀렁거리면서 맥주를 단숨에 반쯤 비웠다. "너도 알겠지만, 난 그 집에 반년밖에 살지 않았어. 그 집 아이들과의 관계가 쉽지 않았어. 아직 어리거든. 게다가 지금은 다리도 문제고." 아버지의 말이 느려졌다. "점점 더 나빠질 거야. 그건 짐이지."

나도 맥주를 약간 마셨다. "짐이라니요? 무슨 말이에요? 거기서 행복하셨잖아요."

"그랬지, 정말 행복했지. 하지만 내 병과 아이들과의 문제는…. 그러고 싶지 않았어."

"그래서 어쩌시려고요?"

"두고 보자."

"계속 병원 음식을 가져다 드시면 안 될 것 같아요, 아빠!"

웨이트리스가 음식을 들고 왔다. 양고기는 내 앞에, 구운 고추로 장식된 그릴 한 판은 아버지 앞에 놓였다. 이제 우리 둘 다 무엇을 해야 하는지 알고 있어서 반가웠다. 아버지는 음매 소리와 함께 커틀릿을 씹었고, 나는 메에 하며 양고기를 집었다. 식사가 끝났을 때 아버지의 접시에는 깨끗하게 발라먹은 뼈가 산더미처럼 쌓여 있었다. 보기에 거북했다. 아버지는 남김없이 먹어치웠다. 연골, 힘줄, 지방 할 것 없이. 뼈는 어찌나 깨끗하게 발라먹었는지 하얗게 빛났다. 지금이라도 지하 묘지에 들어가도 될 유해 같았다. 아버지는 웨이트리스를 손짓으로 불러 꽤 많은 팁을 주었다. 그러나 내 느낌에, 그녀는 경멸하는 표정으로 돈을 받았고 우리에게는 눈길 한 번 주지 않았다.

"잠시 드라이브 좀 하실래요? 이 촌구석을 떠나?" 벌써 벨트를 매고 차에 앉은 아버지에게 물었다. 곧장 집으로 돌아가고 싶지는 않았다. 아버지는 견딜 만한 자세를 찾으려고 좌석에서 엉덩이를 앞뒤로 움직였다.

"좋지. 다만 너무 오래는 안 돼, 알았지?"

나는 고개를 끄덕이고 차를 출발했다. 도시를 떠난 지 얼마 되지 않아 완만한 구릉 지대가 나타났다. 추수가 끝난 옥수수 밭이 금빛으로 빛나고 있었다.

"잠시 쉬었다 가자." 아버지가 부탁했다. 나는 적당한 지점에서 들길로 방향을 꺾었다.

우리는 차에서 내렸다. 밀폐된 케이스 같은 협소한 차에서 툭 트인 풍경으로 나오자 기분이 좋아졌다. 눈앞의 넓은 목장에 거대한 농기계가 보였다. 콤바인은 아니었다. 윙윙거리는 이 괴물은 초지 위를 느릿느릿 지나가고 있었는데, 내가 서 있는 곳까지 깎은 풀 냄새가 진동했다. 하얀 비닐에 싸인 거대한 공 모양의 물체가 풀이 깎인 초지 위에 여럿 놓여 있었다. 엄청나게 큰 알처럼 생긴 이 물체들은 일정한 간격으로 서 있었는데, 하나하나 지름이 이 미터는 돼 보였다. 나는 기계가 일하는 모습을 지켜보았다. 아버지는 내 옆에 서 있었다. 나는 어떻게 저런 알을 낳는지 무척 신기했고, 마지막 알에서 다음 알을 낳는 장소까지의 거리를 가늠해보았다.

차량이 멈춰 섰다. 차량 뒤쪽에서 집게 팔이 세 개 뻗어 나왔다. 잠시 아무 일도 일어나지 않다가 차량 내부에서 굉음이 들렸다. 순간 해치가 열렸고, 거대한 건초 뭉치 하나가 밀려나왔다. 이렇게 클 줄은 예상하지 못했다. 건초 뭉치가 일종의 받침대 같은 장치로 미끄러지더니 갑자기 집게 팔이 회전하기 시작했다. 속도는 점점 빨라졌다. 집게 팔의 형체가 흐릿해지면서 마침내 보이지 않았다. 어떤 일이 벌어지고 있는지 알 수 없었다. 바로 다음 순간, 집게 팔이 건초 뭉치를 넓은 비닐 띠로 돌돌 감기 시작했다. 건초를 능숙하게 돌리고 회전시키며 빠르게 감는 솜씨가 기가 막혔다. 처음에는 건초 뭉치가 붕대를 감은 듯 보였지만, 표면이 비닐 띠 때문에 차츰 작아졌다. 그 모습에 가슴이 약간 답답해졌다. 비닐이 건초 뭉치를 너무 빡빡하게 휘감고 조여 이 형체에 공기가 필요한 것 같은 느낌이 들었기 때문이다. 집게 팔은 감고 또 감았고, 건초 뭉치는 돌고 또 돌다가 마침내 녹색 부분이 모두 사라졌다.

이것이 끝이 아니었다. 하얀 비닐은 계속해서 건초 뭉치를 감쌌다. 내가 관찰하는 지점에서 볼 때 이건 단순한 싸개가 아니었다. 포장도 아니었다. 호두 같은 단단한 껍데기였고, 갑옷을 두른 거대한 알이었다. 이윽고 집게 팔이 속도를 줄이더니 완전히 형체를 드러내며 멈춰 섰고, 이어 처음에 나왔던 내부 장치로 들어갔다. 알은 잠시 스스로 회전하면서 비닐 세 장을 하나의 단단한 밧줄로 매듭지었다. 한 구멍에서 튀어나온 낫이 이 비닐 밧줄을 멀리서 봐도 너무 과하다 싶을 정도로 거칠게 팍팍 내리찍더니 마침내 탯줄을 잘라버렸다. 그러자 알은 앞으로 밀려나가 초지에 쿵 떨어졌다.

우리는 이 과정에 어찌나 매료되었는지 계속 울타리에 붙어 서서, 농기계가 다음 건초 뭉치를 만들어내 고치화해서 알로 탄생시키는 과정을 지켜보았다. 그 뒤에도 우리는 차에 오르지 않았다. 어스름이 깔리면서 거대한 농기계 머리에 전조등이 켜졌을 때도 여전히 그 자리에 서 있었다. 마침내 마지막 알이 떨어지고 나자, 이 기계는 걱정 많은 어미처럼 한배로 나은 알들을 조심조심 돌면서 가끔 비뚤게 선 알들을 툭툭 밀어서 바로 세웠다. 자그마한 유리 집처럼 생긴 운전석에는 한 남자가 치즈색 불빛 속에 창백한 뇌처럼 미동 없이 앉아 있었다. 아버지가 내 어깨에 팔을 둘렀다. 우리는 건초 뭉치를 세었다. 스물네 개였다. "딱 네 나이다!" 아버지는 이렇게 말하고는 차에 탔다.

그날 저녁, 텔레비전 앞에 앉아 있는데 전화벨이 울렸

다. 아버지는 최대한 힘껏 일어나더니 형식적으로 "네?"라는 말과 함께 전화를 받았다. 그러나 곧 그리움을 가득 담은 어조로 "잘 있었소?" 말하고는 전화선을 잡아당겨 옆방으로 들어갔다. 나는 텔레비전 소리에만 집중하려고 했지만 문틈으로 토막토막 새어 나오는 말들을 듣지 않을 수 없었다. "그래요, 그 애가 와서 다행이지." 혹은 "나가서 먹었소." 또는 "나도 그래요." 다시 한번 "나도 그래요!"

다시 돌아온 아버지는 무척 우울해 보였다. 안락의자에 앉아 힘들게 숨을 쉬면서 흉곽에 손을 올려놓고는 가볍게 톡톡 두드렸다. 지금껏 한 번도 내게 꺼낸 적이 없던 말을 언제든 꺼낼 것 같은 분위기였다. 나는 화면을 응시하며 아버지가 침묵을 깨길 기다리고 또 기다렸다. 내가 원한 건 고백이나 사과가 아니었다. 설명도 아니었다. 그렇다면 무엇이었을까? 그저 우리의 친밀함을 확인해주는 몇 마디 말, 혹은 부자 간의 관계를 떠나 어색한 농담 없이 진심을 나눌 수 있는 순간이었을지 모른다. 그러나 아버지는 침묵했다.

그날 저녁 드디어 그 순간이 찾아왔다. 아버지는 깃털처럼 가벼우면서도 우아하게 그 모든 것을 털어놓았다.

아버지가 나보다 일찍 잠자리에 들었을 때였다. 나는 부부 침대 두 개가 여전히 나란히 놓여 있는 침실로 아버지를 찾아갔다.

"잘 자요, 아빠." 나는 이렇게 말하며 주인 잃은 어머니의 침대에 발랄하게 몸을 던졌다. 아버지가 책을 내려놓았는데, 막대사탕을 빨고 있었다. 잠들기 전에 가끔 막대사탕을 빠는 건 아버지의 습관이었다. 언제 그런 습관이 생겼는지는 알 수 없다. 예전에는 내가 사탕을 사다 드렸다. 지금은 누가 사다 드릴까? 큰형은 막대사탕을 물고 침대에 누워 있는 아버지를 코작 반장*이라고 불렀다. 아버지가 내 어깨에 손을 얹었다. 세상에, 이렇게 따뜻한 손이라니! 한겨울 폭풍이 몰아치는 북해에서 두 시간 가까이 산책을 하고 난 뒤에도 아버지의 손은 한여름처럼 따뜻했다. 형들과 나는 산책길에서 누가 아버지의 손안에서 얼음처럼 곱은 손을 녹일지를 두고 자주 다투곤 했다.

아버지는 나를 바라보지 않고 말을 시작했다. "요세, 날 보러 와줘서 얼마나 기쁜지 모른다. 내가 말이 많지 않아서 미안하지만 지금은 정말 모든 게 엉망이야. 더는 일을 할 수 없다는 게 너무 슬퍼. 난 항상 이 일을 정말 좋아했어. 여기 있는 아이들이 너무 좋아. 그냥 있는 그대로의 모

* 1973년부터 1978년까지 미 CBS에서 방영된 범죄 수사물 〈코작〉에서 형사 반장을 맡은 주인공. 담배 대신 막대사탕을 물고 다녔다.

습이. 거칠고 활달한 아이들의 꾸밈없는 모습이. 이 아이들은 행복하면 그냥 행복해하고, 화가 나면 그냥 비명을 질러." 아버지는 잠시 나를 사랑스럽다는 듯 바라보더니 고개를 끄덕였다. "참, 이상하지. 나는 내가 왜 소위 정상적이라고 하는 사람들보다 소위 정상적이지 않다고 하는 사람들 속에서 항상 더 편안함을 느끼는지 자주 생각했어. 사람들의 잰체하는 태도, 가식적인 행동, 위선적인 말이 싫었어. 그런 걸 미화하는 건 말도 안 돼. 네 엄마는 이런 나를 만나 정말 힘들어했어. 사교 생활도 못 하고 여행도 못 다니고 친구도 만나지 못했지. 하지만 나로서도 어쩔 수 없는 일이었어. 나는 이제 다시 일하지 못할 거야. 내겐 너무 가혹한 일이지. 그렇다고 이대로 하루 종일 이 거대한 경내를 아무 일 없다는 듯이 돌아다닐 수는 없어. 다른 의사들한테 부끄러워. 병든 의사라는 건 왠지 어울리지 않으니까. 이 작은 도시의 모두가 그걸 알아. 누가 병든 의사한테 자기 자식을 맡기겠니?"

아버지가 동의를 구하는 표정으로 나를 바라보았다. 나는 어깨를 으쓱했다.

"사실 다리가 너무 아파. 다시 수술을 받아야 할지 몰라. 뤼베크에서 슐레스비히까지 장거리 운전은 너무 힘들었어. 뤼베크에 있는 여자… 어떻게 들릴지 모르겠지만 뤼베크에 있는 그 여자… 이름은 카린이야. 나보다 훨씬 젊어. 기차에서 만났지. 물론 넌 듣고 싶지 않을 수도 있겠다. 그리고 이탈리아에 혼자 있는… 대체 너희 엄마는 그 망할 놈의 땅에서 혼자 뭘 한다니? 이제 와서 이런 말 해봤자 무슨 소용이겠어. 다 헛소리지."

아버지는 한숨을 쉬었다. 그러나 절망보다는 놀람의 한숨에 가깝게 들렸다. "이게 정말 무슨 미친 짓인지 모르겠어! 나이가 들면 사랑 병이니 그리움 같은 건 어떻게든 없어질 줄 알았는데, 다 헛소리였어. 얼마 전에 이런 글을 읽었어. 남자는 여자보다 일찍 죽거나 전쟁에서 죽는 경우가 많기 때문에 양로원에 가면 희소 상품이 된다고. 할머니들이 서로 할아버지를 차지하려고 눈에 쌍심지를 켠다는 거야. 차라리 그런 상황이 낫겠어. 여자들이 서로 차지하려고 싸우는 정정한 은퇴자 말이다. 솔직히 말해서 내 병은 점점 안 좋아질 거야. 그건 내가 너무 잘 알아." 아버지는 막대 사탕을 다시 다부지게 빨았다. "난 육십이 넘도록 충치 하나 없고, 씌운 곳도 하나 없어."

나는 어머니 침대에 누웠고, 두 팔로 기어가 아버지를 안아주었다. 아버지는 이불을 끌어올려 나를 덮어주었다. "사랑하는 요세, 네가 와서 정말 좋아."

"뭘 읽고 있어요?"

"시. 내 인생에서는 늘 그랬어. 뭔가 안 좋은 일이 있으면 시를 읽어. 머릿속이 너무 복잡할 때 집중해서 답을 찾으려는 거지."

"뭔가 와 닿는 게 있어요?"

"응, 벤의 시에서. 난 벤이 좋아. 괴테도."

"난 괴테가 별로던데." 사실 이 가혹한 판단은 괴테와 아무 상관이 없었다. 나는 괴테를 한 번도 제대로 읽지 않았기 때문이다.

"기다려봐. 너에게도 분명 괴테가 찾아오는 날이 있을 거야. 노년의 안식을 위해. 베르테르를 읽어봐. 그건 마음에 들 수도 있어. 이 시 한번 들어봐. 훌륭한 시야." 아버지는 시 전체를 읽어주었다. 특별한 강세 없이 단조로우면서도 시어 하나하나가 쏙쏙 들어오는 울림으로.

혼자인 사람은 비밀스럽다.
항상 이미지의 홍수 속에,
이미지의 생성과 싹틈 속에 살고,
그림자에조차 이미지 불꽃이 인다.
그는 온갖 층위를 품고,
생각으로 가득하고 생각을 축적하고,
소멸에도 굴하지 않고

기르고 짝짓는 모든 인간적인 것에도
휘둘리지 않는다.
그는 무심히 바라본다,
대지가 시작될 때와 다른 대지로 변해가는 것을.
더 이상 죽음도 생성도 없는 완성이
조용히 그를 응시한다.

"정말 대단한 시인이지 않아? 게다가 의사였고, 심지어 돼지 같은 인간이기도 했어. 언젠가 이런 말도 했어. 좋은 연출이 성실함보다 낫다! 멋진 말이지. 다만 삶을 어떻게 연출하느냐…. 아, 이제 그만… 얘야, 불을 꺼야겠다."

나는 이불 밑에서 기어 나와 아버지의 대머리에 입을 맞추고는 서서히 다시 익숙해져가는 내 어린 시절의 방으로 돌아갔다.

나는 이틀을 더 묵었다. 마르그레트가 요리사로서 아버지의 식사를 챙겨주었다. 그녀는 마치 행복의 군대처럼 활기차게 집 안으로 진격해 들어왔는데, 그사이 전혀 나이를 먹지 않은 듯했다. "세상에나교수님오늘은샐러드를곁들인미트로프가나왔네요어쩜!!!"

다음에 방문했을 때는 페르디난트가 문을 열어주었다. 나는 깜짝 놀랐다. "헤이, 페르디난트, 여기서 뭐 해?"

"헤이 페르디난트, 여기서 뭐 해? 뭐 하긴, 네 아버지가 심심할까 봐 잠깐 놀아주고 있었지." 녀석의 몸에서는 오래전 우리가 지하실에서 함께 놀던 시절의 냄새가 났다.

"친절도 하셔라." 내가 말했다.

이번에도 그는 내 말을 따라 했다. "친절도 하셔라. 걱정 마, 좋아서 하는 거니까."

"아버지는 좀 어때?"

내 말은 다시 메아리가 되어 돌아왔다. "아버지는 좀 어때? 오늘은 별로야. 네가 오기만 기다리고 있어."

"페르디난트, 왜 자꾸 내 말을 따라 해?"

"페르디난트, 왜 자꾸 내 말을 따라 해?" 녀석이 중문을 닫았다. 이제 현관에서 하는 말은 안에서 들리지 않았다. "버릇이 돼서 그래. 사람들이 자꾸 나를 집으로 돌려보내려고 하잖아. 그래서 일부러 이러는 거야. 남의 말을 따라 하는 걸 반향 언어증이라고 해. 위장이지."

"아하."

"아하. 내가 여기 남으려면 어쩔 수 없어. 이제 들어와."

아버지는 그사이 침실에서 거실로 거처를 옮겼다. 침대

는 놀랍도록 높았는데, 네 개의 육중한 나무 받침대로 받쳐놓았다. 나는 아버지에게 인사를 하고 입을 맞추었는데, 거의 몸을 숙일 필요가 없었다. 아버지가 테이블 높이, 아니 어쩌면 그보다 더 높은 제단 정도의 높이에 누워 있었기 때문이다.

"이 침대는 뭐예요?"

"아, 일어나는 게 너무 힘들어서. 잘 왔다. 저 위 목공소에서 나를 위해 만들어줬어. 이제는 그냥 몸만 일으키면 돼. 보여줄게."

아버지가 가까스로 몸을 일으키며 핏기 없는 맨다리를 침대 가장자리 너머로 내미는 사이 나는 창턱에 앉아 있는 한 소녀를 보았다. 초록색 스타킹에 꽉 끼는 청록색 스웨터를 입고 마치 사마귀처럼 웅크리고 앉아 나를 관찰하고 있었다. 팔다리가 길고 가늘었다. 마르그레트가 부엌에서 모퉁이를 돌아 쏜살같이 튀어나왔다. "교수님오늘은당근을곁들인커틀릿이나왔어요저기아드님도왔네요어쩜!"

초록색 곤충 소녀가 창턱에서 미끄러져 내려와 아버지 침대 가장자리에 앉았다. 아버지는 나를 소개하며 미소를 지었다. "여긴 내 아들이야, 올가. 아무 짓도 안 할 테니까 걱정하지 마."

페르디난트는 테이블에 앉아 내게 너무나 친숙한 고양

이 단면도를 그리고 있었다. 마르그레트가 내 어깨를 톡톡 쳤다. "이제곧제대로된음식이나올거야네가배가고팠으면 좋겠어."

나는 두 손으로 아버지를 부축해서 목욕 가운 입는 걸 거들고는 안락의자로 모시고 갔다. 옆방에서 텔레비전 소리가 들렸고, "아아아아아아아아!" 하고 길게 늘어지는 소리가 났다.

"저 안에 누가 있어요?" 내가 물었다.

"저 안에 누가 있어요? 안톤이 〈톰과 제리〉를 보고 있지."

나는 재미있다는 표정으로 아버지를 보았다. "그새 여기가 사랑방이 됐나 봐요."

아버지는 고개를 끄덕였다. "그렇지. 손님이 많아. 내가 좋아하는 손님들이야."

나는 격동의 사흘 동안 여기 머물면서 쉴 새 없이 먹고 몇 시간씩 환자들과 탁구를 쳤다. 다시 떠날 시간이 되었을 때 이별은 우리 모두에게 유난히 힘들었다.

나는 어머니가 이제 막 구축한 새 삶을 허물고 아버지에게 돌아가기로 한 결정을 이해하는 데 꽤 긴 시간이 필요했다. 아버지는 오랜 세월 어머니를 배신하고 냉담함으로 어머니를 괴롭혔지만, 어머니는 아버지를 혼자 내버려

둘 수 없다고 생각한 듯했다. 나는 어머니에게 그러지 말라고 충고했다. 하지만 어머니는 이탈리아를 떠나 슐레스비히로 돌아갔다.

그런데 이상한 일이 일어났다. 내가 집에 돌아와 문을 열었을 때였다. "저 왔어요." 반응이 없었다. 소리도 들리지 않고 환자들도 보이지 않았다. 슬그머니 걱정이 앞섰다. 그런데 집 안을 돌아다니다 한 침대에서 같이 자고 있는 부모님을 발견했다. 아버지는 어머니를 한 팔로 감쌌고, 어머니는 아버지 가슴에 머리를 묻고 있었다. 두 분이 이렇게 가깝게 붙어 있는 모습은 본 적이 없었다.

나는 침대 가장자리에 앉아 두 분을 보았다. 이상한 생각이 들었다. '이게 네 부모야. 잠든 부모. 너한테는 항상 아버지와 어머니만 있었지, 부모는 없었어.'

어머니가 눈을 뜨고 나를 쳐다보았다. 당연히 깜짝 놀랄 거라고 생각했는데 어머니는 그냥 가만히 누워 나를 바라보기만 했다. 나는 어머니의 손에 입을 맞추었다. 이어 아버지의 손에도. 아버지가 눈을 떴다. "내 아들 요세구나, 잘 왔다. 고마워."

우리가 얼마나 그러고 있었는지는 기억나지 않는다. 내 인생에서 부모님과 함께한 가장 아름다운 순간이었다.

어머니는 아버지와 함께 지냈다. 뤼베크에서 전화가 왔을 때 어머니는 아버지에게 선택권을 줬다. "더는 몰래 전화하지 말아요. 안 그러면 당신이 여기서 혼자 죽든 말든 이대로 떠나버릴 거예요."

아버지는 약속을 지켰을까? 내 생각에는 아닌 듯하다.

통증은 아버지의 풍만한 몸에서 넉넉한 보금자리를 찾았다. 아버지가 통증의 정점에 다다랐다고 믿을 때마다, 아니 정점을 넘었다고 생각할 때마다 통증은 인접한 장기로 자리를 옮겼다. 아버지는 마지막 남은 힘으로 통증의 새로운 진원지와 타협하려 했지만 그때마다 더욱 심해진 새로운 통증에 충격을 받았다. 아버지가 생각한 마지막 힘은 결코 진짜 마지막 힘이 아니었다. 아버지는 생각했다. '그래, 이 통증은 더 이상 심해질 수 없어. 마지막 힘을 다해 견뎌보겠어.' 그러나 계속해서 새로운 통증이 찾아왔고, 그럴 때마다 아버지가 마지막이라고 생각했던 힘도 다시 새롭게 생겨났다. 이 주 전의 그 끔찍한 통증도 지나고 보면 오히려 천국이었다.

아버지의 몸에서 통증은 중추신경에서 인접한 장기와 뼈로 전달되었고, 곧 그것들을 넘어 병실, 아니 우리 집 전체로 번져나갔다. 나는 예전의 내 방에 누워 아버지의 통증이 벽을 통해 전달되면 안절부절못했다.

아버지가 내뿜는 죽음의 숨결에는 상쾌한 기운이 담겨 있었다. 아버지는 늘 말했다. "입안에 항상 역겨운 맛이 감돌아. 마치 썩은 것을 먹은 것 같아." 이 맛을 없애려고 아버지는 쉬지 않고 사탕을 빨았지만 소용이 없었다. 결국 기침을 가라앉힌다는 멘톨 캡슐을 한 움큼 삼킨 뒤에야 그 집요한 썩은 맛이 사라졌다. 이제 아버지에게 다가가면 눈이 따가울 정도로 맵고 서늘한 입김이 뿜어져 나왔다.

아버지는 누워서 지낼 때가 많았다. 머리는 베개에 파묻었고, 거칠게 면도한 울대는 축 늘어진 목 피부 사이에서 연골처럼 두드러졌다. 마치 모든 것을 내려놓고 무언가 거대하고 압도적인 것에 언제든 삼켜질 준비를 하는 듯했다.

아버지는 밤낮없이 통증과 싸워야 했다. 책을 읽으려 했지만, 통증은 아버지가 다른 무언가에 관심을 돌리는 걸 참지 못하고 화를 냈다.

결국 모르핀의 시간이 찾아왔다. 사실 너무 늦게 시작되었다. 통증은 이미 야수처럼 사나워져 있어서 엄청난 양의 모르핀을 투여해야만 길들일 수 있었다. 아버지는 팽팽하게 부풀어 오른 배에 직접 주사했다. 통증을 정말 완화하고 통제할 생각이었다면 통증이 처음 시작되었을 때 모르핀을 투여해야 했다. 한참 기승을 부린 뒤에 모르핀으로 잡으려고 하면 통증은 처음보다 훨씬 공격적으로 변하기 때문이다. 아버지는 건강한 사람이라면 치명적일 수도 있는 양을 투여했다. 눈에 보이지 않는 통증은 계량 가능한 모르핀의 투여량으로 드러났다.

더는 뛰어넘을 수 없는 고통의 마지막 정점은 병이 아버지의 척추로 들어가 디스크를 지나 척수 속으로 파고들었을 때였다. 따뜻한 밤이었다. 아버지는 비명을 지르고 또 질렀다. 정신병동의 환자들도 비명을 질렀다. 나는 내 방에 누워 있었다. 머리는 침대 머리맡에, 발은 침대 발치에 두고서 이를 악물었다. 따뜻한 밤을 가득 채우는 환자들의 비명과 우리 집 안에서 울려 퍼지는 아버지의 비명이 함께 들렸다. 나는 몇 번이고 건너가 아버지 침대에 걸터앉았다. 그러나 그의 고통에 충격을 받고, 고통으로 몸부림치는 그의 모습에 너무 가슴이 아파 십 분도 안 돼 다시 내 방으로 돌아가고 말았다.

아버지는 상상 이상으로 과다한 모르핀 투여로 환각 증세를 보이기 시작했다. 말도 안 되는 소리를 계속 내뱉었다. "괜찮은 욕조는 칼데바이 욕조뿐이야!" 그러고는 또 같은 말을 반복했다. "괜찮은 욕조는 칼데바이 욕조뿐이야!"

고통은 쉴 틈을 주지 않고 아버지를 몰아붙였다. 어느 날 아침에 일어났을 때 집 안이 고요했다. 나는 아래로 내려갔다. 어머니는 아버지의 안락의자에 완전히 축 늘어져 있었고, 아버지는 침대에 죽은 듯이 누워 있었다. 내 입에서 신음이 새어 나왔다. 어머니가 나를 바라보았다.

"죽었어요?" 내가 물었다.

"아니, 안 죽었어!" 어머니는 마치 아이가 잠든 방에서처럼 속삭였다. "정말 끔찍한 밤이었어. 처음에 너희 아버지는 발을 못 움직였어. 다음엔 다리를 못 움직였고. 그러더니 비명을 질렀어. 아니, 짐승처럼 괴성을 질렀어. '맙소사, 이게 뭐야? 이게 뭐냐고? 내가 불타고 있어. 내 발이 불타고 있어!' 너희 아버지는 땀을 많이 흘렸어. 열이 천천히 몸을 타고 올라갔어. 등 쪽의 아픈 곳까지. 내가 진정시키려고 하는데도 계속 소리를 질렀어. '내가 불타고 있어!' 그러더니 자기 다리를 때리고는 갑자기 내 얼굴을 잡았어. 나는 생각했지, 이제 죽는구나, 하고. 눈을 크게 뜨더라고. 두려움이 가득했어. 그런 눈으로 나를 뚫어지게 쳐다봤어. 그러다 갑자기 고통이 사라졌어."

나는 어머니가 무슨 말을 하는지 이해할 수 없었다. "네? 고통이 사라졌다고요?"

"그래, 사라졌어. 여기서부터…." 어머니가 두 손가락을 내 가슴뼈에 올렸다. "아래쪽으로 다 마비된 거지."

몇 시간 후 아버지가 생사를 건 투쟁의 깊은 흔적이 밴 얼굴로 깨어났을 때 우리 모두는 아버지의 쾌활한 모습에 가슴 뭉클한 감동을 받았다. 아버지에게서 고통이 느껴지지 않은 건 이 년 만에 처음이었다.

이상한 시간이 시작되었다. 나는 카셀의 연극 무대에서 처음으로 작은 역할을 맡았고, 어머니는 마비된 아버지를 헌신적으로 보살폈다. 집을 방문할 때마다 내가 본 것은 두 연인의 모습이었다. 이런 부모님을 보게 될 줄은 꿈에도 상상 못 했다. 두 사람은 활달했고, 무척 지쳐 보였지만 서로를 향한 애정으로 이겨내고 있었다.

서너 달 후 아버지는 점점 호흡에 문제가 생겼고, 어깨에 새로운 통증이 더해지면서 금방이라도 질식할 듯한 공포에 휩싸였다. 여전히 상당량의 모르핀을 주입하고 있었다. 모르핀을 투여하지 않으면 금단 증상이 나타났고, 투여하면 호흡이 마비될 위험에 빠졌다.

아버지는 집에서 죽고 싶어 했다. 그러나 또 한 차례 생명을 위협하는 발작과도 같은 질식 현상이 일어나자 결국 병원에 실려 갔다.

어머니는 병원에 같이 들어갔다. 죽고 싶다는 아버지의 소망과 아직 죽을 준비가 안 된 아버지의 몸은 여러 번 엇갈렸다. 아버지는 죽고 싶어 했지만 몸이 허락하지 않았다. 정작 몸이 허락했을 때는 갑자기 아버지가 싸우기 시작했다.

부모님은 머릿속의 죽음과는 상관없이 오직 매일매일 감당해야 하는 죽어감의 중노동에 온전히 매달리며 함께 마지막 몇 주를 버텨냈다.

병원 복도를 지나가는데 벌써 한 간호사가 울고 있었다. 그녀가 말없이 나를 안아주었다. 어머니는 아버지 침대 옆에 앉아 있었다. 촛불이 타올랐고, 아버지의 두 손은 가지런히 모아져 있었다. 그걸 보고 있자니 왠지 마음이 불편했다. 아버지의 얼굴은 놀랍도록 평온했다. 지친 듯하면서도 긴장이 풀린 표정이었다. 고통과 두려움에서 마침내 완전히 벗어난 듯 보였다. 나중에 나는 종종 이런 생각을 했다. 그 질긴 고통은 대체 어디로 사라졌을까? 모르핀으로 한껏 몸집을 불린 고통, 아버지에게서 생명을 모조리 빨아먹은 고통, 마치 육즙이 많은 뼈처럼 아버지를 갉아먹은 고통은 어디로 갔을까? 그렇게 강력하던, 그래서 너무나 건강하다고 느껴지던 그 고통이 그리 간단하게 사라질 리 없었다. 아버지의 죽음과 함께 연기처럼 흩어졌을까? 아니면 어딘가로 멀리 떠났을까? 혹시 어딘가에 웅크리고 앉아, 갉아먹은 아버지의 생명력을 다 소화시켜 다시 허기지면 나를 노리는 건 아닐까?

어머니가 조용히 말했다. "네가 와줘서 다행이다. 십오 분 후에 사람들이 와서 아버지를 데려갈 거야."

나는 깜짝 놀라 즉시 주치의에게 달려가 시간을 늦춰달라고 부탁했다.

"원하면 얼마든지 같이 있어도 되니까 걱정하지 말아요."

어머니는 집으로 돌아가 자신의 침대에서 쉬고 싶어 했다. 밤이 늦었다. 나는 남았다. 아버지와 단둘이. 옷을 벗고 아버지의 침대로 들어가 누웠다. 언제나 그랬던 것처럼. 스무 살이 넘어서도 나는 아버지의 이불 속으로 기어 들어가 함께 누웠고, 우리는 오래도록 이야기를 나누곤 했다. 아버지는 아직 따뜻했다. 나는 아버지를 쓰다듬고 입을 맞추었다. 감은 눈꺼풀을 들어 올리고 생기 잃은 눈을 들여다보았다. 팔을 쓸고 털이 수북한 배를 어루만졌다.

아버지가 누운 침대는 욕창 방지용 매트리스였다. 환자가 한곳에 오래 누워 피부가 짓무르지 않도록 공기주머니가 끊임없이 부풀었다 꺼지면서 지속적으로 환자의 위치를 바꾸어주었다.

나는 죽은 아버지 옆에 바짝 붙어 누웠다. 우리 밑에서는 여전히 매트리스가 작동하고 있었다. 몽롱했다. 아버지는 아직도 따뜻했다. 우리는 몸을 붙인 채 움직이는 매트리스를 타고 어딘가를 떠돌았다. 그러다 잠이 들었다. 눈을 떴을 때도 아버지는 여전히 따뜻했다. 아버지의 등이.

그때 깨달았다. 그게 아버지의 체온이 아니라 전기 매트리스의 온기였음을. 나는 일어나 전원을 껐다. 돌연 방 안이 조용해졌다. 그전까지는 은은하게 윙윙거리는 소리를 전혀 인지하지 못했다. 아버지는 빠르게 식어갔고 갑자기 낯설어졌다. 그제야 죽음이 무정하고 냉혹한 것임을 실감했다. 밖이 밝아오고 있었다.

형이 베를린에서 왔다. 나는 형을 아버지와 단둘이 두고 산책을 나갔다. 해방된 느낌이었다. 행복했다. 말도 안되게 행복했다. 그렇게 오랜 세월 꽉 쥐고 있던 주먹이 이제야 펴지는 듯했다. 돌아온 어머니는 여전히 침대에 누워 있는 아버지를 보고 경악하다시피 깜짝 놀랐다. 이제 충분했다. 우리는 떠났다.

죽음을 준비하는 다섯 날이 꽉 채워지자 장례식에 이어 진혼 예배가 열렸다. 조문객들은 모두 차분했다. 오래전 작은형의 장례식 때와는 달리 울거나 크게 비통해하거나 서로를 부축하는 일은 없었다.

나는 예배를 끝까지 견디지 못했다. 사제는 아버지를 행동하는 남자였다고 칭송했다. 나는 조용히 교회를 빠져나와 차를 타고 집으로 향했다.

집에 도착해 현관문에 열쇠를 꽂았다. 안에서 체인이 걸려 있었다. 무언가 소리가 들렸다. 나는 얼른 담을 넘어 정원으로 갔고, 집을 돌아 뒷문으로 향했다. 유리창은 깨져 있었고 문은 열려 있었다. 주위를 둘러보았지만 아무도 없었다. 집 안으로 들어가 복도를 지나 거실로 향했다. 난장판이었다. 서랍은 죄다 꺼내져 텅 비어 있었다.

나는 부엌으로 뛰어갔다. 끔찍한 악취가 났다. 누군가 식탁 위에 똥을 싸놓았다. 정신병원 주방에서 배달되어 온 냉채 요리와 온갖 생선 요리가 벽에 내동댕이쳐져 있었다. 연어와 햄 조각이 사방에 흩어져 있었다.

나는 큰 칼을 들고 계단을 올라갔다. 제정신이 아니었다. 짐승 같은 괴성을 내지르며 이 방 저 방을 돌아다녔다. 모든 옷장이 파헤쳐져 있었다. 그러나 아무도 없었다.

나는 다시 부엌으로 돌아가 똥 더미 앞에 멍하니 섰다.

곧 교회에서 모두 돌아올 터였다. 나는 비닐봉지를 들고 숟가락으로 똥을 퍼 담았다. 어머니에게 이 꼴을 보이고 싶지 않았다. 아무 세제나 꺼내 식탁을 박박 문질렀다. 부엌 타일에 무릎을 꿇고 양손으로 절인 청어와 장어 조각을 긁어모았다. 도둑의 똥 냄새, 비린 생선 냄새, 강한 세제 냄새가 뒤섞여 속이 메슥거렸다. 나는 욕실로 달려가 토했다. 그러고는 계속 걸레질을 했다.

비닐봉지는 바깥의 커다란 쓰레기통 안의 다른 쓰레기들 밑에 숨겼다. 여전히 속이 느글거렸다. 손에서 악취가 났다. 나는 아버지가 쓰던 손톱솔로 손을 박박 문질렀다. 그러고는 다시 화장실 변기에 얼굴을 묻고 게워냈고, 입을 헹군 뒤 다시 청소를 하러 갔다.

조문객들이 집에 돌아오기 전에 최소한 서랍은 모두 원래대로 집어넣었다. 그런 뒤에야 경찰에 신고했다. 당연히 너무 늦었다. 장례식과 진혼 예배 사이에 스무 명 남짓한 친척과 지인이 우리 집에 들렀는데, 대부분 핸드백을 두고 갔고 모두 뭔가를 도둑맞았다. 오직 우리 할머니만 핸드백을 소파 뒤에 숨겨놓아서 도난을 면했다. 내가 그렇게 열심히 치웠는데도 어머니는 망연자실했고, 나 역시 점점 기운이 빠져갔다. 경찰은 장례식의 이런 빈틈을 노리는 전문 일당이 있다고 하면서 그래도 우리는 운이 좋은 편이라고 했다. 대개 떠나기 전에 그들만의 은어로 '파수꾼'이라고 부르는 것을 식탁 위에 남겨두고 간다고 했기 때문이다.

아버지가 돌아가신 직후, 나는 연극 무대에 서기 위해 다시 카셀로 돌아갔다. 그러던 어느 날 형이 전화를 해서 다음 주 금요일에 나와 함께 해야 할 일이 있다고 했다. 무슨 일이냐고 물었지만 형은 말을 아꼈다. 다만 중요한 일이고, 혼자 하지 않아도 돼서 다행이라고만 했다. 우리는 아버지의 차를 타고 출발했고, 작은형이 사고를 당한 그 지점을 지나갔다.

그제야 형은 용건을 설명했다. 아버지의 계좌를 정리하던 중에 자동 이체 내역을 발견했다. 은행에 문의해본 결과 자동 이체는 오 년 넘게 지속되어 왔고, 매달 천이백 마르크가 킬의 한 부동산 회사로 송금되고 있었다. 월세일 가능성이 컸지만, 정확한 건 아버지의 사망 진단서를 지참하고 부동산 회사를 직접 방문해야 알 수 있었다. 이어 형은 아버지의 열쇠 꾸러미에 대해 이야기했다. 아버지가 당시 더는 일을 하지 못할 거라는 확신이 들었을 때 사무실을 정리하면서 집으로 가져온 상자 속에 있었다고 했다.

슐레스비히에서 킬까지는 대략 육십 킬로미터 거리였다. 북독일의 겨울은 침울했다. 정오가 돼도 제대로 밝아지지 않았고, 오후 네 시만 되면 벌써 칠흑 같은 어둠이 내렸다. 형은 운전하면서 이런 이야기도 했다. 아버지의 마지막 연인인 뤼베크의 여자에게 전화를 걸어 혹시 그 집에 대해 아는 게 있는지 물었다. 그녀는 전혀 없다고 했다. 다만 아버지의 가족 중 누군가와 연락이 닿아 기쁘다고만 했다. 아버지의 부고는 신문을 통해 접했고, 장례식에는 차마 갈 엄두가 나지 않았다고 했다. 그러면서 아버지의 묘지를 찾아가도 되는지 조심스럽게 물었다. 형은 그녀의 망설임이 의아해하면서도 거절할 이유가 없었다. 이후 아버지의 묘지에는 어머니가 출처를 알지 못하는 꽃이 늘 놓여 있었다.

우리는 부동산 회사에서 아버지의 사망 진단서를 보여주고 자동 이체를 해지했다. 임대차 계약을 해지하려면 삼 개월의 기간이 필요했다. 우리는 주소를 받아 들고 출발했다. 차 안에서는 정적이 흘렀다. 형이 중간에 이런 말만 했다. "자, 이제 무슨 일이 벌어질까?"

그 집은 킬의 피오르 해안가에 위치한 고층 건물에 있었다. 우리는 H. M.이라고 적힌 초인종을 발견했다. 아버지의 이니셜이었다. 형이 초인종을 눌렀다. 기다렸다. 그제야 나는 집 안에 누군가 살고 있을지도 모른다고 생각했다. 그러나 응답이 없었다.

열쇠는 맞았다. 형은 H. M.이라고 적힌 우편함도 발견했다. 그러나 우편함 열쇠는 없었다. 형이 우편함 투입구를 들추고 안을 들여다보았다. "흠…." 형의 입에서는 이 말밖에 나오지 않았다. 우리는 카펫이 깔린 엘리베이터를 타고 십 층으로 올라갔다. 층마다 집이 다섯 채씩 있었다. 십 층의 첫 번째 집에도 아버지의 이니셜이 적혀 있었다. 형이 노크했다. 이번에도 응답이 없었다.

형이 문을 열었다. 현관 조명 아래에서 내가 처음 본 것은 옷걸이에 걸린 모피 칼라 코트였다. 우리는 전등 스위치를 찾지 못했다. 커다란 창 너머로 도시와 바다와 항구의 노란 불빛이 보였다.

"나쁘지 않네." 형이 이렇게 말하더니 마침내 불을 켰다. 우리는 널찍하고 세련된 아파트 한가운데 서 있었다. 한쪽 벽에 커다란 흑백 사진 다섯 장이 액자에 걸려 있었다. 사진 속 인물은 서른 살 언저리의 여자였다. 사진들 사이의 차이는 미미했다. 순서는 위에서부터 시작했는데, 여자는 사진마다 고개를 돌리고 있었다. 유일하게 가운데 사진에서만 정면을 바라보고 있었다. 검은 머리에 무척 마른 체형이었다.

우리는 집 안을 둘러보았다. 침대 옆 협탁에는 같은 여자의 사진이 한 장 더 있었다. 어느 테라스에서 찍은 사진

인데, 아버지가 여자 옆에 앉아 있었고 몇 사람이 더 있었다. 아버지는 행복해 보였다. 편안한 표정으로 웃고 있었다. 배경에는 측백나무와 완만한 능선이 펼쳐져 있었다. 아버지는 내가 한 번도 본 적 없는 여름 정장을 입고 있었고, 손에는 오렌지 조각을 얹은 칵테일 잔을 들고 있었다.

아버지가 칵테일을 마시는 건 처음 보았다. 옷장 안에는 옷이 가득했다. 사진 속에서 아버지가 입고 있던 환한 색의 정장도 보였다. 한 서랍에는 속옷이 있었다. 집 안은 깔끔하게 정리되어 있었지만 오랫동안 아무도 살지 않은 듯했다. 한쪽에 전축이 보였다. 형이 엘피판을 훑어보더니 한 장을 골라 턴테이블에 올렸다. 우리는 값비싼 가죽 소파에 앉아 위스키를 마시며 이야기를 나누었다. 그러다 갑자기 형이 벌떡 일어나 춤을 추기 시작했다. 그런 형을 가만히 지켜보다가 나도 춤을 추었다. 그렇게 우리는 낯선 아파트에서 함께 춤을 추었다. 창 너머로 휘황찬란하게 불을 밝힌 거대한 여객선이 킬 항구를 떠나고 있었다.

점점 더 그런 느낌이 든다. 과거란 사실 미래보다 훨씬 더 불확실하고 확정되지 않은 곳이 아닐까 하고. 흔히 우리는 내 뒤에 놓인 것이야말로 확정된 것이자 완료된 것이자, 이야기되기만 기다리는 변하지 않는 것이라 말한다. 그리고 내 앞에 놓인 것은 이른바 아직 만들어가야 할 미래라고 한다. 정말 그럴까?

만일 과거 또한 만들어가야 하는 것이라면? 철저히 파고들어 재구성한 과거로부터만 열린 미래 같은 것이 생겨난다면? 이런 생각이 나를 짓누른다. 그럼에도 가끔은 아직 내 앞에 놓인 삶이 내게 맞게 재단된, 피할 수 없이 끝까지 걸어가야 할 구간처럼 느껴진다. 끝까지 조심조심 균형을 잡으며 걸어가야 할 하나의 선처럼.

그래, 나는 이제 믿는다. 내가 기억의 꾸러미를 다시 하나하나 풀어 꺼내놓을 때, 겉으로 확실해 보이는 과거에 대한 믿음을 접고 과거를 혼돈으로 받아들이고 형상화하고 꾸미고 기념할 수 있을 때, 그리고 나의 죽은 이들이 모두 다시 살아나 친숙하면서도 내가 지금껏 인정한 것보다 더 낯설고 자율적인 존재가 될 때 비로소 나는 현재 삶에 대한 결정을 내릴 수 있을 것이다. 그때야말로 미래는 그 영원한 약속을 이행하고 불확실해지고, 하나의 선이 하나의 면으로 넓어질 것이다.

북쪽에서의 여름휴가를 마치고 슐레스비히에 잠시 들렀다. 오랜만에 정신병원 경내를 둘러볼 생각이었다. 병원이 폐쇄될 예정이라는 이야기를 들었지만, 변화가 이토록 극적일 줄은 몰랐다. 총 삼 킬로미터에 이르던 시설 담장이 게이트 두 곳과 함께 사라졌다. 이제는 아무나 이곳으로 차를 몰고 들어올 수 있었다. 이곳을 처음 찾는 사람이라면 도시와 병원 부지의 경계조차 알아채지 못할 듯했다. C동과 D동, M동은 철거되었다. K동은 텅 비었고, 위층까지 창문이 모두 깨져 있었다. 박스 형태의 이 음습한 건물들을 현대적 기준에 맞게 개조하려면 비용이 무척 많이 들 것 같았다. 나중에 지어진 건물들만 아직 사용 중이었다. 그러나 경내를 돌면서 볼 수 있는 것은 거의 없었다. 모든 울타리가 높은 목재 장벽으로 대체되었기 때문이다. 주출입구 앞에 있던 벤치들도 주인을 잃고 텅 비어 있었다. 아니, 병원 전체가 인적을 찾아보기 힘들었다. 폐쇄까지는 아니더라도 모두가 대피한 듯한 인상을 풍겼다.

나는 아무것도 보고 듣지 못했다. 원예 센터와 철공소를 비롯해 다른 작업장들도 커다란 합판으로 창문을 못질해놓았다. 축구장은 잔디를 막 깎았는지 잘 정돈되어 있었다. 심지어 잔디 위에는 석회 가루로 하얀 선까지 그려져 있었다. 페널티 에어리어, 센터 라인, 페널티킥 지점 할 것 없이 모두 완벽했다. 예전에 우리 모두 간절히 원한 모습이었다. 신축 클리닉은 처참한 몰골을 하고 있었다. 녹 얼룩으로 건물 외관 전체가 흉물스러웠다. 교체된 창문들은 이상하게 작고 두꺼워 보였다. 마치 얼음덩이에서 도려낸 이글루 창문 같았다. 그 너머로 몇몇 환자가 보였다. 그들은 멸종 위기종의 마지막 생존자들처럼 방탄유리 뒤에서 희미하게 서성이고 있었다.

나는 과거 이 시설이 참을 수 없을 정도로 열악했다는 사실을 너무나 잘 알고 있었다. 과밀 수용과 처우는 끔찍했고, 의료 서비스는 부실했다. 신경 안정제의 대량 투여가 당연시되던 분위기도 용서받을 수 없었다. 그러다 나중에 들은 얘기지만, 마지막까지 남아 있던 삼백 명이 채 안 되는 환자들에게는 더 나은 의료 서비스와 인간적인 환경이 제공되었다고 한다. 하지만 이 모든 것에도 불구하고 그날 내 눈에 비친 헤스터베르크는 그 어느 때보다 암울했다. 아니, 절망적이라는 말 외에는 다른 표현이 불가능했다.

어떻게 그럴 수 있었을까? 모든 이들에게 더 나은 변화가 어떻게 나한테는 그렇게 느껴지지 않았을까? 그때 깨달았다. 내가 한 세계의 상실을 애도하고 있음을. 사라진다 해서 전혀 슬퍼할 이유가 없는 세계의 상실을. 나의 감상주의는 세상과 동떨어진 지옥 같은 그곳으로 향해 있었다. 과밀 수용된 시설이 없어진 것은 분명 다행이었다. 하지만 나는 온몸으로 그곳을 그리워하고 있었다. 여과 없이 표출되던 그들의 기쁨을, 길고 긴 그 포옹을, 그 격렬한 분노를.

나는 그들의 무절제함, 끊임없는 소란, 그리고 내게는 너무나 정상으로 받아들여지던 그들의 일상적 광기가 그리웠다.

또한 뭐라고 불러야 할지는 모르겠지만, 나는 그들의 분명함을 그리워했다. 수많은 환자들이 운명처럼 갇혀 있던 존재의 숨김없는 명료함을.

그리고 무엇보다 밤마다 울려 퍼지던 환자들의 무수한 절규를 그리워했다. 나를 그토록 기분 좋게 잠들게 했던 그 절규와 비명을.

이윽고 우리가 살던 집에 이르렀다. 이곳이 그사이 생활 지원 병동으로 바뀌었다는 사실은 어머니에게 미리 들어 알고 있었다. 현관문에 'S병동'이라고 적힌 표지판이 붙어 있었다. 여러 번의 덧칠에도 불구하고 문에 여전히 남아 있는 깊은 흠집들이 눈에 들어왔다. 우리 개가 집에 들어가고 싶을 때 앞발을 치켜들고 문을 긁어댄 수년간의 흔적이었다.

나는 울타리를 따라 집을 돌아갔다. 나란히 붙은 우리 형제들의 방이 보였다. 창문과 내 방의 테라스 문은 그대로였다. 그 문의 유리 위에서 안개 같은 하얀 얼룩이 맥동하듯 커졌다 작아졌다 했다. 이 흐릿한 얼룩 뒤로 어떤 얼굴의 윤곽이 희미하게 보였다. 이 얼룩은 마치 맥동하는 해파리처럼 유리 위에서 수축하고 팽창했다.

어린 시절의 내 방 테라스 문 뒤에서 누군가 바닥에 앉아 창문에 입김을 불고 있었다.

나는 울타리를 넘어 가까이 다가갔다. 땅을 밟는 순간 익숙하면서도 금지된 땅에 들어선 느낌이 들었다.

마침내 궁금해하던 것이 보였다. 일곱 살 남짓한 소년이 지친 듯 창에 이마를 대고 있었다. 눈을 뜨고 바깥을 응시했지만 아이의 시선은 나를 지나 평화로운 허공으로 향해 있었다. 소년은 숨을 쉬었다. 들숨 날숨. 숨밖에 쉬지 않았다. 들숨 날숨. 어린 시절의 내 방 바닥에 앉아서. 유리가 뿌옇게 흐려졌다 다시 맑아졌다. 소년은 사라졌다 다시 나타났고, 사라졌다 다시 나타났다. 그뿐이었다.

옮긴이의 말

흔히 과거는 닫혀 있고 미래는 열려 있다고 말한다. 과거는 종결된 시간이기에 바꿀 수 없고, 미래는 앞으로 만들어가야 하는 것이기에 달라질 수 있다는 뜻이다. 과연 그럴까? 마이어호프는 이 통념을 조용히 뒤집는다. 과거 또한 만들어가야 하는 것이라면? 철저히 파고들어 재구성한 과거에서만 열린 미래가 나온다면? 과거의 재구성 없이는 마치 정해진 운명처럼 우리에게 맞게 재단된 길만 걸어가야 한다면? 작가는 말한다. 어쩌면 미래가 더 닫혀 있고, 과거가 더 열려 있을지 모른다고.

삶은 흐름이다. 아동기와 청년기, 노년기처럼 구간별로 단절된 게 아니라 강물처럼 하나로 연결돼 있다. 현재의 나는 과거의 물살에 떠밀려 여기까지 왔고 그 흐름에 밀려 다시 나아간다. 어찌 보면 뒤의 물길에 따라 앞의 물길이 정해진다. 어떻게 살아왔느냐가 그 사람의 미래를 결정할 수도 있다는 말이다. 그러나 우리는 자신이 어떻게 살아왔는지 정확히 알지 못한다. 과거의 무수한 사건 중 극히 일부만 기억의 형태로 저장되어 지금의 삶에 영향을 미친다. 같은 일을 겪어도 사람마다 기억이 다르다. 우리는 우리 자신을 어떻게 기억하고 있을까?

이 소설에서 기억은 단순히 과거의 기록물 보관소가 아니라 다시 풀어헤쳐야 할, 과거에서 배달되어 온 소포다. 상자를 여는 순간 엉킨 실타래가 풀리듯 기억이 펼쳐진다. 작가는 과거를 미화하거나 정리하려 들지 않는다. 오히려 과거의 확실성에 대한 믿음을 포기하고 혼돈 속에서 과거를 재구성하고 재해석한다. 단순히 나열하는 것이 아니라 과거를 다시 들여다보며 새로운 방식으로 이해함으로써 지금 자기 삶의 의미를 찾는다. 과거의 삶을 어떻게 이해하느냐에 따라 지금의 자신을 바라보는 눈은 달라지고 가능성으로서의 미래가 열린다.

돌아보면 역자에게도 삶의 전기(轉機)가 세 번 있었다. 20대 초, 어떻게 살아야 할지 처음으로 진지하게 고민하던 때였다. 좋아하는 것도 잘하는 것도 없던 내게 꿈이 생겼다. 다만 무엇이 되겠다는 꿈이 아니라 무엇이 되지 않겠다는 꿈이었다. 내가 무엇을 좋아하는지는 몰라도 무엇을 싫어하는지는 분명했다. 그래서 평생을 월급 받고 출퇴근하는 회사원이 되지 않겠다고 다짐하며 공부를 택했다. 그렇게 시작한 공부가 뜬구름 잡는 일처럼 느껴질 무렵, 독일에서 처음으로 책에서 배운 내용이 내 삶에 적용될 수 있음을 깨닫고, 이제는 누가 말려도 평생 공부를 할 수 있겠다고 생각했다. 두 번째 전기였다. 세 번째는 시대의 파고에 떠밀려 난데없이 나의 가려지지 않은 민낯을 보며 한없이 부끄러워한 순간이었다. 사실 이건 모두 해석이다. 과거를 재구성하면서 내가 내린 해석이고, 그게 지금의 삶에 의미가 되어 미래로 나아갈 힘을 준다. 마이어호프가 말한 '열린 과거'도 이런 의미가 아닐까?

과거는 이처럼 종료된 일이 아니다. 과거를 변하지 않는 사실처럼 받아들이고 그런 기억에 매몰되면 기억은 사실처럼 굳어져 현재의 삶을 옥죄고 미래는 이미 짜인 각본처럼 흘러간다. 과거를 다시 열어젖혀 자기 이야기로 만들지 않는 한 우리는 살았던 대로 살고, 미래는 그려진 궤도대로 흘러간다.

이 자전적 소설이 그런 이야기다. 작가는 과거로 돌아가, 책의 몇 쪽도 차분히 읽지 못할 만큼 산만하고 조금만 마음에 들지 않으면 즉시 분노 발작을 일으키고 세상과 잘 지내려 애쓰지만 번번이 실패하는 소년을 만난다. 또한 일상의 일그러진 표정 뒤에 숨겨진 평화롭고 순수한 모습의 정신병자들을 떠올리고, 존재를 꾸밈없이 드러내는 그들의 "명료함"을 이야기하고, 밤마다 울려 퍼지던 그들의 "절규와 비명"을 그리워한다. 이 소설에서 죽은 이들은 단순히 추억 속에 머물지 않는다. 그들은 날아올라 이야기 속에서 다시 낯설고 독립적인 존재로 환하게 살아난다. 이는 단순한 회상이 아닌 새로운 이해와 화해의 과정이다.

확정된 과거를 해체하고 재구성하는 과정을 거쳐야 비로소 우리는 현재 삶에서 자유로운 선택을 내릴 수 있고, 미래는 정해진 길이 아닌 가능성으로 열린다. 영국 시인 뮤리엘 루카이저는 말한다. 우주는 원자가 아니라 이야기로 이루어져 있다고. 원자의 세계는 말이 없지만 우리는 무수한 기억의 파편으로 각자의 이야기를 만든다. 기억은 허구다. 그것도 진실을 담은 허구다. 무한한 사실의 바다에서 길어 올린 진실을!

박종대

죽은 이는 모두 날아오른다

2026년 1월 20일 1판 1쇄

지은이
요아힘 마이어호프

옮긴이
박종대

편집
장슬기, 윤설희, 최경후, 강수연

디자인
조정은

제작
박홍기

마케팅
김수진, 이태린, 이예지

홍보
조민희

인쇄
천일문화사

제책
J&D바인텍

펴낸이
강맑실

펴낸곳
(주)사계절출판사

등록
제406-2003-034호

주소
(우)10881 경기도 파주시 회동길 252

전화
031)955-8588, 8558

전송
마케팅부 031)955-8595, 편집부 031)955-8596

홈페이지
www.sakyejul.net

전자우편
literature@sakyejul.com

블로그
blog.naver.com/skjmail

페이스북
facebook.com/sakyejul

X(트위터)
x.com/sakyejul

인스타그램
instagram.com/sakyejul

값은 뒤표지에 적혀 있습니다. 잘못 만든 책은 구입하신 서점에서 바꾸어 드립니다.
사계절출판사는 성장의 의미를 생각합니다.
사계절출판사는 독자 여러분의 의견에 늘 귀 기울이고 있습니다.

ISBN 979-11-6981-415-7 03850